Die Wächter

GRAUPELZ (m)
SCHNEEFLOCKE (w)
SANDSTURM (m)
MITTERNACHT (m)

Die Waldgruppe

RUKU (m), Alphawelpe der Waldgruppe

Die Himmelsgruppe

TUA (w), Alphawelpe der Himmelsgruppe

Die Schattenwölfe

NARBE (m), Meister der Waldabteilung
TANNE (m), Botschafter der Waldabteilung
TODESSTURM (m), Himmelsleser der Schattenwölfe
NACHTKLAUE (m), Herrscher der Schattenwölfe

NEKO (m)
TOAH (m)
LAKA (w)
ARIS (m)
MELLA (w)
TIBU (m)
LUNA (w)
NERO (m)
HELA (w)

(m) = männlich
(w) = weiblich

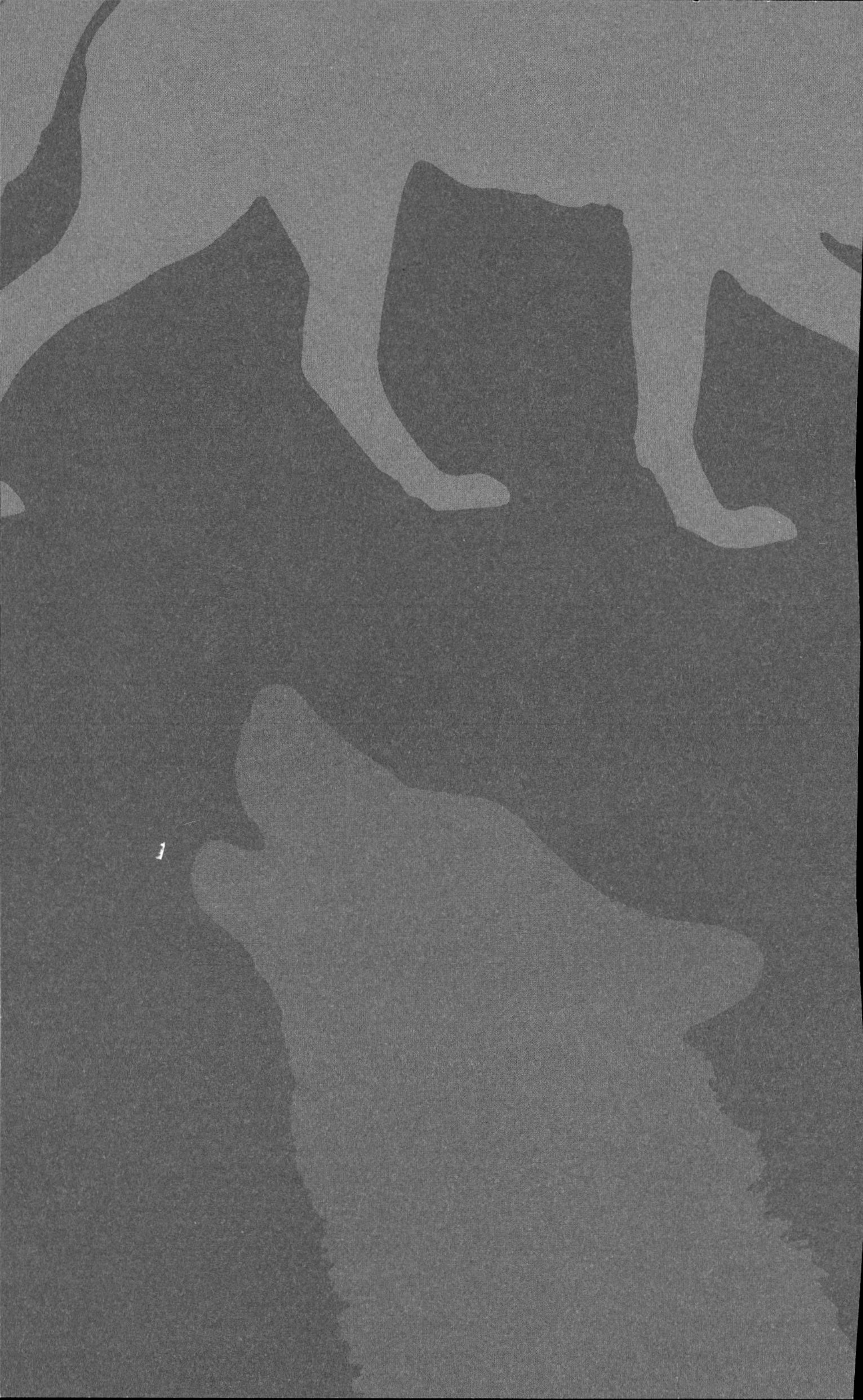

Moonlight Wolves

Das Geheimnis der Schattenwölfe

MOONLIGHT WOLVES

DAS GEHEIMNIS DER SCHATTENWÖLFE

CHARLY ART

KOSMOS

Charly Art, 2003 in Oberbayern geboren, besucht zur Zeit das Gymnasium. In seiner Freizeit ist er neben dem Schreiben und Lesen am liebsten im Wald mit Freunden und seinen Hunden unterwegs. Schon in der Grundschule fing er an, erste Geschichten zu schreiben. Moonlight Wolves ist sein erster Jugendroman.

Umschlaggestaltung: Carolin Liepins, München
unter Verwendung von Motiven von Kompaniets Taras/shutterstock,
Anna Chelnokova/shutterstock, one AND only/shutterstock,
Ant_art/shutterstock, prapann/shutterstock, mrjo/shutterstock

MIX
Papier aus verantwortungsvollen Quellen
FSC® C014138

Gedruckt auf chlorfrei gebleichtem Papier

ISBN 978-3-440-16560-7
Redaktion: Teresa Baethmann
Lektorat: Dr. Iris Schubert
Produktion: Verena Schmynec
Satz: Doppelpunkt, Stuttgart
Druck und Bindung: Finidr, s.r.o., Český Těšín
Printed in the Czech Republic / Imprimé en République tchèque

Prolog

»Bleibt zusammen!«, heulte ein riesiger grauer Wolf verbissen. Das Wolfsrudel hatte große Mühe, mit seinem Anführer Schritt zu halten. Das Gebirge, das es bei einem taifunartigen Wind überquerte, bot keinen Schutz und keine Beute.

»Rex!«, jaulte eine schöne schneeweiße Wölfin mit blauen Augen. »Sie brauchen eine Pause, willst du sie umbringen?« Sie nickte zu fünf kleinen Welpen, die ihr im Gänsemarsch folgten, vom Sturm jedoch fast weggeweht wurden. Das flauschige Fell der Jungen kräuselte sich im Wind, ihre kleinen Beine zitterten und sie schwankten auf ihren Pfoten, während sie dennoch tapfer versuchten, ihrer Mutter nachzulaufen. Sie waren erst eineinhalb Mondwechsel alt und damit die jüngsten des Rudels.

Rex bedachte seine Welpen mit einem warmen Blick, bevor er mit tiefer Stimme antwortete: »Die Höhle ist auf dem Gipfel, haltet durch!« Er wandte sich ab und stapfte weiter, wohl wissend, dass ihm der Rest seines Rudels folgen würde.

Die Pfoten der Wölfe fanden kaum Halt auf den glatten Felsen, und sie kamen nur langsam voran. Doch nach einer endlos scheinenden Zeit hatten sie es geschafft.

Die Höhle war groß und bot Schutz vor dem eiskalten Wind. Sie war überall mit kleinen Moosnestern ausgekleidet, die die Schlafplätze des Rudels bildeten. In der hintersten Ecke lag die weiße Wölfin und säugte ihre Jungen. Die drängten sich ungeduldig vor Durst und kraftlos zugleich an die Zitzen der Weißen und versuchten, sich gegenseitig die Milch streitig zu machen. Das größte von ihnen, ein graues Junges, hatte dabei am meisten Erfolg; drei seiner Geschwister, die alle das helle Fell ihrer Mutter geerbt hatten, hatte es bereits an die andere Seite des Bauches verdrängt. Ein weiteres Junges, ebenfalls grau, jedoch das schmächtigste der fünf, lag zitternd vor Kraftlosigkeit und Kälte da und beachtete die Machenschaften seines Bruders nicht weiter.

Die Wölfin blickte auf, sie musterte den groß gebauten Wolf einen Herzschlag, bevor sie antwortete: »Es geht ihnen gut, zum Glück. Ich mache mir nur Sorgen um Tamani.« Mit der Schnauze deutete sie auf das kleine graue Junge und schob es sanft näher an ihren Bauch, damit es auch endlich etwas trank. »Er ist so klein und zerbrechlich, wie soll er die Reise nur überleben?«, fuhr die besorgte Mutter fort und wandte sich wieder dem Alphawolf zu.

Rex' Ausdruck war voller Liebe, als er zurücksah, und seine Ohren zuckten beruhigend. »Ach, Tara«, sagte er sanft, beugte sich vor und leckte ihr behutsam übers Ohr. »Er wird es schaffen, so wie jeder Welpe des Eisrudels!« Der Graue nickte zuversichtlich, während er vortrat, sich neben seine Gefährtin ins Moosnest sinken ließ und seinen dichten Pelz an ihr Fell presste. »Mach dir keine Sorgen!« Der Alphawolf schloss die Augen und legte seinen Kopf dabei auf Taras Schulterblätter. »Hoffentlich hast du recht«, murmelte die Weiße. Nun legte auch sie den Kopf auf ihre Pfoten. Sie sah noch ein letztes Mal besorgt auf ihre Jungen, dann schlief sie ein.

1. Kapitel

»Na los, kommt schon, seid nicht so langweilig!«, rief Kora, die kleine schneeweiße Wölfin mit den blauen Augen, die das exakte Ebenbild ihrer Mutter war. Drei Mondwechsel nach der Wanderung zum Gebirge waren die fünf Welpen des Eisrudels, Kora, Tamani und ihre Brüder Talon, Ravi und Palamino viel größer und stärker geworden, doch Tamani war noch immer der schmächtigste von ihnen. Kora, die kleine, aufgeweckte und immer fröhliche junge Wölfin, war dem Rudel ein Stück vorausgerannt, die anderen Welpen folgten ihr mit großem Abstand. Der, der am nächsten bei ihr war, war Tamani. Lachend preschte er zu seiner Schwester, bis er auf dem Gipfel des Felshügels neben ihr stehen blieb. Er musterte die Umgebung und riss seine blaugrauen Augen vor Erstaunen weit auf. So etwas, wie das, was dort unten, in einiger Entfernung hell schimmernd vor ihm lag, hatte er noch nie gesehen! Es erinnerte ihn an einen See, aber welcher See war so gewaltig, dass er mindestens so groß wie das Revier des Eisrudels war? Er hörte, wie sein Vater Rex hinter ihm erklärte, dass dies ›das Meer‹ genannt wurde.

Seine Schwester hatte sich neben ihm schneller aus ihrer Starre gelöst und jaulte mit piepsiger Welpenstimme: »Wer als Erstes am Wasser ist, hat gewonnen!« Schon stürmte sie los und ließ Tamani in einer Schneewolke zurück.

»Na warte«, zischte er und kniff ehrgeizig die Augen zusammen. »Ich kriege dich!« Er wollte ihr gerade nachsetzten, als ihn eine strenge Stimme in der Bewegung stoppte.

»Halt!« Tamani wandte sich erschrocken um und sah seinen Vater Rex, das Gesicht vor Anspannung verzogen. »Das Blutrudel ist hier. Ich kann es riechen.«

Auch die anderen Welpen waren bei den Worten ihres Vaters sofort stehen geblieben und scharten sich nun, die Luft gierig einsaugend, um den Grauen. Trotz der Anspannung zuckten die Ohren des Alphawolfes amüsiert, als er die Jungen betrachtete. »Riecht ihr das?«, fragte er und seine Stimme hatte die Härte der Strenge verloren.

Der größere graue Welpe, der neben Tamani saß, reckte sofort den Kopf in die Höhe und verkündete stolz: »Du meinst diesen schrecklichen Gestank?«

Rex bedachte seinen Sohn mit einem ruhigen Blick, bevor er trocken antwortete: »Genau.«

Tamani musterte seinen Bruder unauffällig und wie immer verspürte er stechende Eifersucht. Talon war der Erstgeborene, der größte und stärkste der Welpen, und deshalb war er der Leitwelpe. Mit seinen Ansätzen von Muskeln und breiten Schultern sah er ja auch wirklich fast so aus wie sein Vater, nur eben als Welpe.

Rex ließ seinen Blick einmal über seine Jungen schweifen, um ihre Aufmerksamkeit zu bekommen, und erklärte dann mit dem ruhigen Ton eines Anführers: »Das ist der Geruch des Blutrudels. Ihr werdet es heute kennenlernen, denn seine Welpen werden gemeinsam mit euch auf der Scholle zum Wächtergebirge reisen.«

Tamani stutzte und seine Ohren zuckten verwirrt. »Was für eine Scholle und welche Reise?«, platzte es aus ihm heraus.

Sein Vater blickte ihn aus blaugrauen Augen an, wartete aber, ob statt ihm eines seiner Jungen die Antwort geben konnte.

»Wie alle Welpen des großen Fjords müssen wir zum Wächtergebirge reisen. Dort wartet dann die Ausbildung zu einem richtigen Rudelwolf auf uns, die Wächter sind dabei unsere Ausbilder.«

Rex schmunzelte über den Eifer seiner Tochter Kora und zuckte gutmütig mit den Ohren. Da Kora sich stets voller Neugierde auf alles Unbekannte stürzte, hatte sie vermutlich bereits von den älteren Wölfen des Rudels von der Reise erfahren.

»Zu einem richtigen Eisrudelwolf werdet ihr erst in eurem zweiten Sonnenkreis, aber im Wächtergebirge werdet ihr die Grundlagen des Rudellebens erlernen.«

Kaum hatte er zu Ende gesprochen, merkte Tamani, wie sich die stählernen Muskeln seines Vaters strafften. Er folgte dem Blick des Alphawolfes zu einem Hügel, hinter dem sich, wie er nun sah, etwas hervorschob. Die Gestalten dunkler Wölfe, die einem riesenhaften Alphawolf folgten, der in der Größe sogar Rex überragen würde. Tamani spürte, wie sich seine Geschwister zusammendrängten, um nicht allein den Wölfen des fremden Rudels begegnen zu müssen. Tamani teilte ihre Aufregung und unwillkürlich stieg ein Knurren in seiner Kehle auf, das er bei Rex warnendem Blick jedoch sofort unterdrückte und beschämt seinen Kopf zu Boden wandte. Sein Vater war ebenfalls angespannt, doch er erwartete offenbar, dass seine Welpen dem konkurrierenden Rudel gutgesonnen entgegentraten.

Mittlerweile hatte sich auch der Rest des Eisrudels um Rex und seine Jungen versammelt, und Tara, die Alphawölfin, war neben ihren Gefährten getreten. Wie versteinert wartete das Rudel, bis die anderen Wölfe sich ihm näherten und schließlich vor ihm stehen blieben.

Tamani betrachtete das fremde Rudel interessiert. Er hatte noch nie Wölfe mit dieser Fellfarbe gesehen, dunkelgrau und schwarz, nur hinten in der Menge glaubte der Welpe einen hellen Pelz entdeckt zu haben. Ein merkwürdiges Gefühl beherrschte Tamani und erneut stieg ihm ein Knurren in die Kehle, das er jedoch sofort unterdrückte. Gespannt starrte er seinen Vater an, der nach vorne trat und dem riesigen schwarzen Alphawolf des Blutrudels als Begrüßung zunickte. Dieser entgegnete stumm den Gruß und trat dann wieder zurück zu seinem Rudel.

Die beiden Alphawölfe gaben ihren Rudeln einen Befehl, und als hätten sie das bereits erwartet, traten daraufhin alle Wölfe der Rudel vor, begrüßten einander und vermischten sich wie zu einem Rudel. Ein weiteres Zeichen und alle setzten sich in Bewegung.

In der Mitte der Menge liefen eingekesselt die Welpen des Eisrudels, an ihrer Spitze Talon mit erhobener Rute.

Tamani warf ihm einen neidischen Blick zu, versuchte seine Eifersucht zu unterdrücken und drängte seine Gedanken zu etwas anderem. Er spürte die Aufregung, die mit jedem Schritt in seinen Pfoten pulsierte, und er dachte an sein bevorstehendes Abenteuer. Plötzlich bemerkte Tamani, wie zwei Augen auf seinem Pelz brannten, und schon sprang eine hellgrau-weiße junge Wölfin, die in seinem Alter sein musste, neben ihn. Ihre smaragdgrünen Augen leuchteten warm.

»Sei gegrüßt! Ich bin Shira, der Leitwelpe des Blutrudels. Wie heißt du?«

Tamanis Ohren zuckten unwillkürlich verwundert, die Stimme der kleinen Wölfin klang so sanft und einfühlsam und irgendwie fürsorglich, wie er es von seinen Geschwistern nicht gewohnt war. Eine Wärme, die der Welpe noch nie gespürt hatte, kroch unter seinen Pelz und durchströmte ihn von der Rute bis zur Schnauze. Aufgewühlt von diesen Gefühlen antwortete er: »Tamani. Ich bin Tamani.«

Sofort plagten ihn Schuldgefühle. War es erlaubt sich in der Gegenwart eines konkurrierenden Wolfes so gut zu fühlen? Er verwarf den Gedanken. Bestimmt bewunderte jeder die selbstbewusste zukünftige Schülerin, die trotz ihrer für das Blutrudel ungewöhnlich hellen Fellfarbe der Leitwelpe ihres Rudels war. Das Aufjaulen der Wölfe vor ihm riss den Welpen aus seinen Gedanken.

»Oh nein! Sie ist gebrochen!«

Tamani sprang nach vorne, schob sich durch die Menge zu seinen Geschwistern und erblickte Kora, die entsetzt auf das schäumende Meer vor sich starrte. Es versetzte ihm einen Stich, als er in ihre vor Angst geweiteten Augen blickte. »Was ist los?«, fragte er.

»Die Eisscholle ist gebrochen!«, rief Kora entsetzt. »Zu früh! Auf ihr sollten wir bis zum Wächtergebirge reisen, doch sobald sie weg ist, schaffen wir es nicht! Dann werden wir niemals ausgebildet!« Verzweifelt blickte Kora auf ihre Pfoten, die im Schnee scharrten.

»Wieso schwimmen wir nicht einfach bis zur Scholle?«, fragte Tamani und diesmal antwortete ihm der Alphawolf des Blutrudels mit tiefer Stimme: »Das ist fast unmöglich! Die Strömung ist sehr stark und kann euch mühelos in den Tod reißen.« Er stockte und sagte dann mit bekümmertem Blick auf seine Welpen: »Ihr müsst es jedoch trotzdem versuchen. Das ist die einzige Möglichkeit.« Die Rute des Dunklen zuckte gebieterisch in die Höhe und sofort traten Wölfe nach vorne, die die Welpen der beiden Rudel sanft, aber unnachgiebig an den Rand einer Landzunge trieben.

»Springt und macht eure Rudel stolz!«, jaulte nun Rex in den Wind und sein Blick richtete sich auf seine Welpen.

Tamani spürte seine eigene Unsicherheit und die seiner Begleiter, als sie näher an den Rand der Landzunge geschoben wurden, das schäumende Wasser kaum mehr eine Schnauzenlänge entfernt. Der Welpe fühlte den Druck, der in ihm aufstieg, der Druck, dem Wunsch seines Vaters zu folgen, und wie auf ein stummes Zeichen hin stürzte er fast gleichzeitig mit Talon nach vorne ins Wasser.

Eiseskälte durchdrang Tamanis Pelz und schnürte ihm schmerzhaft die Lunge zu, doch nach dem ersten Schock hatte er sich an das Wasser gewöhnt und die strampelnden Stöße, mit denen er versuchte, sich über Wasser zu halten, wurden gleichmäßiger und geübter. Er spürte die Erfahrung seiner Vorfahren in seinen Adern pulsieren und eine simple Regelmäßigkeit stellte sich ein. Er bemerkte, dass er noch besser vorankam, wenn er die Kraft der Wellen zu seinen Gunsten ausnutzte. Mit kräftigen

Pfotenstößen näherte sich der Welpe der Scholle und nutzte zusätzlich die Strömung, die ihn aufs Meer hinaus treiben wollte, geschickt aus, um schneller zu werden. Als er die Scholle fast erreicht hatte, warf er einen vorsichtigen Blick über die Schulter und entdeckte die anderen zukünftigen Schüler, die weit hinter ihm zurücklagen und mit der Strömung kämpften. Ohne zu zögern machte Tamani kehrt, paddelte auf seine Schwester Kora zu, die sich nur noch mit schwachen Pfotenstößen über Wasser hielt, und packte sie am Nackenfell. Gemeinsam schafften sie es zurück zur Scholle, wo Tamani zuerst seiner Schwester hinaufhalf, sich dann neben ihr hinaufzog und kraftlos zusammenbrach. Sein flauschiges Welpenfell triefte vor Nässe und entzog seinem Körper jegliche Wärme.

Langsam schafften es auch die anderen Welpen, zu ihnen zu kommen, und kletterten einer nach dem anderen vollkommen erschöpft auf die Scholle. Tamani hob den Kopf. Nun fehlte nur noch Talon, der in einiger Entfernung noch immer mit der Strömung kämpfte und drohte, an der Scholle vorbeizutreiben. Wie konnte es sein, dass sein viel kräftigerer Bruder als Letzter im Wasser schwamm? Und langsam wurde die Situation äußerst gefährlich. Viel länger würde Talon in dem eiskalten Wasser nicht überleben. Tamani zögerte kurz, bedachte seine eigene Kraftlosigkeit, doch der Gedanke, seinen Bruder sterben zu sehen, brachte ihn dazu, noch einmal ins Wasser zu springen und zu ihm zu paddeln.

Die Wellen waren nun höher geworden. Da sie jetzt weit entfernt von der Küste waren, zog die Strömung stark am kleinen Körper des Welpen, doch er versuchte, sich trotzdem zu seinem Bruder vorwärtszukämpfen. Das ängstliche Aufjaulen Shiras ließ ihn zusammenzucken.

»Pass auf, unter dir!«, bellte sie entsetzt.

Tamani warf einen angsterfüllten Blick nach unten und entdeckte den dunklen Schatten, der sich ihm näherte. Der Welpe erkannte die rasant schärfer werdenden Konturen als eine fischähnliche Gestalt, jedoch tausendmal größer als er es gewohnt war. Das riesige schwarz-weiße Meerestier riss das Maul auf, während es die Oberfläche des Wassers durchbrach, und die gezackten Zähne des Untiers blitzten vor Tamani auf. In letzter Sekunde schaffte es der Welpe sich zur Seite zu werfen und wurde so von den dornenspitzen Zähnen nur an der Flanke gestreift.

Die Welle des Wiederaufpralls des Untiers ließ Tamani im Wasser taumeln und er spürte den Schmerz an seiner Schulter. Ohne darüber nachzudenken, wirbelte er zu Talon herum, um ihm etwas zuzujaulen, doch er konnte ihn nicht entdecken. Plötzlich packte ihn etwas im Genick. Reflexartig wandte sich Tamani um und aus dem Griff seines Angreifers heraus. Vor Überraschung zuckte er zusammen, als er in die eiskalten Augen seines Bruders blickte. Der Leitwelpe hatte wütend die Zähne gefletscht. Es schien ihm egal zu sein, dass das salzige Wasser in sein Maul schwappte und die Strömung an seinem kräftigen Körper zerrte.

»Du bist ja so mutig! Der erste Wolf, der es bis zu Scholle schaffte!«, höhnte Talon knurrend.

»Was redest du denn da? Ich wollte nicht …«, fing Tamani an, doch sein Bruder unterbrach ihn zornig. »Ich bin der Leitwelpe des Rudels! Du bist im Omega-Rang, verhalte dich auch so und gehorche meinen Befehlen!« Ein weiteres Knurren drang aus Talons Kehle. »Wenn ich hier sterbe, stirbst du mit mir!«

Erneut schnellte der massige Körper seines Bruders nach vorn, um Tamani nochmals anzugreifen, doch dieser duckte sich rechtzeitig weg, wandte sich ab und strampelte los, zurück zur Scholle. Die war mittlerweile auf ihn zugetrieben und Tamani schaffte es, sich mit zitternden Pfoten festzukrallen. Sofort warf er den Kopf herum zu Talon, der mit wilden Pfotenschlägen versuchte, gegen die Strömung anzukommen, was ihm jedoch nicht gelang. Der blanke Hass stand in seinen Augen, dahinter der Stolz eines Wolfes, der in seiner Ehre gekränkt worden war.

Tamani zuckte zurück, als er etwas Dunkles im Wasser flimmern sah. Der Schatten des gigantischen Meerestiers kam zurück und schoss diesmal auf Talon zu. Voller Entsetzten beobachtete Tamani, wie das riesige Maul des Untiers die Oberfläche durchbrach und die Kiefer zuschnappten. Talon! Es hatte ihn gefangen! Mit einem lauten Platschen ließ sich das schwarzweiße Untier wieder zurück ins Wasser fallen. Nur die Kreise im Wasser verrieten, was hier eben geschehen war.

Auf der Scholle saßen die Welpen wie erstarrt da. Tamani schaffte es mit letzter Kraft, sich hinaufzuhieven. Er spürte den Schock des eben erlebten tief in sich. Sein Bruder, der Leitwelpe des Wurfs, war tot! Für immer verschwunden!

Plötlich ertönte lautes Jaulen und durchschnitt die Luft. Tamani blickte zum Ufer zurück und erkannte, dass die Wölfe der Rudel dort voller Entsetzen um den Verlust des Welpen trauerten. Er selbst brachte keinen Ton heraus.

»Maro, grab eine Kuhle für Tamani!« Shiras klare Stimme hallte über die Scholle und tröstete den Welpen ein wenig. »Tut deine Schulter sehr weh?«

Die helle kleine Wölfin war nach vorne getreten und musterte ihn besorgt. Scheinbar hatte der Schock Tamanis Sinne betäubt, denn erst jetzt spürte er den stechenden Schmerz der Wunde an seiner Schulter, deren Blut den Schnee unter ihm rot färbte. Unbewusst schüttelte Tamani den Kopf, während Shira begann, die Wunde vorsichtig mit der Zunge zu säubern. Tamani war noch immer völlig entsetzt über das gerade Erlebte.

Nach einer Weile brachte ihn Shira in die Kuhle, wobei sie ihn an der unversehrten Schulter stützte. Erstaunlicherweise war es hier viel wärmer als auf der ungeschützten Schollenoberfläche. Aufgrund seiner Verletzung fiel der Welpe bald in einen unruhigen Schlaf. Er hätte nicht sagen können, wie viel Zeit vergangen war, ehe ihn die Worte der schönen jungen Wölfin in die Wirklichkeit zurückholten.

»Welpen des Blutrudels und des Eisrudels«, hörte er Shira rufen. »Versammelt euch um den Schneehügel!«

Mit starken Schmerzen in der Schulter richtete sich Tamani benommen auf und schlich sich ungelenk zum Rand der Kuhle. Vorsichtig spähte er hinaus und erblickte Shira, die wie eine große Anführerin auf dem offenbar selbstaufgeschichteten Eishügel stand und die anderen Welpen zu sich rief. Die kleine hellgrau-weiße Wölfin wartete, bis alle still waren und zu ihr aufblickten, bevor sie fortfuhr: »Wir trauern um euren Leitwelpen Talon. Mitglieder des Eisrudels, nehmt euch etwas Zeit, mit dem Verlust fertig zu werden. Da Talon nicht mehr unter uns weilt, müsst ihr jedoch einen neuen Welpen ernennen, der euch von nun an vertritt!« Shiras Augen richteten sich auf Kora, die dastand und ihre Geschwister hilfesuchend anstarrrte. Nach ein paar Herzschlägen nickte sie, als hätte sie eine stille Botschaft von ihren Geschwistern erhalten, bevor sie aufstand und zu Shira hinaufsprang. Ihre hellen Augen leuchteten, als sie sich an die übrigen Welpen auf der Scholle wandte und feierlich verkündete: »Unser neuer Leitwelpe wird Tamani sein!«

Er? Er, Tamani, der jüngste, kleinste und schmächtigste des Wurfes, der zuvor die Rolle des Omegas eingenommen hatte? Er sollte der Leitwelpe sein, den alle respektierten und der das Wort angab? Das konnte doch nicht ihr Ernst sein, oder? Fragen schwirrten in Tamanis Kopf herum, doch er schleppte sich aus der Kuhle und gesellte sich humpelnd zu seinen Begleitern.

»Wie soll das gehen? Ich bin zu schwach und zu klein, du solltest der Leitwelpe sein!«

Die Köpfe der anderen Welpen drehten sich zu Tamani um, doch er beachtete sie nicht, sondern richtete seine volle Aufmerksamkeit auf seine Schwester Kora, die ihn mit Verblüffung in den Augen entgegen blickte.

»Ich?« Sie schüttelte energisch den Kopf. »Ich eigne mich nicht zum

Leitwelpen, außerdem warst du der Erste von uns, der bei der Scholle war, und bist der vernünftigste des Wurfs.«

Bei diesem Lob schwoll Tamanis Brust an.

»Ich wäre auch enttäuscht, wenn du diesem Amt nicht zustimmen würdest!«, mischte sich Shira ein und ihre sanfte Stimme machte Tamani verlegen. In seinen Pfoten prickelte es und da war erneut diese Wärme.

»Nun gut, dann bin ich ab sofort euer Leitwelpe«, gab Tamani nach, spürte jedoch gleichzeitig Freude in sich aufwallen. Jubellaute ertönten von den Welpen, anfangs nur von denen des Eisrudels, doch dann fiel auch das Blutrudel ein. Talon war, im Gegensatz zu Tamani, bei seinen Geschwistern nie besonders beliebt gewesen. Und obwohl sein Tod natürlich ein riesiger Schock für alle gewesen war, schien die Aussicht auf Tamani als neuen Leitwelpen alle zu trösten und aufzuheitern.

Nach einer Weile stand Shira auf und sorgte mit einem Zucken der Rute für Ruhe. Ihr funkelnder Blick flog über die Welpen, bevor sie die Stimme erhob: »Rudel der ewigen Jagd!«, begann sie das uralte Ritual und Tamani erschauderte. Er hatte bisher erst einmal jemanden so direkt zu seinen verstorbenen Ahnen sprechen hören und das war kurz nach ihrer Geburt gewesen, als der Heiler des Eisrudels seine Vorfahren um Segen für ihn und seine Geschwister gebeten hatte. Er riss sich aus seinen Gedanken los, als Kora sich neben ihm fallen ließ und ihm mit einem Nicken signalisierte vorzutreten.

»Da das Eisrudel seinen Leitwelpen durch einen tragischen Unfall verloren hat, hat es einen neuen Welpen erwählt, es zu führen. Ich sage dies unter eurem Himmelszelt, auf dass ihr der Meinung dieser Welpen zustimmen mögt und Tamani als neuen Leitwelpen aufnehmt und akzeptiert!«, rief Shira.

Ihr Blick, den sie die ganze Zeit zum wolkenverhangenen Himmel gewandt hatte, richtete sich nun auf Tamani, der reflexartig vortrat, an den Fuß des Schneehügels. Plötzlich riss die Wolkendecke über der Scholle auf und ein einzelner Lichtstrahl fiel herab auf das graue Fell des neu ernannten Leitwelpen. Der Wind frischte auf und der Pelz des jungen Wolfes leuchtete, als wäre er ein Stern auf Erden. Und mit der Wärme, die die Sonne schickte, strömte auch Stolz in Tamanis Körper. Für einen Herzschlag fühlte er sich wie ein großer Anführer.

»Ich habe Hunger und Durst«, murrte ein dunkelgrauer Welpe frech und durchbrach so die ehrfürchtige Stille, die eben noch geherrscht hatte. Seine blaugrünen Augen funkelten gleichgültig, als wäre ihm die Verbindung von Himmel und Erde egal. Mit einem strengen Blick brachte Shira ihren Bruder zum Schweigen, bevor sie sich an den Rest der Welpen wandte: »Asko hat recht. Wir brauchen Beute, wenn wir bis zur Ankunft beim Wächtergebirge nicht verhungert sein wollen.«

Tamanis Blick schweifte über die Scholle: Sie war groß genug, um die Welpen zu tragen, und die Tatsache, dass es möglich war, eine Kuhle in den Schnee des Bodens zu graben, bewies, dass die Scholle wesentlich dicker war, als von außen erkennbar.

Ein kleiner schwarzer Welpe jaulte überrascht auf. Er stand genau am Schollenrand und blickte mit ebenso grünen Augen wie denen seiner Schwester hinab ins Wasser. »Seht nur, dort unten! Fische!«

»Das ist es!«, entfuhr es Tamani unwillkürlich. Er sprang hinüber zu dem dunklen Blutrudel-Welpen und verkündete: »Wir bilden Jagdtruppen, die ins Wasser springen und Fische fangen. So machen es die Wölfe unseres Rudels auch immer.« Er blickte unsicher zu den Welpen des Blutrudels, ob ihr Rudel wohl ebenfalls fischte. Doch es erhob sich bereits zustimmendes Gemurmel, was ihn davon überzeugte, fortzufahren. »Während die einen jagen, halten die anderen Wache oder kümmern sich um das Graben von Schlafhöhlen.«

Shira sprang zu ihm hinüber, ihre Augen leuchteten voller Zuneigung. »Eine hervorragende Idee! Doch zuerst sollten wir uns vorstellen, damit wir wissen, mit wem wir es zu tun haben. Ich bin Shira, aber das wisst ihr ja bereits. Das ist meine Schwester Maja.« Sie nickte zu einer verlegen dreinblickenden kleinen Wölfin mit schwarzem Fell. »Der Schwarze dort ist mein Bruder Maro.« Sie meinte den Welpen, der die Fische entdeckt hatte. »Und das hier ist mein *kleiner* Bruder Asko.« Ihr smaragdgrüner Blick lag mahnend auf dem dunkelgrauen Welpen, der sie rebellisch anfunkelte.

Tamani spürte die Aufmüpfigkeit des Welpen und er betrachtete interessiert die erhabene Körperhaltung Askos, die eher auf die eines Leitwelpen oder im Rang hochgestellten Welpen hindeutete, als auf den jüngsten des Wurfes. Er beobachtete Asko noch ein wenig und wartete darauf, dass einer seiner Geschwister sie ebenfalls vorstellte, bis ihm bewusst wurde, dass das nun seine Aufgabe war.

Verlegen legte er die Ohren an bevor er diesmal schüchterner die Stimme erhob: »Ich bin Tamani. Meine Schwester heißt Kora.« Er deutete auf die Weiße. »Und das sind meine Brüder Ravi und Palamino.« Nacheinander nickte er zu einem weißen Welpen mit dunklen Pfoten und einem reinweißen Welpen. »Nennt mich Pala«, warf der Weiße ein und seine Ohren zuckten verlegen.

Shira nickte eine Begrüßung. »Pala, Kora, Asko und Maja, ihr bildet die Jagdtruppe. Ravi, Maro, Tamani und ich, wir werden uns um das Höhlengraben kümmern«, bestimmte sie.

Scheinbar hatte die junge Wölfin eine ausgesprochen große Autorität, denn sofort machten sich alle Welpen an die Arbeit, und während sich die Jagdtruppe am Schollenrand versammelte, tappte Tamani zu seiner Kuhle zurück.

Er ignorierte seine Schulter, die mit jeder Bewegung dumpfe Wellen des Schmerzes durch seinen Körper sandte, und begann, die Kuhle weiter zu vergrößern und tiefer zu graben. Als er endlich eine halbwegs anständige Höhle zustande gebracht hatte, ließ er sich erschöpft zu Boden fallen. Scheinbar kostete ihn seine Verletzung viel Kraft, denn trotz des kurzen Schlafs vorhin war er vollkommen geschwächt. Er wollte gerade den Kopf heben, um seine Schulter nochmals zu begutachten, als sich die Wand neben ihm auf einmal bewegte. Erschrocken sprang er auf und betrachtete das Loch im Schnee, das immer größer wurde, bis er erkannte, wer der Gräber war. »Shira?!«, stellte er erleichtert fest und ließ es zu, dass seine Hinterbeine unter ihm wegklappten und ihn so zum Sitzen zwangen.

»Das ist unser neuer Bau, der Bau der Anführer. Ravi und Maro graben bereits den Bau für die anderen.«

»Gut.« Tamani ertappte sich bei einem erfreuten Lächeln und trotz aller Erschöpfung sagte er sofort: »Dann werde ich eine kleine Kuhle für unsere Beute graben.«

Er sprang auf und schob sich durch die Höhlenöffnung ins Freie. Dort machte er ein paar kleine Sprünge und entschied sich dann, die Kuhle etwas mittig, nicht weit entfernt von dem Schneehügel zu positionieren. Kaum war er fertig, als auch schon Kora zu ihm stieß und einen kleinen schimmernden Fisch hineinfallen ließ. Ihr Fell tropfte und ihre Pfoten zitterten kraftlos, doch ihre Augen strahlten vor Aufregung.

»Das Fischen ist hier viel leichter als im See in unserem Revier! Sieh nur, da kommen schon die anderen.«

Wie die kleine Weiße hatten die restlichen drei Jäger ebenfalls Beute im Maul und vor Nässe triefendes Fell, und während sie die Fische in das Beuteloch fallen ließen, konnte Tamani ihre müden Bewegungen erkennen. Zwei der Welpen entfernten sich wieder, doch Pala blieb bei seinen Geschwistern zurück, seine Augen glänzten erschöpft und seine Stimme bebte, als er fragte: »Wo ist unser Bau?«

Tamani berührte ihn tröstend mit der Nase an der nassen Schulter und sagte dann: »Dort vorne, wo Ravi gerade herauskommt.«

Ohne ein Wort des Dankes wandte sich der Weiße ab und trottete zu der Öffnung, die dunkel im Schnee schimmerte.

»Maja, Ravi, ihr haltet Wache.« Shira kam über die Scholle gesprungen und gesellte sich zu Tamani und seiner Schwester. Der Graue entschied sich für einen kleinen Fisch, während sich Shira und Kora einen größeren mit auffällig gelber Zeichnung teilten.

»Wie geht es eigentlich deiner Schulter?«, brach Kora nach einer Weile das gefräßige Schweigen.

Tamani wollte ihr gerade antworten, als Shira ihm zuvorkam: »Das kann dir sicher Asko sagen. Er möchte später einmal der Heiler unseres Rudels werden und deshalb kennt er sich gut mit Verletzungen aus.« Sie wartete mit gespitzten Ohren auf die Reaktion der Welpen, bevor sie etwas lauter rief: »Asko, komm her!«

Sofort kam der Dunkelgraue angesprungen, die dunklen Augen interessiert leuchtend. »Was gibt es?«

Shiras Ohren zuckten. »Ich möchte, dass du dich um Tamanis Schulter kümmerst.«

Zum ersten Mal wirkte der Welpe willig, dem Befehl seiner Schwester Folge zu leisten, und er trat zu dem Grauen heran. Nun verstand Tamani auch Askos Aufmüpfigkeit gegenüber dem Leitwelpen. In einem Rudel standen der Alphawolf und der Heiler fast auf derselben Stelle im Rang, und deshalb ließ sich Asko von seiner Schwester nicht so leicht im Zaum halten.

Mit ernstem Blick begutachtete der junge Heiler die Wunde des Leitwelpen, bevor er nach wenigen Herzschlägen zurücktrat. »Du musst die Wunde kühlen und sie sauber halten, außerdem solltest du dich ausruhen.« Der Welpe zögerte kurz, bevor er hinzufügte: »Morgen solltest du eine Jagdtruppe begleiten, die leichte Bewegung im Wasser wird deiner Schulter guttun.«

Tamani nickte dem Welpen dankbar zu. »Willst du nicht auch etwas essen, Heiler Asko? Es ist genug da«, bot er dem Welpen an und seine Ohren zuckten freundlich.

»Vielen Dank.« Asko nahm sich einen kleinen Fisch und legte sich neben seine ältere Schwester.

»Wartet kurz hier«, entschied Tamani, sprang auf und trabte über den festgetretenen Schnee zu einer Stelle nicht weit entfernt des Schneehügels. Er spürte die verwunderten Blicke seiner Freunde, als er begann, sich in den Schnee hinein zu graben. Nach wenigen Herzschlägen tauchte er mit Schnee im Fell wieder auf. Die Kälte sickerte in seinen Körper, doch nachdem er sich geschüttelt hatte, wärmte ihn sein Pelz wieder. Trotz seiner schmerzenden Schulter setzte er zu den drei Welpen zurück und lächelte Asko an. »Dein neuer Bau Asko, der Bau des Heilers.«

Tamani nickte zu der Schneehöhle zurück, die er gerade gegraben hatte, und die Augen des jungen Heilers wurden groß vor Freude. Er stand auf, schob sich an Tamani vorbei, wobei er den Grauen dankbar mit der Nase an der Schulter berührte, und stolzierte schließlich mit aufrechter Haltung zu seinem neuen Bau.

Tamani blickte ihm einen Herzschlag lang nach, bevor er sich wieder Shira und Kora zuwandte. »Ich werde mich wohl mal ausruhen, wie der große Heiler Asko es mir befohlen hat«, sagte der Leitwelpe belustigt und trottete dann vollkommen erschöpft in den Anführerbau. Entkräftet ließ er sich zu Boden fallen und es dauerte nur wenige Herzschläge, bis er in tiefen Schlaf lag.

»Land!« Ravis Stimme weckte Tamani. Der Graue schlug die Augen auf und entdeckte Shira, die mit gespitzten Ohren neben ihm lag. Das silberne Mondlicht, das in die Höhle sickerte, beschien ihr schönes Fell und ließ es ebenso leuchtend aussehen wie den Mond.

»Komm!« Die junge Wölfin erhob sich und schritt elegant zum Ausgang. Tamani folgte ihr müde und schob sich ungelenk hinter ihr hinauf auf die Schollenoberfläche. Im fahlen Licht erkannte er, dass all seine Gefährten aus ihren Bauen gekommen waren und einer gelb-braun-weißen Küste entgegenstarrten. Ravi und Maja standen am Rand der Scholle so dicht beieinander, dass sich ihre Pelze berührten, und ihre Ohren zuckten voller Aufregung.

Hatten sie das Wächtergebirge etwa schon erreicht? Aber wo war dann das Gebirge? Die Landschaft vor Tamani war zwar felsig und ausladend karg, aber Hügel oder gar ein Gebirge konnte er nirgends entdecken. Während sie von der Strömung näher an Land und somit weiter in die Bucht getrieben wurden, erkannte Tamani, dass am Ufer ein Wolfsrudel stand, auf das sie genau zusteuerten. Es dauerte eine Weile, bis die Eisscholle ans Ufer stieß, das dann aber mit solcher Wucht, dass die Welpen auf der Scholle schwankten und Tamani fast das Gleichgewicht verloren hätte.

»Hallo, wir heißen euch herzlich willkommen!«, erklang die tiefe, eindringliche Stimme eines sandbraunen Wolfes, der an der Spitze des Wolfsrudels stand. Zweifellos ihr Anführer.

Die Welpen auf der Scholle blieben still, bis sich Shira dazu durchrang, ein paar Worte vor den Fremden herauszubringen. »Wer seid ihr?«

Der sandbraune Wolf lächelte vergnügt, bevor er antwortete: »Wir sind das Wüstenrudel. Ihr nehmt unsere Welpen mit«, erklärte der große Wolf, während ihn Shira noch immer verwirrt ansah.

»Ich bin Telai, der Leitwelpe meines Rudels«, stellte sich der größte der drei Welpen vor. Er war stämmig und groß gebaut, einen ganzen Kopf größer als seine Geschwister.

»Ich bin Mila.« Eine graubraune kleine Wölfin trat vor, und Tamani erkannte mit kaum verhohlener Freude, dass sie wesentlich kleiner war als er selbst.

»Und ich heiße Pegas«, stellte sich der letzte der drei vor. Er sah aus wie sein Bruder: Sandbraun mit weißen Pfoten, doch abgesehen davon hatte er nicht wie Telai braune, sondern grüne Augen.

Der Alphawolf des Wüstenrudels nickte stolz, bevor er gebieterisch die Rute hob und jaulend befahl: »Bringt den Vorrat!«

Sofort traten drei Wölfe des Rudels nach vorne, sprangen geschmeidig auf die Scholle und ließen die Schneehasen, von denen jeder einen trug, in das Beuteloch fallen. Ohne die Welpen eines Blickes zu würdigen, verschwanden sie wieder in der Menge ihres Rudels.

»Macht Platz für die Neuen!« Shiras klare Stimme schallte durch die kalte Luft und sofort gehorchten die Welpen auf der Scholle und drängten sich zusammen. Telai nickte ihr dankbar zu, dann machte er einen großen Satz und sprang zu ihr hinüber, gefolgt von seinen Geschwistern.

Tamani sah aus dem Augenwinkel, dass der Alphawolf erneut ein Zeichen gab. Wieder stürzten einige Wölfe nach vorne und warfen sich mit aller Kraft gegen die Scholle. Beeindruckt beobachtete Tamani die Wölfe, die es nach einigen mühevollen Versuchen schafften, die Eisscholle vom Ufer abzustoßen, wo sie sofort von einer Strömung erfasst wurde und von der Küste wegtrieb. Am Ufer ertönte ein Jaulen, das Abschied verkünden sollte, und Telai und seine Geschwister blickten hinüber zu ihrem Rudel, von dem sie sich langsam entfernten.

»Pala, Kora, ihr übernehmt die erste Schicht der Wache«, wies Shira die beiden Welpen an, die sich sofort erhoben und in der Nähe des Schollenrandes niederließen. »Da ist das Beuteloch, da drüben ist der Bau des Heilers, dort der Bau der zukünftigen Schüler und dort ist der Bau der Leitwelpen.« Shira nickte nacheinander zu den Höhlen und erklärte dann weiter: »Wir haben Jagdtruppen, die fischen, und Wachschichten.«

Voller Eifer wollte sie weiterreden, doch Tamani unterbrach sie rasch: »Ich denke ihr solltet euch erst einmal schlafen legen, ihr könnt eure Kräfte morgen gut gebrauchen.«

Er warf Shira einen entschuldigenden Blick zu, den diese jedoch nur mit einem Zucken der Ohren abtat und zu ihrem Bau sprang. Tamani nickte Telai und seinen Geschwistern aufmunternd zu, dann trabte er Shira nach in seine Schlafhöhle. Die anderen Welpen taperten ebenfalls zu ihren Schlafplätzen.

Als er sich neben Shira zusammenrollte, hörte er vorsichtige Pfotenschritte, und einen Herzschlag später tappte Telai herein und legte sich mit einem respektvollen Abstand zu Shira und Tamani auf den Boden. Tamani war merkwürdig enttäuscht, er wäre lieber mit Shira allein im Bau gewesen, wusste aber, dass Telai ein Recht darauf hatte, hier zu schlafen. Seufzend drehte er sich um und fiel schon bald in einen tiefen Schlaf.

»Nein, nicht! Nein, Solo! Nein!« Tamani zuckte erschrocken zusammen und wandte sich zu Telai um. Der braune Welpe bebte im Schlaf und seine Pfoten scharrten unruhig über den Boden. »Nein, Solo!«

Nun war auch Shira wach geworden und beobachtete den zitternden Welpen mit ihren hellen Augen. »Sollen wir ihn wecken?«, fragte sie leise und wandte ihren Blick Tamani zu.

Dieser nickte. »Ja, bevor er noch die anderen aufweckt«, antwortete er flüsternd.

Shira schob sich näher an den Sandbraunen heran und berührte ihn sanft mit der Pfote an der Seite. »Hey, Telai, wach auf!«

Erschrocken schlug der Welpe die Augen auf. Einen Herzschlag lang flog sein gehetzter Blick hin und her, als könnte er nicht erfassen, wo er sich befand, dann fixierte er Shira. »Was ist?« Seine Stimme zitterte, und sein Körper bebte noch immer.

»Du hast im Schlaf gesprochen«, erklärte ihm Tamani ruhig.

»Schon wieder? Oh nein!« Er schien einen Augenblick lang mit sich zu kämpfen, dann sagte er: »Kann ich euch etwas anvertrauen?«

»Natürlich kannst du das«, beruhigte ihn Shira.

»Und ihr sagt es niemandem weiter?«, hakte der Sandbraune nach.

»Leitwelpenehrenwort!«, versprach ihm Tamani, während er sich weiter nach vorne zu dem Welpen schob. Nun war sein Interesse geweckt und er fragte sich im Stillen, was als Nächstes kommen würde.

»Na gut …«, begann Telai und fuhr stockend fort: »Vor zwei Mondwechseln, als ich noch ein kleines Junges war, brach in meinem Rudel eine schreckliche Krankheit aus, an der viele Wölfe starben. Solo, meine große Schwester, wollte Heilerin werden, deshalb zog sie mit mir und meinen Geschwistern aus, um nach einem Gegenmittel zu suchen. Wir wussten jedoch nicht, dass sich in unserem Revier ein Verstoßener befand, und liefen ihm direkt in die Pfoten. Er brachte meine beiden Brüder um und … Solo nahm all ihren Mut zusammen und stellte sich ihm in den Weg, bevor er auch mich töten konnte. Sie war der Leitwelpe unseres Rudels, wisst ihr? ›Renn!‹, rief sie mir zu und ich gehorchte. Ich flüchtete hinter einen Eishügel und beobachtete das Geschehen. Ich dachte, Solo würde mir folgen, doch sie blieb, wo sie war. Der Verstoßene packte sie im Genick, sie wehrte sich, hatte aber keine Chance. Ich war so verzweifelt und voller Angst! Dennoch stürmte ich aus meinem Versteck und biss dem Wolf in die Rute. Ich sah seinen Pfotenschlag gar nicht kommen. Als ich auf dem Boden aufkam, drehte sich alles um mich herum und mein Kopf schmerzte. Ich war gegen einen im Schnee verborgenen Felsen geprallt und wurde kurz darauf ohnmächtig. Wie ihr seht, ist mein Pelz nicht besonders dicht, und wenn mich mein Vater nicht wenig später gefunden hätte, wäre ich sicherlich erfroren.«

Die Stimme des Welpen war nur noch ein Gemurmel, kaum lauter als das Säuseln des Windes. »Das Letzte, woran ich mich erinnere, bevor ich ohnmächtig wurde, ist, wie der Verstoßene mit Solo im Maul davonlief. Ihr schwarz-rotes Fell sehe ich jede Nacht im Traum und dann durchlebe ich die ganze Geschichte nochmals.«

Der Sandbraune saß zusammengekauert da und blickte auf seine Pfoten, sichtlich verstört davon, diesen Albtraum erneut gehabt zu haben. »Pegas und Mila sind übrigens aus einem anderen Wurf. Euch dürfte ja nicht entgangen sein, dass sie viel kleiner sind, als der Rest von uns Welpen.« Telais Stimme klang hohl und erstickt vor Trauer und zum ersten Mal blickte er zu Tamani und Shira auf. In seinen Augen glänzten Tränen, was Tamani sofort einen Stich versetzte.

»Leg dich ruhig noch etwas hin, ich wache über deinen Schlaf«, bot er an und versuchte, sich sein Entsetzen nicht anmerken zu lassen, sondern seiner Stimme einen tröstenden Klang zu verleihen.

Telai blickte ihn einen Augenblick lang an, als würde er abwägen, ob er das Angebot annehmen sollte, dann schüttelte er jedoch den Kopf. »Das ist nicht nötig, die Sonne geht ja bald auf.« Nun bemerkte auch der Graue die schwache Helligkeit, die sich in die Schneehöhle schlich, und er nickte zustimmend. Er akzeptierte Telais Entscheidung, auch wenn der Sandbraune unheimlich müde aussah.

Shira blickte die beiden anderen Leitwelpen an, bevor sie sich an den Sandbraunen wandte: »Wir danken dir für dein Vertrauen, Telai. Wenn irgendetwas sein sollte, kannst du jederzeit wieder mit uns reden.«

Auf das Gesicht des Welpen schlich sich ein vorsichtiges Lächeln. »Danke.«

Tamani nickte ihm zu und schob sich dann Shira hinterher, die gerade den Bau verließ. Als der Leitwelpe aus der Schneehöhle trat, sah er am Horizont einen kleinen leuchtenden Fleck, der bezeugte, dass die Sonne bald aufgehen würde. Er streckte sich und genoss die Ruhe, die auf der Scholle herrschten, da noch keiner der anderen Welpen aufgewacht war. Nach einer Weile flog sein Blick hinüber zu Telai, der ruhig dasaß und gedankenverloren der aufgehenden Sonne entgegenstarrte.

»Telai?«, er tappte zu ihm hinüber. »Hast du vielleicht Lust, ein wenig mit mir fischen zu gehen?«

In den braunen Augen des Welpen leuchtete ein kleiner Funke der Freude auf. »Sicher doch, gerne.«

»Darf ich auch mitkommen?«

Tamani wirbelte überrascht herum und entdeckte Mila, die ihn mit großen runden Welpenaugen anblickte. »Natürlich, kommt.«

Der Graue führte seine Gefährten zum Schollenrand und stürzte sich gemeinsam mit ihnen in die Fluten. Tamani spürte die Kälte des Wassers nur stumpf durch sein dichtes Fell, denn all seine Sinne hatten sich auf die Jagd konzentriert. Der Leitwelpe paddelte etwas durch die Wellen, bis er in einiger Entfernung zur Scholle war, und ließ sich dann ganz ruhig treiben. Er wartete regungslos, bis endlich ein dicker Fisch unter ihm hindurchschwamm. Einen Augenblick später bemerkte dieser ihn, wollte fliehen, doch der Graue war schneller. Sein Kopf tauchte unter und seine dornenspitzen Zähne bohrten sich in den Körper des Beutetiers. Voller Stolz hob Tamani seinen Kopf wieder und zog die Luft durch die Nase ein. Der salzige Geschmack des Meeres brannte unangenehm in seiner Kehle, doch er war stolz, einen Fisch gefangen zu haben.

Beim Zurückpaddeln erhaschte er einen Blick auf Mila, die mit einer unglaublichen Schnelligkeit unter Wasser schoss und wenige Herzschläge später mit zwei kleineren Fischen im Maul wiederauftauchte. Sie war eine gute Jägerin, egal wie klein und jung, das musste er zugeben. Zurück auf der Scholle trabte Tamani zuerst zu Asko, der vor seinem Bau lag und sich sonnte.

»Guten Morgen, Tamani, wie ich sehe hast du meinen Rat befolgt und warst jagen.«

Der Leitwelpe ließ den Fisch vor die Pfoten des Heilers fallen und lächelte ihn an. »Ja, hier, der ist für dich.«

Asko blickte kurz auf den Fisch, dann hob er den Kopf und sah Tamani an, in seinen Augen funkelte Überraschung. »Danke, aber nur weil ich euer Welpenheiler bin, müsst ihr nicht für mich jagen.« Seine Augen glommen noch heller auf, als wäre er in seinem Stolz verletzt, doch dann senkte er den Kopf und begann, den Fisch mit großen, gierigen Bissen herunterzuschlingen.

Die Welpen hatten gute Laune und nachdem sie gemeinsam gegessen hatten, fanden sie sich in kleinen Gruppen zusammen, erzählten sich gegenseitig Geschichten, die ihnen die Ältesten der Rudel erzählt hatten, oder veranstalteten spielerische Kämpfe. Nur Pala und Kora lagen neben dem Schneehügel und schliefen, da ihre Nachtwache sie sehr erschöpft hatte.

So lässt es sich leben, dachte Tamani und döste in der Sonne, während er mit einem Ohr Shiras Geschichte über das größte Unwetter anhörte. Doch plötzlich störte etwas seine Ruhe. Im ersten Moment wusste Tamani nicht, warum, doch dann verstand er: Weitestgehend vom Geruch des großen Wassers überdeckt, lag ein fremdartiger Duft in der Luft, scharf und bitter. Der Graue setzte sich auf, um besser riechen zu können, und nun nahm er es deutlicher wahr: Es war der Geruch eines anderen Rudels.

2. Kapitel

Kaum hatte er den Geruch der fremden Wölfe wahrgenommen, als er auch schon zwei Köpfe sah, die, das Wasser durchpflügend, auf die Eisscholle zuhielten. Tamani sprang auf, sein Fell sträubte sich und seine Muskeln spannten sich kampfbereit an. »Fremde Wölfe!« Seine Stimme hallte erschreckend laut durch die Luft und ließ die Welpen aufhorchen.

Langsam kamen die anderen Welpen zusammen und sahen sich um, sichtlich verwirrt, was Tamanis Ausruf bedeutete.

Doch Shira verstand sofort und wusste auch, was zu tun war. »Maja, Mila, Pegas, in den großen Bau! Asko, du gehst mit ihnen!«, kommandierte sie mit hocherhobener Rute. »Wir anderen verteilen uns!«

Telai, der neben ihr stand, jaulte Zustimmung und schob sich an den Rand der Scholle heran, die Muskeln gespannt. Tamani folgte seinem Beispiel und trat neben ihn in die Reihe der Welpen, die bereit waren zu kämpfen, um sich zu verteidigen. Der Graue fletschte die Zähne und ließ ein wütendes Knurren hören, als er die Fremden näher kommen sah. Vor ihm im Wasser trieben ein dunkelbrauner und ein hellbrauner Welpe.

Tamanis Muskeln waren zum zerreißen gespannt und er war bereit zu springen, doch er blieb, wo er war, als der dunkelbraune Welpe jaulte: »Wir sind nicht gekommen, um zu kämpfen, aber bei einem Angriff eurerseits werden wir uns wehren!«

Trotz des abgestandenen Geruchs von Fisch und Wasser im Pelz der Fremden konnte Tamani doch auch ihre Angst riechen und das brachte ihn dazu, sich zu entspannen. Shira, die am Ende der Reihe stand, bellte einen Befehl, und die Welpen auf der Scholle traten zurück, um den anderen die Chance zu geben, sich hinaufzuhieven. Mit zitternden Pfoten kletterte der Dunkelbraune hinauf und brach, als er in sicher Entfernung zum Wasser war, kraftlos zusammen. Seine hellbraune Begleiterin wollte es ihm gleichtun, doch ihre Pfoten rutschten von der glatten Oberfläche ab und sie fiel wieder zurück ins Wasser. Nach einigen Versuchen ohne Erfolg trat Ravi nach vorne, ließ sich neben ihr ins Wasser gleiten, um ihr zu helfen, doch er war kaum eine Schnauzenlänge von ihr entfernt, als sie sich mit gefletschten Zähnen zu ihm umwandte. »Lass mich, ich schaffe das auch allein!«

Ravi zuckte zurück angesichts der Wut in ihrem Blick und nach einem kurzen Augenblick des Wartens zog er sich wieder hinauf auf die Scholle und nahm seinen Platz in der Reihe der Welpen ein. Erneut versuchte die Hellbraune, mit ihren Pfoten den Rand zu erreichen, doch auch diesmal glitten ihre Pfoten ab und sie fiel wieder zurück ins Wasser.

Nun schob sich Kora nach vorne und ließ sich neben der Hellbraunen ins Wasser fallen, um ihr zu helfen, doch sie wurde ebenfalls abgewiesen: »Von dir brauche ich auch keine Hilfe. Hast du keine eigenen Probleme, um die du dich kümmern kannst?«

Kora ignorierte die Feindseligkeit der Fremden und sagte mit sanfter Stimme, die fast der einer Mutter glich: »Doch, im Moment brauchst du meine Hilfe. Aber da du offenbar nicht willst, dass ich dich berühre, lass mich dir wenigstens zeigen, wo du leichter hinauf klettern kannst.«

Empört öffnete die Hellbraune das Maul, überlegte es sich dann jedoch anders und folgte Kora mit schwachen Stößen zu einer flacheren Aufstiegsstelle. Ebenso wie der Dunkelbraune brach auch die junge Wölfin kraftlos zusammen, kaum dass sie die Scholle erklommen hatte, und blieb zitternd und schwer atmend liegen.

»Asko!«, rief Shira nach ihrem Bruder, der sofort angerannt kam und sich zu den beiden Fremden schob. Der Heiler roch an den Welpen und ignorierte dabei gekonnt, dass die Hellbraune ihn aus zu schmalen Schlitzen verengten Augen anfunkelte und drohend knurrte.

Nach einer kurzen Untersuchung trat er zu seiner großen Schwester und erklärte in sachlichem Ton: »Es geht ihnen gut. Sie sind nur übermüdet und auch hungrig, sie sollten etwas zu fressen bekommen und sich dann ausruhen dürfen.«

Shira nickte ernst. »Gut, wir werden sie danach anhören.« Ihre Ohren zuckten in Tamanis Richtung und der verstand. Er sprang hinüber zum Beuteloch, schnappte sich zwei der Schneehasen und trug sie zu den Fremden.

Es war schon kurz vor Sonnenuntergang, als die beiden Neuankömmlinge wieder aus der Schlafhöhle herauskamen. Der Rest der Welpen hatte sich bereits um den Schneeberg versammelt und erwartete die Anhörung der beiden. Die feindselige Stimmung war noch immer nicht verflogen. Ungegrührt davon nickte Shira Tamani zu und stolzierte mit ihm auf den Schneehügel, um den ihr zustehenden Platz einzunehmen. Der Graue folgte ihr, sprang neben sie und ließ sich ebenfalls auf der Spitze des Schneeberges nieder, wobei er bemerkte, dass Telai, der auch das Recht hatte, dort zu sitzen, sich am Fuße des Berges niederließ.

Shira wartete, bis das Gemurmel verstummt war, bevor sie zu sprechen anhob: »Welpen aller Rudel auf dieser Scholle, versammelt euch!« Eigentlich wäre ihre übliche Versammlungsrede nicht nötig gewesen, doch nun rückten die Welpen noch etwas näher, und auch die beiden Fremden taten ein paar weitere, vorsichtige Schritte zum Schneeberg hin. »Tretet vor, Neuankömmlinge!«

Die beiden braunen Welpen traten nach vorne, nicht jedoch, ohne die Zähne zu fletschen und ein leises Knurren von sich zu geben. Tamanis

Muskeln spannten sich unwillkürlich an und er musste ein Knurren unterdrücken. Diese beiden Welpen hatte keine Chance gegen die anderen, aber sein Instinkt riet ihm trotzdem zur Vorsicht. Doch hielt er sich zurück, denn er wusste, eine falsche Bewegung seinerseits konnte einen unfairen Kampf ausbrechen lassen.

»Wer seid ihr?«, fragte Shira und gab sich sichtlich keine Mühe, den feindseligen Unterton zu unterdrücken.

»Wir sind die Welpen des Küstenrudels.« Der dunkelbraune Welpe hatte geantwortet und starrte nun mit zusammengekniffenen Augen zu Shira hinauf.

Tamani schluckte das Knurren hinunter und erhob stattdessen ebenfalls die Stimme: »Und was macht ihr hier?«

Diesmal war es die Hellbraune, die etwas entgegnete: »Wir gehören zum zweiten Rudel, das mit einer Eisscholle zum Wächtergebirge reist. Aber wir wurden von einer warmen Strömung erfasst und die Scholle schmolz. Wir sind die Einzigen, die es bis hierher geschafft haben.«

Die Stimme der hellbraunen jungen Wölfin klang anders als die Stimmen, die Tamani bisher gehört hatte. Sie hatte einen hohen Klang, den er unwillkürlich mit Schärfe in Verbindung brachte. Schärfe und Misstrauen.

»Wie heißt ihr?«, fragte Shira weiter und riss Tamani so aus seinen Gedanken.

»Das geht dich gar nichts an!«, fauchte die Hellbraune, machte einen Satz und war nun auf halber Höhe des Schneeberges, die Zähne wütend gefletscht.

Augenblicklich schob sich Tamani nach vorne und drückte seine Schulter vor Shira. Er würde sie um jeden Preis beschützen.

»Doch!« Nun trat Telai von unten zu ihr und drängte sie mit zusammengekniffenen Augen zurück. »Wenn ihr mit uns auf dieser Scholle zum Wächtergebirge reisen wollt, geht es uns sehr wohl etwas an!«, zischte er.

»Ruhig, Taila, wir wollen keinen Streit«, versuchte der Dunkelbraune seine Schwester zu beruhigen. Er schob sie mit einer Schulter hinter sich, sodass nun er vor Telai stand. »Mein Name ist Cody und das ist meine Schwester Taila.«

Sie blitzte ihn an. »Sei still Cody!«

Sie wollte gerade zu einer weiteren Rede ausholen, als sie von Shira unterbrochen wurde: »Und wer von euch ist der Leitwelpe?«

»Ich!« Cody streifte Taila mit einem energischen Blick und funkelte Shira dann mit unverholenem Misstrauen an. »Warum ist das wichtig?« Bei dem hasserfüllten Blick, den er den Leitwelpen zuwarf, hätte man denken können, dass sie daran schuld waren, dass die Scholle des Küstenrudels in eine warme Strömung geraten war.

Tamani erhob erneut die Stimme: »Beruhigt euch, wir haben euch nichts getan.«

»Halt die Klappe, Wölfchen!«, knurrte Taila schroff und trat neben ihren Bruder.

Tamani wich zurück. Es war das erste Mal, dass er auf seine mangelnde Größe und Stärke hingewiesen wurde, seit er zum Leitwelpen ernannt worden war. Bestimmt sah es lächerlich aus, wie er auf dem Hügel stand und sich für einen großen Anführer hielt, obwohl ihn die meisten der anderen Welpen um mindestens einen halben Kopf überragten.

»Wer ist euer Anführer?«, hallte Tailas kalte Stimme über die Scholle.

Mit einem entschuldigenden Seitenblick auf Tamani trat Shira nach vorne und antwortete: »Ich. Ich bin die Anführerin!«

Der Graue sank traurig in sich zusammen und blickte auf seine Pfoten. Schämte sich Shira etwa für ihn?

»Du musst dich von so einem Mini-Wolf beschützen lassen?«, spottete die Hellbraune. »Und du willst ein Leitwelpe sein?«

In Tamani stieg kochende Wut auf. Das ging zu weit! Taila konnte ihn beleidigen, so oft und so lange sie wollte, doch Shira als einen schlechten

Leitwelpen darzustellen? Das ließ er nicht zu! Zähne bleckend drehte Tamani seinen Körper zu Taila und duckte sich zu Boden. Noch einen Herzschlag lang verharrte er so, dann sprang er los, direkt auf die junge Wölfin zu. Überrascht riss diese die Augen auf und gab einen erstickten Laut von sich, doch Tamani hatte sie überrumpelt, und so wurde sie hilflos von ihm zu Boden geschleudert. Seine Zähne fanden unwillkürlich den Weg zu ihrem Hinterbein und er vergrub sie darin. Vor Schmerz jaulte die Hellbraune laut auf und stemmte ihre Pfoten gegen ihn, doch das brachte nichts, sie konnte sich noch immer nicht befreien.

Tamani wollte gerade erneut zubeißen, als er spürte, wie sich Zähne in seinem Nackenfell versenkten und ihn von Taila wegzerrten. Der Graue machte eine geschickte Drehung und befreite sich sofort, um nun in Codys funkelnde Bernsteinaugen zu blicken. Der Dunkelbraune wollte gerade erneut zum Angriff ansetzen, doch Tamani warf sich als Erster nach vorne, duckte sich unter dem Bauch seines Angreifers hindurch und schnappte nach dessen Hinterbein. Cody taumelte zurück, schwankte auf seinen Pfoten und fiel mit einem dumpfen Schlag in den Schnee.

Tamani knurrte wütend, er richtete sich auf, sodass er den Dunkelbraunen überragte, und fletschte bedrohlich die Zähne. Doch er wusste, dass er gewonnen hatte, und ein Angriff auf einen am Boden Liegenden wäre nicht fair gewesen. Mit einem letzten drohenden Knurren und einem warnenden Blick auf die beiden Besiegten wandte sich Tamani von ihnen ab und tappte zurück zum Fuß des Schneeberges. Er setzte sich und leckte sich stolz das Fell auf seinen Schultern, in vollem Bewusstsein darüber, von allen beobachtet zu werden. Es war vollkommen still.

»Du hast dich gut geschlagen!«

Tamani erkannte die helle und zugleich bedrohliche Stimme sofort, doch sie klang so anders als bisher. Verblüfft blickte der Graue zu Taila auf, die mit respektvoll gesenkten Ohren und Rute vor ihm stand.

»Sie konnte nicht die Anführerin sein. Die anderen Welpen haben ihren Befehlen zwar Folge geleistet, aber sie hatte nicht den Mut, sich gegen meine Beleidigungen zu wehren. Doch du hast es geschafft, gegen zwei Welpen zu kämpfen, die größer und stärker sind als du, und hast dabei noch nicht einmal einen Kratzer davongetragen.« Ein freundliches Lächeln umspielte ihre Lippen. »Doch mach das noch einmal und ich verarbeite dich zu Fischfraß!«

Tailas Augen zogen sich zu schmalen Schlitzen zusammen, während sie die Worte mit ihrem üblichen Hochmut aussprach. Sie starrte Tamani noch einen Herzschlag lang herausfordernd an, dann drehte sie sich um und stolzierte davon. Belustigt blickte der Leitwelpe ihr nach und konnte den Anflug von Stolz in seinem Inneren nicht unterdrücken. Sein Blick ging hinauf zu Shira, die diesen anerkennend erwiderte. Nun war er wahrhaftig der Anführer.

3. Kapitel

Zwei Sonnenwechsel waren vergangen, seit das Küstenrudel auf die Scholle gestoßen war. Tamani lag neben dem Schneeberg und wärmte sich in der schwachen Sonne der Kältezeit. Sein Pelz prickelte angenehm und der Blick des Grauen schweifte entspannt über die Fläche. Cody, Asko, Pala und Taila saßen vor dem Bau des Heilers und unterhielten sich angeregt. Pegas und Mila übten gemeinsam mit Maro Kampftechniken in der Nähe des Beutelochs, und Ravi und Maja pflegten sich gegenseitig das Fell, während sie Wache hielten.

Telai und Shira lagen neben Tamani und lauschten Kora, die eine Geschichte über ihren Vater Rex erzählte: »Er biss dem Schattenwolf ins Genick, dieser heulte vor Schmerz auf und rannte feige davon. Wieder einmal hatte Rex gesiegt«, beendete sie die Erzählung.

»Eine beeindruckende Geschichte! Euer Vater muss wahrlich mutig sein«, stellte Shira fest.

Tamani nickte knapp. Er fühlte sich heute träge und schläfrig.

»Was ist das?« Telais ernste Stimme brachte den Grauen dazu, den Kopf zu wenden. Am Horizont – in der Richtung, in die die Scholle von der Strömung gezogen wurde – ragte eine riesige Bergkette auf, die mit ihren Spitzen die ewigen Jagdgründe zu berühren schien.

»Das muss das Wächtergebirge sein«, hörte Tamani Shira sagen, als hätte sie seine Gedanken ausgesprochen. Mit einem Mal war der Graue gar nicht mehr müde und seine Pfoten prickelten vor freudiger Erwartung. Er sprang auf und hatte mit ein paar Sätzen den Schneeberg erklommen.

»Versammelt euch!«, rief er die Welpen zusammen, die sofort angetrabt kamen und gespannt zu ihm aufblickten. Shira setzte sich am Fuße des Berges nieder, anstatt darauf zu bestehen, ihren Platz neben Tamani einzunehmen.

»Wir haben nun fast das Wächtergebirge erreicht.«

Kaum hatte er zu Ende gesprochen, brach auch schon Jubelgejaule unter den Welpen auf der Scholle aus. »Macht euch bereit, Schüler zu werden«, versuchte er seine Mitreisenden zu übertönen, dann sprang er hinab und sah dem Wächtergebirge entgegen.

Der Jubel verebbte und langsam gesellten sich die anderen Welpen zu ihm und Shira, die bereits neben ihm stand. Es dauerte eine endlos scheinende Zeit, bis die Scholle mit einem Ruck gegen das Ufer stieß.

Geübt sprang Tamani aufs Festland und wartete, bis alle bei ihm angekommen waren.

»Und was nun?«, fragte Cody.

Tamani ließ seinen Blick schweifen und fixierte schließlich einen platt getrampelten Pfad, der sich zwischen zwei Sträuchern den Berg hinaufzuschlängeln schien. »Ich denke, wir müssen da hoch.« Entschlossen sah er ins Gebirge, dann öffnete er das Maul, um besser riechen zu können. Er witterte andere Welpen, die noch vor Kurzem den Weg gegangen waren, den er jetzt einschlagen wollte. »Vorwärts!«, befahl er und stolzierte los, den Pfad hinauf.

Mit schmerzenden Pfoten erreichten die Welpen nach einiger Zeit ein Plateau auf dem Berggipfel. Mehr Welpen, als Tamani je zuvor gesehen hatte, standen bereits dort und tuschelten aufgeregt miteinander. Merkwürdige Gerüche strömten in Tamanis Nase und vermischten sich zu einem eigenartigen Duft. Zusammen gesellten sich die Neuankömmlinge zu den anderen zukünftigen Schülern. Nur ein paar Welpen bemerkten sie in diesem Durcheinander.

»Oh, Neue«, begrüßte eine schwarze junge Wölfin sie und murmelte dann mehr zu sich selbst: »Nun sollten eigentlich alle da sein.«

Tamani drehte sich zu seinen Gefährten um. Musste er ihnen Anweisungen geben, wie sie sich verhalten sollten? Doch einige von ihnen liefen bereits zu anderen Welpen, um sie zu begrüßen. Telai sprach gerade mit einem dunkelgrauen Welpen, und seine Geschwister sprangen um eine Gruppe Welpen herum, die aufgeregt diskutierten. Scheinbar wussten sie, was sie zu tun hatten.

Tamani sah sich um. Welpen mit allen möglichen Fellfarben waren auf dem Plateau verteilt. Jede Fellfarbe passte zu dem jeweiligen Revier des Rudels, sodass er bei einigen genau hinsehen musste, um sie vor der matt hellbraunen Felswand erkennen zu können. Tamani machte es Telai nach und lief zu einer Gruppe goldfarbener Welpen. »Hallo, ich bin Tamani«, stellte er sich vor.

Der größte von ihnen drehte sich um und musterte ihn abschätzig. »Welches Rudel?«, fragte der Goldene überheblich.

»Vom Eisrudel. Und von welchem seid ihr?«, fragte Tamani freundlich und versuchte, die spöttischen Blicke der Goldbraunen zu ignorieren.

»Goldrudel«, antwortete der Goldene und drehte sich wieder zu den Welpen seines eigenen Rudels um.

Tamani verstand, dass dieses Gespräch beendet war und er lief enttäuscht über seinen Misserfolg, Kontakt mit den anderen Welpen aufzunehmen, zu seinen Freunden zurück. »Die dorthinten sind nicht besonders freundlich.« Er legte möglichst viel Fröhlichkeit in seine Stimme, um sich selbst nicht die Laune zu verderben.

Er sah sich erneut um, doch dieses Mal achtete Tamani nicht auf die unzähligen Welpen, sondern auf die Umgebung: Das Plateau lag weit oben auf dem Berg, in schwindelerregender Höhe. Es bestand aus einer großen

Fläche, auf der all die Welpen standen, eingekesselt von zwei aufragenden Felswänden. Außerdem gab es noch eine höher gelegene, kleinere Plattform, ein paar Felsen bildeten eine Art Weg dorthinauf. Er sah zurück zu seiner Schollentruppe und wurde unerwartet von Trauer übermannt. Er war traurig, nicht mehr ihr Anführer zu sein, traurig, dass er nun kein Teil dieses wunderbar eingespielten Teams mehr sein würde.

Ein Jaulen riss Tamani aus seinen Gedanken. Erschrocken sah er sich um, bis er vier Gestalten auf der kleinen, höher gelegenen Fläche entdeckte. Eine graue Gestalt heulte erneut: »Ruhe!«

Auf dem Plateau wurde es ruhiger, nur noch leises Getuschel war zu hören. Nach einigen Herzschlägen schien die schwarze junge Wölfin, die sie vorhin begrüßt hatte, genug Mut gefasst zu haben, denn sie jaulte laut, sodass sie jeder hören konnte: »Wer seid ihr?«

Die graue Gestalt trat ein Stück vor und jaulte dann so laut, dass ihre Stimme von den Felswänden widerhallte: »Wir sind die Wächter!«

Nun hatte der Wolf die Aufmerksamkeit aller Welpen: »Mein Name ist Graupelz«, stellte sich der graue Wächter vor.

Eine weiße Wölfin trat neben den grauen Wächter und sagte: »Ich bin Schneeflocke, das ist Mitternacht.« Mit einem Kopfnicken deutete sie auf die schwarze Gestalt neben sich.

»Und ich heiße Sandsturm.« Sandsturm, ein hellbrauner Wolf, trat vor und verbeugte sich vergnügt.

Mit ernster Stimme fuhr Graupelz fort: »Sind alle Welpen und Rudel anwesend?«

Erneut ergriff die kleine Schwarze das Wort: »Ja, alle sind da.«

»Dann ist es jetzt Zeit für eure Zeremonie.« Graupelz hatte die Stimme erhoben und rief feierlich: »Welpen aller Rudel, das Rudel der ewigen Jagd hat euch geholfen, die gefährliche und anstrengende Reise zum Wächtergebirge zu überstehen und euch damit auserwählt, Schüler zu werden.« Er machte eine bedeutsame Pause und ließ seinen Blick über die Menge der Welpen schweifen. »Darum seid ihr von heute an keine Welpen mehr, sondern Jungwölfe und damit vollwertige Schüler des Wächtergebirges.«

Die Wächter verbeugten sich tief und dann brach Jubelgejaule unter den Jungwölfen aus. Der Lärm war ungeheuer und Tamani hatte das Gefühl, dass ihm gleich die Ohren abfallen würden.

»Wir werden euch nun in vier Gruppen einteilen. Jede Gruppe wird von einem Wächter ausgebildet«, übertönte Sandsturm mühelos die Welpen und sofort kehrte Ruhe ein. »Heute werdet ihr noch ein wenig jagen, bevor ihr euch schließlich in euren Schlafhöhlen ausruhen dürft.«

Gespannt hörte Tamani zu, wie zuerst Sandsturm seine Gruppe aus den Welpen der verschiedenen Rudel wählte, dann Schneeflocke, Mitternacht und zum Schluss Graupelz: »Ich wähle die Meeresgruppe, die Gruppe, die als Einzige mit einer Scholle gereist ist.«

Freudig und erleichtert atmete Tamani auf, er würde weiterhin bei seinen Freunden sein und mit ihnen ausgebildet werden. Die 13 Jungwölfe der Scholle waren auch zukünftig vereint.

Graupelz' Blick ruhte auf Tamani und schien den Jungwolf zu beurteilen. Unwillkürlich fragte sich Tamani, warum er nur ihn ansah. Erinnerte er den Wächter vielleicht an jemanden?

Schließlich sprang Graupelz geübt den Felsweg hinab, wie es auch die anderen drei Wächter vor ihm getan hatten. Elegant schritt er auf die Meeresgruppe zu.

»Kommt mit«, befahl er seinen Schülern und rannte los, an den Jungwölfen vorbei auf ein schwarzes Loch zu, das in einem Felshügel klaffte. Sofort setzen sich alle in Bewegung und folgten ihm.

Graupelz wartete bereits vor der Höhle, die mit einem leichten Gefälle ins Berginnere führte, auf die ihm hinterherstolpernden Jungwölfe und erklärte dann: »Das ist unser Geheimgang. Wir benutzen ihn häufig, da er durch den Berg führt und viel kürzer ist, als der Weg außen herum. Es gibt auch geheime Schluchten, die ihr sicherlich im Laufe eurer Ausbildung sehen werdet, aber was den Geheimgang angeht, müsst ihr aufpassen. Bleibt dicht hinter mir, denn es gibt viele Gänge, die tiefer in den Berg hinein führen und in denen ihr euch schnell verlaufen würdet.« Dann rannte er los in die Höhle hinein.

Mit schnellen Pfotenschritten hastete Tamani ihm nach, bis er von Finsternis verschluckt wurde. Der Tunnel war dunkel, nicht ein Lichtstrahl fiel hinein. Er konnte nicht einmal seine eigene Schnauze sehen, also musste er sich vollkommen auf sein Gehör und seinen Geruchssinn verlassen. Er roch, wo sein Ausbilder entlanggelaufen war, und hörte Graupelz' hallende Schritte, die ihn leiteten.

Graupelz nahm keine Rücksicht auf die neu ernannten Schüler und lief so schnell, dass Tamani nur mit großer Mühe mithalten konnte und seine untrainierten Muskeln vor Anstrengung brannten. Es kam ihm vor, als hätten sie das komplette Wächtergebirge durchquert, als er endlich Licht am anderen Ende des Tunnels sah. Erleichtert atmete er auf, da er wusste, dass er nicht mehr lange durchgehalten hätte.

Graupelz saß bereits am Ausgang und wartete auf die eintreffenden Jungwölfe, während er dem Meer entgegenblickte.

Unglaublich, dachte Tamani, denn sie waren tatsächlich durch den ganzen Berg bis ans Meer gelaufen. Die Jungwölfe kamen nacheinander aus dem Tunnel und verteilten sich in einem Kreis um ihren Ausbilder.

»Auf der Eisscholle habt ihr bestimmt schon gefischt, oder?«, fragte Graupelz nun seine Schüler, ohne den Blick vom Meer abzuwenden.

»Ja«, antwortete Shira.

»Wer ist eigentlich euer Alphawelpe?«, fragte er weiter und nun wandte er den Blick zu den Jungwölfen.

»Was ist das?«, meldete sich Kora zu Wort, als niemand antwortete.

»Der Alphawelpe, kurz Alpha, ist der oberste Anführer einer Gruppe, der Leitwelpe aller Leitwelpen sozusagen«, erklärte Graupelz.

»Dann ist das Tamani«, sagte Shira sofort und stupste den grauen Jungwolf an. Stolz trat Tamani vor.

Graupelz nickte ihm nur kurz zu, aber seine Augen schienen den frisch gebackenen Alphawelpen mit Interesse zu mustern. »Nun gut, lasst mich zunächst kurz über eure Ausbildung hier im Wächtergebirge sprechen: Ihr werdet täglich unterschiedliche Lektionen haben, sowohl im Jagen als auch im Kämpfen, aber auch viel Eigenverantwortung als Gruppe, ohne, dass ich als Ausbilder dabei bin. Daher ist es so wichtig, einen klugen Alphawelpen ausgewählt zu haben. Desweiteren werdet ihr die Heiligen Regeln lernen, die uns von Anbeginn der Zeit leiten und die Grundfesten unseres Handelns bestimmen. Jeder Wolf muss diese kennen, damit er ein gutes Leben nach dem Willen unserer Vorfahren leben kann.«

Tamanis Ohren zuckten. Er wusste grob, worum es sich bei diesen Regeln handelte, da seine Mutter ihnen bereits viel davon erzählt hatte, aber er freute sich, nun auch ihre Anwendung zu lernen.

»Eure erste Lektion für heute ist das Jagen im Trupp. Ein Teil von euch jagt in dieser Richtung.« Der graue Wächter nickte zu einem grünen Hügel, der in einem Wald endete. »Die anderen Schüler in der anderen Richtung.« Graupelz' Rute zuckte in die Höhe als Zeichen, dass sie nun gehen sollten.

Zu sechst lief Tamanis Teil der Gruppe zu dem Hügel, kurz davor blieb Tamani stehen, um zu wittern. Ein starker Wildgeruch stieg ihm in die Nase. Langsam schlich er los und geduckt folgten ihm die anderen. Vier Rehe grasten auf einer Lichtung nahe dem Wald. Blitzartig hob ein Reh den Kopf und sah sich um. Es warf einen kurzen Blick in Richtung der zusammengekauerten Jungwölfe und rannte dann mit großen Sprüngen in den Wald. Aufgeschreckt folgten die anderen drei dem ersten Reh.

Tamani verfluchte seine Fellfarbe, sprang auf und preschte der Beute hinterher. Er würde sie nicht entkommen lassen. In knappem Abstand folgten die anderen ihm. Mit gespitzten Ohren und offenem Maul verfolgte Tamani die Geruchsspur der Rehe durch den Wald. An einem Hang teilte sich die Spur, nur drei Rehe hatten es hinaufgeschafft, die Spur des anderen Rehs führte wieder in den Wald hinein, um den Hang herum. Darauf hatte Tamani gewartet. Er bog nach rechts ab, in die Richtung, die auch das einsame Beutetier eingeschlagen hatte. Er roch die Angst und die Erschöpfung des Tieres, die eine hervorragende Spur bildeten. Tamani jedoch fühlte sich voller Energie und rannte noch schneller, um das Reh bald einzuholen.

Plötzlich sah er etwas Rotbraunes durch die Bäume blitzen. Tamani erkannte das Reh, das stehen geblieben war und sich verunsichert umsah. Mit einem Nicken gab er seinen Gefährten das Zeichen zur Umzingelung. Das Reh saß in der Falle! Gemeinsam sprangen die Jäger aus ihren Verstecken. Die anderen fünf Jungwölfe hielten das um sein Leben kämpfende Beutetier fest, während Tamani ihm den Garaus machte. Stolz über ihre erste Beute als Schüler trugen sie das Reh zurück zum Tunneleingang.

Graupelz und die andere Hälfte ihrer Gruppe warteten bereits auf sie. Shira saß hinter einem Ziegenbock, den sie offenbar erlegt hatte, und sah mit freundlich glühenden Augen auf die Jungwölfe, die gerade eingetroffen waren.

»Gut gemacht!« Graupelz sah zufrieden aus, als er fortfuhr: »Ihr habt es geschafft, allein mit eurem Instinkt ein Beutetier zur Strecke zu bringen.« Er stolzierte in den Geheimgang und gab, kurz bevor er von den Schatten verschluckt wurde, den Jungwölfen mit der Rute ein Zeichen, ihm zu folgen. Gemeinsam nahmen die Schüler ihr Erlegtes auf und schleppten es durch den Tunnel bis zum Plateau.

»Kommt mit.« Graupelz schritt auf die andere Seite des Plateaus und zwängte sich dort durch einen Spalt in der Felswand. Die Jungwölfe taten es ihm nach, was sich jedoch als gar nicht so leicht herausstellte, denn die Beute, die sie mit sich trugen, passte nicht durch das Loch. Sie mussten all ihre Kräfte, die sie noch übrig hatten, aufwenden, doch nach einer Weile hatten sie es geschafft. Der Felsspalt führte in eine Höhle, die durch ein winziges Loch in der Decke erhellt wurde.

»Legt eure Beute hier ab«, sagte Graupelz und deutete auf eine Mulde im Boden, neben der er saß. Die Schüler taten das Befohlene und traten dann zu ihrem Ausbilder. »Dies sind eure Schlafhöhlen.« Er nickte zu vier schwarzen Löchern, die in der Wand klafften. »Die Höhle ganz links gehört euch, dort ist ein großer Raum für euch Jungwölfe und ein kleinerer Raum für euren Alphawelpen. Die anderen Höhlen werden von den restlichen Gruppen bewohnt«, erklärte Graupelz und ließ den Blick über seine Schüler schweifen, ehe er fortfuhr: »Legt euch gleich schlafen, denn ich erwarte euch morgen bei Sonnenaufgang beim Geheimgang.« Dann drehte er sich um und verschwand durch den Felsspalt.

Völlig erschöpft ging die Meeresgruppe in ihre Höhle, und ohne etwas zu fressen, schliefen sie ein.

Alle bis auf Tamani. Die Schlafhöhle des Alphawelpen war klein und kalt und er fühlte sich allein. Er war die Wärme der anderen Jungwölfe gewohnt und er vermisste vor allem Shira. Die Kälte des Gesteins wurde ihm noch bewusster, als er an ihre Wärme an seiner Flanke dachte, mit der er in letzter Zeit stets eingeschlafen war. Da hörte er leise Pfotenschritte, die näher kamen, und entdeckte schließlich Shira, die sich in seine Höhle schob. Freude flammte in seinem Inneren auf.

»Kannst du vielleicht bei mir bleiben?«, fragte er schüchtern.

»Deswegen bin ich ja gekommen«, antwortete sie lächelnd, trottete zu Tamani und legte sich neben ihn. Wärme durchströmte ihn, als er ihr Fell an seinem spürte.

Shira blickte ihn an. »Gute Nacht, Tamani«, flüsterte sie und leckte ihm über die Wange.

»Gute Nacht«, entgegnete der Graue überrascht.

Shira legte ihren Kopf auf seine Pfoten und eine ungewohnte Zufriedenheit breitete sich in seinem Inneren aus. Er legte den Kopf sachte auf Shiras Schulterblatt und schloss die Augen. Nun war er nicht mehr allein.

4. Kapitel

»Aufwachen.« Shiras sanfte Stimme weckte Tamani. Verwirrt sah er sich um, wieso lag er nicht in seinem Bau auf der Eisscholle? Dann erinnerte er sich daran, dass er im Wächtergebirge im Bau des Alphawelpen war. Schüchtern sah Tamani Shira an.

Diese erwiderte seinen Blick mit vor Wärme glühenden Augen und sagte dann: »Es ist kurz vor Sonnenaufgang.« Sie schob Tamani ein Stück Fleisch vor die Pfoten. »Friss schnell, wir müssen uns beeilen, die anderen sind schon auf dem Weg zum Geheimgang.«

Verlegen setzte sich Tamani auf. Musste er sich wirklich wie ein winziger Welpe aus dem Schlaf scheuchen lassen? Mit ein paar Bissen hatte er sein Frühstück hinuntergewürgt und preschte dann aus der Höhle. Dicht gefolgt von Shira rannte er zum Geheimgang, wo gerade die unverkennbar dunkelbraune Schwanzspitze von Cody im Eingang verschwand. Mit rasendem Puls sprang er hinter ihm her.

Er roch die Meeresgruppe, die, angeführt von ihrem Ausbilder, durch den Gang lief. Mit immer größer werdenden Schritten hastete er hinter ihnen her. Am Ende des Geheimgangs holten Shira und Tamani ihre Gruppe ein, die gerade dabei war, sich um Graupelz zu versammeln. Erleichtert atmete Tamani auf, das Herz schlug ihm bis zum Kehlkopf.

»Seid ihr auch schon da?«, spottete Taila und ihre Augen funkelten höhnisch.

»Ich habe verschlafen«, erklärte Tamani kleinlaut.

Taila öffnete gerade das Maul, um noch etwas zu erwidern, als sie unterbrochen wurde: »Einmal ist das in Ordnung, doch ich hoffe, das wiederholt sich nicht. Ihr seid jetzt Schüler und Jungwölfe, keine Welpen mehr, die man zum Aufstehen zwingen muss«, mahnte Graupelz und fuhr dann mit versöhnlicher Stimme fort: »Eure heutige Lektion wird das Kämpfen sein, denn ihr müsst euch gegen angreifende Schattenwölfe wehren und das Revier des Wächtergebirges verteidigen können.«

»Was sind Schattenwölfe?«, fragte Mila und auch einige der anderen Jungwölfe tauschten fragende Blicke.

»Um das Wächtergebirge herum hat ein Wolfsrudel Namens Schattenwölfe sein Revier. Sie glauben nicht an das Rudel der ewigen Jagd, sondern an die ewigen Schatten. Außerdem sind sie der Meinung, dass jeder Wolf etwas Schwarzes an sich haben muss, um von ihren Ahnen gesegnet und ein Schattenwolf sein zu können. Sie wollen das Wächtergebirge erobern, denn sie denken, wenn hier keine Jungwölfe mehr trainiert werden, könnten sie über kurz oder lang die Herrschaft über alle Rudel übernehmen.

Die Schattenwölfe stehlen sogar Welpen aus anderen Rudeln, da sie bei ihrer brutalen Ausbildung viele ihrer eigenen Welpen umbringen. Deswegen werden Schüler hierhergeholt: Zum einen natürlich, um ausgebildet zu werden. Zum anderen aber auch, um das Wächtergebirge zu beschützen, und damit indirekt alle Rudel.«

Nach dieser Erklärung ließ Graupelz den Blick über die aufmerksam lauschenden Jungwölfe schweifen und sagte dann: »Teilt euch in Zweiergruppen auf, Tamani du kommst zu mir.«

Sofort teilte sich die Meeresgruppe auf, und Tamani war überrascht, wie schnell und gut die Schüler gehorchen konnten. Er stolzierte zu Graupelz und erhaschte Tailas neidischen Blick, als er sich neben seinen Ausbilder setzte.

»Greift euch gegenseitig an, bis einer von euch aufgibt, aber verletzt euch ja nicht. Ich kann keine verletzten Schüler gebrauchen«, mahnte

Graupelz, dann wandte er sich an Tamani und senkte die Stimme ein wenig: »Na los, greif mich an.«

Ratlos sah Tamani den Wächter an. Wie sollte er, klein und schmächtig wie er war, diesen großen und muskelbepackten Wolf angreifen? Er wusste, es war so wahrscheinlich wie wenn ein Fisch Rehe jagte, dass er ihn besiegen konnte.

»Na los!«, wiederholte Graupelz.

Tamani duckte sich. Sein Ausbilder saß zwei Wolfslängen von ihm entfernt und erwartete seelenruhig den Angriff seines Schülers. Blitzartig rannte Tamani auf Graupelz zu und sprang ihn an. Er wollte ihn gerade zu Boden werfen, da spürte er zwei massige Pranken, die ihn am Bauch trafen und ihm die Luft aus der Lunge pressten. Er verlor beim Aufkommen sein Gleichgewicht, taumelte kurz und fiel dann auf die Seite. Erschrocken sah er Graupelz an, der fest auf seinem Platz stand und dessen Augen amüsiert funkelten. Machte er sich über Tamani lustig?

»Streng dich mehr an. Selbst ein erst einen Mondwechsel altes Junges hätte diesen Angriff abgewehrt«, forderte Graupelz den Alphawelpen heraus, ihn noch einmal anzugreifen.

Tamani stand auf. Er schnappte immer noch nach Luft wegen des heftigen Pfotenhiebs. Zweifelnd senkte er den Blick. Wie ungerecht das war! *Ich bin der schwächste Schüler und habe den stärksten Gegner!*, dachte er.

Nach kurzem Zögern rannte er dennoch wieder los, erneut auf Graupelz zu und sprang ihn an. Diesmal rang er ihn zwar zu Boden, doch die Kraft des Wächters war riesig. Mühelos drehte Graupelz sich auf den Bauch und warf sich zurück auf den Rücken. Geräuschvoll landete er auf Tamani und ließ dann von ihm ab. Die Rippen des Grauen fühlten sich geprellt an. Er wusste, dass er hier mit Kraft nicht weiterkommen würde. Also überlegte Tamani kurz, bevor er sich zum dritten Mal duckte und auf Graupelz zurannte. Er hatte sich einmal bei seinen älteren Rudelgefährten einen Trick abgeschaut, vielleicht konnte er diesen hier anwenden. Denn hier musste er mit Köpfchen vorgehen. Mit seiner geringen Kraft würde er niemals gegen Graupelz ankommen. Er sprang also ab, diesmal jedoch so hoch, dass er mühelos über den Wächter springen konnte, hatte es aber so aussehen lassen, als würde er frontal in Graupelz krachen.

Der Ausbilder stieß mit den Pfoten nach vorne, verfehlte Tamani dabei knapp. Während Graupelz sich noch verwirrt umsah, kam Tamani hinter ihm auf und wirbelte herum. Er taumelte ein wenig, war aber fest entschlossen, nicht das Gleichgewicht zu verlieren. Tamani fand seine Balance wieder, schoss nach vorn und zog die Pfoten des großen Wächters unter dessen Körper weg. Eine Pfote auf die Kehle, die andere auf den Bauch gelegt, nagelte Tamani den Ausbilder fest, der überrumpelt aufgab.

»Geschafft!«, heulte Tamani triumphierend auf und trat zurück.

Graupelz rappelte sich auf und schüttelte den Staub aus dem Pelz. Seine Augen funkelten erfreut. »Gut gemacht! Du hast gemerkt, dass ich dir stärkemäßig überlegen bin und hast daher einen klugen Trick angewandt. Dein Scharfsinn beweist, dass du ein wahrer Alpha bist«, lobte der Ausbilder seinen Schüler.

Mit sich selbst zufrieden glättete Tamani sein Brustfell.

»Du erinnerst mich stark an Rex, einen der besten Schüler, den das Wächtergebirge je gesehen hat. Ihm wurde angeboten, ein Wächter zu werden, doch er lehnte ab und wurde wenig später der Alphawolf des Eisrudels«, sagte Graupelz und musterte Tamani.

»Ja, Rex ist mein Va-«, doch mitten im Satz wurde er von Taila unterbrochen, die jetzt unbedingt ebenfalls die Aufmerksamkeit ihres Ausbilders haben wollte und ihn mit Fragen zu verschiedenen Kampftechniken zu löchern begann. Für Tamani war das okay, er gesellte sich stattdessen zu Telai um sein Training fortzusetzten und sich mit der Technik des Sandbraunen zu befassen.

So verging der erste Ausbildungstag wie im Flug. Obwohl Tamanis Muskeln ebenso wie die seiner Gruppengefährten am Abend schmerzten, teilte Graupelz ihn gemeinsam mit Shira und vier weiteren noch zu einer Truppe zur Kontrolle der Grenze zum Schattenwolfrevier ein. Und nachdem die Meeresgruppe im Abendrot gemeinsam ihre Beute verzehrt hatte, machte sich die Grenztruppe auf den Weg.

Mondlicht schimmerte auf Tamanis Pelz und warf die Schatten von sechs Wölfen an die Felswand. Plötzlich stieg Tamani ein Duft in die Nase, der seine Nackenhaare dazu brachte, sich aufzustellen. »Seid leise«, flüsterte er. Er witterte Schattenwölfe in ihrem Revier! Er roch, dass es fünf junge Welpen waren und ein erwachsener Wolf. »Unten bleiben und keinen Laut«, wies Tamani seine Grenztruppe an. Leise schlich er durch das Gebüsch und spähte hinaus. Er sah, wie ein großer pechschwarzer Schattenwolf auf fünf junge Welpen starrte, die ängstlich bebten und auf ihre Pfoten sahen, mit denen sie nervös im Staub scharrten.

»Hört auf zu zittern, ihr jämmerlicher Haufen Fischfraß!«, jaulte er sie an. Seine Augen funkelten aus schmalen Schlitzen bedrohlich die jüngeren Wölfe an. »Schattenwölfe haben nie Angst«, fügte er mit tiefer Stimme hinzu. »Vier von euch werden heute ins Lager zurückkehren!« Leise fügte er hinzu: »Lebend!«

Tamani stockte der Atem, das konnte er nicht ernst gemeint haben. Oder? Dann erinnerte er sich an Graupelz' Worte: Die schwarzen Schattenwölfe stehlen sogar Welpen aus anderen Rudeln, da sie bei ihrer brutalen Ausbildung viele ihrer eigenen Welpen umbringen.

»Tötet niemanden«, befahl Tamani flüsternd seiner Truppe, dann hob er die Stimme zu einem lauten Jaulen: »Angriff!« Schnell brach er aus dem schützenden Wald und jagte mit wildem Kriegsgeheul auf den Schattenwolf-Ausbilder zu. Überrascht bleckte dieser die Zähne, doch schon hatte Tamani den größeren Wolf mit einem Sprung umgeworfen und ihm in die Schulter gebissen. Blut rann in Tamanis Maul und er ließ seinen Gegner los. Der Schwarze jaulte markerschütternd auf, als Shira ihm ins

Hinterbein biss. Tamani nickte ihr zu und sie verstand. Sofort ließ sie den Krieger los, der schnell das Weite suchte.

Tamani wirbelte zu seiner Gruppe herum in der Erwartung, ein wildes Kampfgetümmel zu erblicken. Stattdessen hatten seine Freunde die feindlichen Schüler umzingelt und knurrten sie nun drohend an. Die Fremden saßen zusammengekauert und vor Angst zitternd in der Mitte.

»Bitte, tötet uns nicht«, bettelte ein grauschwarzer Welpe und in seinen bernsteinfarbenen Augen blitzte blanke Panik auf. Erst jetzt sah Tamani, wie mager er war, seine Rippen stachen unter seinem ungepflegten Pelz hervor, als hätte er mondwechsellang nichts Richtiges gefressen. »Bitte, tut uns nichts. Wir ergeben uns«, murmelte der Welpe demütig, als Tamani nichts erwiderte.

Alle Blicke wandten sich nun dem Alphawelpen zu und sein Pelz begann, unangenehm zu kribbeln. »Das ist nicht meine Entscheidung«, stellte Tamani klar. »Doch die Wächter würden niemals Welpen einfach kaltblütig ermorden«, murmelte er so leise, dass es nur die Gefangenen hören konnten. »Umzingelt sie«, befahl der Graue seiner Gruppe mit erhobener Stimme. »Wir bringen sie zum Plateau.«

Sofort erkannte er, dass seine Befehle nicht nötig gewesen wären, denn seine Gruppengefährten wussten, was zu tun war, und flankierten die Schattenwelpen bereits von allen Seiten. Tamani lief an die Spitze der Truppe, um sie zum Plateau zu führen.

»Vorwärts!« Der Alphawelpe hörte Codys respektlose Stimme, die die Gefangenen vorantrieb, und er spürte, wie sich sein Pelz vor Ärger sträubte. Vor den fremden Welpen wagte er es aber nicht, den braunen Jungwolf zurechtzuweisen. Langsam bestiegen sie das Gebirge, darauf bedacht, keine geheimen Schluchten zu durchqueren. Sie waren schon fast beim Plateau angekommen, als eine tiefe, drohende Stimme hinter ihnen sie stoppte und knurrte: »Nicht so schnell!«

Erschrocken wirbelte Tamani herum und blickte einem schwarzen, muskulösen Wolf in die kühlen Augen. Erleichtert erkannte er einen Augenblick später Mitternacht, den Ausbilder der Elementegruppe, der ihn mit seinen durchdringend grünen Augen unfreundlich anfunkelte.

»Wer ist das?«, fragte der Wächter mit einem abschätzigen Blick auf die Fremden.

»Gefangene Schattenwelpen. Wir haben sie während ihres Trainings in unserem Revier erwischt«, erklärte Tamani mit fester Stimme und versuchte, die brennenden Blicke einiger Jungwölfe der Elementegruppe, die hinter ihrem Ausbilder standen, zu ignorieren. »Wir wollen sie zu Graupelz bringen«, erklärte er weiter.

»Das ist nicht nötig! Ich werde mich selbst um sie kümmern«, knurrte Mitternacht. Ängstlich blickten die mageren Gestalten den Wächter an. »Geht jetzt in eure Höhle«, wies er Tamanis Gruppe barsch an.

Ein großer goldener Jungwolf mit breiten Schultern, der direkt hinter Mitternacht stand, starrte Tamani spöttisch an, und Tamani spürte, wie sich das Fell auf seinen Schultern sträubte. Tamani unterdrückte ein wütendes Knurren und neigte nur gehorsam den Kopf, während er flüsterte: »Sehr wohl.«

Damit drehte er sich um und lief weiter in Richtung Plateau, gefolgt von den anderen fünf Jungwölfen seiner Gruppe. Als er sich nochmals umdrehte, sah er, wie die Truppe, die hinter Mitternacht gestanden hatte, die Schattenwelpen mit gesträubtem Nackenfell umkreiste. Mitternacht beobachtete die Szene mit einem zufriedenen Funkeln in den grünen Augen, und Tamani spürte Abneigung gegen den schwarzen Wächter aufsteigen. Er war froh, Graupelz als Ausbilder zu haben, denn für seinen Geschmack verhielt sich Mitternacht viel zu hochnäsig.

Gefolgt von seiner Truppe trabte Tamani in die Schlafhöhle seiner Gefährten. Fragend sahen Asko, Kora und Telai, die dicht nebeneinanderlagen, sie an, als hätten sie die niedergeschlagene Haltung ihrer Freunde bemerkt.

»Was ist passiert?«, fragte Kora und sprang sofort auf, um ihre Pelze nach Verletzungen abzusuchen. Erschöpft erzählte Tamani, dass sie mit ihrem Grenztrupp Schattenwelpen in ihrem Revier gefunden hatten, die mit einem Schattenwolf trainiert hatten. »Und? Habt ihr sie vertrieben?«, fragte Kora eifrig.

»Den Ausbilder schon, seine fünf Schüler sind bei Mitternacht. Sie stellen aber wirklich keine Gefahr für uns dar, sie sind höchstens vier Mondwechsel alt«, hörte Tamani Shira hinter sich die Fragen mit ruhiger Stimme beantworten.

Kora kräuselte die Lippen, als hätte sie auf ein schlechtes Stück Beute gebissen. »Warum sind sie bei Mitternacht?«, fragte sie angewidert und bestätigte damit Tamanis Verdacht, dass auch andere Jungwölfe den Wächter nicht leiden konnten.

»Er war in der Nähe und hat uns abgefangen«, erklärte Shira und machte eine abfällige Geste mit der Rute.

Kora schnaubte und flüsterte Asko etwas ins Ohr, der daraufhin zustimmend nickte.

Bevor Tamani noch etwas sagen konnte, ertönte ein Jaulen, und Tamani erkannte Schneeflockes Stimme: »Schüler des Wächtergebirges, kommt zu einer Versammlung auf dem Plateau!«

Sofort folgte Tamani der Stimme der Ausbilderin in dem Wissen, dass ihm der Rest seiner Gruppe nachkam. Der runde Vollmond leuchtete vom dunklen Himmelszelt auf die vier Wächter, die mitten auf dem Plateau standen. Tamani erkannte Graupelz' muskulöse Silhouette, neben der Mitternacht klein und schwach wirkte. Die vier Wächter warteten, bis sich ihre Schüler um sie versammelt hatten, bevor Graupelz Mitternacht mit der Rute ein Zeichen gab vorzutreten. Der schwarze Wolf neigte den Kopf vor dem älteren Wächter in einer respektvollen Geste, aber Tamani war sich sicher, für einen Herzschlag so etwas wie Hass in den grünen Augen Mitternachts aufblitzen gesehen zu haben. Doch als er vortrat, verrieten seine Züge keinerlei Gefühle. Mit einem funkelnden Blick auf die Schattenwelpen, die hinter den Wächtern kauerten, hob Mitternacht die Stimme.

»Die Grenztruppe, die heute den Wald und die Lichtung nahe dem Schattenwolf-Revier überprüft hat, hat fünf Schattenwelpen gefangen genommen. Diese Welpen haben mit einem Schattenwolf in unserem Revier trainiert«, berichtete der schwarze Wächter mit einem tiefen, herablassenden Knurren.

Die versammelten Jungwölfe begannen aufgeregt zu Murmeln. »Wo kommt ihr ursprünglich her?«, jaulte ein graubrauner Jungwolf aus der Menge der Schüler.

Die Schattenwelpen wechselten nervöse Blicke, als fragten sie sich, ob sie antworten sollten, während das unruhige Getuschel der Schüler lauter wurde. Nach ein paar Herzschlägen schien der größte der Schattenwelpen, ein grauschwarzer, genug Mut zur Antwort gefasst zu haben, denn er erhob sich und erklärte mit ungewöhnlich fester und lauter Stimme: »Wir sind bei den Schattenwölfen geboren und aufgewachsen.« Sein Blick schweifte über die Masse der Jungwölfe, als warte er auf mehr Fragen. Als sein Blick dem von Graupelz begegnete, zuckte er zusammen, als hätte er gerade ein Mitglied des Rudels der ewigen Jagd gesehen. Ängstlich senkte der Grauschwarze den Kopf und starrte zu Boden.

Was hat er nur?, fragte Tamani sich im Stillen. Er musste zugeben, dass Graupelz beeindruckend aussah mit den stählernen Muskeln unter dem grauen Pelz und den breiten Schultern. Doch der Schattenwelpe schien wirklich Angst vor dem Wächter zu haben.

»Was machen wir mit ihnen?«, riss Asko ihn aus seinen Gedanken »Wir können sie nicht zurück zu den Schattenwölfen schicken. Entweder sie werden feindliche Kämpfer oder sie werden von den Schattenwölfen ermordet.«

Tamani sah zu Graupelz, der nickte. »Wir Wächter werden uns beraten«, verkündete er und sammelte mit einer Rutengeste die anderen

Wächter um sich. Gespannt sah Tamani zu, wie die Ausbilder aufgeregt diskutierten. Mitternacht schüttelte den massigen Kopf und Tamanis Hoffnung schwand. Traurig schaute er zu den ängstlich dreinblickenden Schattenwelpen. Er spürte Mitleid in sich aufsteigen, sie waren in einem Rudel aufgewachsen, in dem sie offensichtlich jeden Tag mit dem Tod kämpfen mussten, obwohl sie kaum älter als Pegas und Mila schienen.

»Du dummer Fellball hast doch nicht etwa Mitleid mit diesen fünf Haufen Dreck!« Ein braun gestreifter großer Jungwolf funkelte Tamani an.

Das Nackenfell des Grauen sträubte sich verärgert und er musste sich beherrschen, diesen Spötter nicht anzuspringen und ihm einige Fellfetzen vom Körper zu reißen.

»Es sind Schattenwölfe, du dummes Stück Fischfraß!«, beleidigte der Braungestreifte ihn erneut.

»Lass Tamani in Ruhe!«, fuhr Shira mit blitzenden Augen dazwischen. »Wenn er Mitleid mit den Schattenwelpen hat, dann hat er dafür Gründe!« Sie hatte die Zähne gebleckt und schien bereit, Tamani mit einem Sprung zu verteidigen. Der Braungestreifte knurrte noch einmal, dann wandte er sich jedoch ärgerlich ab und stolzierte davon. Immer noch kampfbereit blickten Shira und Tamani ihm nach.

Der Graue trat vor, sein Pelz kribbelte vor Verlegenheit, weil er sich von Shira hatte verteidigen lassen. »Danke«, wisperte Tamani und streifte zurückhaltend den Pelz der schönen Jungwölfin.

»Mir tun sie auch leid«, erklärte ihm Shira mit einem verständnisvollen Blick.

»Wir haben uns entschieden«, verkündete Graupelz in diesem Moment, und Tamani wirbelte zu seinem Ausbilder herum, begierig zu erfahren, was mit den Schattenwelpen passieren würde. Der graue Wächter wartete, bis er die Aufmerksamkeit aller Jungwölfe hatte, dann sagte er laut: »Die Schattenwelpen werden Gefangene sein, bis sie uns nutzen können. So lange werden sie nicht angegriffen.«

Graupelz' Blick schweifte eindringlich über die Schüler, um seinen Worten Nachdruck zu verleihen. Erleichtert atmete Tamani auf, doch Graupelz hatte noch nicht zu Ende gesprochen. »Da die Meeresgruppe sie gefangen genommen hat, wird sie die Schattenwelpen auch mit Beute versorgen. Die Gefangenen werden in der Vorhöhle der eigentlichen Schlafhöhle ruhen, und ich verlange, dass sie immer von zwei Jungwölfen bewacht werden.«

Graupelz' blaugraue Augen schienen sich in Tamani zu bohren. Da hörte der Alphawelpe ein verächtliches Schnauben. *Wahrscheinlich wieder der Braungestreifte*, dachte Tamani, erblickte dann jedoch Mitternacht, der ihn fixierte. War das Spott in seinem Blick?

»Die Ausbilder werden nun den Alphas noch weitere Dinge erklären, ihr anderen dürft wieder gehen.« Graupelz zuckte mit der Rute als Zeichen, dass die Schüler entlassen waren.

»Kommt her«, befahl der graue Wächter, als die anderen Schüler sich daran machten, in ihre Schlafhöhlen zurückzutrotten.

Flankiert von einigen Jungwölfen mit gesträubten Haaren wurden auch die ängstlichen Schattenwelpen in die Höhle getrieben.

Tamani sah, wie drei Jungwölfe sich von ihren Gruppen lösten und auf den Ausbilder der Meeresgruppe zutrabten, und sofort trat Tamani vor, um es ihnen gleichzutun. Er wandte noch einmal kurz den Blick, um seine Gruppe zu beobachteten, die mittlerweile als eine der letzten im Eingang der Höhle verschwand.

Die drei anderen Alphawelpen, alle größer als Tamani, hatten sich bereits um Graupelz versammelt und warteten darauf, dass er ihnen Anweisungen gab.

Hinter dem grauen Wächter standen die anderen drei Ausbilder, und Tamani bemerkte Mitternachts brennenden Blick auf seinem Pelz. Er versuchte, ihn zu ignorieren, und lauschte aufmerksam Graupelz' Worten: »Ich erwarte nicht nur, dass die Schattenwelpen zu jeder Zeit bewacht werden. Ihr müsst auch aufpassen, dass sie den Geheimgang oder eine der geheimen Schluchten nicht entdecken.«

»Unter eurer Aufsicht dürfen sie sich ein wenig im Wächtergebirge bewegen, aber wenn das der Fall ist, dann müssen die Schattenwelpen immer von fünf Jungwölfen bewacht werden«, ergänzte Schneeflocke.

»Tamani wählt die erste Wache für die Schattenwelpen aus«, knurrte Mitternacht und seine Augen funkelten.

Tamani nickte, spürte aber die Feindseligkeit des schwarzen Wächters. *Was hat er gegen mich?*, fragte er sich still. Schnell drehte sich der Graue um und rannte zurück zur Höhle, nachdem Graupelz die Rute gehoben hatte, um die Alphawelpen zu entlassen.

Shira saß in der Schlafhöhle der Meeresgruppe. Tamani wäre fast mit ihr zusammen gestoßen, als er in den Bau gerannt kam.

»Wir müssen die Schattenwelpen heute als Erste bewachen richtig?«, riet Shira, und Tamani nickte niedergeschlagen.

»Maro, Pala, ihr haltet Wache, okay?«, flüsterte er dann, um die bereits eingeschlafen Jungwölfe seiner Gruppe nicht zu wecken.

Pala nickte, stieß Maro an und verschwand gemeinsam mit dem schwarzen Jungwolf durch den Ausgang in die Vorhöhle.

»Darf ich mit zu dir kommen?«, fragte Shira zurückhaltend und nickte in die Richtung von Tamanis Schlafhöhle.

Tamani spürte ein Lächeln in seinem Gesicht und eine angenehme Wärme flammte in seinem Inneren auf. »Natürlich, geh du schon mal vor, ich muss noch etwas erledigen«, antwortete der Graue, und Shira lächelte glücklich.

Tamani drehte sich um und lief auf den Ausgang der Schlafhöhle zu. Er wollte noch einmal kurz nach den Schattenwelpen sehen und sie fragen, warum sie offenbar Angst vor Graupelz hatten. Als er auf die fünf Welpen zulief, fühlte er sich ein wenig schuldig, weil er sich so für sie interessierte. Aber sein Instinkt sagte ihm, dass diese Welpen wichtig waren und etwas verbargen.

Dicht lagen die dunklen Welpen beisammen, den Pelz als Schutz gegen die Kälte der Vorhöhle aufgeplustert, und blickten Tamani neugierig entgegen. Vor dem Eingang entdeckte der Graue nur Maro und Pala, die sich gegenseitig das Fell pflegten. Schnell wandte er sich wieder den Schattenwelpen zu.

»Hallo«, sagte Tamani und spürte Unsicherheit in sich aufwallen.

»Hallo«, entgegnete der grauschwarze Welpe, der so was wie ihr Alpha zu sein schien, und seine Augen glänzten unerwartet fröhlich.

»Ich-ich habe eine Frage«, stammelte Tamani, und fuhr dann schnell fort, um seine Verlegenheit zu überspielen: »Wieso hast du Angst vor Graupelz?«

Die bernsteinfarbenen Augen des Welpen, in denen gerade noch Heiterkeit geleuchtet hatte, verdunkelten sich augenblicklich. Der Grauschwarze senkte den Kopf, als könne er es plötzlich nicht mehr ertragen, den Alphawelpen anzusehen.

Tamani beobachtete den Schattenwelpen beunruhigt. Warum hatte ihn seine harmlose Frage so verängstigt?

»Das kann ich dir nicht verraten«, murmelte der schwarzgraue Welpe so leise, dass Tamani ihn kaum verstehen konnte. »Obwohl du unser Retter bist.« Für einen Augenblick sah er zu Tamani hoch und Bedauern blitzte in seinen Augen auf, bevor er den Blick wieder senkte. »Es tut mir leid! Leg dich lieber hin, du solltest nicht mit uns gesehen werden. Handel dir keinen unnötigen Ärger ein.«

Die anderen vier Welpen saßen starr da und schauten mit verstörtem Blick auf einen Punkt in weiter Ferne. Der Alphawelpe wollte gerade nochmals mit Nachdruck den Schwarzgrauen fragen, doch dieser hatte sich bereits hingelegt und den Kopf auf die Pfoten gesenkt, um zu verdeutlichen, dass das Gespräch beendet war.

Tamani erkannte resigniert, dass es zwecklos war, mehr herausfinden zu wollen. Wenn die Schattenwelpen ihm nichts verraten wollten, dann würde er sie wohl nicht dazu bringen können. Er drehte sich um und nickte Pala und Maro einen Abschiedsgruß zu, den diese mit einem knappen Nicken erwiderten. Dann trottete er zur Schlafhöhle der Meeresgruppe. Als sich Tamani durch den Eingang schob, spürte er ein unangenehmes Kribbeln in seinem Bauch, weil er nicht das erfahren hatte, was er wollte. Er spürte, dass die Furcht der Welpen vor dem grauen Wächter irgendwie wichtig war, und sein Nackenfell sträubte sich. Im Stillen schwor sich der Graue, mehr darüber herauszufinden, denn er wusste jetzt mit Sicherheit: Die Schattenwelpen hatten ein Geheimnis!

5. Kapitel

Ein herzzerreißendes Jaulen riss Tamani am nächsten Morgen aus dem Schlaf. Erschrocken schlug der Graue die Augen auf und sah sich um. Shira war nicht mehr im Bau! *Ist ihr etwas zugestoßen?*, fragte sich Tamani und sprang mit gesträubtem Fell auf. Voller Angst rannte er aus seiner Einzelhöhle. Der Graue entdeckte Shira in der Höhle seiner Gruppengefährten, sie war wohl gerade erst aufgestanden, denn ihr Fell war noch immer vom Schlaf zerzaust. Sie hatte den Blick Richtung Ausgang gewandt. Als Tamani zu sprechen anhob, wirbelte sie erschrocken zu ihm herum.

»Wer hat da gejault?«, fragte er sie, erleichtert darüber, dass es ihr offensichtlich gut ging.

»Das war Maja«, erklärte sie dem Grauen, und ihre Augen leuchteten, als hätte sie ihn schon sehnlich erwartet. »Komm lass uns nachsehen, was da los ist.« Shira erhob sich elegant und schenkte Tamani einen liebevollen Blick.

»Maro!«, heulte Maja nochmals und in ihrer Stimme schwang so viel Verzweiflung mit, dass sich Tamanis Pelz sträubte. Er eilte an Shira vorbei und blickte in die blass beleuchtete Vorhöhle. Das fahle Licht der aufgehenden Sonne erhellte schwach die drei Gestalten, die am Boden kauerten. Als Tamani sie erkannte, blieb er wie versteinert stehen. Nein! Das durfte nicht sein! Er hatte Mühe, sich auf den Pfoten zu halten, lief jedoch mit schwankenden Schritten zu Maja, Pala und Maro. Reglos lagen Maro und Pala da, das Fell blutgetränkt am Körper angelegt, die Augen im Tode weit aufgerissen.

»Das waren diese fünf Stücke Fischfraß!«, jaulte Maja verzweifelt, während sie Tamani von ihrem Platz neben Maro aus anfunkelte, und senkte dann den Kopf, um Maro das blutige Fell zu lecken. Tamani konnte den Blick nicht von Pala lösen. Sein Bruder war tot! Der Graue brauchte kein Heiler zu sein, um zu erkennen, dass der Weiße durch einen Biss in die Kehle getötet worden war.

»Asko!«, rief Shira hinter ihm und stürzte zu ihrem Bruder.

Noch immer wie betäubt, legte sich der Alphawelpe neben seinen toten Bruder und schnüffelte an ihm. Der warme Geruch des Eisrudels, den er getragen hatte, war verblasst und hatte einem unangenehm säuerlichen Gestank Platz gemacht. Der Gestank des Todes, erkannte Tamani mit einem Schaudern. Außerdem entdeckte Tamani die Ausdünstung von Schattenwolf. Palas Angstgeruch hing ebenfalls in seinem Fell und getrocknetes Blut war aus seinem Maul geronnen. Und da war noch ein bekannter Duft an Tamanis Bruder, den der Graue kannte, doch er konnte ihn nicht einordnen.

»Sie sind tot!«, erklärte Asko mit vor Trauer zittriger Stimme die unvermeidliche Wahrheit.

Auch Ravi trat nun, aufgeweckt von dem Tumult, aus seiner Schlafhöhle und rannte, nachdem er die Szene erfasst hatte, mit einem entsetzten Gesichtsausdruck auf sie zu. Tamani dachte, dass er zu seinem toten Bruder Palamino rennen würde, doch kurz vor ihm drehte er ab und schmiegte sich tröstend an Maja.

»Er wäre ein großartiger Jäger und Kämpfer geworden«, flüsterte er ihr zu und seine Stimme klang sanft und mitfühlend.

Verräter!, dachte Tamani voller Wut. Wie konnte Ravi den Tod seines eigenen Bruders ignorieren und nur um einen fremden Jungwolf trauern? Auch wenn sie als Welpen auf der Eisscholle Freundschaft über die Grenzen der Rudel hinaus geschlossen hatten, hatte Tamani doch mehr Treue von seinem Bruder erwartet. Tamani wollte aufspringen, ihn anknurren und aus der Höhle jagen, aber er unterdrückte seine Wut, was ihn einige Mühe kostete.

Von Neuem übermannte den Alphawelpen Kummer über den Verlust seines Bruders. Pala war tot, Tamani würde nie wieder mit ihm sprechen oder jagen können. Nur der Gedanke, dass Pala sicher beim Rudel der Ewigen Jagd war, hielt Tamani davon ab, vor Elend und Verzweiflung laut aufzujaulen.

Der Alpha leckte seinem Bruder kurz über die Wange und schmeckte sofort den metallischen Blutgeschmack. Ohne den Todesgeruch des Jungwolfs zu beachten, kuschelte sich Tamani noch näher an Pala. Eine bleierne Müdigkeit übermannte Tamani. Er schloss verzweifelt die Augen und gleich darauf war er eingeschlafen.

Als Tamani die Augen öffnete, erkannte er, dass er sich am Eingang zur Schlafhöhle der Meeresgruppe befand. Sein Blick war auf den Höhleneingang gerichtet, vor dem ein schwarzer und ein weißer Jungwolf saßen, und enttäuscht erkannte der Alphawelpe, dass er träumte. Denn die beiden Jungwölfe waren zweifellos Maro und Pala, die schweigend Wache hielten. Ein stechender Schmerz durchzuckte Tamani bei dem Gedanken an seinen toten Bruder. Warum träumte er von ihm?

Neben seinem Bruder und Maro entdeckte Tamani fünf kleinere Welpen, die eng aneinandergedrängt in ihrer Schlafkuhle schliefen. Eine Bewegung in seinem Augenwinkel erregte Tamanis Aufmerksamkeit und er entdeckte fünf Schatten, die sich in langsam schleichenden Bewegungen dem Höhleneingang näherten. Erschrocken und von Angst erfüllt duckte sich Tamani weg, denn von einem Herzschlag auf den anderen hatte er instinktiv gespürt, dass die Schatten voller dunklem Unheil und Gefahr waren.

Ohne beim Auftreten ein Geräusch zu verursachen, schoben sich die Schatten durch den Eingang und schlichen weiter auf Maro und Pala zu, die mit den Rücken zu ihnen gewandt dasaßen. Nun erkannte Tamani, dass die Schatten Wölfe waren, deren Pelze in tiefer Dunkelheit lagen und die Umrisse der Wölfe schwarz umwaberten. Vor

Schreck sträubte sich Tamanis Fell und er öffnete das Maul zu einem warnenden Jaulen: »Passt auf!«

Doch obwohl Tamanis Worte durch die Vorhöhle hallten, schienen Maro und Pala ihn nicht zu bemerken, denn sie machten keine Anstalten zu reagieren. Um sie zu schützen, wollte Tamani losrennen und zu ihnen springen, aber Tamanis Pfoten verweigerten den Befehl. Grauen erfüllte Tamani, als einer der in Dunkelheit gehüllten Wölfe die Rute zu einem Zeichen hob. Wie in einer einzigen Bewegung stürzten sich die anderen vier im Dunkeln verborgenen Wölfe nach vorne auf Pala und Maro. Bevor die beiden Jungwölfe der Meeresgruppe sich wehren oder auch nur Schmerzgejaule von sich geben konnte, hatten die schwarzen Wölfe ihnen die Kehlen durchgebissen.

Erstarrt vor Entsetzen fixierte Tamani die beiden reglosen Schüler. Tränen füllten seine Augen, er konnte nicht fassen was er da gesehen hatte. So waren Maro und Pala also gestorben! Mit einem leisen, aber äußerst bedrohlichen Knurren scheuchte der Befehlsgeber der dunklen Wölfe die Schattenwelpen aus der Höhle. Sie leisteten seinem Befehl mit kauernden Schritten und ängstlich zusammengedrängt Folge. Die Schatten der Wölfe entfernten sich ebenso lautlos, wie sie erschienen waren.

Einen Moment noch sah Tamani Maro und Pala am Boden vor dem Eingang kauern. Blut rann dickflüssig aus ihren tödlichen Wunden und befleckte den Boden um die beiden Schüler mit einem dunklen Rot. Der Geruch des klebrigen Blutes und ein beißender Gestank hingen in der Luft. Dann verblasste das Bild vor Tamani.

Im nächsten Moment zuckte der Graue wegen eines grellen Lichts zusammen. Als er sich umsah, erkannte er keinen Boden, auf dem er stand, und keinen Himmel über sich. Ihn umgab nur blendend weißes Licht, sonst nichts. Da entdeckte er etwas Dunkleres, das sich auf ihn zubewegte. Ein paar Herzschläge später erkannte Tamani Pala und ihn packte Verwirrung. Er hatte den Weißen doch gerade eben noch tot auf dem Boden der Vorhöhle liegen sehen, wie konnte er nun auf ihn zulaufen? Ein gelber Lichtschein umgab das Fell des Jungwolfs und seine Augen leuchteten heller den je.

Mit zuversichtlichen Schritten trat Palamino auf Tamani zu und neigte grüßend den Kopf vor seinem Bruder. Tamani erwiderte die Geste trotz seiner Verwirrung höflich und als er wieder aufsah, schien Pala ihn mit seinen hellblauen Augen genau zu *mustern, bevor er mit einer klugen Stimme sagte:* »Hüte dich vor dem hell scheinenden Schatten!« *Als hätte er damit alles gesagt, löste sich sein Bild vor Tamanis Augen auf.*

»Nein, warte!«, jaulte Tamani verzweifelt. »Was meinst du damit?« Aber er bekam keine Antwort mehr.

Tamani zuckte zusammen und öffnete hastig die Augen. Er fand sich in der Vorhöhle neben Pala kauernd wieder. Was war geschehen? Die einzige Erklärung war, dass Pala jetzt dem Rudel der ewigen Jagd angehörte. Aber warum war er ihm im Traum erschienen? Und was hatte die Prophezeiung zu bedeuten? *Hüte dich vor dem hell scheinenden Schatten!*

Tamani konnte sich keinen Reim darauf machen.

Neben ihm liegend fuhr Kora Pala sanft mit der Zunge übers Ohr, um ihrem Bruder die letzte Ehre zu erweisen. Als ihr Blick auf Tamani fiel und sie bemerkte, dass er wach war, sagte sie an ihn gewandt: »Wir werden sie rächen!«

Tamani erkannte, wie unbändige Wut in ihrer Stimme mitschwang, und das Fell auf seinen Schultern sträubte sich. Obwohl die Ereignisse aus seinem Traum Tamani verwirrt hatten, fasste er doch einen Entschluss: Was er gesehen hatte, war die Wahrheit gewesen. Die Schattenwelpen konnten nichts für den Tod von Maro und Pala, sie waren eindeutig unfreiwillig von den im Dunklen verborgenen Wölfen entführt worden. Tamani schüttelte leicht den Kopf, um seine Gedanken zu klären, dann fixierte er Kora mit seinen Augen. »Die Schattenwelpen haben sie nicht umgebracht«, stellte er mit einem Nicken zu den beiden Leichnamen klar.

»Wie kannst du dir da so sicher sein?«

Tamani wirbelte herum und entdeckte Cody, der ihn mit feurigem und zugleich berechnendem Blick musterte. Der Jungwolf hatte sich den beiden unbemerkt genähert.

Tamani überlegte fieberhaft, was er antworteten sollte. Er wollte niemandem etwas von seinem Traum erzählen, sonst würden seine Freunde ihn nur für verrückt erklären. Als der Alphawelpe nicht antwortete, knurrte Cody ungeduldig.

»Ich weiß es einfach«, sagte Tamani schlicht, war sich aber bewusst, dass seine Antwort für Cody nicht zufriedenstellend sein würde.

Dieser schnaubte laut, dann trabte er an Tamani vorbei durch den Höhleneingang nach draußen.

»Typisch Eisrudel!«

Es dauerte ein paar Herzschläge, bis Tamani die glühenden, grünen Augen von Mitternacht ausmachte, die ihn anfunkelten. Sein schwarzer Pelz war von den Schatten im hinteren Teil der Vorhöhle verschluckt worden. Die Stimme des Wächters hatte verächtlich geklungen. Unwillkürlich wappnete Tamani sich, als würde Mitternacht ihn gleich in einem wilden Kampf anspringen. Mitternacht stolzierte jedoch nur mit einem verächtlichen Knurren aus der Höhle, ohne Tamani noch eines weiteren Blickes zu würdigen.

»Er mag dich nicht«, stellte Kora fest und ihr mitfühlender Blick ruhte auf dem Grauen.

»Ja, sieht so aus«, antwortete Tamani abwesend. Er musste noch immer an seinen Traum denken und an das Rätsel, das Pala ihm aufgegeben hatte. *Was meinte er mit seiner Prophezeiung?*

Ein Schatten, der auf Tamanis Gesicht fiel, riss ihn aus seinen Gedanken. Er entdeckte Graupelz, der mit ernstem Gesicht in die Höhle auf die beiden tot am Boden liegenden Jungwölfe blickte, bevor er voller Kummer sagte: »Bringt die Toten auf das Plateau und legt sie dort in die Mitte, damit wir alle gemeinsam um sie trauern können.«

Kaum hatte er es gesagt, war der Kopf des Wächters auch schon wieder aus dem Höhlenausgang verschwunden. Mit einem verständnisvollen Blick packte Kora Maro im Nackenfell, um ihn aufs Plateau zu seiner Verabschiedung zu bringen.

Tamani tat es ihr gleich, nahm Pala behutsam mit den Zähnen im Nackenfell auf und folgte seiner Schwester vorsichtig, damit ihn das zusätzliche Gewicht nicht zu Fall brachte.

Der Graue legte seinen Bruder neben Maro in die Mitte des Plateaus und gesellte sich dann zu seiner eigenen Gruppe, die ganz vorne in der Versammlung der anderen Schüler saß. Alle blickten traurig auf die beiden gefallenen Jungwölfe hinab, die unbeweglich vor ihnen lagen.

»Ruhe!«, jaulte Graupelz und brachte so das ängstliche und aufgebrachte Gemurmel der Schüler zum Verstummen, die sich wegen der Nachricht der toten Jungwölfe schon auf dem Plateau versammelt hatten. Ein betroffenes Schweigen setzte ein, und auch die Wächter sahen bekümmert auf die Verstorbenen.

Alle bis auf Mitternacht, erkannte Tamani, und tiefe Abneigung ließ sein Fell prickeln. Der schwarze Wächter saß da, den Blick kalt in die Ferne gerichtet. Wie konnte der Schwarze nur so gefühllos sein? Nach einer langen Weile erhob Graupelz die Stimme und sein Jaulen hallte laut zwischen den mächtigen Felshängen wider, die von der Sonne beleuchtet wurden: »Diese beiden Schüler sind heute Nacht gefallen. Sie wären prächtige, stolze Krieger geworden, die ihr Rudel mit ihrem Leben geschützt hätten. Doch ab diesem Sonnenuntergang werden sie mit Euch, Rudel der ewigen Jagd, wandeln!« Der graue Wächter hatte den Kopf gehoben und blickte zum Himmel. »Nehmt sie in Eure Reihen auf, Krieger der ewigen Jagd, und unterrichtet sie in allem, was sie auf unseren Wegen nicht erlernen konnten.« Erneut sah der Wächter auf seine toten Schüler hinab. »Von heute an werden diese beiden Jungwölfe am Himmelszelt gehen und über uns wachen.«

Graupelz blickte zu Boden und hielt nochmals kurz inne, bevor er dann, gefolgt von den anderen drei Wächtern, geräuschlos aufstand und langsam davontrottete.

Tamani fühlte sich ganz benommen und in seinen Ohren hallten die

Worte des grauen Wächters nach. Langsam löste sich die Versammlung der Schüler auf und nur die Jungwölfe der Meeresgruppe blieben zurück, um ihre beiden toten Gruppengefährten zu begraben.

»Du bist schuld!«, jaulte Ravi plötzlich und trat mit wutverzerrtem Gesicht vor Tamani. »Wenn du diese dummen Drecksviecher nicht aufgenommen hättest, wären Pala und Maro jetzt nicht tot!« Seine Augen waren wütende Schlitze, die Tamani kalt anfunkelten. Tamani versuchte, ihn zu besänftigen: »Aber Ravi, du weißt doch, dass es gegen das heilige Gesetz jedes Rudels ist, einen anderen Wolf zu töten …«

Doch sein Bruder unterbrach ihn mit vor Schmerz spitzer Stimme: »Wir sind aber nicht in unserem Rudel! Tamani, Palamino ist tot! Und Maro auch!« Als wäre er von seinen Gefühlen überwältigt, wirbelte der weiße Schüler herum und stürmte zu Maja, die mit gesenktem Kopf neben Maros Leichnam saß.

Verletzt sah Tamani ihm nach, er wollte Ravi trösten und dessen Wut besänftigen, aber er wusste nicht, wie er das tun sollte. Als Shira sich neben ihn schob, spürte Tamani den Trost ihres warmen Fells nur schwach, denn der Verlust von Pala war zu groß.

»Wenn wir sie finden, diese fünf schwarzen Monster, dann bringen wir sie um!«, flüsterte sie zornig.

Die Erinnerung an seinen Traum kam Tamani wieder in den Sinn und sein Fell sträubte sich voller Grauen, als er sich vorstellte, wie die entführten, unschuldigen Schattenwelpen vermutlich getötet werden würden.

Shira sah ihn liebevoll an, trat jedoch irritiert zurück, als sie Tamanis verstörten Blick wahrnahm. »Was ist?«

Der Graue zögerte ein paar Herzschläge, dann fasste er den Entschluss, ihr von seinem Traum zu erzählen. »Shira«, begann der Alphawelpe, »die Schattenwelpen haben Maro und Pala nicht umgebracht, ich habe es selbst beobachtet als …«

Shiras schrilles Jaulen unterbrach ihn unvermittelt und hallte von den

Felswänden wider. »Du hast sie beobachtet? Und hast nichts getan, um sie aufzuhalten? Wie konnte ich mich nur so in dir täuschen?« Mit wütenden Sprüngen eilte Shira davon und verschwand hinter Telai und Taila.

Voller Schreck und mit vor Entsetzen geweiteten Augen sah Tamani ihr nach. Das war ein Missverständnis! Wieso hatte sie ihn nicht ausreden lassen? Er spürte, wie sich dornenscharfe Reißzähne in sein Herz bohrten, und noch mehr tiefer Schmerz gesellte sich zur Trauer über Pala und Maro, diesmal wegen Shiras Misstrauen. Warum dachte sie so von ihm? Am liebsten wäre Tamani ihr nachgelaufen, aber die Verletztheit und die Enttäuschung ließen ihn bleiben, wo er war. Mit vor Kummer zerrissenem Herz blickte der Graue der Jungwölfin hinterher.

Kurz darauf saß Tamani an Palas und Maros Grab, das neben dem von anderen gefallen Schülern lag. In Gegenwart von Graupelz hatte die Meeresgruppe die beiden toten Gruppengefährten begraben. Tamani war der letzte Jungwolf, der zurückgeblieben war, um bei ihnen zu trauern. Er brauchte etwas Zeit, seine Gedanken zu ordnen. Am liebsten wäre der Graue zurück bei seinem Rudel, dann wäre Pala jetzt nicht tot, aber … Dann hätte Tamani Shira nicht kennengelernt und trotz der verletzenden Worte wollte Tamani seine Verbundenheit zu ihr nicht missen. Hoffentlich hatte er Shiras Vertrauen und seine Freundschaft zu ihr nicht für immer verloren. Es war doch alles nur ein dummes Missverständnis!

Tamani schob seine dunklen Gedanken beiseite und blickte zum Himmel, an dem langsam die Sterne zu funkeln begannen. Seine Augen klarten sich auf, als er das Reich des Rudels der ewigen Jagd sah, und er glaubte, zwei Sterne zu entdecken, die neu am Himmel leuchteten.

6. Kapitel

Einige Nächte später lag Tamani allein zusammengerollt in seiner Einzelhöhle und dachte traurig an Shira. Sie hatte ihn so verletzt, dass er seitdem nicht gewagt hatte, sie anzusehen. Während des Trainings war sie von Graupelz zum Glück immer mit anderen Schülern eingeteilt worden, und auch bei der Jagd hatte er ihr immer größtenteils aus dem Weg gehen können. Doch er vermisste sie schmerzlich.

Als der Graue nach oben blickte zu dem Loch in der Decke, durch das schwaches Sternenlicht in die kleine Höhle fiel, wurde ihm klar, dass er in dieser einsamen Dunkelheit niemals Schlaf finden würde. Noch einen Moment sah der Alphawelpe zum leuchtenden Himmelszelt empor, dann erhob er sich und wandte sich, hohl vor Trauer, dem Ausgang seiner Höhle zu. Ganz leise, um seine Gruppengefährten nicht zu wecken, schlich sich der Graue durch die große Schlafhöhle und schob sich dann durch den Ausgang nach draußen aufs Plateau. Um Trost zu finden, sog Tamani tief die klare Nachtluft ein. Einen Augenblick betrachtete er die Sterne und suchte den hellen leuchtenden Punkt, der Pala war, dann wandte er sich dem Geheimgang zu. Wenn er schon keinen Schlaf finden konnte, wollte er einen kleinen Spaziergang machen.

Ohne dass er wusste, wie, trugen Tamanis Pfoten ihn durch den Geheimgang. Es schien dem Grauen kürzer als sonst, als er am Ende des dunklen Tunnels erneut das schwache Licht des Nachthimmels erblickte. Der Mond spiegelte sich silbern auf dem leicht bewegten Wasser, und eine schwache Brise kräuselte das Fell des Jungwolfs. Während Tamani den

Blick über das Ufer schweifen ließ, entdeckte er einen Ginsterbusch, der einsam am Strand wuchs. Übermannt von seinen Gefühlen und plötzlicher Müdigkeit trottete der Graue nach kurzem Zögern auf den Strauch zu und zwängte sich unter die tiefhängenden, noch blattlosen Zweige. Er rollte sich zusammen, um die Kälte der schneereichen Mondwechsel, die langsam denen der Wiedergeburt der Pflanzen wichen, auszugrenzen. Tamani schloss erschöpft die Augen. Das nahende Tauwetter flutete seine Sinne und die Luft war ungewöhnlich warm. Es dauerte nicht lange, da lag der Alphawelpe endlich in einem tiefen, ruhigen Schlaf.

»Na, gut geschlafen?«

Tamani schreckte aus seinem Traum auf und blickte in die spöttisch funkelnden Augen eines grauen Jungwolfs. Erleichtert erkannte er Asko, den Heiler seiner Gruppe, und im selben Augenblick strömte die Last der letzten Tage auf ihn ein: Pala und Maro waren tot, Shira hatte ihn falsch verstanden und schien ihn seitdem zu hassen. Der Spott wich aus Askos Augen und verwandelte sich in Mitgefühl, als der Heiler sagte: »Shira muss sehr wütend auf dich sein, wenn sie nicht in deiner Höhle schlafen will.«

Tamani nickte benommen. Mühsam rappelte er sich auf.

»Was ist passiert? Warum will sie denn nicht bei dir liegen?«, fragte der angehende Heiler, seine Augen unerwartet weich vor Verständnis.

Tamani blickte zögernd auf seine Pfoten, die unruhig im Boden scharrten. Konnte er Asko von seinem Traum erzählen? Oder würde er es ebenso wie Shira falsch verstehen? »Nichts ist passiert«, antwortete der Graue daher nur und wandte beschämt den Blick in Richtung Meer.

»Ach, du dummes Pelzviech!«, sagte Asko trocken. »Du kannst mir vertrauen. Ich weiß genau, dass etwas passiert ist.«

Verblüfft sah Tamani seinen Freund an.

Heiler hatten eine besondere Verbindung zu Geschehnissen und auch zu den Vorfahren, die ein normaler Wolf niemals nachvollziehen konnte. Würde Asko ihm also vielleicht doch glauben?

Der Alphawelpe spürte Askos brennenden Blick auf seinem Pelz, also begann er mit vor Nervosität zuckenden Ohren: »Am Morgen nach Palas und Maros Tod, als ich mich neben Pala gelegt habe, bin ich eingeschlafen und hatte einen Traum.« Tamani verstummte, als er hörte, wie Asko erstaunt die Luft einsog, aber der graue Heiler schwieg mit neugierig aufgerissenen Augen.

»Im Traum saß ich in der Vorhöhle und habe auf Pala und Maro gesehen, die über die Schattenwelpen gewacht haben. Und dann sind fünf Wölfe gekommen, aber sie sahen nicht normal aus, ihre Pelze waren lang und züngelten wie schwarze Flammen um ihre Körper herum.« Erneut schwieg Tamani kurz, um sich zu sammeln, bevor er das nächste schreckliche Bild seines Traums heraufbeschwor: »Der größte von ihnen hat den anderen ein Zeichen gegeben, woraufin sie sich auf Maro und Pala gestürzt und sie umgebracht haben. Die fünf Schattenwelpen haben sie mitgenommen, aber ich glaube nicht, dass diese mitgehen wollten.«

Tamani atmete tief durch, denn sein Bericht war hektisch geworden. »Dann ist Pala auf mich zugekommen, er war nicht verletzt und alles um ihn herum war hell, und er hat gesagt: *Hüte dich vor dem hell scheinenden Schatten*. Alle haben gesagt, dass sie sich an den Schattenwelpen rächen wollen, aber so unglaubwürdig das auch klingt, ich denke, dass das, was ich in meinem Traum gesehen habe, auch in Wirklichkeit passiert ist.«

Der Alphawelpe sah zu Asko, um herauszufinden, ob der ihm Glauben schenkte. In den Augen des jungen Heilers entdeckte Tamani Verständnis, aber auch Überraschung.

»Als ich Shira von dem Traum erzählen wollte, hat sie mich nicht ausreden lassen und falsch verstanden, und jetzt ist sie wütend auf mich, weil sie denkt, ich hätte den Überfall beobachtet und nichts dagegen getan!«

Der zukünftige Heiler blinzelte mitleidig. »Gib ihr Zeit. Du wirst es ihr bald erklären können. Aber …« In Askos Augen trat ein forschender Blick. »Bist du dir sicher, dass dein Traum nicht nur ein normaler Traum war?«

Tamani nickte entschlossen. »Ja«, erwiderte er und sah Asko fest in die Augen. »Der Traum war anders als meine normalen Träume, dieser war lebhafter und bunter.«

Asko nickte wissend. »Ich verstehe«, sagte er dann kurz und blickte nachdenklich in die Ferne. Dann wandte er den Kopf wieder zu Tamani, aber sein Blick war abwesend, als er sagte: »Du solltest jetzt schnell zurück zum Plateau laufen, um die Truppen einzuteilen. Ich muss ein paar Kräuter sammeln. Na los, beeil dich!«

Der Alphawelpe trat vor und leckte Asko in freundschaftlicher Zuneigung über das Ohr, bevor er murmelte: »Danke, bis später.« Dann drehte er sich um und verschwand im Dunkel des Geheimgangs.

Blendend weißes Licht strömte Tamani entgegen, als er dessen Ende erreichte. Schnell trabte er auf den Höhleneingang zu, der zu den Schlafhöhlen der Schüler führte. Er wollte gerade hineinschlüpfen, als ihn plötzlich ein tiefes Knurren zu einem abrupten Halt brachte: »Ich habe sie eingeteilt, weil ihr Alpha nicht da war!«

Erschrocken drehte sich der Graue um. Von dem kleinen Plateau aus funkelten ihn die grünen Augen von Mitternacht voller Wut und Missgunst an. »Eigentlich sollte ein Alphawelpe in der Lage sein, seine Aufgaben zu erfüllen und Truppen einzuteilen, oder wenigstens in seinem Bau zu schlafen!«

Überrascht sah Tamani den schwarzen Wächter an. Er hatte nicht mit dem Ausbilder gerechnet

»Müssen Alphawelpen nicht eigentlich groß und stark sein?«, fuhr er fort, Tamani zu verhöhnen.

Unendliche Wut überschwemmte den Grauen. Früher hätte er sich nicht gegen solche Bemerkungen gewehrt und sich selbst infrage gestellt, aber jetzt ließ er sich nicht mehr so leicht einschüchtern! Als Mitternacht den Steinweg vom kleinen Plateau hinabging, sträubte sich Tamanis Fell kampfbereit. Er würde Mitternacht schon demonstrieren, dass er ein wahrer Alphawelpe war! Er würde sogar gegen ihn kämpfen, wenn das nötig wäre, um seinen Stolz zu bewahren!

»Nein!«, zischte Tamani dem schwarzen Wächter daher entgegen, als dieser mit aufgestellter Rute und hoch erhobenem Kopf auf den jüngeren Wolf zustolzierte. »Aber müssen Wächter nicht freundlich und fair zu ihren Schülern sein?«

Mitternacht blinzelte, als wäre er überrascht von dem aggressiven Ton des Jungwolfs, bevor er mit einem tiefen Knurren antwortete: »Natürlich müssen wir fair sein, und das bin ich absolut gegenüber einem solchen Schwächling, wie du es bist! Und wenn ein Schüler nicht pariert und Befehle verweigert, darf ein Wächter ihn sogar angreifen! Und genau das ziehe ich gerade in Betracht!«

Mitternacht duckte sich auf den Boden und entblößte eine Reihe scharfer Zähne. Durch den dünnen Pelz des Wächters konnte Tamani die stählernen Muskeln sehen, die sich eindrucksvoll abzeichneten.

Trotz seiner wuterfüllten Gedanken spürte Tamani plötzlich Angst, die ihm eiskalt unter den Pelz kroch. Konnte er es mit dem kampferprobten Wächter überhaupt aufnehmen? Oder hatte er keinerlei Chance? Egal, ob er sich im Kampf behaupten können würde, er durfte keine Schwäche zeigen »Ich kann mich verteidigen!«, stieß Tamani daher drohend zwischen zusammengebissenen Zähnen hervor und ahmte Mitternachts kämpferische Haltung nach.

Ein amüsiertes Lächeln zuckte über das Gesicht des schwarzen Wächters. »Tamani, der große Kämpfer!«, höhnte Mitternacht und knurrte dann ungerührt: »Mach dich nicht lächerlich, Wölfchen!«

Tamani spannte die Muskeln an und duckte sich tief. Mitternacht hatte ihn zum letzten Mal verhöhnt! Der abschätzige Blick, den der Wächter ihm zuwarf, verstärkte seine Wut nur noch. Er würde den Schwarzen anspringen und ihm zeigen, wie er kämpfen konnte. Doch in diesem Moment drehte sich der schwarze Wächter einfach um und sprang davon, hinauf zum kleinen Plateau.

Verwirrt und durcheinander sah Tamani ihm nach. Wollte Mitternacht es nicht riskieren, einen Kampf mit einem Schüler anzuzetteln, oder hatte er tatsächlich Angst vor Tamani? Enttäuschung ballte sich in der Brust des Grauen zusammen.

»Warte!«, jaulte Tamani dem Wolf hinterher. »Wo hast du die Jagdtruppen hingeschickt?«

»Die eine Truppe ist bei den Felsen«, antwortete der Wächter, ohne Tamani eines weiteren Blickes zu würdigen.

Tamani knurrte wütend, dann setzte er sich in Bewegung einen Trampelpfad entlang, der zu den »Felsen« führte. So nannten die Wölfe im Wächtergebirge eine große Ansammlung von Sandsteinen, die am Rande ihres Reviers lag. Dort fand man viel Beute, vor allem größere, mit der man ein ganzes Rudel sättigen konnte. Insgeheim hoffte Tamani, dass Shira in der Truppe war, die bei den Felsen jagte, das wäre eine gute Gelegenheit, endlich wieder mit ihr ins Gespräch zu kommen.

Und tatsächlich, als Tamani sich den großen gelbbraunen Steinen näherte, strömte ihm Shiras süßer Duft entgegen. Langsam und ohne den Blick auf den Boden zu richten, stolperte der Graue auf den ihm so vertrauten Geruch zu und entdeckte einen Herzschlag später vier am Boden kauernde Gestalten. Sofort wurde der Alphawelpe langsamer und ließ seine Schultern nach vorne fallen, um in einer leisen Gangart zu der Truppe zu schleichen.

»Hallo, Tamani«, begrüßte Mila den Grauen fröhlich und sprang aus ihrem Jagdkauern auf die Pfoten. Tamani nickte wortlos grüßend und lächelte zurück.

»Nicht so laut! Du verscheuchst die Beute im Umkreis eines ganzen

Reviers«, schimpfte Taila leise und funkelte Mila aus zu wütenden Schlitzen verengten Augen an.

Tamani wandte den Blick von ihr ab und besah sich seine Truppe. Die Jagdrotte, die Mitternacht zusammengestellt hatte, bestand aus Telai, Taila, Mila und Kora. Wo war Shira? Tamani entdeckte einige Pfotenschritte entfernt etwas Dunkles im Schatten und erkannte mit freudig rasendem Herz, dass es Shira war, die dort unbeweglich unter einem Felsen kauerte. Doch zu seiner großen Enttäuschung sah sie ihn nicht an, sondern blickte starr geradeaus den Bergkamm hinauf, als würde sie sich stark auf etwas konzentrieren.

»Ich rieche Bergziege«, murmelte sie, ohne zurück zur Truppe zu schauen, und zuckte mit den Ohren in die Richtung, in der sie das Beutetier ausgemacht hatte. Sie schien Tamani zu ignorieren.

Enttäuscht ließ der Graue seine Rute auf den staubigen Boden sinken, während er näher zu dem Rest der Truppe trat. Mit geübten kriechenden Bewegungen schlichen sie auf Shira zu und sahen in die angedeutete Richtung. Tamani fiel auf, dass Mila, Telai und Taila mit den sandigen Felsen verschmolzen und sie durch ihre schleichenden Bewegungen kaum zu erkennen waren. Neid blitzte in ihm auf. Diese Jungwölfe hatten kein Problem, in dieser Gegend zu jagen. Ihr Fell war perfekt an die Sandsteine angepasst. Wenn er selbst sich mit seinem grauen Pelz jedoch an die Beute anschleichen wollen würde, würde er sich im Schatten aufhalten müssen, um nicht entdeckt zu werden.

Als auch Tamani den Geruch der Beute aufnahm, spürte er seinen Hunger. Er konnte sich nicht daran erinnern, wann er das letzte Mal etwas zu sich genommen hatte. Er unterdrückte ein Magenknurren, schob sich mit geübter Lautlosigkeit nach vorne an die Spitze seiner Gruppe und zuckte mit der Rute als Zeichen, dass sie ihm folgen sollten. Geduckt kroch der Graue zwischen den Felsen hindurch auf eine Stelle zu, wo er die Beute ausgemacht hatte. Ohne auch nur einen Laut von sich zu geben, blickte er hinter dem Felsen hervor und entdeckte sofort eine schlanke Bergziege, die an einem nicht sonderlich einladend aussehenden Grasbüschel kaute.

Tamani schätzte die Entfernung als nah genug ein, also presste er sich auf den Boden und spannte angriffsbereit die Muskeln an. Dann schoss er aus seinem Versteck heraus auf die Bergziege zu. Im selben Moment entdeckte ihn das fluchtbereite Beutetier und sprang los, in Richtung Grenze. Tamanis Nerven waren bis zum zerreißen gespannt und er hetzte mit großen Sprüngen hinter der Beute her. Wenn er sie nicht bald erwischen würde, würde die Ziege ins Revier der Schattenwölfe wechseln! Wohin sie ihr nicht folgen durften, wenn sie keinen Kampf mit den Schattenwölfen provozieren wollten.

Doch mit dem plötzlichen Angriff hatten die Schüler die Bergziege aus dem Rhythmus gebracht und diese stolperte, in verzweifelter Hektik leicht rutschend und Steine aufwirbelnd, den steilen Abhang hinab. Sie versuchte weiter zu fliehen, aber ein sandbrauner Blitz, der an Tamani vorbeischoss, brachte die Ziege zu Fall.

Tamani erkannte Telai, der sich in die Schulter der Beute verbissen hatte und sich mit ihr im Staub wälzte, in dem Versuch, das Tier am Boden festzuhalten, doch dieses hatte sich schon wieder aufgerappelt. Mit weit aufgerissenen Augen versuchte das Beutetier noch immer zu fliehen, trotz des zusätzlichen Ballastes. Der Alphawelpe ließ sich auch noch von Taila überholen und diese verbiss sich sofort im Hinterbein der Beute, um sie festzuhalten. Tamani verlangsamte seinen Schritt, während der Rest der Truppe das Beutetier umzingelte und festhielt, dann duckte er sich, sprang gekonnt an die Kehle der Ziege und machte ihr mit einem gezielten Biss den Garaus. Einen Moment noch schlug die Ziege wild um sich, dann erloschen ihre Bewegungen und sie sank schlaff auf den Boden.

Telai rappelte sich rasch auf und schüttelte den Staub aus seinem Pelz, während ein zufriedenes Lächeln seine Lefzen umspielte. Ein Murmeln des Triumphs erhob sich unter den Jungwölfen und Tamani sah sie zufrieden an. Dann fiel sein Blick auf Shira und er verspürte tiefe Traurigkeit. Sie sah absichtlich an ihm vorbei. Würde er sich jemals wieder mit ihr versöhnen?

Wenig später lag Tamani auf dem Plateau und sonnte sich, er genoss den warmen Abend und sah der Sonne zu, wie sie langsam hinter den Berggipfeln verschwand. Sein Bauch war gefüllt und um sich herum hörte er seine Gruppengefährten leise murmeln, während sie den Abend gemeinsam verbrachten und sich gegenseitig das Fell pflegten. Erneut wurde ihm schmerzlich bewusst, dass er nicht neben Shira lag, und er fühlte sich trotz der vielen Jungwölfe, die um ihn herum lagen, plötzlich einsam. Um sich abzulenken, lauschte er Asko, der Geschichten vom Rudel der ewigen Jagd erzählte, aber noch immer spürte er das stechende Gefühl der Einsamkeit. Enttäuschung machte sich in ihm breit, als er daran dachte, dass Shira einen weiteren Tag nicht ein Wort mit ihm gewechselt hatte. Sie hatte ihn nicht mal angesehen. Als die Sonne gerade hinter den Berggipfeln untergegangen war, erhob sich der Graue. Mit angelegten Ohren und gesenktem Kopf trottete Tamani in die Höhle seiner Gruppengefährten. Er nickte Kora zu, die kurz vor ihm in die Höhle getrottet war.

»Kora, Pegas, Taila und Maja, könntet ihr eine Wache am Wald beim Schattenwolf-Revier übernehmen?«

Kora sah ihm kurz in die Augen, und Tamani war sich sicher, in ihrem Blick Mitleid entdeckt zu haben. Dann stupste sie Taila aufmunternd an und stand auf. Tamani betrachtete die Truppe, die sich ausgiebig streckte, als ihn eine scharfe Stimme zusammenzucken ließ.

»Ich gehe mit!« Der Graue brauchte sich nicht umzudrehen, um zu erkennen, dass die Stimme Ravi gehörte, und er spürte dessen brennenden Blick auf seinem Pelz. Tamani drehte sich um und betrachtete seinen Bruder, der ihn unverwandt anstarrte. Scheinbar dachte Ravi, dass Tamani widersprechen würde, denn er fügte kühl hinzu: »Wenn Maja geht, gehe ich auch! Wer außer mir sollte sie beschützen?«

Der wütende, vorwurfsvolle Blick seines Bruders bohrte sich in Tamani, dann drehte sich der Weiße mit den dunklen Pfoten um und sprang dem Rest der Gruppe nach, um sich neben Maja einzureihen, die gerade die Höhle verließ.

Soll er doch machen was er will, dachte Tamani mürrisch, während Ravi aus seinem Sichtfeld verschwand. Er war wütend auf seinen Bruder, nicht nur weil der tat, was er wollte, ohne um Erlaubnis zu fragen. Es war auch die Tatsache, dass er es offensichtlich niemandem aus seiner Gruppe zutraute, Maja zu beschützen. Dabei brauchte Maja gar keinen Schutz, sie war eine Schülerin und konnte ebenso gut kämpfen wie jeder andere.

Mit diesen missmutigen Gedanken und voller Trotz wandte sich Tamani vom Eingang der Schlafhöhle seiner Gruppengefährten ab und trottete zu seiner Einzelhöhle. Als er sich in die kleinere Höhle schob, blieb er abrupt stehen. Tamanis Atem stockte, eine Gestalt lag zusammengerollt auf dem Fleck, auf dem sich Tamani aus ein paar Blättern ein Nest zum Schlafen gebaut hatte. Das hellgrau-weiße Fell der Gestalt glänzte silbrig im Mondlicht, das nur schwach in die Höhle sickerte. Tamanis Herz setzte aus, als er den Pelz erkannte, nach dem er den ganzen Tag Ausschau gehalten hatte. Dort, kaum eine Wolfslänge von ihm entfernt, lag Shira!

7. Kapitel

»Hallo, Tamani«, begrüßte Shira den Grauen schüchtern und in ihren Augen glomm die Angst, abgewiesen zu werden.

Tamani hätte vor Freude am liebsten laut aufgejault, doch er beherrschte sich und setzte sich mit kontrollierten Bewegungen vor die hübsche Jungwölfin. Mit einer Mischung aus Freude und Angst betrachtete er die Hellgrau-Weiße, die ihn mit ihren smaragdgrünen Augen musterte.

»Was machst du hier?« Der Graue versuchte, seine Stimme fest klingen zu lassen, aber er zitterte am ganzen Körper vor Nervosität.

Shira sah ihn an, bevor sie beschämt den Kopf zur Seite drehte. »Ich … Ich habe dich nicht aussprechen lassen«, stammelte sie heiser, dann fuhr sie vorsichtig fort: »Mir ist klar geworden, dass du niemals untätig zusehen würdest, wenn Wölfe angegriffen werden. Und Asko hat mir erzählt, dass es anders abgelaufen ist. Wenn du es mir gewährst, würde ich mir gerne die ganze Geschichte anhören.«

Tamanis Herz hämmerte so wild in seiner Brust, als wollte es herausspringen. Liebend gern hätte er Shira alles erzählt, er war froh, dass es nur so wenige Worte zur Versöhnung gebraucht hatte. Doch trotz allem hatte er Angst vor ihrer Reaktion. Zögernd blickte er in Shiras smaragdgrüne Augen, die ängstlich glitzerten, und er spürte, wie sich sein Magen unangenehm zusammenzog.

»Tamani, ich vertraue dir«, versicherte ihm die Schülerin mit zitternder Stimme, als sie merkte, wie ihr Gegenüber zögerte.

Tamanis Pelz sträubte sich vor lauter Anspannung und er nahm all seinen Mut zusammen. Dann erzählte er Shira alles von Anfang an: vom Tod von Maro und Pala, dem mysteriösen Traum, der vom Rudel der ewigen Jagd geschickt worden zu sein schien. Die Warnung von Pala am Ende ließ er jedoch aus, da er Angst hatte, dass er ihr mit dem Rätsel eine zu große Last auferlegen würde. Als der Graue geendet hatte, sah er Shira an, die, mit der buschigen Rute ordentlich über die Pfoten gelegt und den Blick abwesend auf den Boden gerichtet, dalag.

Erneut stieg Sorge in ihm auf. War es richtig gewesen, dass er ihr alles erzählt hatte? »Shira?«, fragte er vorsichtig.

Shira sah zu ihm auf. Ein merkwürdig erstickter Ton drang aus ihrer Kehle, bevor sie leise hervorstieß: »Wenn die Schattenwölfe schon dreist genug sind, in die Vorhöhle einzudringen, um Jungwölfe zu töten, wie lange wird es dauern, bis sie in die Schlafhöhlen eindringen? Als Nächstes könnten sie Kora töten oder Asko oder ... Wir werden es nicht bemerken, wie bei Maro und Pala, wir sind ihnen schutzlos ausgeliefert!«

Der Graue spürte einen tiefen Stich in seinem Herzen angesichts ihrer Angst. Sie hatte die Aussicht auf Schutz auf dem Plateau zerstört, aber Tamani musste sie trotzdem ermutigen und beruhigen.

»Tamani, ich hab Angst!«, fügte Shira so leise hinzu, dass Tamani es fast überhört hätte. Der Alphawelpe presste sich an Shira, um ihr warmen Trost zu spenden.

»Nein, Shira wir sind ihnen nicht hilflos ausgeliefert, wir sind Kämpfer, wir können uns wehren! Keine Sorge, ich lasse nicht zu, dass sie noch jemanden aus unserer Gruppe umbringen. Aber vor allem werde ich niemals zulassen, dass sie dir auch nur ein Haar krümmen!«

Tamani schob ihr tröstend die Schnauze an die Wange und blickte ihr dann tief in die Augen. Dort konnte er ihre Liebe zu ihm leuchten sehen, warm und hell wie vor ihrem Streit. Aber darüber lag ein dichter Schleier der Angst und Verzweiflung, durch den der Graue die starke und selbstbewusste Jungwölfin, die er kennengelernt hatte, kaum wiedererkannte.

»Leg dich hin«, bat er Shira, und drängte sich dann dicht an sie. Trotz der Umstände genoss er ihre Nähe, während er seinen Kopf leicht auf ihrem Schulterblatt ablegte. Um sie zu beruhigen, leckte er der Weißen sachte und in gleichmäßigen Zügen übers Ohr, bis er merkte, dass sich ihre Muskeln entspannten und er ihr gleichmäßiges Atmen wahrnahm. Eine Weile verharrte er noch in dieser Position, dann erhob er sich ganz langsam und leise, um Shira nicht zu wecken, und machte sich auf zum Plateau, obwohl ihn sein Herz zurück zu der hübschen Jungwölfin zog.

Als Tamani bei der Öffnung im Stein ankam, die zur Schlafhöhle seiner Gruppengefährten führte, blickte er nochmals zurück zu dem silbernen Fellknäuel, zu dem sich Shira im Schlaf zusammengerollt hatte, und wurde von einem starken Beschützerinstinkt ergriffen. Er würde sie verteidigen, selbst wenn es sein Leben kostete! *Das schwöre ich beim Rudel der ewigen Jagd*, dachte Tamani grimmig. Dann drehte sich der Graue um und lief hinaus aufs Plateau und in die kühle Nachtluft.

Der Mond warf lange Schatten über das dunkle Gestein, und Tamani blieb einen Augenblick stehen, um das schöne Schauspiel des Lichts zu betrachten. Er fragte sich, ob versteckt in den Schatten wohl Wölfe standen und ihn beobachteten, als ihn ein tiefes Knurren aus den Gedanken riss. Erschrocken sah Tamani zu dem kleinen Plateau hinauf, von dem das Geräusch kam. Er entdeckte zwei funkelnde Punkte, die auf ihn hinabblickten, aber der Graue verspürte keinerlei Angst, denn er hatte Mitternachts Knurren erkannt. Schnell lief Tamani zum Felsenaufstieg, der zu dem höher gelegenen Plateau führte. Er wartete einen Herzschlag, um zu überlegen, ob er es wagen sollte hinaufzuklettern. Aber Tamani musste mit Graupelz sprechen und wenn er dabei mit seinem Gejaule nicht sämtliche Schüler des Wächtergebirges wecken wollte, musste er hinaufgehen.

Nachdem der Graue nochmals kurz durchgeatmet hatte, lief er los, wobei er sich ziemlich tollpatschig anstellte. Tamani verfluchte seine Ungeschicklichkeit, denn immer wieder glitt er auf den taunassen Steinbrocken aus oder blieb mit seinen Pfoten in Felsspalten hängen, aus denen er nur mühsam wieder herauskam. Als er schließlich auf dem kleinen Plateau ankam, keuchte er erschöpft und sein Herz hämmerte vor Anstrengung. *Wie können die Wächter hier nur so leicht rauf- und runterkommen?*, fragte sich Tamani.

»Was machst du hier?« Der Graue konnte Mitternacht vor der Felswand kaum erkennen, denn durch den dunklen Pelz war der Wächter mit dem Schatten des Hintergrunds verschmolzen. Nur seine blassgrünen Augen funkelten ihm wie immer voller Unversöhnlichkeit entgegen und drückten den Hass aus, den er gegen den Alphawelpen hegte. Tamani musste ein bösartiges Knurren unterdrücken und zwang sich zu einem höflichen Nicken, dem Gruß eines Schülers gegenüber einem Wächter. Doch Mitternacht erwiderte die Höflichkeit nicht, seine Augen funkelten nur weiterhin herausfordernd. Tamanis Muskeln verkrampften sich unwillkürlich und sein Nackenfell sträubte sich. Wenn Mitternacht es so wollte, dann konnte er gerne Krieg haben!

»Das könnte ich dich genauso fragen«, sagte Tamani deshalb und ließ es zu, dass man seine Gefühle in seiner Stimme hören konnte. Er fand es in der Tat merkwürdig, dass Mitternacht nur auf dem kleinen Plateau herumsaß. So wie Tamani ihn einschätzte, war er ein Wolf, der von Dingen, die nicht sinnvoll waren, nichts hielt.

Mitternacht riss die hellen Augen auf und schnaubte empört, bevor er sagte: »Ich bewache das Plateau, wir wollen ja nicht, dass so etwas wie die Sache mit deinem Gruppengefährten und deinem Bruder nochmal passiert, oder?«

Tamani meinte, in der Stimme des Wächters einen Hauch Ironie entdeckt zu haben und war überrascht. Sicher wollte doch selbst Mitternacht wie jeder andere Wächter nur das Beste für seine Schüler. Die Tatsache, dass Mitternacht so abschätzig über Pala gesprochen hatte, machte ihn jedoch wütend, und er ließ unwillkürlich ein kehliges Knurren hören.

Tamanis Muskeln verkrampften sich kampfbereit, um den schwarzen Wächter anzuspringen und ihm seine abschätzigen Worte zurück in die Kehle zu zwingen. Doch augenblicklich erinnerte er sich daran, wie enttäuscht Graupelz sein würde, und er zwang sich, seine Muskeln zu entspannen und Mitternacht fürs Erste in Ruhe zu lassen.

Mitternacht sah ihn mit einem spöttischen Funkeln in den grünen Augen an, offensichtlich erfreut, dass Tamani seine Gefühle so schlecht im Griff hatte.

Tamani sagte schließlich mit fester Stimme: »Ich würde gerne mit Graupelz sprechen.«

»Was willst du von mir?«, ertönte da eine tiefe Stimme.

Tamani wandte den Kopf und entdeckte seinen Ausbilder in einer dunklen steinernen Öffnung, die Augen auf die beiden vor ihm stehenden Wölfe geheftet. Tamani fiel auf, dass er diese Öffnung noch nie bemerkt hatte, vermutete aber, dass dort die Schlafhöhle der Wächter war. Das würde auch erklären, wie diese am Tag der Ankunft so plötzlich auf dem kleinen Plateau hatten auftauchen können.

Der Alphawelpe neigte höflich den Kopf vor dem ältesten Wächter und sagte dann: »Könnten wir das vielleicht unter vier Augen besprechen?« Er ließ seinen Blick unauffällig zu Mitternacht gleiten, und diese winzige Geste veranlasste Graupelz, zwischen Tamani und Mitternacht hin- und herzublicken. Verständnis zeigte sich im Blick des Ausbilders und er nickte zustimmend.

»Nun gut, dann komm mit.« Graupelz ließ die Rute in die Höhe zucken, trabte mit hocherhobenem Kopf zum Abstieg und verschwand über den Rand des kleinen Plateaus.

Tamani vernahm in diesem Moment jedoch ein leises Knurren und wirbelte erneut zu Mitternacht herum. Dieser hatte jetzt die Lefzen zurückgezogen und so die scharfen Reißzähne entblößt, die im Licht des Mondes funkelten. Seine stählernen Muskeln waren kampfbereit angespannt, als wolle er den Schüler mit einem Satz anspringen und in Fetzen reißen.

»Na los, Wölfchen, folge brav deinem Ausbilder!«, zischte der schwarze Wächter durch zusammengebissene Zähne.

Überrascht sah ihn Tamani an, als Mitternacht unvermittelt herumfuhr und im Felsspalt verschwand, der in die Schlafhöhle der Wächter führte. Einen Herzschlag lang starrte Tamani noch auf die Spalte im Fels, während sich sein Pelz vor Schreck sträubte. Ihm wurde klar, dass Mitternacht unberechenbar war, und ein eiskalter Schauder rann ihm über den Rücken. Warum auch immer er sich Mitternacht zum Feind gemacht hatte – er war ein gefährlicher Gegner.

Noch immer eingeschüchtert, drehte Tamani sich um, um Graupelz zu folgen. Unkonzentriert stürzte er sich in die Dunkelheit. Erst im Sprung merkte Tamani, dass er zu weit gegriffen hatte und seine Pfoten nicht mehr richtig positionieren konnte. Als er aufkam, glitten sie von einem Felsen ab, und Tamani verwandelte sich in ein Fellknäuel, das rasend schnell den kleinen Pfad hinabkugelte. Mit einem dumpfen Schlag kam er auf dem Boden des Plateaus auf und blieb keuchend liegen. Er öffnete langsam die Augen, schloss sie dann aber sofort wieder, weil sich alles um ihn herum drehte.

Nach einer Weile ließ das Schwindelgefühl nach und Tamani setzte sich benommen auf. Alle Knochen taten ihm weh, aber vor allem sein linkes Hinterbein schmerzte und fühlte sich an, als wäre es ausgerenkt. Trotzdem stand er auf und humpelte mit hochgezogener Hinterpfote zu Graupelz, der einige Schritte entfernt saß und seinem Schüler mit einem mitfühlenden Blick zunickte.

Der Wächter lächelte aufmunternd und zeigte Tamani mit der Rute an, sich neben ihn zu setzen. »Was willst du mit mir besprechen?«

Tamani senkte nochmals den Kopf, um Graupelz zu danken, dass er ihn anhören würde. Dann blickte er auf und atmete tief durch. »Shi…«, begann er und unterbrach sich schnell selbst, bevor ihm der Name der jungen Wölfin herausrutschen konnte, »das heißt, *ich* mache mir Sorgen wegen des Angriffs der Schattenwelpen, bei dem die beiden Jungwölfe aus meiner Gruppe getötet wurden. Die Schattenwölfe sind unbemerkt in die Vorhöhle eingedrungen und konnten die Jungwölfe einfach umbringen. Damit das nicht wieder passiert, wollte ich vorschlagen, dass wir Wachen in der Vorhöhle postieren und zusätzliche Truppen einteilen, die die Grenzen sichern.«

Graupelz sah mit gerunzelter Stirn auf seinen Schüler hinab, und Tamani wurde klar, dass der Wächter nichts von seinem Traum wusste. Er schluckte nervös, als er auf die Reaktion seines Ausbilders wartete. Nach einigen Herzschlägen sagte der Wächter schließlich: »Das ist nicht meine und deine Entscheidung, das muss ich mit den anderen Wächtern besprechen, aber ich danke dir für deine Aufmerksamkeit junger Schüler. Warte hier unten.« Graupelz erhob sich.

Als er an Tamani vorbeirannte, war sich dieser sicher, dass ihn Graupelz absichtlich gestreift hatte, um ihm seine Zuneigung zu zeigen. Mit ein paar Sätzen sprang der graue Wächter den Pfad hinauf, und Tamani sah ihm nach, während er aus seinem Sichtfeld verschwand.

Würden die Wächter seinem Vorschlag zustimmen? Tamani machte sich vor allem wegen Mitternacht Sorgen. Der Graue starrte zu dem kleinen Plateau hinauf und lauschte dem undeutlichen Gemurmel der Ausbilder, das leise an sein Ohr drang. Ein paar Herzschläge später hallte plötzlich ein Jaulen dumpf über das Plateau.

»Ich bin genau so ein Wächter wie ihr es seid!«

Durch die dunklen Schatten der Nacht erkannte Tamani Mitternachts schwarze Gestalt, die den Weg vom Plateau hinabgesprungen kam.

Sofort setzte sich Tamani auf und blickte dem schwarzen Wächter entgegen. Aber Mitternacht eilte geradewegs an ihm vorbei in den Wald, ohne Notiz von dem Grauen zu nehmen. Als er dem schwarzen Wächter am nächsten war, konnte Tamani Worte wie »dumme Fellknäuel«, »Dreckspelz«, »unfähige Viecher« verstehen, und er sah im überrascht nach. Was konnte Mitternacht so in Aufruhr versetzt haben, dass er so von seinen älteren Kollegen sprach?

»Tamani, komm her!«

Der Graue wirbelte herum und blickte zu dem kleinen Plateau hinauf, auf dem er eine blasse Gestalt ausmachen konnte. Im Mondlicht schimmerte Schneeflockes Pelz silbergrau und ihre Gestalt zeichnete sich gut vor dem dunklen Nachthimmel ab. Tamani lief zum Aufstieg und wartete, bis Graupelz, Schneeflocke und Sandsturm zu ihm hinabgestiegen waren. Tamani senkte grüßend den Kopf, und Schneeflocke und Sandsturm grüßten ebenfalls.

»Graupelz hat uns über deine Sorgen und über dein Vorhaben informiert«, erklärte die weiße Wächterin, und Tamani bewunderte ihre edle Körperhaltung und ihre selbstbewusst glänzenden Augen. Sie und die anderen beiden Wächter besaßen eine so mächtige Ausstrahlung und stolze Haltung, dass Tamani unwillkürlich unterwürfig die Ohren anlegte. Schneeflocke wandte den Kopf und die anderen beiden Wächter nickten ebenfalls zustimmend.

»Wir drei sind der Meinung, dass du recht hast, und wir wollen künftig Wachen aufstellen. Ab morgen wird es außerdem mehr Truppen geben, die in unserem Revier für mehr Sicherheit sorgen.« Ihre Stimme war ruhig und sachlich, wodurch Tamani sofort Vertrauen spürte.

»Und was ist mit Mitternacht?«, fragte er und dachte mit einem Anflug von Abscheu an den fluchenden Wächter.

Diesmal glänzte in den Augen der weißen Wächterin Unsicherheit, doch bevor sie etwas antworten konnte, trat Sandsturm mit festem Schritt nach vorne. »Lass das unsere Sorge sein, Tamani.« Seine Stimme klang ebenfalls gefasst und ruhig, aber seine Augen funkelten wütend und seine Muskeln waren angespannt.

Tamani wusste, dass ihm die Wächter etwas verschwiegen, doch er bezweifelte, dass die drei Wölfe ihm mehr sagen würden.

Er nickte deshalb nur knapp und wandte sich wieder Schneeflocke zu, deren Ohren ungeduldig zuckten. »Es ist zu spät, um die anderen Schüler zu informieren, das werden wir morgen nachholen. Deshalb erwarten wir, dass die heutige Wache aus Schülern deiner Gruppe besteht«, erklärte sie.

Tamani nickte erneut. Seine Gruppe war ebenso überarbeitet wie die anderen und schlief natürlich längst. Am liebsten hätte er keinem seiner Freunde solch eine zusätzliche Last auferlegt. Aber er hatte schon damit gerechnet, dass seine Gruppe diese erste zusätzliche Wache übernehmen musste, und er wollte unbedingt, dass Shira sich hier am Plateau wieder sicher fühlte. Dafür musste er alles geben!

Schneeflocke und Sandsturm hatten sich bereits abgewandt und trabten zurück zum Aufstieg, der zu ihrer Schlafhöhle führte. Nur Graupelz und Tamani blieben zurück. Der Wächter sah seinen Schüler an.

»Wir wissen nicht, was euch diese Nacht erwartet«, stellte er mit gerunzelter Stirn fest. »Aber such dir die kräftigsten und kampferprobtesten Jungwölfe deiner Gruppe aus.« Trotz der ruhigen Stimme, mit der der Wächter sprach, lag tiefe Sorge in seinem Blick.

Tamani nickte stumm und Graupelz sprang ohne ein weiteres Wort davon zu seiner Höhle. Mit vor Müdigkeit brummendem Kopf trottete Tamani zurück zur Schlafhöhle der Meeresgruppe. Er hätte sich am liebsten sofort auf seinen Schlafplatz zusammengerollt und wäre eingeschlafen, aber wie sollte er das, wenn Jungwölfe aus seiner Gruppe mit derselben Müdigkeit zu kämpfen hatten? Wie konnte er sich selbst weniger Last auferlegen als den anderen seiner Gruppengefährten? Er brauchte kaum zu überlegen, um die drei Jungwölfe auszuwählen, die mit ihm Wache halten würden.

Leise, um die anderen nicht zu wecken, lief er zu Telai. Er stieß den Jungwolf leicht mit der Pfote an.

Sofort hellwach, schlug der Sandbraune die Augen auf und blinzelte Tamani verwirrt an. »Was gibt's?«

»Wir müssen Nachtwache in der Vorhöhle halten.«

Für eine Sekunde lag Angst in Telais braunem Blick, dann glänzte darin jedoch wilde Entschlossenheit. »Gut.« Er stand auf und lief sofort in die Vorhöhle.

Tamani weckte Cody und erklärte dem verschlafen dreinblickenden Jungwolf mit einem Wort: »Nachtwache!«, bevor er weiter zu dem dunkelgrauen Fellhaufen trottete, zu dem sich Asko zusammengerollt hatte. Erneut erleuterte er ihre Aufgabe, dann lief er gemeinsam mit dem dunkelgrauen Jungwolf in die Vorhöhle, wo schon Telai und Cody auf sie warteten.

Tamani setze sich neben Cody und blickte in die verschlafenen Gesichter seiner Begleiter, die müde zum Eingang sahen. Sie waren überarbeitet. Tamani nickte ihnen aufmunternd zu, dann wandte er selbst den Kopf, um den Höhleneingang zu bewachen. Während er verzweifelt darum kämpfte, nicht einzuschlafen, lauschte er in die Dunkelheit. Das beruhigende Zirpen einiger Grillen war zu hören, und der klare Nachtduft strömte mit einer sanften Brise in die Höhle. Hin und wieder wurden die sachten Geräusche der Nacht von dem Ruf einer Eule auf Beutejagd unterbrochen, aber sonst störte nichts die schöne Sommernacht.

Tamani und seine Begleiter saßen schon eine ganze Weile schweigend da, als der Graue auf einmal etwas wahrnahm. Hatte er sich das nur eingebildet? Oder hatten sich tatsächlich Schritte genähert? Unwillkürlich spannten sich seine Muskeln an und er lauschte noch angestrengter, doch jetzt war es wieder still. Plötzlich aber wehte Tamani ein beißender Gestank in die Nase, eine Mischung aus Krankheit und Angst. Schattenwolf!

Waren die Schattenwölfe zurückgekommen, um noch mehr von ihnen zu töten? Das Nackenfell des Alphawelpen sträubte sich und er fletschte die Zähne. Nun hörte er ganz deutlich, wie sich ihnen Pfotenschritte näherten, und er nahm dieselbe Alarmbereitschaft, die ihn erfüllte, bei seinen Begleitern war. Cody neben ihm knurrte leise. Eine Bewegung unmittelbar vor dem Eingang der Höhle ließ Tamani zusammenzucken und er fixierte die helle Öffnung mit seinen Augen. Das Licht des Mondes verfinsterte sich jäh und ein kantiges schwarzes Gesicht schob sich durch den Eingang. Mit vor Schreck weit geöffneten Augen erkannte Tamani einen der Schattenwelpen!

8. Kapitel

Geduckt saß Tamani dem schwarzen Schattenwelpen gegenüber, hinter ihm die dunklen Silhouetten seiner vier Begleiter. Tamani hatte die Zähne gefletscht, und ein wildes Knurren klang tief aus seiner Kehle. Erschrocken blickte ihn der junge schwarze Welpe direkt vor ihm an, dann legte er sich mit einem leisen Winseln auf den Boden und drehte sich unterwürfig auf den Rücken. Sein dünner, verfilzter Pelz konnte seine Magerkeit nicht verdecken, Tamani sah jede einzelne Rippe. Die Welpen verströmten einen beißenden Gestank nach Angst und verrotteter Beute.

Durch die Unterwürfigkeit des Schwarzgrauen entspannte sich Tamani kaum merklich. Warum waren die Schattenwelpen zurückgekommen? Trotz seines Traums konnte sich Tamani nicht sicher sein, ob sie nicht doch die Jungwölfe des Wächtergebirges töten wollten.

»Was macht ihr hier, ihr stinkenden Fischfraßstücke?«, knurrte Cody den Schwarzgrauen an.

Er war mit gesträubtem Nackenhaar aufgesprungen und stand dem Schattenwelpen mit gefletschten Zähnen gegenüber, bereit zum Kampf. Er würde jedoch erst kämpfen, wenn Tamani das Zeichen dafür gab, da war sich der Alphawelpe sicher. Tamani drehte sich nun um, um den Rest seiner Begleiter zu betrachten. Hinter dem wild knurrenden Cody stand Telai mit gesträubtem Pelz, der ihn größer wirken ließ, und knurrte ebenfalls, aber Tamani empfand das eher als ängstlich, denn als drohend. Trotz des Angstgeruchs, der von dem sandbraunen Jungwolf ausging, leuchteten seine braunen Augen entschlossen und kampfbereit.

Tamanis Ohren zuckten überrascht, als er Asko betrachtete. Der graue Heilerschüler saß gelassen neben Telai, die Pfoten ruhig nebeneinander gesetzt. Nur sein Blick, der auf die Schattenwelpen im Eingang gerichtet war, verriet, dass er wahrnahm, was vor ihm vorging. Schnell wandte Tamani seinen Blick ab, jetzt war nicht die Zeit, sich Gedanken über Askos Verhalten zu machen. Der Schattenwelpe sah ihn unverwandt an. Nur ihn, als ob er wusste, dass nur Tamani das Recht hatte, das Zeichen zum Angriff zu geben.

»Wir sind zurückgekommen, weil wir eure Gefangenen sind. Außerdem wollten die Schattenwölfe uns umbringen, weil wir uns nicht gegen euch gewehrt und nicht bis zum Tod gekämpft haben, um uns zu befreien«, sagte der am Boden liegende Schattenwelpe mit schwacher Stimme. Er drehte sich auf den Bauch zurück, blieb aber mit angelegten Ohren liegen, um weiterhin seine Unterwürfigkeit zu demonstrieren. Seine bernsteinfarbenen Augen schimmerten ängstlich und flehend, als er hinzufügte: »Bitte, bringt uns nicht um! Wir wollen keinen Kampf mit euch.«

Codys Knurren neben Tamani wurde unverkennbar lauter. »Das würde euch wohl so passen!«, zischte der Dunkelbraune aus zusammengebissenen Zähnen. »Ihr bleibt hier, werdet durchgefüttert und wenn niemand aufpasst, bringt ihr uns einen nach dem anderen um!«

Tamani verstand den Zorn und das Misstrauen, die Cody den Schattenwelpen entgegenbrachte, aber die jungen schwarzen Welpen konnten ein wenig Pflege und Beute gut gebrauchen, daran gab es keinen Zweifel.

Eine Bewegung war hinter Tamani zu spüren, und er sah, wie sich Asko ohne jede Vorwarnung erhob und nach vorne trat. Dabei stieß er Telai und Cody so fest zur Seite, dass sie keine andere Wahl hatten, als sich hinzusetzen. Cody sah verärgert aus, aber Asko zischte dem Braunen eine Warnung zu, und der Jungwolf widersprach ihm nicht. Mit einem leichtem Schulterstoß machte Asko Tamani klar, zurückzubleiben und sich zu entspannen, und Tamani gehorchte, ließ seine Muskeln jedoch angespannt.

Mit selbstbewusstem Schritt trat Asko vor die Schattenwelpen und belehrte sie mit ruhiger Stimme: »Niemals würden wir andere Wölfe kaltblütig ermorden, das ist gegen das Gesetz unserer Rudel.«

Verwirrung stand in den Augen der Schattenwelpen, und Tamani wurde mit Entsetzen klar, dass sie scheinbar nie von den Gesetzen gehört hatten, nach denen alle Rudel in friedlicher Verbundenheit lebten. »Ihr dürft hierbleiben«, fuhr Asko fort und fügte nach Codys ungläubigem Schnauben schnell hinzu: »Zumindest diese Nacht.«

Asko wandte sich zu Telai und Cody um. Einen Augenblick lang sah Tamani, wie der junge Heiler Cody drohend anfunkelte, bis dieser den Kopf abwandte. Dann fixierte Asko mit seinem brennend blaugrünen Blick Telai: »Telai, geh und sag den Wächtern Bescheid, dass wir Gäste haben.«

Der Sandbraune zögerte verunsichert und schaute mit ängstlich blitzenden Augen zu dem jungen Schattenwelpen, der im Höhleneingang lag, als wäre er ein Monster, das sich jeden Moment auf ihn stürzen könnte.

»Nun geh schon, oder willst du sie noch die ganze Nacht anstarren?«, forderte Asko den sandbraunen Jungwolf erneut barsch auf. Dann jedoch fügte er in verständnisvollerem Ton hinzu: »Es wird hier keinen Kampf geben, bei dem du uns unterstützen musst, und jetzt geh!« Die blaugrünen Augen des Heilers blitzten wieder mit seinem alten Temperament, als er Telai nachsah.

Der sandbraune Jungwolf schob sich mit unsicher angelegten Ohren eng an die Wand gepresst, um so weit wie möglich von den jungen Schattenwelpen entfernt zu sein, durch den Ausgang und verschwand in der Nacht.

»Nun kommt, ihr seid sicher erschöpft und müsst euch ausruhen«, knurrte Asko freundlich, aber Tamani sah ein besorgtes Funkeln in seinen Augen.

Cody und Tamani flankierten die fünf Schattenwelpen, während Asko sie zu ihrer alten Schlafkuhle führte. Tamanis Ohren zuckten besorgt. Würde es durch die Schattenwelpen wieder Ärger geben? Würde es vielleicht sogar heute Nacht zu einem Kampf kommen? Er verstand Asko nicht, er behandelte die Schattenwelpen wie Gäste, dabei waren sie doch Gefangene. Oder hatte er vom Rudel der ewigen Jagd erfahren, dass die Schattenwelpen keine Gefahr für sie darstellten? Bei diesem Gedanken verspürte der Graue Erleichterung, er wollte das Geheimnis der Welpen ergründen. Außerdem mochte Tamani die Welpen, obwohl er selbst nicht ganz verstand, warum. Tamani vertrieb seine Gedanken und sah die Schattenwelpen an, die sich eng aneinandergedrängt zusammengerollt hatten, als wollten sie sich gegenseitig Mut machen.

Fast sofort hatten sie die Augen geschlossen, und Asko beschnüffelte sorgfältig einen nach dem anderen. Der Alphawelpe beobachtete, wie der Heiler, der so oft eine spitze Zunge bewiesen hatte, die Schattenwelpen mit einem fürsorglichen Blick musterte und dann leise flüsterte: »Gute Nacht.«

In diesem Augenblick, fand Tamani, wirkte der dunkelgraue Jungwolf eher wie eine fürsorgliche Mutter, die sich um ihre Welpen kümmerte, denn wie der launische Heiler.

Dann wandte Asko den Kopf und sah Tamani mit eindringlichem Blick an. »Und wo ich schon dabei bin, halbtote Fellhaufen zu ihren Schlafplätzen zu bringen, sollte ich sagen: Leg dich hin Tamani!« Bevor Tamani protestieren konnte, fügte Asko hinzu: »Du brauchst mir gar nicht zu widersprechen, wir kommen mit den fünf da schon klar.« Tamani öffnete das Maul, aber Asko brachte ihn mit einem ungeduldigen Knurren zum Schweigen: »Ich bin dein Heiler, Tamani, und das ist ein Befehl!«

Mit diesen Worten drehte sich Asko um und stolzierte, gefolgt von Cody, zum Höhleneingang, wo er wieder seinen Platz als Wache einnahm.

Tamani sah ihm nach und merkte, wie er amüsiert lächelte. So kannte er Asko. Er spürte erneut, wie müde er war, seine Pfoten fühlten sich wie schwere Steinbrocken an, die sich kaum bewegen konnten. Langsam stolperte der Graue daher in die Höhle und ließ sich neben Shira fallen. Kaum lag er auf dem Boden, da fielen ihm auch schon die Augen zu, und er schlief eng an Shira gekuschelt ein.

Am nächsten Morgen wurde Tamani von prickelnder Wärme geweckt. Müde blinzelte der Graue in die Sonnenstrahlen, die schräg durch das kleine Loch in der Decke einfielen. Er schreckte hoch. Wie hatte er nur so lange schlafen können! Sein Blick glitt durch die Höhle, Shira war schon weg. Mit einem Pelz, der vor Schuldgefühlen glühte, kroch Tamani aus seiner Schlafhöhle um die Hellgrau-Weiße zu finden und seine Aufgaben als guter Alpha wahrzunehmen. Doch als er gerade in der Schlafhöhle seiner Gefährten war, hörte er ein wütendes Knurren und kalte Angst packte sein Herz. Gestern hatten sie die Schattenwelpen bei sich aufgenommen – waren wieder Jungwölfe gestorben? Mit rasendem Herz rannte Tamani hinaus in die Vorhöhle und blieb erschrocken stehen. Entsetzt betrachtete er die verwirrende Szene, die sich vor ihm abspielte.

Shira hatte sich mit vor Wut gesträubtem Fell und mit entschlossen blitzenden Augen vor die Schattenwelpen gestellt. Ihr gegenüber stand Ravi. Der weiße Jungwolf mit den schwarzen Pfoten hatte feindselig das Nackenfell gesträubt und knurrte Shira mit gefletschten Zähnen an. Er redete zornig auf sie ein und beschuldigte die fünf jungen Welpen, für Maros und Palas Tod verantwortlich zu sein. Die Jungwölfe der anderen Gruppen hatten sich in einem großen Kreis um die Streitenden versammelt und sahen dem Geschehen gespannt zu, machten aber keine Anstalten einzugreifen. Tamanis Fell kribbelte. Sie alle bekamen mit, dass sich zwei Jungwölfe seiner Gruppe wie Todfeinde gegenüberstanden. Aber das war nicht seine größte Sorge. Die Art, wie Ravi dastand, das Fell gesträubt und die Muskeln angespannt, verrieten, dass er angriffslustig war und jeden Moment ein Kampf zwischen den Jungwölfen ausbrechen konnte!

Scheinbar war Ravi durch eine kühle Antwort von Shira wütend geworden, denn sein Knurren wurde Augenblicklich lauter, und dann schallte sein Jaulen laut durch die Höhle: »Es reicht! Wenn du sie nicht vertreibst, dann werde ich es tun und dich gleich mit!« Drohend ging Ravi einen Schritt auf Shira zu und duckte sich dann, um sie im nächsten Moment anzuspringen. Sein Knurren war wild und seine Augen waren winzige lodernde Feuerbälle.

Entsetzten hatte Tamani im ersten Moment gelähmt, doch jetzt konnte er sich nicht mehr zurückhalten. Er musste Shira beschützen! Ohne einen Gedanken an die anderen Jungwölfe zu verschwenden, die ihn beobachteten, machte Tamani einen riesigen Satz und landete gekonnt zwischen Ravi und Shira. Ravi sah ihn einen Herzschlag lang erschrocken an, dann wandte er sich entschlossen Tamani zu. Angst flammte in Tamani auf, als er den funkelnden Blick seines Bruders sah, als wäre er ein Fremder für ihn.

Dennoch baute er sich vor seinem Bruder auf. »Was soll das Ravi? Shira ist in deiner Gruppe! Und die Schattenwelpen haben nichts getan!« Trotz seiner Beherztheit hörte Tamani, dass seine Stimme schrill wie die eines Welpen klang. Der Alphawelpe blickte sich in der Menge um, er suchte nach Asko. Der Heiler hatte die Schattenwelpen in der Nacht so unerschütterlich verteidigt, dass er seine Unterstützung gut gebrauchen könnte. Aber in der Masse der Jungwölfe konnte er das dunkelgraue Gesicht Askos nicht entdecken. Dann musste er das hier eben allein fertigbringen.

Als sich der Graue wieder Ravi zuwandte, stieß dieser ein wütendes Jaulen aus und stürzte sich auf seinen kleineren Bruder. Tamani quiekte erschrocken, als Ravi in ihn knallte und ihn von den Pfoten fegte. Er war auf den Kampf nicht vorbereitet gewesen und lag deshalb unter Ravi, der ihn mit wütenden Pfotenschlägen und Bissen bearbeitete. Mit seinen Hinterpfoten bekam er dann jedoch den Bauch des Weißen zu spüren, hebelte ihn nach oben und warf sich auf seinen Bruder, als dieser auf dem Boden aufkam. Gemeinsam verwickelten sich die beiden Jungwölfe in ein Fellknäuel, das jaulend und knurrend über den Boden rollte. Die Jungwölfe der anderen Gruppen stoben auseinander und stießen entsetze Schreie aus, als die Kämpfenden ihnen zu nahekamen.

Tamani spürte, wie unendliche Wut sein Inneres ergriff. Seine Bisse wurden heftiger und schon nach ein paar Herzschlägen wusste er, dass er sich in diesem Kampf behaupten konnte.

»Hört sofort auf!« Graupelz' wütendes Jaulen, das laut durch die Höhle hallte, brachte den Kampf zu einem abrupten Ende.

Tamani löste sich von Ravi, der sich mit glühenden Augen aufgesetzt hatte, und trat zurück. Ravis Pelz war an Brust und Schultern blutig und zerfetzt, und an seiner Flanke fehlte ein großes Stück Fell, doch der Schüler schien keine ernsthaften Verletzungen davongetragen zu haben. Tamani war sich nicht sicher, ob er das gut oder schlecht finden sollte. Er selbst war nicht so schlimm zugerichtet wie sein Bruder, spürte aber einen schmerzhaften Kratzer an der Wange, wo ihn Ravi mit einer seiner Krallen erwischt hatte. Tamani sah, wie sich die Menge der Jungwölfe widerstrebend teilte und Graupelz auf ihn zustolziert kam, die Rute hocherhoben, sein Blick streng und unverwandt über seine beiden Schüler schweifend.

Tamani senkte beschämt den Kopf, spürte aber weiterhin den brennenden Blick seines Ausbilders auf seinem Pelz. Er hatte Graupelz enttäuscht.

»Und ihr verschwindet!«, knurrte Graupelz den gaffenden Jungwölfen entgegen, woraufhin sich die Höhle augenblicklich leerte.

Graupelz wartete noch kurz und musterte Tamani und Ravi unverwandt, bevor er fragte: »Was sollte das? Worum ging es bei diesem Kampf?« Seine Stimme klang noch immer aufgebracht, und Tamani bemerkte, wie sehr sich Graupelz beherrschte, um nicht die Fassung zu verlieren. »Ihr seid Brüder!«, fuhr der Wächter scharf fort, als keiner der beiden Jungwölfe antwortete. »Und ihr seid in derselben Gruppe! Ich weiß, dass es schwierige Zeiten sind, aber wir können es uns nicht leisten, untereinander zu kämpfen. Stellt euch vor, was passiert wäre, wenn sich einer von euch ernsthaft verletzt hätte!«

Mit hängenden Ohren und eingezogener Rute blickte Tamani beschämt auf seine Pfoten, die den Steinboden kneteten.

»Er hat die Schattenwelpen wieder aufgenommen!« Ravi schien kein bisschen beschämt, und als Tamani zu ihm aufsah, entdeckte er, dass die Augen seines Bruders immer noch vor Zorn brannten. Tamanis Pelz sträubte sich empört und er bleckte die Zähne, aber Ravi fuhr unbeirrt fort: »Als sie das letzte Mal aufgenommen wurden, haben sie zwei Jungwölfe getötet!«

Tamani hörte die Schattenwelpen aus ihrer Schlafkuhle überrascht und erschrocken flüstern. Offenbar hatten sie nicht gewusst, dass Maro und Pala getötet worden waren, was Tamani in seiner Vermutung bestätigte, dass sie mit dem Mord nichts zu tun hatten. *Ich lasse nicht zu, dass sie für etwas büßen müssen, das sie nicht begangen haben*, dachte Tamani und sprang auf die Pfoten. »Sie haben niemanden umgebracht«, hob er zur Verteidigung der Schattenwelpen an, wurde aber von Graupelz unterbrochen.

»Stopp! Hört auf euch zu streiten!« Die Stimme des Wächters war heiser vor Zorn, und Tamani legte sofort die Ohren an und setzte sich wieder. Auch Ravi hatte nun wohl endlich verstanden, dass Streit nichts brachte, und hatte den Kopf abgewandt.

Graupelz' Augen funkelten wild, als er fortfuhr: »Ihr beide werdet jetzt in die Schlafhöhle gehen und euch aussprechen. Ist das klar? Ich erwarte keinen Widerspruch von euch.« Ravi öffnete das Maul zu einer wütenden Bemerkung, schloss es dann aber schnell wieder. als der Wächter hinzufügte: »Das war keine Bitte, sondern ein Befehl! Wir können uns keinen

Streit leisten. Also sprecht euch aus, und ich erwarte, dass so etwas in Zukunft nie wieder vorkommt!« Ohne auf eine Antwort der Jungwölfe zu warten, stolzierte Graupelz an ihnen vorbei und verschwand durch den Ausgang aufs Plateau.

Tamani sah Ravi unsicher an, noch immer glühten die Augen des Jungwolfs in der Dunkelheit, aber die größte Wut war aus ihnen gewichen. Ohne seinen Bruder eines Blickes zu würdigen, stand Ravi auf und stolzierte in die Schlafhöhle der Meeresgruppe. Tamani folgte ihm mit einem unguten Gefühl im Magen. Würde es wieder einen Kampf geben? Als Tamani die geräumige Höhle betrat, sah er seinen Bruder im Schatten sitzen und ihn unverwandt anstarren. Er setzte sich seinem Bruder gegenüber und senkte den Blick auf die Pfoten.

Eine Weile saßen sie so da und schwiegen, bis Ravi die Stille durchbrach: »Warum bist du so sehr von ihrer Unschuld überzeugt?«

Die Frage war einfach und hatte nicht feindselig geklungen, trotzdem sträubte sich Tamanis Nackenhaar. Er wollte sich nicht rechtfertigen müssen, vor allem nicht vor seinem Wurfgefährten. Aber ihm war bewusst, dass Ravi die Wahrheit hören musste. Tamani schluckte nervös. »Das ist eine lange Geschichte«, begann er und erzählte wieder von seinem Traum. Palas Rätselverse am Ende ließ er jedoch aus. Es war nicht notwendig, dass Ravi davon erfuhr. Nachdem der Graue zu Ende gesprochen hatte, sah er seinen Bruder prüfend an. Würde er ihm glauben, oder hatte er weitere Wut von ihm zu erwarten?

Ravi blickte ihn an, in seinen Augen lag kein Zorn oder Unglauben, nur reine Verblüffung. »Bist du dir ganz sicher, dass dein Traum nicht nur einfach ein Traum war? Ich meine, das Rudel der ewigen Jagd würde seine Träume doch eher mit Asko teilen, oder?«

Tamani spürte leise Wut in seinen Pfoten pulsieren, darüber dass ihm sein eigener Bruder nicht glaubte, dafür aber zwei Jungwölfe aus einem anderem Rudel, trotzdem zwang er sich dazu, ruhig zu antworten. »Ich war anfangs, um ehrlich zu sein, selbst etwas unentschieden, aber jetzt bin ich ganz sicher, dass der Traum vom Rudel der ewigen Jagd kommt.« Tamani sah seinem Bruder fest in die Augen, um seiner Rede Nachdruck zu verleihen.

Der Weiße senkte den Kopf, scheinbar dachte er über die Worte seines Bruders nach, dann legte er beschämt die Ohren an. »Es tut mir leid Tamani.« Der Weiße scharrte unruhig mit den Pfoten über den Steinboden. »Ich habe dich und Shira zu Unrecht beschuldigt.«

Tamani sah an der stolzen Körperhaltung des Weißen, wie schwer es ihm fiel, seinen Fehler einzugestehen, und endlich spürte Tamani Zuneigung zu seinem Bruder in sich aufsteigen. Er bereute es, ihn so böse zugerichtet zu haben, und trat unwillkürlich einen Schritt nach vorne, um ihm die blutverschmierte Schulter zu lecken. Durch ein Maul voller Fell sagte er: »Jeder macht mal Fehler, aber es gehört viel Mut dazu, sie sich einzugestehen.«

Ravi hob den Kopf und sah ihn mit dankbar leuchtenden Augen an, in denen noch immer Scham lag an. »Danke«, murmelte er und begann, sich das Brustfell zu lecken und es dadurch vom Blut zu reinigen.

Kaum waren sie fertig damit, Ravis Wunden grob zu säubern, als Tamani Pfotenschritte hörte, die sich ihnen näherten. Die Schritte waren hastig, deshalb sprang er auf die Pfoten, das Fell nervös gesträubt. Einen Herzschlag später tauchte Mila im Eingang der Schlafhöhle auf. Ihr Pelz war vom Wind des Laufs zerzaust und sie keuchte außer Atem. »Tamani?«

Der Graue sprang zu ihr, sein Pelz kribbelte vor böser Vorahnung, aber ihre Augen leuchteten aufgeregt, nicht ängstlich, und so entspannte sich der Alphawelpe sofort. »Was ist passiert?«, wollte er wissen.

»Sandsturm hat uns aufgetragen, eine zusätzliche Jagdtruppe zu organisieren«, keuchte die Jungwölfin, aber ihre Augen strahlten dabei.

Mit einem Nicken nahm Tamani ihre Worte zur Kenntnis. »Wer ist noch da?«, fragte er mehr sich selbst als Mila, aber diese antwortete sofort: »Nur ihr zwei. Ich muss wieder zurück zur Grenztruppe.« Damit verschwand sie nach draußen und ließ Tamani und Ravi allein zurück. Tamani sah ratlos zu Ravi, der ihn zweifelnd anstarrte.

»Wie sollen wir denn zu zweit eine Jagdtruppe bilden?«, überlegte der Weiße laut.

Tamani dachte einen Augenblick nach, dann hatte er eine Idee. Sie war zwar etwas riskant, aber alles in allem eine gute Möglichkeit, Ravi von der Gutmütigkeit der Schattenwelpen zu überzeugen. »Warum zu zweit? Wir sind doch zu siebt«, sagte er daher, wenn auch etwas unsicher. Durfte er es so einfach entscheiden, die Schattenwelpen mitzunehmen? Aber was sollte er sonst tun? Zu zweit konnten er und Ravi nicht jagen, und andere Jungwölfe schienen nicht mehr auf dem Plateau zu sein. Ohne auf Ravis Widerspruch zu warten, trabte Tamani in die Vorhöhle, wo die Schattenwelpen in ihrer Kuhle lagerten.

»Wir bilden eine Jagdtruppe, jetzt sofort«, befahl er ihnen im Vorbeigehen und spürte ihre überraschten Blicke auf seinem Pelz, als er hinaus aufs Plateau trat. Warmer Wind strich ihm das Fell glatt, und Tamani atmete tief ein, um den Frühling in sich aufzunehmen.

Pfotenschritte hinter ihm verrieten, dass sich seine Gefährten versammelt hatten. Tamani drehte sich zu ihnen um. Ravi stand abseits der Schattenwelpen, das Fell misstrauisch gesträubt und mit angespannten Muskeln. Die Verwirrung auf den Gesichtern seiner Begleiter war nicht zu übersehen, und Tamanis Pelz begann zu kribbeln, als würden Ameisen darüberlaufen. Konnte er mit Jungwölfen jagen, die sich so sehr misstrauten? Nicht mal er selbst war sich ganz sicher, ob er den Schattenwelpen vertrauten konnte.

Er verdrängte jedoch die Zweifel und sagte mit fester Stimme: »Wir jagen bei dem Wald- und Wiesenstück in der Nähe des Schattenwolf-Reviers.« Er zuckte mit der Rute als Zeichen, dass ihm die anderen Jungwölfe folgen sollten, und sprang allen voran hinab vom Plateau.

Es dauerte nicht lange bis sich Ravi neben ihn geschoben hatte. »Hältst du das wirklich für eine gute Idee?«, fragte er, und seine Stimme verriet sein Unbehagen.

»Warum nicht?« Tamani beschleunigte seinen Schritt, um nicht weiter mit seinem Bruder sprechen zu müssen.

Tamani nahm nicht den Geheimgang und auch keine geheime Schlucht, weshalb der Weg schwieriger als gewohnt war. Der Weg, den er gewählt hatte, war übersichtlich und leicht von oben zu überwachen. Würden die Schattenwelpen nochmals entführt werden, konnten sie so keine geheimen Wege verraten und sie wären auf dem Weg leicht zu entdecken. Tamani hörte die Pfoten seiner Begleiter ungelenk über die Steine kratzen und immer wieder hörte er, wie sie ausrutschten und hinfielen. Der Weg war zwar tatsächlich lang und schwierig, doch für die Schattenwelpen, die solche Wanderungen nicht gewohnt und nicht gut genährt waren, schien er noch schwerer zu bewältigen. Nach einer endlos scheinenden Zeit hatten sie es dann schließlich geschafft.

Sie jagten den ganzen Tag. Am Ende hatten sie gute Beute gemacht, obwohl die Schattenwelpen im Jagen ungeübt und tollpatschig waren und mit jedem Schritt Geräusche machten, wodurch sie anfangs jedes Mal die Beute verscheucht hatten. Neben einigen erlegten Hasen lag eine prachtvolle schwarze Ziege sowie ein Reh, das Tamani ganz allein erbeutet hatte.

Während sich Tamani ein wenig von der Jagd erholte, kämpften Ravi und die fünf anderen jungen Wölfe nicht weit von ihm entfernt spielerisch miteinander. Durch die gemeinsame Jagd hatten sie es scheinbar tatsächlich geschafft, das gegenseitige Misstrauen zu überwinden.

Der Alphawelpe musste lächeln, als er dann rief: »Na kommt schon ihr, verspielten Jungen!«

Zuerst blickten die anderen Jungwölfe erschrocken auf, doch als sie Tamani entdeckten, kamen sie mit freudigen Sprüngen zu ihm. Tamani gratulierte den Schattenwelpen zu ihrem Fang, dann machten sie sich auf den Weg zurück zum Plateau.

Es dauerte noch länger, den schwierigen und vor allem steilen Weg wieder zurück zum Plateau zu laufen, und er war mit Beute kaum zu bewältigen. Als die Jagdtruppe dann schließlich auf dem Plateau ankam, stand der Mond schon hoch am Himmel und leuchtete ihnen silbrig den Weg.

»Da sind die Verräter!«, durchschnitt plötzlich ein schrilles Jaulen die Stille, und Tamani sah, wie mehrere schattenhafte Gestalten auf sie zugeeilt kamen. Schon bevor sie bei ihm eintrafen, spürte er die Feindseligkeit, die ihre Gedanken bestimmte, und ließ das getötete Reh fallen, um die Zähne zu fletschen. Denn der Wolf, der da gejault hatte, war Mitternacht, der sie scheinbar als Erster entdeckt hatte. »Er hat die Schattenwelpen entwischen lassen!«, knurrte der schwarze Wächter und baute sich mit wütend gesträubtem Fell vor Tamani auf.

Ehe Tamani bissig etwas entgegnen konnte, erstarrte der ältere Wolf jedoch und schaute erschrocken hinter den Alpha der Meeresgruppe. Sein Blick weitete sich, als er die Schattenwelpen erkannte, und ein überraschtes Knurren drang aus seiner Kehle. Nun kam endlich auch Graupelz, der zunächst sorgenvoll auf seinen Schüler sah. Dann jedoch bemerkte er die Schattenwelpen, die Beute im Maul trugen, und Erleichterung und Zufriedenheit entspannten seine Züge.

Tamanis Fell glättete sich und er neigte höflich den Kopf vor seinem Ausbilder, bevor er sagte: »Ravi und ich haben die Schattenwelpen zu einer Jagdpartie mitgenommen. Wenn sie schon Beute von uns nehmen, können sie ebensogut welche herbeischaffen.«

Tamani sah, dass Mitternachts funkelnde Augen nun auf ihm ruhten, doch bevor er etwas entgegnen konnte, verstellte Graupelz dem jüngeren

Wächter den Weg und sagte mit fester Stimme und voller Stolz: »Gut gemacht, Tamani. Es ist schön, dass ihr die fünf mit eingefügt habt. Wie haben sie sich angestellt?«

Tamani hörte, wie sich Geflüster um ihn herum erhob, doch Graupelz brachte die Schüler mit einem strengen Knurren zum Schweigen, damit ihm der Alphawelpe antworteten konnte. Tamani rief Ravi mit der Rute zu sich nach vorne, der mit vor Nervosität zuckenden Ohren zu Tamani trat und dann laut verkündete: »Sie sind gute Jäger! Sie haben diese Ziege ganz allein erlegt.«

Anerkennendes Gemurmel, teilweise leise und widerstrebend, machte sich auf dem Plateau breit. Graupelz musterte die Schattenwelpen wohlwollend und anerkennend, dann sagte er: »Alle, die das Ganze nichts angeht, verschwinden jetzt sofort!«

Pfotenschritte und Getuschel wurden laut, als sich die anderen Schüler in der Dunkelheit zu ihren Schlafplätzen aufmachten. Tamani blickte zu Mitternacht, der wie versteinert dastand und die Schattenwelpen mit unverhohlenem Hass anfunkelte.

»Ihr«, wandte sich Graupelz an die Schattenwelpen, »nehmt euch etwas Beute und legt euch dann schlafen. Ihr werdet eure Kraft gut gebrauchen können, denn morgen werdet ihr die Frühtruppe begleiten, geleitet von Asko und Tamani.«

Mitternachts Augen sprühten fast Funken bei diesen Worten und er bleckte missbilligend die Zähne, bevor er sich abwandte und in Richtung des kleinen Plateaus verschwand.

Die fünf Schattenwelpen blickten jedoch in freudiger Erwartung und mit stolz aufgestellten Ruten zu Graupelz. »Danke«, sagte der größte der Welpen und verneigte sich tief vor dem Wächter.

Dieser tat die höfliche Geste mit einem Nicken ab, bevor er sich würdevoll umdrehte und in der Dunkelheit verschwand. Dann schleppte die Jagdtruppe ihre Beute in die Höhle. Tamani nahm sich eines von den Kaninchen, das er erlegt hatte, und lief dann nach einem höflichen »Gute Nacht« an die Schattenwelpen in seine Schlafhöhle.

Als er in die kleine Höhle trat, sah er Shira, die ihm mit liebevoll glühenden Augen entgegensah. Tamani ließ sich neben sie fallen und schob ihr die Schnauze ins Fell.

»Alles in Ordnung?«, fragte er mit dem Gedanken an die heftige Auseinandersetzung mit Ravi.

Shira nickte und sagte dann: »Das hast du gut hinbekommen mit den Schattenwelpen.« In ihrer Stimme lag so viel Stolz und Zuneigung, dass es Tamani warm durchströmte. Gemeinsam teilten sich die beiden ihre Beute und pflegten sich dann gegenseitig das Fell. Mit bleischweren Pfoten rollte sich der Alphawelpe schließlich neben Shira zusammen und schloss müde die Augen. Schon nach kurzer Zeit schlief Tamani mit einem wohligen Gefühl der Wärme ein.

9. Kapitel

Am nächsten Morgen liefen Tamani und Asko mit den Schattenwelpen zunächst zum Meer. Sie hatten den Geheimgang benutzt, was Tamani kurz Sorge bereitet hatte, Asko jedoch mit einer wegwerfenden Bewegung der Rute abgetan und erklärt hatte: »Jedem Schüler werden doch die Geheimgänge gezeigt.« Die fünf Schattenwelpen sahen sichtlich beeindruckt aus, durch einen Berg gelaufen zu sein, und Tamani lächelte unwillkürlich. Genauso hatte er sich auch beim ersten Mal gefühlt, als er durch den Geheimgang gegangen war.

»Kommt her«, wies Asko die Schattenwelpen an. »Ihr werdet euch jetzt im Meer waschen.«

Die Schattenwelpen sahen entsetzt und empört aus, aber Tamani wusste, dass es nötig war. Sie hatten verfilztes Fell, das noch immer nach Krankheit, Hunger und Schattenwolf stank und zudem mit Kletten und Schlamm befleckt war. *Pflegen sie sich denn nie den Pelz?*, fragte sich Tamani und kräuselte die Nase. Der Graue folgte gemeinsam mit Asko den Schattenwelpen, die sich auf einen flachen Felsen gestellt hatten, der einige Wolfslängen ins Meer ragte.

»Worauf wartet ihr?«, fragte Asko und fügte spitz hinzu: »Wir haben nicht den ganzen Tag Zeit!«

Die Ohren des schwarzgrauen Schattenwelpen zuckten verlegen. »Na ja«, sagte er zögernd, »wir können nicht schwimmen.«

Asko lächelte amüsiert und auch Tamanis Tasthaare zuckten. Wussten die Schattenwelpen etwa nicht, dass jeder Wolf schon von Geburt an schwimmen konnte?

»Ihr könnt also nicht schwimmen?«, wiederholte Asko spöttisch. »Geht einfach so dicht wie möglich an den Felsrand, dann zeige ich euch, wie es geht.«

Tamani sah das schelmische Glühen in Askos Augen, und als der dann leicht mit der Rute zu Tamani schnippte, folgte ihm dieser sofort. Er hielt sich an Askos Seite, während die Schattenwelpen sich gemeinsam an den Felsrand drängten. Dann, ohne sich abzusprechen, sprangen sie nach vorne und stießen die fünf Welpen in die Wellen. Hastig schnappten diese nach Luft und ruderten in ungeübten Bewegungen mit den Pfoten durchs Wasser. Tamani setzte sich und wartete lächelnd. Schon nach ein paar Herzschlägen hatten die Schattenwelpen ein System gefunden und schwammen mit schnellen, rhythmischen Zügen zurück ans Ufer.

Die Augen eines schwarzen Welpens leuchteten empört, aber er sagte nichts, als er mit seinen Gefährten weiter zu einem trockenen Platz trottete, um sich das Wasser aus dem Pelz zu schütteln. Mit immer noch triefnassem und tropfendem Fell legten sich die Schattenwelpen in den Sand. Tamani setzte sich neben sie und beobachtete, wie sich die fünf Welpen gegenseitig das Fell trocken leckten.

»Wir sollten uns gegenseitig vorstellen«, entschied Asko. »Mein Name ist Asko und ich bin der Heiler der Meeresgruppe«, sagte er und in seiner Stimme lag Stolz, dann nickte er zu Tamani und fuhr fort: »Und das ist Tamani. Er ist unser Alphawelpe.«

Tamani hob Kopf und Rute und machte sich so groß er konnte, um seine geringe Körpergröße zu überspielen. Hoffentlich würden sie ihn deshalb nicht als unfähig verurteilen.

»Ich bin Neko«, unterbrach ein kleiner schwarzer Welpe mit weißer Schwanzspitze Tamanis Gedanken.

»Und ich heiße Toah«, verkündete der größte der Schattenwelpen, ein grauschwarzer Welpe, und trat mit einem leuchten in den Bernsteinaugen neben Neko, um höflich den Kopf vor Asko und Tamani zu neigen.

»Ich bin Laka und das ist mein Bruder Aris.« Die Stimme gehörte einer rabenschwarzen Wölfin mit einer weißen Vorderpfote. Neben Laka kauerte ein tiefschwarzer Welpe, der schüchtern die Ohren angelegt hatte. Es schien, als wäre es ihm unangenehm, die Aufmerksamkeit der anderen auf sich gelenkt zu haben.

Tamani wandt den Blick von dem schüchternen Welpen ab und blickte zu der letzten jungen Wölfin, die sich noch nicht vorgestellt hatte.

»Ich bin Mella«, sagte die schwarze kleine Wölfin, die eine auffällig beige Brust besaß, doch ihre Stimme klang ein wenig merkwürdig. Die Schattenwelpen drängten sich wieder zusammen, als wäre ihr plötzlicher Mut verschwunden, und sie vollendeten das Trocknen ihrer Pelze.

Während Tamani ihnen zusah, wanderten seine Gedanken zu Pala und zu seiner Vision mit den unverständlichen Rätselversen. Was war damit gemeint?

»Hüte dich vor dem hell scheinenden Schatten!«, murmelte der Graue Palas Worte, und ein Schauder durchströmte ihn bei dieser unausgesprochenen Drohung. Was wäre, wenn er das Rätsel nicht schnell genug lösen würde? Was würde ihm dieser Schatten antun? Würde er dann wie Pala niemals wieder zum Eisrudel zurückkehren?

»Na los, steht auf, sonst sind wir noch nicht mal an der Grenze, wenn die Sonne schon untergeht«, riss ihn Askos ungeduldige Stimme aus seinen Gedanken. Der graue Heiler stand etwas abseits und seine Ohren zuckten voller Ungeduld, endlich aufzubrechen.

Tamani erhob sich und trabte zu ihm. Pfotenschritte, die hinter dem Alphawelpen erklangen, verrieten ihm, dass die Schattenwelpen ihm folgten, und so übernahm Tamani die Führung der Gruppe.

Als sie sich der Grenze jedoch näherten, wurde Tamani nervös. Ihm fiel auf, dass er bisher noch keinen Gedanken an die Loyalität der Schattenwelpen verschwendet hatte, und nun wurde ihm unbehaglich zumute. Was würde passieren, wenn sie auf eine feindliche Gruppe von Schattenwölfen träfen? Wie würden sich die Schattenwelpen dann verhalten? Würden sie auf Seiten ihrer alten Rudelgefährten kämpfen, oder zu Tamani und Asko halten? Tamani schauderte es bei dem Gedanken, was mit ihm und Asko passieren würde, wenn die Schattenwelpen nicht auf ihrer Seite kämpften. Er schickte ein stilles Gebet zum Rudel der ewigen Jagd, dass es sie nicht mit feindlichen Wölfen konfrontieren sollte.

Tamani überließ nun Asko die Führung, um das Schlusslicht der Truppe zu bilden. Von hier aus konnte er alles überblicken und am besten und schnellsten reagieren, wenn irgendetwas außer Kontrolle geraten sollte. Er versuchte sich einzureden, dass er nur zum Schutz der Truppe alles beobachtete und nicht die Schattenwelpen bewachte. Trotzdem blieb Tamani die ganze Zeit angespannt, er zwang sich dazu, jederzeit bereit zu sein, einen gegnerischen Wolf zu attackieren, und er fürchtete, dass hinter jedem Baum, Strauch oder Felsen ein Schattenwolf darauf lauerte, seine kleine Grenztruppe anzugreifen.

Doch nichts dergleichen passierte, und sie kamen ohne Zwischenfall auf dem Gipfel eines Berges an, der das Ende der Grenze anzeigte, die sie überprüfen sollten. Seine Anspannung legte sich, als sie weiter in das Revier des Wächtergebirges liefen, zu einer winzigen Felsplatte.

Asko, der zuerst ankam, setzte sich auf einen Felsen, der von der Sonne erwärmt wurde, und Tamani überholte die anderen Welpen, um sich in den Schatten eines überhängenden Felsens zu legen. Er hatte sich gerade hingelegt, als vier der Schattenwelpen kamen und sich etwas von ihm entfernt niederließen. Tamani wartete gespannt. Wo blieb der letzte Schattenwelpe? Einige Augenblicke später entdeckte Tamani die junge Wölfin. Sie war scheinbar hinter den anderen zurückgefallen, weil sie humpelte. Es war Mella, wie er erkannte, und sie hatte eine ihrer Hinterpfoten hochgezogen, damit diese nicht den Boden berührte. Die Wölfin ließ sich neben ihre Gefährten fallen und begann, die Pfote abzulecken und sie dadurch zu säubern.

Einen Augenblick überlegte Tamani, ob er sie fragen sollte ob er ihr irgendwie helfen konnte, entschied sich dann aber dagegen. *Sie wird schon sagen, wenn es ihr nicht gut geht*. Als er aufblickte, sah er Asko auf sich zukommen. Der Heiler nickte in Richtung Plateau und Tamani verstand, er sprang auf und rief: »Los, gehen wir zurück!«

Sofort lief Asko los und übernahm erneut die Führung der Truppe, die Schattenwelpen folgten ihm eifrig. Alle bis auf einen, erkannte Tamani. Mella hatte sich langsamer als die anderen erhoben und hinkte hinter der restlichen Truppe her. Besorgt sprang Tamani zu ihr, als er sah, wie sie strauchelte und dann mit einem erstickten Schmerzensschrei zur Seite fiel.

»Asko!«, jaulte Tamani. Er wandte sich zum Heiler um, der ihm verwirrt entgegenblickte, als würde er die Szene nicht recht verstehen. »Mella geht es nicht gut«, erklärte Tamani schnell.

Der Heiler eilte zu der jungen Wölfin, die Schattenwelpen hinter sich. »Heb ihre Pfote hoch«, befahl Asko Neko und nickte zu der geschwollenen Hinterpfote. Mella hatte schon fast ihr Bewusstsein verloren.

»Du hast dir einen Dorn eingetreten und die Wunde hat sich entzündet«, stellte Asko fest und sagte dann bestimmt: »Aris, Laka und Tamani, ihr haltet sie fest.«

Tamani tat wie geheißen, und auch Aris und Laka standen kaum einen Herzschlag später neben ihm und hielten Mella mit den Pfoten fest am Boden. Tamani ahmte ihre Haltung nach und horchte auf weitere Anweisungen Askos: »Neko und Toah, ihr holt Moos und wascht es in dem Gebirgsbach dahinten aus, kapiert?« Toah und Neko nickten, bevor sie sich umdrehten und davonstürmten, um dem Befehl nachzukommen.

Tamani sah, wie sie sich neben einer Quelle hinkauerten, die in ihrer Nähe in einen Bach mündete. Dann wandte sich der Alphawelpe wieder Asko und Mella zu.

Der Heiler hatte die Pfote sauber geleckt und packte nun den Dorn mit den Zähnen. Mit einem Ruck zog der Dunkelgraue den Dorn aus der Pfote und spuckte ihn neben sich auf den Boden, bevor er etwas Sand darüberscharrte. Tamani sah, wie ein Blutschwall gemischt mit einer eklig stinkenden gelben Flüssigkeit aus der Wunde sickerte, und er musste seine ganze Kraft aufbringen, um Mella weiterhin mit seinen Pfoten fest auf den Boden zu drücken, denn sie krümmte sich vor Qual und stieß schrille Schmerzensschreie aus.

»Die Entzündung ist schlimm«, murmelte Asko so leise, dass nur Tamani ihn verstehen konnte. Wollte Asko damit etwa sagen, dass Mella sterben würde?

»Wir haben es«, jaulte Neko, während er gemeinsam mit Toah den Hügel zu seinen Gefährten hinabstürmte, im Maul ein großes Büschel tropfendes Moos. Sie ließen es vor Asko fallen und traten zurück, um dem Heiler genug Platz zu lassen. »Reicht das?«, fragte der Schwarze mit der weißen Schwanzspitze besorgt und seine Pfoten scharrten unruhig im Boden.

Asko nickte abwesend, während er nochmals Mellas Pfote begutachtete. »Komm her, Neko, nimm das Moos so wie ich und presse es so fest wie möglich auf die Wunde, das wird die Blutung dann schnell stoppen.« Asko zeigte dem Welpen, wie er am besten das Moos auf die Wunde pressen konnte, und dieser führte seine Anweisungen geschickt aus. Der Heiler sah eine Sekunde zufrieden zu, dann fragte er: »Wie lange tut dir deine Pfote schon weh?«

Mella öffnete ihre Augen einen Spalt, und Tamani war überrascht, dass sie genug Kraft zum Sprechen hatte, als sie mühsam hervorstieß: »Seit einem halben Mondwechsel.« Dann sank ihr Kopf wieder auf den Boden und ihre Augen schlossen sich.

Asko nickte beunruhigt, dann winkte er Toah und Tamani etwas entfernt von den anderen zu sich. Mit vor Sorge kribbelndem Bauch tappte Tamani zu den beiden anderen Jungwölfen und setzte sich zu ihnen.

»Sie hat eine sehr schlimme Entzündung«, erklärte Asko und seine Stimme klang ungewohnt vorsichtig. »Ich bin mir nicht ganz sicher, ob sie bereits eine Blutvergiftung hat.«

Toah blickte ihn sorgenvoll an. Eine Blutvergiftung war ein sicheres Todesurteil für einen Wolf, und obwohl er Mella noch nicht so lange kannte, wollte er nicht, dass sie starb.

»Kann man denn gar nichts machen?«, fragte Toah entsetzt und seine Stimme zitterte.

Asko bedachte ihn mit einem nachdenklichen Blick, bevor er sagte: »Ich werde alles in meiner Macht Stehende tun, um sie zu kurieren, doch das kann ich erst in der Höhle. Dort habe ich alle Kräuter, die dabei helfen könnten. Aber wenn sie eine Blutvergiftung hat, können selbst meine bescheidenen Fähigkeiten ihr nicht mehr helfen.« Ein Schatten huschte über sein Gesicht, nur einen Herzschlag lang, sodass Tamani sich nicht sicher war, ob er tatsächlich Traurigkeit darin gesehen hatte. »Auf jeden Fall muss sie ihre Pfote schonen.«

»Ich werde sie auf dem Rückweg stützen.« Neko war herbeigetrottet und hatte sich mit ernsten Augen neben Asko gestellt.

Der Heiler nickte zustimmend. »Damit ist es jedoch noch nicht getan«, erklärte er. »Sie braucht Kräuterauflagen und muss immer bewacht werden, damit ich sofort Bescheid bekomme, falls sich die Entzündung verschlimmert.«

»Das kann ich auch machen«, erklärte sich der schwarze Schattenwelpe sofort bereit.

»Gut. Wie geht es ihr jetzt?«

»Ihr ist schwindelig, aber die Blutung ist gestillt«, antwortete Neko, ohne zu zögern, und Tamani entdeckte ein zufriedenes Leuchten in Askos Augen.

»Dann werden wir zurück zum Plateau gehen«, entschied Asko. »Neko du wirst sie stützen.«

Tamani beobachtete, wie sich Mella benommen auf die Pfoten rappelte. Sie wollte einen Schritt nach vorne machen, taumelte dann jedoch. Der Alphawelpe wollte gerade zu ihr stürzen, aber Neko war schon an Mellas Seite gesprungen und bot ihr seine Schulter als Stütze an. Mit dankbarem Blick sah Mella ihn an und lehnte sich dann gegen seine Schulter. Vorsichtig setzten Mella und ihr Helfer eine Pfote vor die andere, bis sie bei Tamani und den anderen angekommen waren.

Asko, der bereits wartete, übernahm erneut die Führung, gefolgt von Laka, Aris und Toah die nebeneinanderher trotteten. Tamani bildete erneut den Schluss, um Mella und Neko zu beobachten und ihnen helfen zu können, falls sie auf dem steinigen Boden den Halt verlieren würden.

Sie kamen nur langsam vorwärts und Tamani schmerzten schon bald die Pfoten von den spitzen Steinen, die überall am Boden verteilt lagen. Wie sollten Mella und Neko das nur schaffen? Sie liefen eine Wolfslänge vor ihm und suchten sich vorsichtig den Weg vorwärts.

Es kam Tamani vor, als wären sie den ganzen Tag über den Bergkamm geklettert, als sie endlich das Plateau erreichten. Die Sonne stand mittlerweile steil am Himmel und warf kurze Schatten über die Hochebene, die vom geschäftigen Treiben der Schüler des Wächtergebirges überfüllt wirkte.

Tamani entdeckte eine Gruppe von Schülern, die angeführt von einem hellbraun gescheckten Jungwolf zur Jagd aufbrachen. Der Geruch, der von ihnen ausging, verriet ihm, dass sie zur Waldgruppe gehörten. Neben ihnen hielten einige Schüler inne, die gerade mit ihrem Ausbilder Kampfzüge übten, und betrachteten Tamanis Truppe mit abschätzigem Blick. Der Pelz des Alphawelpen begann, vor Unbehagen und Ärger zu kribbeln. Diese Jungwölfe hatten kein Recht, sich über die Schattenwelpen lustig zumachen, vor allem nicht, da ihr Geruch der der Elementegruppe war. Die Schüler Mitternachts hassten Tamani scheinbar so sehr wie ihr Wächter, obwohl Tamani noch immer nicht verstand, was er ihnen getan hatte.

Als er an der tuschelnden Truppe vorbeilief, bleckte er bedrohlich die Zähne, um ihnen eine Warnung zukommenzulassen, die selbst diese Algenhirne verstehen würden.

Asko führte die Grenztruppe in die Vorhöhle und verschwand dann in seiner Schlafhöhle, um die Kräuter zu holen, die er zu Mellas Heilung benötigte. Neko brachte auf Askos Anweisung Mella in ihre Schlafkuhle, während der Heiler mit Heilkräutern im Maul auf sie zueilte.

Tamani spürte einen Stich. Die ehemaligen Schattenwelpen mussten hier draußen in der zugigen Vorhöhle schlafen, nach einem so anstrengenden Morgen. Es war, als würde man sie wie Beutetiere behandeln, die es nicht wert waren, in der Schlafhöhle der Wölfe zu schlafen. Mit kribbelndem Pelz und zuckenden Ohren trat er zu Laka.

»Ihr seid seit gestern keine Gefangenen mehr, und deshalb will ich nicht, dass man euch weiterhin so behandelt. Wenn ihr wollt, würde ich euch gerne in unserer Schlafhöhle unterbringen.«

Als Laka ihn verwirrt anblickte, sagte Tamani feierlich: »Ihr seid nun Mitglieder der Meeresgruppe und gehört auch in unsere Höhle.«

Laka und Aris tauschten einen begeisterten Blick, dann erhoben sie sich und folgten gemeinsam mit Toah Tamani, der sie zum Höhleneingang führte. Bevor sie hereinkamen, verneigten sich alle drei dankbar vor Tamani und traten dann ehrfürchtig ein. Tamani war überrascht von ihrer Geste, scheinbar gab es auch bei den Schattenwölfen Höflichkeit.

Tamani trottete hinter den Welpen in die Höhle und entdeckte Ravi und Maja, die nebeneinander lagen und den zurückkehrenden Jungwölfen entgegenblickten. Außer den beiden war sonst keiner mehr in der Höhle. Als Ravi dann jedoch Aris erblickte, der geduckt und mit angelegten Ohren hereinschlich, sprang er auf und begrüßte den ehemaligen Schattenwelpen mit einem freudigen Jaulen. Zuerst blickte Aris erschrocken drein und zuckte zurück. Als er jedoch Ravi erkannte, sprang er fröhlich nach vorne, warf den weißen Jungwolf um und nagelte ihn spielerisch fest.

»Na, du Faulpelz, verschläfst du wieder den ganzen Tag?«, fragte er Ravi.

Tamani erkannte den schüchternen Welpen vom Morgen kaum wieder. Scheinbar hatten die Jungwölfe seit der gemeinsamen Jagd am vorherigen Tag Freundschaft geschlossen.

»Ravi?«, wandte sich Tamani an seinen Bruder. »Kannst du den dreien ein paar freie Lagerplätze zeigen?«

»Natürlich! Kommt mit.«

Der Weiße führte die drei Welpen zu einer dunkleren Ecke der Höhle, in der sich noch einige mit Moos gepolsterte Schlaflager befanden, auf denen scheinbar kein anderer Jungwolf schlief. Der Alphawelpe beobachtete, wie sich Laka und Aris erschöpft darauf fallen ließen, nur Toah setzte sich aufrecht hin und suchte seine beiden Begleiter nach Verletzungen ab, obwohl er genauso müde wie die Geschwister wirkte.

Er ist vermutlich ihr Leitwelpe, dachte Tamani und sein Pelz sträubte sich, als ihm bewusst wurde, dass die Schattenwelpen vermutlich ähnliche Rangordnungen wie die Schüler des Wächtergebirges hatten. Sein knurrender Magen unterbrach seine Gedanken.

»Wer will mit mir jagen gehen?«, fragte Tamani hoffnungsfroh in die Runde. Sofort erhob sich Ravi und auch Aris kam zu seiner Überraschung angetrottet. Hinter dem schwarzen Welpen kam auch Toah mit leuchtenden bernsteinfarbenen Augen herbei. Tamani nickte seiner Gruppe zu und führte sie dann mit erhobener Rute zur Jagd.

Der Mond stand schon hoch am Himmel, als Tamani mit seiner Jagdtruppe zum Plateau zurückkehrte. Jeder der Jungwölfe hatte ein Stück Beute im Maul, und Tamani trabte fröhlich über die erfolgreiche Jagd über das Plateau auf die Schlafhöhle zu. Die Müdigkeit, die schwach in seinen Pfoten pulsierte, spürte er kaum und sein Magen war angenehm gefüllt.

Tamani lief in die Höhle, ließ seinen Fang auf den winzigen Beutehaufen fallen und tappte schließlich in seine Schlafhöhle, in der Shira schon auf ihn wartete. Als Tamani ihre im Dunkeln grün leuchtenden Augen entdeckte, wurde ihm warm. Er legte sich zu ihr und spürte erst jetzt die Erschöpfung, die seine Augen brennen ließ. Er drückte sich eng an Shira, die sich an ihn kuschelte und ihm dann liebevoll mit der Zunge über das Fell fuhr. Kurz darauf war er eingeschlafen.

10. Kapitel

Die Sonne war noch nicht einmal aufgegangen, als Shira Tamani weckte: »Hey, aufwachen!«

Müde öffnete der Graue die Augen und setzte sich langsam auf. Milchig weißes Licht sickerte durch das kleine Loch in der Decke in die Schlafhöhle. »Was ist los?«, fragte Tamani verwirrt. Warum weckte Shira ihn so früh?

»Ravi war gerade da«, erklärte Shira. »Wir sollen bei Sonnenaufgang am Meer vor dem Geheimgang sein, um mit Graupelz zu trainieren.«

Nun war Tamani hellwach. »Dann sollten wir uns aber beeilen«, stellte er mit einem beunruhigten Blick auf das Loch in der Decke fest, durch das mittlerweile heller werdendes Licht strömte. Mit einem nagenden Gefühl im Magen erinnerte sich Tamani an ihre erste Trainingseinheit, zu der er und Shira zu spät gekommen waren. Das durfte nicht nochmal passieren!

Shira nickte. »Aber ich will davor noch etwas essen«, sagte sie, und auch Tamanis Magen knurrte. Shira stand auf und Tamani folgte ihr mit erhobener Rute in die Schlafhöhle seiner Gruppengefährten. Die anderen Jungwölfe der Meeresgruppe saßen und lagen noch auf ihren mit Moos gepolsterten Lagern und unterhielten sich leise. Sie waren zwar wach, hatten aber scheinbar noch nicht vor, sich zum Training zu begeben.

Tamani nickte Kora, Telai und Asko im Vorbeilaufen eine Begrüßung zu, dann trabte er schnell hinter Shira her, die zielstrebig in die Vorhöhle lief. Tamani schob sich hinter ihr durch den Ausgang der Schlafhöhle und hielt abrupt an. Fast wäre er in Shira hineingelaufen. Die junge Wölfin war stehen geblieben und sah mit ungläubigem Blick vor sich. Tamani machte einen Schritt zur Seite und spähte um die Weiße herum. Die Beutekuhle, die er sonst nur gefüllt kannte, und in die er ja selbst erst gestern Abend Fressen gebracht hatte, lag unbarmherzig leer vor ihm.

»Wir jagen später«, versprach Tamani Shira und stieß sie sanft mit der Schnauze an, um sie zum Weitergehen zu bringen. Shira nickte langsam, hob Kopf und Rute und stolzierte an Neko und Mella, die noch immer in ihrer ehemaligen Schlafkuhle lagen, da die Verletzte dort mehr Ruhe hatte, vorbei hinaus aufs Plateau. Tamani betrachtete die beiden schlafenden Schattenwelpen noch einen Augenblick, während er sich fragte, warum der Beutehaufen so leer war, dann folgte er Shira mit schnellen Sprüngen. Als er sie einholte, war die weiße Jungwölfin schon in der Finsternis des Geheimgangs verschwunden, doch Tamani erkannte sie an ihrem Geruch und lief genau hinter ihr den Pfad entlang, den seine Pfoten schon wie von allein kannten.

Als die beiden Jungwölfe am Meer ankamen, war die Sonne noch immer nicht aufgegangen, nur ein blasser rosa Streifen am Horizont verriet ihr baldiges erscheinen. Tamani folgte Shira zu der sandigen Stelle, an der sie schon öfter mit Graupelz trainiert hatten, doch als er die Wellen sah, die sich schwach am Strand brachen, hatte er eine Idee. Er ließ die Weiße allein, rannte ans Ufer und watete vorsichtig ins Meer hinein. Kurze Zeit später tauchte er mit einem Fisch im Maul auf und schwamm an Land. Der Fischgeschmack ließ seinen Magen nur noch mehr knurren, doch der Jungwolf ließ die Beute mit kontrollierten Bewegungen vor der Weißen fallen. Dankbar blinzelte sie ihn an, dann senkte sie ihre Schultern und nahm einige hastige Bissen von dem Fisch, bevor sie ihn Tamani hinschob.

Der Graue schüttelte sich das Wasser aus dem Pelz und während er sich über den Fisch beugte und ein Stück herausriss, war er froh über die

Sonne, die langsam am Horizont aufging und ihm seinen nassen, kalten Pelz wärmte. Gemeinsam mit seiner Gefährtin verschlang Tamani den Fisch, und als sie gerade fertig mit Fressen waren, kam Graupelz mit den anderen Schülern. Tamani nickte seinem Ausbilder eine respektvolle Begrüßung zu und gesellte sich zu den anderen Jungwölfen seiner Gruppe, um seine ganze Aufmerksamkeit auf das Training zu lenken.

Tamani schmerzten die Pfoten als er sich aufrappelte und sich den Staub aus dem Pelz schüttelte. Sie hatten den ganzen Tag geübt und vom vielen Ausweichen und am Boden Abrollen taten ihm alle Knochen weh. Die Bewegungen im weichen Sand durchzuführen, erschwerte das Ganze nur noch.

»Ich denke, für heute habt ihr genug trainiert«, erklärte Graupelz mit zufriedener Stimme und erhob sich von seinem Felsen, von dem er das Training die ganze Zeit aufmerksam überblickt und die Jungwölfe angeleitet hatte. »Bildet noch ein paar Jagdtruppen, die Beutekuhle war heute Morgen leer.« Mit diesen Worten verschwand der Wächter im Geheimgang und ließ die Meeresgruppe zurück, die sich flüsternd unterhielt.

Tamanis Pfoten pochten bei der Aussicht auf eine Jagdtruppe erneut schmerzhaft und die Geräusche seiner Gruppe kamen ihm unnatürlich laut vor. Er bahnte sich einen Weg durch die Masse seiner Gefährten und blieb dann vor Shira stehen.

»Kannst du heute vielleicht die Truppen einteilen? Ich will ein wenig allein sein.« Ihm kribbelte das Fell vor Schuldbewusstsein. Wie konnte er sich das Recht herausnehmen, sich auszuruhen, während die übrigen Jungwölfe dasselbe Training absolviert hatten?

Doch die Augen der weißen Wölfin leuchteten nur mitfühlend im

Licht der sinkenden Sonne. »Natürlich!« Sie schob ihm liebevoll die Schnauze ins Fell, bevor sie sich umwandte, um sich andere Mitglieder für ihre Truppe zu suchen.

»Ich komme dann später nach«, rief Tamani ihr hinterher, während die weiße Rute Shiras hinter einigen Jungwölfen verschwand.

Tamani drehte sich um und lief davon, seine Pfoten trugen ihn in den Wald. Er öffnete das Maul, um den Geruch in sich aufzunehmen. Die stille, ruhige Aura der Bäume, die über ihm ein schützendes Dach bildeten, ließ ihn langsam zur Ruhe kommen. Er schloss sanft die Augen und lief einige Schritte weiter.

Plötzlich kam Tamani ins Stolpern. Sein Instinkt sagte ihm, er solle die Augen geschlossen halten, während er das Gleichgewicht verlor und einen Abhang hinabrollte. Dornen rissen an seinem Pelz und zerkratzten die weiche Haut darunter. Als er zum Halten kam, öffnete Tamani erschrocken die Augen und fand sich überraschend am Rand einer sonnenbeschienen Lichtung wieder. Die kleine Schneise war von einer dichten Dornenbarriere umgeben und es wuchsen überall Gras und gezackte, mattgelbe Blumen. Nur in der Mitte wurde das saftige Grün von einem flachen, im Sonnenlicht glitzernden Stein unterbrochen.

Tamani war überwältigt von diesem kleinen verborgenen Paradies. Dieser Platz strahlte soviel Frieden und Ruhe aus, dass ihm unwillkürlich warm wurde. Am liebsten hätte er ihn in sich eingesogen, um immer diesen Frieden bei sich zu tragen, den er hier spürte. Der Graue lief zu dem Felsen, legte sich darauf und freute sich über die wohlige Wärme, die von dem Stein ausging und sein Bauchfell wärmte. Er ließ das Glück in sich fließen, und sofort hatte er alle Probleme und Sorgen vergessen. Tamani legte erschöpft vom Training seinen Kopf auf die Pfoten und döste in der untergehenden Sonne. Es war ihm zwar ein Rätsel, wie sie auf die gut geschützte Lichtung scheinen konnte, aber er hatte kein Verlangen danach, es herauszufinden.

»Ein schöner Platz, nicht wahr?«

Erschrocken öffnete Tamani die Augen und sah sich um. Vor Schreck wäre der Graue fast von dem Fels gefallen. Er blinzelte, um sich zu versichern, dass ihm seine Augen keinen Streich spielten, doch das änderte nichts. Neben ihm saß ein blass schimmernder Jungwolf, etwa in Tamanis Alter. Sein Fell war reinweiß, doch das war es nicht, was Tamani so erschreckt hatte: Der Jungwolf, der mit ruhig neben die Pfoten gelegter Rute dasaß, war Pala! Zumindest ein Jungwolf, der genauso aussah wie er, sprach wie er und den Geruch des Eisrudels in seinem Fell trug, leicht vermischt mit dem Duft ihrer Mutter. Und doch neu, voller Wärme und Kälte zugleich, von kühlen Nächten und heißen Tagen, und ihn umgab ein heller, goldener Kranz.

»Pala?«, fragte Tamani verwirrt und verunsichert, und er spürte wie sich sein Pelz sträubte.

Der weiße Jungwolf lächelte amüsiert, während sein Blick seelenruhig auf seinem Bruder ruhte. »Dachtest du, dass wir im Rudel der ewigen Jagd nur jagen?« Dann schüttelte er belustigt den Kopf. »Nein, manchmal kommen wir zurück auf die Erde an Orte voller Frieden wie diesen hier.« Mit der Rute deutete er auf die umliegende Lichtung, bevor er fortfuhr: »Oder wir reden mit unseren Familienmitgliedern.«

Erstaunt sah ihn Tamani an. Er hatte gewusst, dass das Rudel der ewigen Jagd mächtig war, aber er hatte noch nie gehört, dass sie zurück auf die Erde kehren konnten.

»Schau nicht so! Du siehst aus wie ein Eichhörnchen, das kurz vor dem Ertrinken ist«, spottete Pala.

Nun sprang Tamani auf und wollte seinen Bruder fröhlich begrüßen, doch als er sich nach vorne beugte, um die Nase des Weißen zu berühren, fand er keinen Widerstand und fiel mit einem dumpfen Schlag zu Boden. Benommen stand der Graue auf und sah seinen Bruder verwirrt an. Er war durch ihn hindurchgefallen! »Kann ich dich nicht berühren?«, fragte er.

Pala schüttelte bedauernd den Kopf. »Ich fürchte nicht. Du brauchst die Berührung nicht, deshalb funktioniert es nicht.«

Tamani wollte ihm widersprechen. Natürlich brauchte er seine Berührung und das warme Fell seines Bruders genauso, wie seine Stimme und seinen Geruch. *Das macht es doch aus, ein Wolf zu sein, oder nicht?* Dann kam ihm plötzlich die Prophezeiung in den Sinn und Angst begann, unter seinem Fell zu prickeln.

»Ich muss es wissen. Wer hat dich getötet, Pala?«, platzte es unvermittelt aus Tamani heraus.

Das Gesicht des weißen Jungwolfs begann, sich zu überschatten, und Tamani spürte seinen Schmerz.

»Genau kann ich dir das nicht sagen, aber du musst dich vorsehen, Tamani!« Palas Fell hatte sich angsterfüllt gesträubt und er blickte zu Boden.

Doch Tamani wollte noch nicht aufgeben. Die Prophezeiung war zu wichtig für seine und die anderen Gruppen, als dass er sich so schnell von seinem Versuch, mehr darüber zu erfahren, abbringen lassen würde. »Und was hat es mit dem Rätsel auf sich?«, hakte er daher nach.

Da sah Tamani plötzlich, wie der blasse Umriss seines Bruders flackerte. »Tamani, bitte!«, flehte er ihn an.

Tamanis Bauch rumorte angsterfüllt. Wenn er so weitermachte, würde Pala wieder ins Rudel der ewigen Jagd zurückkehren. »Es-es tut mir leid«, stammelte Tamani und senkte beschämt den Kopf.

Doch Palas Gestalt war wieder heller geworden und strahlte wie zuvor im matten Abendlicht. »Schon gut«, sagte der Weiße mit deutlicher Erleichterung in der Stimme.

Tamani sah auf und betrachtete seinen Bruder. Es schien, als sei er seit seinem Tod gewachsen, und trotz seiner schlanken Gestalt hatte er kräftige Muskeln unter dem gepflegten weißen Pelz. »Wie ist es so im Rudel der ewigen Jagd?«, fragte Tamani, während er zu Pala schlenderte und sich so dicht neben ihn setzte, dass sich ihre Pelze berührt hätten.

Sein Bruder schien erleichtert über den plötzlichen Themenwechsel und verkündete strahlend: »Es ist wunderbar!«

Einige Zeit später preschte Tamani durch den Mond beschienen Wald Richtung Meer. Die Erschöpfung vom Training war verflogen, im Gegenteil, er spürte kaum, wie seine Pfoten den Boden berührten, während er dem Pfad am Ufer entlang zum Geheimgang folgte. Es war so schön gewesen, mit Pala sprechen zu können! Glücklich rannte er am Strand, nur eine Wolfslänge neben ihm brachen sich die Wellen mit einem leisen Rauschen am Ufer.

Nachdem der Graue am Plateau angekommen war, trabte er in die Schlafhöhle. Während er die Vorhöhle durchquerte, nickte er Neko eine Begrüßung zu, der aufrecht in seinem Mooslager neben Mella saß und den Alphawelpen interessiert beobachtete. Als Tamani am Beutehaufen vorbeilief, zog sein Magen sich enttäuscht zusammen. Dort, wo normalerweise ihr Essen sein sollte, lag nur ein einziger Schneehase mit von sich gestreckten Pfoten in der flachen Kuhle. Scheinbar hatte es die Meeresgruppe nicht geschafft, die Vorräte aufzufüllen. Tamani spürte, wie sein Magen vor Verlangen nach Essbarem knurrte, doch er wagte es nicht, das letzte Stück zu nehmen, denn er selbst hatte ja nichts mitgebracht. Bevor er jedoch in den Tunnel zur Schlafhöhle seiner Gruppengefährten ging, drehte er nochmal um und lief zurück. Er packte den Hasen im Genick und trug ihn zu Neko, der ihm mit ungläubigem Ausdruck in den Augen entgegenblickte. Tamani ließ den Hasen neben ihn fallen und sah zu Mella, die sich im Schlaf unruhig hin- und herwarf.

»Danke«, sagte Neko und hörte sich unterwürfig an. »Die Jungwölfe aus den anderen Gruppen haben gesagt, Nichtsnutze wie wir verdienen keine Beute. Und dass wir, wenn wir nichts zum Beutehaufen beitragen, nicht erwarten können, dass wir etwas davon abbekommen. Und die Meeresgruppe konnte auch nichts essen, da sie kaum Beute mitgebracht, und Mitternacht deswegen verboten hat, dass sie sich etwas nehmen.«

Tamani war sprachlos. Entsetzen machte sich in ihm breit, das schon einen Herzschlag später von unbändiger Wut abgelöst wurde. Er war sich ganz sicher, dass Mitternacht sie nicht nur wegen des Mangels ihrer Beute bestraft hatte.

Nein, dachte er verbittert. *Es ist wegen mir! Weil er mich hasst! Aber das darf er nicht an meiner Gruppe auslassen!* Vor Wut hätte Tamani am liebsten laut aufgejault und wäre Mitternacht an die Kehle gegangen. Doch was würde das schon bringen, außer zusätzlicher Strafen? Als sich Tamani dann an Neko wandte, verbannte er jegliche Gefühle aus seiner Stimme und stieß tonlos hervor: »Aber Mella braucht genug zu fressen, damit sie so schnell wie möglich wieder gesund wird und sich die Infektion nicht verschlimmert.«

Neko nickte und senkte den Kopf, als hätte er nicht mehr die Kraft, ihn zu heben.

Sie schwiegen eine Weile bis Neko plötzlich sagte: »Ich kenne sie, seit ich denken kann. Ich glaube, wir wurden nicht von den Schattenwölfen entführt. Wir sind dort geboren!« In seiner Stimme lag so viel Scham und Unterwürfigkeit, dass Tamani sich vorstellen konnte, was in ihm vorging.

Er denkt, ich würde ihn jetzt fortjagen! Tamani biss die Zähne zusammen, als er in Nekos verzweifelte Augen sah, der auf eine Reaktion von ihm wartete. »Es ist egal, wo oder als was du geboren bist. Selbst geborene Rudelwölfe wurden zu Verrätern. Entscheidend ist nur, wem du deine Treue schenkst«, erklärte er dem Welpen langsam und wiederholte damit die Worte, die seine Mutter ihn und seine Geschwister stets gelehrt hatte.

Neko blinzelte erleichtert. »Du wirst uns also nicht wegschicken?«

Tamani schüttelte entschieden den Kopf. »Natürlich nicht.«

»Danke«, sagte der schwarze Welpe leise und fügte vorsichtig hinzu:

»Ich muss zugeben, dass ich anfangs an dir als Alphawelpen gezweifelt habe. Die anderen Alphas sehen viel größer und stärker aus. Aber die Entscheidung, dich zum Anführer zu machen, war wirklich die beste, die die Meeresgruppe je getroffen hat.«

Tamani kribbelte der Pelz bei diesem unerwarteten Lob. Neko senkte respektvoll den Kopf vor ihm, bevor er sich daranmachte, Mella zu wecken.

Tamani verabschiedete sich mit einem Kopfnicken von ihm und trabte in die Schlafhöhle seiner Gruppengefährten. Entschlossen blickte er sich um und entdeckte seine Freunde, die im schwachen Licht des Mondes, der durch das Loch in der Höhlendecke drang, unruhig hin- und herliefen und leise flüsterten.

»Mila, Pegas, Taila und Shira, ich will, dass ihr eine Jagdtruppe zu dem Wald übernehmt, der am Rand der Wiese liegt.«

Mit überraschtem Gemurmel kamen die genannten Jungwölfe zu ihm, um sich neben dem Eingang zu versammeln. Tamani wartete kurz, bevor er weitermachte, seine Gruppe in Jagdtruppen zu teilen: »Aris, Ravi und Maja, ich möchte, dass ihr ans Meer geht und dort einige Fische fangt.«

Ravi nickte. »Ich kenne einen kleinen See, in dem es von Fischen nur so wimmelt«, sagte er. »Wenn wir dorthin gehen, würden wir bestimmt mehr Beute fangen.«

Tamani nickte. »Gute Idee, dann macht das.«

Die drei Jungwölfe versammelten sich ebenfalls am Ausgang der Schlafhöhle und murmelten miteinander. Tamani fuhr fort: »Cody, Toah, Laka und Asko, ihr werdet bei den Felsen jagen. Kora und Telai, ihr kommt mit mir. Wir werden unser Glück in dem Tannenwald versuchen, der am Fuße des Gebirges liegt.«

Der Alphawelpe sah sich in der Schlafhöhle um, ob er jemanden vergessen hatte, und stellte dann zufrieden fest, dass er alle in Jagdtruppen eingeteilt hatte. »Egal, wie lange es dauert«, fügte er hinzu. »Kommt erst zurück, wenn ihr mühelos unsere Gruppe mit Beute versorgen könnt.«

Er wartete, bis der erste Jagdtrupp sich in Bewegung gesetzt hatte, dann folgte er ihm hinaus aufs Plateau, das vom Mondlicht beschienen wurde. Er beobachtete, wie die Jagdtruppen in verschiedene Richtungen davonsprangen, und scharte dann seine eigene Truppe mit einem Rutenzucken um sich. »Na los, kommt!«

Mit erhobener Rute sprang er in die entgegengesetzte Richtung des Geheimgangs, zu einem Pfad, der, wie er wusste, sich bis zum Fuße des Berges in ein kleines Tannenwäldchen winden würde. Während er dem Pfad folgte, gab er Kora die Möglichkeit, zu ihm aufzuholen, und fragte dann: »Und, wie viel Beute habt ihr heute gemacht?«

Kora vermied es scheinbar, ihn anzublicken und sagte: »Nicht so viel wie sonst, nur ein magere Bergziege und zwei Hasen.« Sie hörte sich frustriert an und fuhr mutlos fort: »Mitternacht hat gesagt, es wäre eine Schande, dass wir uns Schüler des Wächtergebirges nennen dürften und dass Jungwölfe, die so wenig Beute mitbringen, nicht erwarten dürften, sich selbst etwas vom Beutehaufen zu nehmen.«

Tamani begann vor Wut zu beben, und bevor sie fortfahren konnte, fiel er ihr ins Wort: »Keine Sorge, so etwas wird er nie wieder zu uns sagen können! Wir werden ihm zeigen, dass er stolz darauf sein kann, die Meeresgruppe im Wächtergebirge gehabt zu haben, denn wir werden besser als alle anderen Gruppen sein!«

Tamani beschleunigte sein Tempo wieder. Er ärgerte sich so sehr über Mitternacht, dass er ihn am liebsten zerfetzt hätte!

»Achtung!«, zischte Telai plötzlich leise, aber eindringlich. Er duckte sich in den Schatten der Berge und machte einen Satz zur Seite in ein Gebüsch, das an einer hohen Felswand wuchs.

Instinktiv setzte Tamani ihm nach und saß einen Herzschlag darauf gemeinsam mit Kora und Telai im Gebüsch dicht auf den Boden gekauert. »Was ist los?«, fragte er verwirrt, spürte aber die Anspannung von Telai, die unter seinem Pelz kribbelte.

»Sei einfach still«, flüsterte dieser und berührte Tamani gleich darauf mit der Rutenspitze an der Flanke als Zeichen, dass es nicht böse gemeint war.

Tamani lauschte in die Nacht hinein. Nun hörte er ganz deutlich Pfotenschritte, die sich von unterhalb des Weges seiner kleinen Gruppe näherten, und er roch den Gestank der Schattenwölfe. Mit den Ohren gab er seinen Gefährten das Zeichen zum Angriff und wollte schon losstürmen, doch Kora hielt ihn mit der Pfote zurück und er verstand: Sie wussten nicht, wie viele Wölfe vor ihnen waren. Vielleicht wäre ihre Gruppe unterlegen.

Der Graue lauschte aufmerksam den Pfotenschritten, bis er feststellte, dass er vier verschiedene ausmachen konnte. Er hörte auch, dass die Pfoten der feindlichen Wölfe leicht aufsetzten, und schloss daraus, dass es sich entweder um junge oder um sehr kleine Wölfe handeln musste. Mit denen würden sie schon fertigwerden! Erneut gab Tamani das Zeichen zum Angriff und sprang mit gefletschten Zähnen und einem wilden Knurren aus dem Gebüsch mitten auf den Pfad, um den Schattenwölfen den Weg zu versperren. Er wappnete sich für den Kampf und wollte sich gerade auf seinen ersten Gegner stürzen, als er eine verächtliche Stimme hörte, die ihn wütend anfuhr: »Kann die Meeresgruppe nicht mal Schüler des Wächtergebirges von Schattenwölfen unterscheiden?«

Tamani betrachtete den ersten Jungwolf nun genauer. Er hatte ein hellbraunes Fell mit auffällig goldenen Sprenkeln, breite Schultern und grüne Augen, die ihn hasserfüllt anfunkelten. Tamani legte beschämt die Ohren an, als er den Geruch der Elementegruppe wahrnahm. Der Schattenwolfgeruch schien ihnen von ihrer Aufgabe als Grenztruppe nur immer noch im Pelz zu hängen, sodass sich die Gerüche nicht so leicht unterscheiden ließen. Er spürte Wut und Feindseligkeit in Wellen von den Schülern ausgehen und bemerkte entsetzt, dass ihn Mitternachts Schüler tatsächlich genauso hassten wie ihr Ausbilder.

Neben Tamani straffte Kora die Schultern wie für einen Kampf. »Ihr könnt uns keinen Vorwurf machen, eurer Geruch ist so vom Schattenwolf-Gestank überlagert, wie sollen wir da irgendwas anderes wahrnehmen?«, jaulte sie dem größten der Jungwölfe mit vor Wut gesträubtem Fell entgegen.

Dieser machte einen drohenden Schritt auf Tamanis Truppe zu und seine Augen verengten sich feindselig. »Erstaunlich, dass ihr bei eurem eigenen Gestank überhaupt irgendetwas riechen könnt«, zischte der Hellbraune aufgebracht.

Tamani hörte, wie Telai neben ihm zu knurren begann, und Kora auf seiner anderen Seite bebte vor Zorn. Auch ihm sträubte sich nun der Pelz. Wie konnten es diese Fischfresser nur wagen, sie zu beleidigen!

Tamani trat nach vorne, bis er Nase an Nase mit dem anderen Jungwolf stand. Er versuchte, seine Wut unter Kontrolle zu bringen. Aber wenn sie einen Kampf wollten, würden sie den bekommen! Als er in die Augen des Jungwolfs blickte, wurde er noch wütender: War das Verachtung, was da in seinem Blick schimmerte? Dachte dieser dumme Fellball etwa, dass er es nicht wert war, sich mit ihm anzulegen, weil Tamani so klein war?

Tamani knurrte ungehalten und er spürte, wie sich seine Muskeln in der gierigen Erwartung eines Kampfes verkrampften. »Wir haben euch nichts getan, aber wenn ihr einen Kampf wollt, dann könnt ihr den haben!«, fauchte er dem Truppenführer entgegen und duckte sich sprungbereit zu Boden. Mit Genugtuung erkannte Tamani, dass Unsicherheit in den Augen des Jungwolfs aufgeblitzt war. *Du bist wohl doch nicht so mutig, wie du tust*, dachte Tamani voller Groll. Aber dann erhob er sich. Er würde sich von diesen Algenhirnen nicht zu einem Kampf anstiften lassen. *Zumindest nicht heute.* Er schnippte Kora mit der Rute gegen die Schulter, die mit gefletschten Zähnen neben ihn getreten war, und die Jungwölfin entspannte sich ein wenig.

Wieder blitzte Hass in den Augen des Elementegruppen-Wolfs auf, aber diesmal lag auch ein Hauch Angst darunter, wie Tamani zufrieden entdeckte.

Der hellbraune Jungwolf hob stolz den Kopf und verkündete dann: »Falls ihr noch vorhabt, uns anzugreifen, macht schnell, wir müssen nämlich zu unserem Ausbilder zurück!« Der Truppenführer hob die Rute, um seiner Truppe den Befehl zum weitergehen zugeben. Doch er hatte kaum einen Schritt gemacht, als ihm Telai mit gesträubtem Nackenfell den Weg versperrte. Unsicher blickte der Truppenführer den kampfbereiten Jungwolf an, als frage er sich, ob er sich nun doch den Weg bis zum Wächtergebirge freikämpfen müsste.

Tamani nickte Telai zu, verdrängte alle Gefühle aus seiner Stimme und versuchte Graupelz' ruhigen Ton nachzuahmen, als er sagte: »Ist schon gut, Telai, wenn sie zu Mitternacht wollen, sollten wir sie daran nicht hindern.«

Telai senkte gehorsam den Kopf, dann machte er den Weg mit einem noch immer feindseligen Blick frei für die Truppe. Tamani berührte ihn leicht mit der Schnauze am Ohr, um ihm still für seine Machtdemonstration zu danken. Dann hob er die Rute und trottete weiter bergab.

»Was für aufgeblasene Fellbälle«, murmelte Kora neben ihm, doch ihr Nackenfell legte sich bereits.

»Was soll man bei *dem* Ausbilder auch schon erwarten?«, fragte Tamani und streifte ihren Pelz besänftigend. Dann eilte er los, auf den Wald zu.

Ein blassgrauer Streifen am Himmel zeigte an, dass die Sonne bald aufgehen würde. Tamani keuchte erschöpft, als er die Beutestücke, die er im Maul trug, weiter Richtung Plateau zerrte. Sie hatten die ganze Nacht gebraucht, um genug zu jagen, und sein Körper fühlte sich zerschunden und kraftlos an. Tamani war überrascht, wie schwierig es doch gewesen war, ausreichend Beute in dieser normalerweise beutereichen Gegend zu jagen. Aber er war zu müde, um sich jetzt darüber Gedanken zu machen. Das Einzige, woran er denken konnte, war sein warmes, weiches Mooslager in seiner Höhle, auf dem er sich bald zusammenrollen würde.

Während Tamani seinen Fang über die letzte Felssteigung schleppte, entdeckte er Mitternacht. Der Wächter saß mit einigen seiner Schüler vor dem Höhleneingang und blickte Tamanis kleiner Jagdtruppe mit zusammengekniffenen Augen missmutig entgegen. Vielleicht hatten ihm seine Schüler von der Auseinandersetzung einer seiner Truppen und Tamanis Truppe erzählt.

Tamani suchte die Jungwölfe um Mitternacht herum mit den Augen ab und entdeckte sofort den hellbraunen Jungwolf mit den goldenen Flecken im Pelz, der sie strikt ignorierte. Tamani machte es ihm nach, nur vor Mitternacht neigte er aus Höflichkeitsgründen den Kopf, obwohl er ihn am liebsten angesprungen und zerfetzt hätte.

Der Alphawelpe führte seine Truppe in die Höhle und ließ dort erschöpft seine Beute auf den Haufen fallen. Er war überwältigt von der Auswahl, die er jetzt dort vorfand. So viel Erlegtes hatte er noch nie auf einmal gesehen. Nicht einmal Mitternacht konnte seiner Gruppe jetzt noch vorwerfen, sie würden nicht genug Beute mitbringen. Aber trotz seines knurrenden Magens konnte er sich nicht dazu durchringen, sich etwas davon zu nehmen. In seinem Kopf drehte sich alles vor Erschöpfung. Wenn er sich nicht bald hinlegen würde, würde er bestimmt ohnmächtig werden. Also beschloss er, sich zuerst auszuruhen und später die Grenztruppen auszuschicken. Der Graue wollte gerade zu seiner Schlafhöhle tappen, als er von draußen gedämpft Mitternachts Stimme vernahm, und er anhielt, um zu lauschen.

»Mehr haben dieser Flohpelz und seine verlauste Meeresgruppe nicht zu bieten?«, knurrte der schwarze Wächter.

Tamanis Pelz sträubte sich vor lauter Wut, und er vergaß fast seine

Müdigkeit durch den Zorn, der nun in seinen Pfoten pochte. *Ich habe Mitternacht nie etwas getan und trotzdem hasst er mich!* Fast hätte Tamani laut aufgejault, konnte sich aber gerade noch so beherrschen. Doch plötzlich wurde Tamani klar: Wenn er wollte, dass ihn Mitternacht und die Elementegruppe respektierten, dann musste er sich viel mehr anstrengen als alle anderen Schüler!

11. Kapitel

Die Tage verflogen nur so, mit anstrengendem Training durch Graupelz sowie eigenem Üben und Jagen der Jungwölfe. Tamani kam kaum zur Ruhe. Seine Pflichten als Alphawelpe forderten ihn quasi ständig. Und wenn die anderen Jungwölfe doch auch manchmal ausruhen konnten, war Tamani nahezu ununterbrochen beschäftig.

In den letzten Tagen hatte er kaum geschlafen und zu hart gearbeitet, um über die Rätselverse von Pala nachzudenken. Doch jedes Mal, wenn er die Augen schloss, um sich ein wenig Ruhe zu gönnen, träumte er dasselbe:

Tamani rannte durch einen unbekannten, schattigen Wald, der hauptsächlich aus Kiefern und anderen Nadelbäumen bestand. Angst ballte sich in seiner Brust wie ein bevorstehendes Gewitter zusammen, und sein Instinkt jaulte ihm zu umzudrehen. Doch Tamani ignorierte es einfach, er folgte einer Spur, und obwohl er nicht erkennen konnte, ob sie von einem Wolf oder von einem anderen Tier war, wusste er, dass er sie weiterverfolgen musste.

Dann brach er durchs Unterholz, fand sich am Rand einer kleinen schattigen Lichtung wieder und zuckte jedes Mal aufs Neue zusammen: Vor ihm stritten sich zwei schwarze Wölfe, die unverkennbar nach Schattenwolf stanken, zähnefletschend um ein Kaninchen. Tamani duckte sich und schob sich dann vorsichtig in den Schatten der Büsche, um der Spur dort weiter zu folgen. Kaum hatte er sich durch die Dornenbüsche gezwängt und war wieder im offenen Wald, rannte er weiter. Und schon nach wenigen Herzschlägen hatte er das Gefühl, dass seine Pfoten den Boden nicht mehr berührten, sondern über den ausgetretenen Pfad flogen.

Dann blieb er abrupt stehen. Der Pfad, dem er gefolgt war, endete unerwartet am Rand einer gewaltigen Schlucht. Tamani schlich langsam näher an die Klippe heran und spähte vorsichtig hinunter. Der Weg verlief gewunden an der Felswand entlang bis zum Boden des Abgrunds, und die Spur, der Tamani die ganze Zeit folgte, verlief eindeutig dort. Das unangenehme Gefühl einer bösen Vorahnung breitete sich in Tamanis Bauch aus, bis ihm schlecht vor Angst war, aber er nahm seinen ganzen Mut zusammen und sprang den gewundenen Pfad hinab in die Schlucht.

Als er den Boden der Felsspalte erreicht hatte, sah er sich um. Die Felswände liefen steil hinauf und schlossen ihn wie einen winzigen Käfer zwischen ihren mächtigen Pranken ein. Der Graue schluckte. Wenn ihn die Schattenwölfe nun angreifen würden, hätte er keine Chance zu entkommen! Er duckte sich ein wenig und schlich vorsichtig im Schatten der Felswände weiter, der Spur folgend.

Schließlich gelangte er an eine kleine Höhle, die sich vermutlich durch einen ehemaligen Bach, der einst hier geflossen war, in den Stein gefressen hatte. Nun jaulten all seine Instinkte so laut in seinem Kopf auf, dass er glaubte, ihr Heulen würde von den Felswänden zu ihm zurückgeworfen.

Tamani knurrte leise in sich hinein, er war doch kein Junges mehr, das sich vor einer Höhle fürchtete! Dann trat er nach vorn, durchschritt den Schatten und erstarrte. Vor ihm, in der Dunkelheit gut zu erkennen, glühten zwei Lichtpunkte. Augen, wie er sofort begriff. Die Augen funkelten ihn unversöhnlich an, dann trat ein triumphierender Ausdruck in sie.

Und an dieser Stelle wachte Tamani immer auf.

Tamani verdrängte die Gedanken an seinen Traum. Er musste sich jetzt auf die Grenztruppe konzentrieren, die er zum Reißzahngebirge führte. Seinen Namen hatte es aufgrund der Form der Felsen, die dem riesigen Oberkiefer eines Wolfes glichen, erhalten. Tamani spürte, wie seine Pfoten schmerzten, doch obwohl alle Mitglieder der Grenztruppe erschöpft waren, hatten sie gute Laune. Hinter Tamani und Shira trotteten Telai, Mila und Pegas. Die beiden jüngeren Wölfe tappten müde und kraftlos vor sich hin, aber ihre Augen strahlten eine maßlose Zufriedenheit aus.

Tamani betrachtete sie trotzdem besorgt. Was war, wenn er sie zu sehr forderte und sie dem nicht standhalten konnten? Shira war seinem Blick gefolgt, und nun spürte er ihre weichen Augen auf seinem Pelz ruhen. »Es geht ihnen gut«, versicherte sie ihm, doch noch immer rumorte Schuldbewusstsein in Tamanis Bauch. »Ich werde es dir beweisen«, sagte Shira leise, dann erhob sie ihre Stimme zu einem so lauten Jaulen, dass Tamani glaubte, dass man sie selbst noch beim Plateau hätte hören können: »Wer als Erster auf dem Gipfel ist, hat gewonnen!«

Während sie noch das letzte Wort ausstieß, stürmte sie schon los und Staub wirbelte unter ihren Pfoten auf, in Tamanis Gesicht. Erschrocken blieb er stehen. Er zuckte zusammen, als Telai in vollem Tempo an ihm vorbeiraste und seine Geschwister einen Augenblick später folgten. Von ihrer Erschöpfung war nichts mehr zu sehen.

Voller Ehrgeiz kniff Tamani die Augen zusammen, er würde bestimmt nicht Letzter werden. *Na wartet!* Er rannte los und hatte schon nach den ersten Schritten Mila und Pegas überholt. Dann hängte er sich an Telai. Es dauerte nicht lange, bis er auch an ihm vorbeigerast war. Energie füllte Tamanis Körper, er hätte den ganzen Tag so weiterrennen können. Dafür war er wie gemacht, und mit dieser Erkenntnis strömte Freude in ihn. Die wurde jedoch sofort gebremst, als er Shira entdeckte, die bereits den kleinen Pfad erreicht hatte, der zum Gipfel führte. Sie war schon fast am Ziel! Tamani hätte sie zwar einholen können, doch der Pfad, den sie entlangstürmte, war von beiden Seiten von Dornengestrüpp eingegrenzt, sodass dort nur ein Wolf laufen konnte. Bald konnte er sie nicht mehr überholen!

Instinktiv steuerte Tamani jetzt nach links, wo die Dornenbarriere ein wenig niedergetrampelt war, sodass gerade ein Jungwolf hindurchpassen würde. Es war zwar riskant, so nah am Abgrund seinen eigenen Weg durch Dornen zu suchen, aber Tamani musste versuchen zu gewinnen. Sein Stolz ließ es nicht zu, dass er nur Zweiter wurde. Also warf sich Tamani über den Dornenbusch und landete dahinter auf einem kleinen Kaninchenpfad, der bis zum Gipfel zu führen schien. Ohne lange zu zögern, raste Tamani los und stürmte den Abhang hinauf. Doch als er schon fast den Gipfel erreicht hatte, stolperte er plötzlich und überschlug sich. Ihm stockte der Atem und sein Magen zog sich zusammen bei dem Gedanken, den riesigen Berg hinabzustürzen.

Aber als er die Augen öffnete, sah er erstaunt, dass er sich auf dem Gipfel des Reißzahngebirges befand, einer großen felsigen Plattform, von der aus man das ganze Wächtergebirge überblicken konnte. Sofort entdeckte er Shira, die von dem Pfad aus gerade die Plattform heraufeilte und bei seinem Anblick verdutzt stehen blieb. Dann trabte sie zu ihm und ein neckender Ausdruck trat in ihre Augen.

»Du hast geschummelt!«, sagte Shira und bleckte spielerisch die Zähne.

Tamani lächelte, dann sagte er: »Warum? Weil ich eine Abkürzung kenne?«

Ohne Vorwarnung warf sich die Jungwölfin auf ihn und rang ihn zu Boden. »Na los, wehr dich du Algenhirn!«, forderte sie ihn auf.

Tamani bäumte sich auf, dann warf er sich auf Shira, und die beiden kugelten spielerisch kämpfend auf der Plattform herum.

Es dauerte nicht lange, bis der Rest der Truppe ebenfalls den Gipfel erreicht hatte, und die Jungwölfe setzten sich außer Atem hin. Tamani hechelte atemlos und auch Shira schnappte nach Luft.

»Gut gekämpft«, flüsterte Tamani Shira ins Ohr und ihre grünen Augen glühten glücklich auf.

»Danke.« Sie schmiegte sich eng an ihn, bis kein Platz mehr zwischen ihnen war, und Tamani genoss ihre Nähe. Doch als er sah, dass die Sonne schon fast den höchsten Punkt erreicht hatte, erhob er sich.

»Wir sollten zurückgehen«, verkündete Tamani und scharte seine Truppe mit einem Rutenzucken um sich. Dann trabte er los. Die Bergluft war kühl und es war einfach, kurz vor Mittag durch das Gebirge zu laufen, und so fiel es Tamani und seiner Grenztruppe leicht, ein straffes Tempo beizubehalten. Als die Sonne gerade ihren höchsten Punkt wieder verließ, waren sie zurück auf dem Plateau.

Tamani nickte seiner Truppe einen Abschiedsgruß zu und sagte: »Nehmt euch etwas vom Beutehaufen und ruht euch dann aus. Für heute Nachmittag steht sonst nichts weiter an. Ich möchte aber, dass ihr bei Sonnenuntergang eine Jagdtruppe übernehmt.« Dann trabte er in die Schlafhöhle seiner Gruppengefährten. Seine Pfoten hatten aufgehört wehzutun und die Energie der Berge strömte durch seinen Körper. Als er sich umblickte, entdeckte Tamani, dass die Schlafhöhle fast verlassen war, da die meisten Jungwölfe in Truppen unterwegs waren. »Taila, Cody und Toah«, zählte er laut die Namen der verbliebenen Mitglieder auf. »Kommt bitte her, wir bilden eine Jagdtruppe.«

Murrend erhoben sich die Jungwölfe, und Cody und Taila funkelten ihn missmutig an, nur Toahs Augen leuchteten aufgeregt. Im Vorbeigehen hörte Tamani, wie Taila Cody laut genug zuflüsterte, dass Tamani sie hören konnte: »In letzter Zeit verhält er sich wie ein nervöser Igel.«

Cody kicherte belustigt.

Tamani sah ihnen wütend nach, er wollte doch nur das Beste für seine Gruppe! Er versuchte, den Ärger, der in seinem Bauch aufstieg, zu unterdrücken und Toahs Eifer zu spüren. Er zwang sich zu einem Lächeln und folgte seiner Truppe aus der Höhle. Bevor er Cody, Taila und Toah jedoch folgen konnte, trat ihm Asko in den Weg.

»Warte«, befahl er Tamani, und seine blaugrünen Augen fixierten Tamani ruhig. »Mella kann wieder richtig laufen«, verkündete der Heiler fröhlich, fügte dann jedoch ernst hinzu: »Du darfst sie aber noch nicht so fordern wie die anderen.«

Tamani senkte schuldbewusst den Kopf. Jeder seiner Gruppengefährten war erschöpft, und doch zwang er sie noch immer zu Höchstleistungen. Askos Ohren zuckten, dann wandte er sich ab. Tamani sah ihm noch kurz hinterher, dann verließ er die Vorhöhle. Seine Jagdtruppe hatte sich bereits in der Nähe des Geheimgangs versammelt, und als Tamani zu ihnen trat, erhoben sie sich sofort.

»Das wird aber auch Zeit«, schimpfte Taila. »Erst verbreitest du Hektik und dann trödelst du herum!« Die Zähne der Braunen waren wütend gebleckt und verrieten ihren Groll. Ohne ein weiteres Wort drehte sie sich um und verschwand, gefolgt von Cody, im Geheimgang. Nur Toah blieb zurück, um darauf zu warten, dass er ihm die Erlaubnis geben würde loszulaufen.

Tamani nickte ihm beschämt zu. »Ich übernehme das Schlusslicht.«

Der grauschwarze Welpe nickte respektvoll, dann sprang er los, um Taila und Cody einzuholen. Tamani folgte ihm resigniert. *Den beiden kann man es einfach nicht recht machen*, versuchte er sich selbst zu trösten. Er beschleunigte sein Tempo, bis er hinter seiner Truppe aus den Schatten des Geheimgangs ins Freie brach. Dort stürmte er an Taila vorbei und versuchte, ihr mit seiner Körpersprache zu verdeutlichen, dass er die Truppe anführte und nicht sie. Doch sofort hatte sich die Hellbraune neben ihn geschoben und ihre dunkelgrünen Augen leuchteten herausfordernd. Tamani verlangsamte sein Tempo und zu seiner Überraschung glich Taila ihre Geschwindigkeit an. Als sie den Wald erreichten, ließ sie sich zurückfallen, und Cody und Toah, die sich gerade eben noch unterhalten hatten, verstummten. Die ganze Jagdtruppe verfiel in Kauerstellung und schlich dann, angeführt von Tamani, ohne auch nur ein Geräusch zu verursachen, tiefer in den Wald.

Die Vögel über ihnen zwitscherten, und hier und da raschelte eine Maus im Unterholz, sonst war alles still. Irgendwie machte Tamani das nervös, aber er würde nicht hier vor Taila und Cody eingestehen, dass ihm die Stille unheimlich vorkam. Doch als vor ihnen plötzlich ein Ast knackte, hörte der Alphawelpe, wie Cody hinter ihm leise flüsterte: »Was ist das?«

Die Anspannung und die unterdrückte Angst in seiner Stimme ließen

Tamani erstarren. Der Rest seiner Truppe hatte ebenfalls angehalten, und ihr Fell sprühte vor Nervosität fast Funken. Der Alphawelpe hob die Schnauze in die Luft, um zu wittern. Erschreckt zuckte er zurück. Was auch immer sich da vor ihnen im Wald verbarg, es war weder Beute noch ein Wolf! Tamani prüfte nochmals die Luft. Nein! Dieser Geruch war furchterregender, gefährlicher und wilder. Dem Grauen sträubte sich voller Angst der Pelz, vor ihnen, nicht weit entfernt im Wald, erklangen Pfotenschritte. Doch diese waren nicht normal, sie mussten zu einem riesigen Tier gehören, das schwer auftrat, denn der Boden vibrierte leicht bei jedem Schritt.

Direkt neben ihm erklang plötzlich Tailas leises Flüstern und Tamani zuckte zusammen: »Ich will ja nicht drängeln, aber ich habe keine Lust, diesem Tier zu begegnen!«

Tamani spürte, wie sie schwach zitterte, und stimmte ihr nickend zu. »Ja, los, lasst uns verschwinden«, befahl er so leise, dass er zweifelte, dass ihn irgendjemand gehört hatte.

Das Knacken der Äste klang nun gefährlich nah und bewegte sich zielstrebig auf die Truppe der Jungwölfe zu.

Taila quiekte voller Angst. »Es hat uns entdeckt!«

»Rennt!«, befahl Tamani eindringlich und seine Muskeln spannten sich an, um abhauen zu können.

Sofort wirbelten Cody und Toah herum und rasten zwischen den Bäumen hindurch Richtung große Wiese davon. Tamani stieß Taila unsanft mit der Schulter an und trieb sie vor sich her, bis sie die beiden eingeholt hatten und hinter ihnen her durch den Wald preschten. Das Knacken der brechenden Zweige und die bebenden Pfotenschritte verrieten dem Alphawelpe, dass das unbekannte Tier ihnen folgte, und er trieb seine Truppe schneller voran. Sie stürmten so schnell sie konnten durch den Wald, und Dornengestrüpp verhakte sich in Tamanis Fell, aber er achtete nicht darauf, sondern rannte einfach weiter.

Nach und nach wurde das Knacken leiser und als die vier Jungwölfe hinaus auf die Wiese hasteten, war der Wald hinter ihnen ganz verstummt. Das Tier hatte scheinbar kehrtgemacht.

Tamani atmete erleichtert aus und setzte sich entfernt vom Wald, wo die Wiese den schmalsten Streifen bildete, neben seine Truppe an eine Felswand. Sie alle atmeten hektisch und Tamanis Lunge brannte vor Anstrengung. Der Alphawelpe starrte auf den Wald, der diese schreckliche Kreatur hervorgebracht hatte, und verspürte noch immer Angst in seinem Magen.

»Was war das?«, fragte die sonst so mutige Taila mit zitternder Stimme in die Runde und ihr Blick wanderte angespannt zum Wald. Es sah ganz so aus, als fürchtete sie, dass das Tier jeden Moment durch das Geäst nach draußen auf die Wiese brechen könnte.

Toah blickte auf, seine Augen glänzten verstört, aber sein Blick richtete sich fest auf den Waldrand, als er sagte: »Ich glaube, das war ein Waldläufer. Ich habe ihn am Geruch erkannt. Bei uns im Schattenwolfsrevier haben wir öfter mal mit welchen zu tun gehabt. Sie sind skrupellos und böse. Sie morden aus reinem Spaß und sind zu groß, um sie bekämpfen zu können. Aber ich habe noch nie gehört, dass sie sich so tief ins Revier des Wächtergebirges verirren.«

Cody neben ihm zuckte mit den Ohren. »Wir sollten weiter von hier weg, falls er uns doch gefolgt ist.« Sein Blick wanderte zum Wald und plötzlich ertönte ein lautes Krachen.

Eine riesige Bestie brach aus dem Wald. Das Tier war drei bis vier Wolfslängen hoch, zottiges dunkelbraunes Fell bedeckte seinen massigen Körper, und sein Maul war zu einem markerschütternden Schrei geöffnet, während Speichelfäden von seinen spitzen gelben Reißzähnen hingen.

Tamani blieb wie angewurzelt stehen und blickte dem Waldläufer mit vor Schreck geweiteten Augen entgegen. Schauer jagten ihm über den Rücken bei dem Anblick. Das Tier warf wütend seinen Kopf hin und her, als bedauere es, dass seine Beute so schwer zu fassen war, und stieß dabei hasserfülltes Gebrüll aus. Dann fixierten seine schwarzen Augen die Jungwölfe, die an der Felswand kauerten, und sein Brüllen wurde aggressiver. Mit großen Sprüngen raste der Waldläufer nun auf die Wölfe zu.

»Schnell weg hier!« Tamani spürte, wie sich Cody von seiner Flanke löste und davonraste. Aus dem Augenwinkel entdeckte er den Braunen, der sich auf einen Hügel mit hochgewachsenem Gras gerettet hatte und seinen Freunden mit schriller Stimme zujaulte: »Hier rüber!«

Er hatte recht, der Hügel lag näher am Geheimgang, von dort würden sie leichter entwischen können. Ruckartig, als hätte er denselben Gedanken gehabt, wirbelte nun auch Toah herum, um zu Cody zu stürzen, und Tamani folgte ihm mit noch immer tauben Beinen. Er warf sich neben Cody und Toah ins Gras und drehte sich herum, um den Waldläufer zu beobachten. Dann erstarrte er voller Entsetzen. Taila saß noch immer wie versteinert an die Felswand gepresst da, die Augen ängstlich auf den Waldläufer gerichtet.

»Taila, komm her!«, jaulte Cody verzweifelt.

Doch die hellbraune Jungwölfin verharrte noch immer reglos. Der Waldläufer wurde nun langsamer, vor sich die sichere Beute. Ein tiefes Knurren drang aus seiner Kehle, während er sich langsam an die erstarrte Wölfin anschlich. Dann hatte er ihr den Fluchtweg zu ihrer Truppe versperrt und war nur noch einige Wolfslängen von ihr entfernt.

Neben Tamani winselte Cody voller Verzweiflung. »Renn weg, Taila! Renn weg!«, stieß er hervor und kauerte sich machtlos auf den Boden.

Und endlich reagierte Taila. Blitzschnell wirbelte sie herum und schoss in die entgegengesetzte Richtung ihrer Freunde davon. Sofort sprang ihr das riesige Monster nach und folgte ihr über die Hügel. Es hielt mit Leichtigkeit Schritt.

»Taila!«, jaulte Cody und stürmte mit angelegten Ohren hinter seiner Schwester her.

»Warte!«, rief ihm Tamani nach, aber der Jungwolf war schon hinter einem Hügel verschwunden. Der Alphawelpe drehte sich zu Toah um, der zitternd hinter ihm kauerte. »Renn zurück zum Plateau und hol so schnell Hilfe, wie du kannst!«, befahl er ihm.

»Aber …«, wollte Toah ihm widersprechen, doch Tamani knurrte: »Mach es einfach!«

Er wartete nicht, um zu sehen, ob der ehemalige Schattenwelpe seinen Befehl befolgte, sondern stürmte los, hinter Cody her. Sein Herz klopfte wie verrückt, doch er achtete weder darauf noch auf den beißenden Wind, der ihm ins Gesicht schnitt. Er folgte einfach der Geruchsspur von Cody, die durch dessen maßlose Angst leicht zu erkennen war.

Tamani raste einen Hügel hinab und wieder hinauf und fand sich plötzlich an einer Klippe wieder, die links neben ihm von einer Felswand begrenzt wurde und rechts steil zum Ufer abfiel. Er hörte das Meer, das genau hinter der Klippe rauschend gegen die Felswände stieß, und erstarrte entsetzt. Dort an der Klippe stand Taila!

Sie hatte die Augen ängstlich aufgerissen und ihr Fell war vor Angst gesträubt. Mit dem Rücken zum Klippenrand blickte sie dem Waldläufer entgegen, der mit einem wilden, blutrünstigen Knurren auf sie zuschlich. Tamanis Pelz prickelte vor Entsetzen und lähmender Angst. Gleich würde sich der Waldläufer auf die Jungwölfin stürzen! Sie konnte ihm nicht mehr entkommen!

An der Felswand stand Cody, der seine Schwester verzweifelt ansah, und dann, ganz plötzlich, lossprang. Sein Sprung war hoch genug und er schaffte es, sich in der riesigen Pranke des Waldläufers zu verbeißen. Doch als wäre Cody nur eine lästige Fliege, schleuderte ihn das mächtige Tier mit einer Bewegung der Tatze von sich weg. Der braune Jungwolf landete mit einem dumpfen Schlag auf dem Boden, während sein Kopf gegen einen Stein geschleudert wurde. Reglos blieb Cody liegen.

»Cody!« Taila sprang entsetzt einen Schritt nach vorne, ihre Stimme war hoch und schrill aus Angst um ihren Bruder. Die Wölfin wollte zu ihm eilen, doch sofort versperrte ihr eine massige Pranke den Weg, und voller Panik wich sie vor dem Waldläufer zurück.

Tamani merkte, wie er zitterte. Wie sollte er so ein großes Wesen nur besiegen? Aber er wusste, dass er Taila jetzt nicht im Stich lassen konnte. Er musste versuchen, sie zu retten, auch wenn das seinen eigenen Tod bedeuten würde. Der Graue duckte sich, spannte seine Hinterläufe an und schleuderte sich mit aller Kraft in die Luft auf den Waldläufer zu. Es gelang ihm, seine Zähne in das zottige Fell des Tieres zu schlagen, doch er hatte sich kaum festgebissen, als ihn der Waldläufer mit einem wütenden Knurren beiseiteschleuderte. Tamani hörte, wie Taila ängstlich aufjaulte, als er auf dem harten Boden aufkam und sich überschlug. Es fühlte sich so an, als wäre jeder Knochen in seinem Körper zertrümmert. Die unendlichen Schmerzen zwangen ihn, am Boden zu bleiben. Vor Machtlosigkeit und Erschöpfung wollte er am liebsten liegen bleiben. Fast hätte er diesem Drang nachgegeben, aber der Gedanke, dass dies Tailas Tod wäre, ließ ihn einen verzweifelten Versuch unternehmen aufzustehen.

Und tatsächlich schaffte er es, sich auf die zerschundenen Pfoten zu hieven, bis er schwankend dastand. Unfähig einen Muskel zu rühren, um Taila zu Hilfe zukommen. Der Waldläufer hatte sich wieder von Tamani abgewandt, um sich sein ursprüngliches Opfer vorzunehmen. Langsam hob das Biest seine riesige Pranke zum tödlichen Stoß. Schnell brauste die Pfote auf Taila hinab, die wie erstarrt zu dem riesigen Tier aufblickte und den Todesstoß erwartete. Endlich schaffte Tamani es, sich zu bewegen, und er rannte, so schnell er konnte, auf Taila zu. Doch schon bevor die Pfote Taila erreicht hatte, wusste er, dass er es niemals schaffen würde den Schlag abzufangen.

Plötzlich zerriss ein schrilles Jaulen die Luft. »Nein!« Ein dunkelbrauner Blitz schoss auf die Pranke des Waldläufers zu und stieß mit voller kraft dagegen, bevor Taila getroffen werden konnte. Es war Cody, der sich in der Tatze des Tieres verbissen hatte und mit aller Kraft daran zerrte! Diesmal jaulte der Waldläufer laut auf und er taumelte. Dann jedoch holte er aus und schleuderte Cody von sich. Der Jungwolf schlitterte über den Boden und verschwand dann lautlos über den Klippenrand.

Tamani spürte, wie Wut die Angst in seinem Inneren ablöste, und als er entdeckte, dass der Waldläufer noch immer taumelnd nach dem Gleichgewicht suchte, erkannte er seine Chance. Der Graue warf sich mit aller verbliebener Kraft nach vorne und prallte gegen den Bauch des Untiers. Er stieß sich von ihm ab und sah, wie das Monster wankte. Dann, mit einem wütenden Brüllen, verlor es das Gleichgewicht und fiel über den Klippenrand hinunter ins Meer. Ein lautes Platschen war zu hören, danach war alles still. Tamani stand keuchend da und starrte auf den Rand der Klippe.

»Cody? Cody!« Taila stürzte an die Kante und blickte hinunter, während sie immer wieder den Namen ihres Bruders jaulte.

Tamani trottete kraftlos zu ihr, der Kampf mit dem Waldläufer hatte ihn seine ganze Energie gekostet. Der kurze Schub der Wut war abgeflaut und ließ nur lähmende Trauer zurück. Der Graue stellte sich neben Taila und blickte nun ebenfalls hinunter in die Wellen, die sich tosend an den Klippen brachen. Doch die kleine dunkelbraune Gestalt, die er dort unten zu sehen hoffte, war unauffindbar. Tamani suchte die Wellen und die Gischt nach irgendeinem Lebenszeichen von Cody ab, doch er entdeckte nichts, und die Trauer und das Entsetzten über die Situation wuchsen. Cody hatte sein Leben für Taila gegeben und hatte sie gerettet.

Neben Tamani hatte Taila begonnen zu zittern und ein kaum verständliches Murmeln drang aus ihrer Kehle: »Er ist nicht tot!« Es hörte sich wie ein verzweifelter Versuch an, sich selbst zu überzeugen.

Tamani blickte die Wölfin an und zuckte zusammen. Tränen liefen über das Gesicht der Hellbraunen und über ihren sonst so schönen dunkelgrünen Augen lag ein dunkler Schleier der Trauer. Tamani stupste sie mitfühlend an. »Er hat dich gerettet, weißt du«, versuchte er sie zu trösten.

Taila sah ihn an und Wut flammte unter der Trauer auf. »Wäre ich doch lieber gestorben!«, jaulte sie ihm heiser entgegen, und der Graue legte beschämt die Ohren an.

»Komm, wir müssen erst einmal weg von dieser Kante.«

Da Taila keine Anstalten machte, sich zu bewegen, packte der Alphawelpe sie und zerrte sie ein wenig von der Klippe weg. Kaum hatte er die Jungwölfin losgelassen, sank sie zusammen und flüsterte leise: »Er kommt zurück! Er wird zurückkommen!«

Tamani blickte sie bestürzt an. Wie würde sie es verkraften, wenn ihr Bruder doch nicht zurückkehrte?

»Tamani, Taila!« Eine dunkle Gestalt kam den Weg entlanggerannt, und Tamani erkannte Toah, der mit langen schnellen Sprüngen auf sie zueilte. »Zum Glück geht es euch gut«, keuchte er und schien ihre traurigen Gesichter nicht zu bemerken. Dann blickte er sich verwirrt um. »Wo ist Cody?« Das Gesicht des Jungwolfs hatte sich verfinstert, als ahnte er die Antwort schon.

Tamani schluckte die Trauer herunter. Eigentlich wollte er nicht über Codys Tod sprechen, doch Toah hatte ein Recht darauf zu erfahren, was passiert war. Tamani fixierte Toah und sagte dann vorsichtig: »Er hat Taila und mich gerettet. Aber dann wurde er von dem Waldläufer von der Klippe gestoßen und ist …« Der Graue brachte es einfach nicht über sich, das Wort »tot« auszusprechen. Er senkte nur den Kopf und fügte mit brüchiger Stimme hinzu: »Er war ein edler Wolf. Keiner hätte tapferer handeln können.«

Toah senkte den Kopf und kauerte sich auf den Boden. Obwohl er erst seit Kurzem in der Meeresgruppe war, schien ihn der Verlust von Cody ebenso zu treffen wie Tamani. »Cody!«, jaulte Toah in den Wind, der vom Meer auf sie zuwehte.

Nun hob Taila ihren Kopf und ihre Augen sprühten wütend Funken. »Er ist nicht tot! Er wird zu mir zurückkommen!«

Toah sah sie verunsichert an, in seinen Augen stand Zweifel. Taila wandte sich demonstrativ ab und stolzierte mit erhobenem Haupt davon, Richtung Geheimgang.

Im selben Augenblick entdeckte Tamani Jungwölfe, die in einem schnellen Lauf den Hügel hinaufgestürmt kamen, ihnen voran die große Gestalt von Graupelz. Tamani spürte, wie sich eine ungeheure Last auf ihn legte. Er würde es nicht übers Herz bringen, ihnen von Codys Tod zu berichten. Schnell wandte er sich zu Toah und zischte ihm ins Ohr: »Ich gehe jagen. Kannst du ihnen berichten, was passiert ist?« Sofort fühlte er sich schuldig, weil er seine Aufgabe auf den Jungwolf abwälzte. Doch Toah blickte ihn mit Verständnis in seinen bernsteinfarbenen Augen an, bevor er respektvoll den Kopf senkte.

Tamani wirbelte herum und preschte los in den Wald. Vielleicht konnte er allem Kummer davonrennen. Hätte es doch ihn selbst getroffen! Obwohl Cody launisch und verschlossen gewesen war, hatte Tamani ihn doch als Freund gewonnen. Er hatte sich auf den Jungwolf immer verlassen können und hatte nie an seiner Treue gezweifelt. Mit leerem Herzen schlich Tamani weiter in den Wald hinein und hoffte, dass ihn die dort herrschende Ruhe und die Jagd auf andere Gedanken bringen würden.

»Bitte, Rudel der ewigen Jagd, beschützt Cody, egal wo er gerade ist«, flüsterte Tamani leise und schluckte seine Trauer hinunter. Er wusste, dass es unwahrscheinlich war, aber er hoffte trotz allem, dass Cody den Sturz ins Meer überlebt hatte. *Er ist ein starker und mutiger Jungwolf, der niemals zu kämpfen aufgibt*, versuchte Tamani sich selbst zu überzeugen, aber noch immer war der Zweifel in seinem Herz nicht besiegt.

Der Graue hatte ein großes Kaninchen erlegt und trottete mit diesem im Maul müde zurück. Die wolkenverhangene Nacht lag bleiern über dem

Plateau, als trauere auch das Rudel der ewigen Jagd so sehr um Cody, dass es sich nicht zeigen wollte und sich lieber in Wolken hüllte.

Der Graue tappte in die Vorhöhle und ließ das Beutetier auf den Haufen fallen. Der Vorrat war ordentlich gefüllt, und Tamanis Magen knurrte vor Verlangen, sich etwas davon zu nehmen. Doch noch immer pulsierte Müdigkeit in seinen Pfoten und so trottete er erschöpft in die Schlafhöhle seiner Gruppengefährten. Die meisten von ihnen lagen schon auf ihren Mooslagern und schliefen, nur die Nachttruppe versammelte sich gerade am Eingang, um aufzubrechen.

Tamani nickte Telai, dem Führer der Truppe, zu und dieser entgegnete die Geste respektvoll, doch in seinen Augen lag dumpfe Trauer. Telai wandte sich von Tamani ab und führte seine Truppe wortlos hinaus. Der Graue blickte ihnen noch einen Herzschlag lang nach, dann drehte er sich um und trottete in seine eigene Schlafhöhle. Shira hatte sich schon zusammengerollt und schlief ganz ruhig, und Tamani schob sich vorsichtig neben sie, um sie nicht zu wecken. Er drückte sich an ihren warmen Körper, um sich davon trösten zu lassen, dann schloss er die Augen. Und in dem Moment, in dem sich Träume in seine unruhigen Gedanken zu weben begannen, hatte er plötzlich eine Idee und er wusste: *Ich muss mit Pala reden!*

12. Kapitel

Tamani wurde vom Regen geweckt, der durch das Loch in der Decke auf seinen Kopf tropfte. Mühsam öffnete der Graue die Augen und erkannte am Licht, das in die Höhle drang, dass die Sonne gerade aufging. Neben ihm zitterte Shira vor Kälte im Schlaf, und er schmiegte sich näher an sie, um sie zu wärmen. Als er ihre Nähe spürte, durchfuhr ihn kribbelnde Freude, und er leckte der Weißen ganz sanft und zärtlich mit der Zunge über den Kopf, um sie zu wecken. Langsam öffnete Shira die Augen und blickte Tamani liebevoll an.

Tamani senkte verlegen den Blick. »Wir sollten aufstehen«, erklärte er und erhob sich.

»Nein«, stoppte ihn Shira mit scharfer Stimme. Der Graue hielt erschrocken inne und blickte sie an. »Zuerst frisst du etwas«, erklärte sie ihm dann sanft und stand auf. Mit zuckenden Ohren, die Tamani bedeuten sollten, dass sie keinen Widerspruch duldete, verließ sie die Schlafhöhle und ließ den Grauen allein zurück.

Der Alphawelpe merkte nun, wie sein Magen knurrte, und er zog sich in einen trockenen Teil der kleinen Höhle zurück, um dem Regen zu entkommen. Kaum hatte er sich hingesetzt, hörte er Pfotenschritte, die sich seiner Schlafhöhle näherten, und er erhob sich, um Shira zu begrüßen. Doch die Schülerin, die eintrat, hatte kein hellgrau-weißes Fell, sondern hellbraunes, das ungepflegt und stumpf aussah. Es war Taila, die mit gesenktem Kopf und über den Boden schleifender Rute auf ihn zugetrottet kam.

»Was ist los, Taila?«, fragte der Graue.

»Er ist nicht tot«, murmelte Taila abwesend und sah dann zu Tamani auf, als bemerke sie erst jetzt, wo sie sich befand.

Tamani zuckte zusammen. Über den Augen der Jungwölfin lag ein dichter Schleier der Traurigkeit, der ihren dunkelgrünen Blick noch dunkler wirken ließ. Dann lichtete sich der Nebel der Verwirrung und Trauer ein wenig, und Tailas Augen schienen Tamani für einen Moment klar zu mustern.

»Ich bitte dich, Tamani! Du weißt genau so gut wie ich, dass Cody nicht tot ist«, jaulte Taila und ihre Stimme kreischte vor Verzweiflung.

»Ja«, entgegnete Tamani sofort, nur um die Hellbraune zu beruhigen.

»Deshalb müssen wir ihn finden!«, fuhr Taila fort und diesmal glomm ein Funken Hoffnung in ihren Augen auf.

Tamani nickte bestätigend. »Du hast ja recht.« Er senkte nachdenklich den Kopf. Der Graue wusste zwar, wie unwahrscheinlich es war, dass Cody den Sturz ins Meer aus einer solchen Höhe überlebt hatte, aber er hatte die Hoffnung wie Taila noch immer nicht aufgegeben. Und selbst wenn sie Cody nicht finden sollten, so hatte Taila zumindest die Chance, mit der Geschichte abzuschließen.

Tamani blickte wieder auf und fixierte Taila, die ihn erwartungsvoll anstarrte. »Du nimmst Telai, Pegas und Asko mit zu einer Jagdtruppe an der Klippe. Sucht dort nach Spuren, aber falls jemand fragt, solltet ihr lieber etwas Beute mitbringen. Ich werde ebenfalls eine Truppe führen, wir gehen zum Meer. Ich nehme Shira, Mila und Neko mit. Falls du Spuren findest, schicke Pegas zu unserer Truppe, dann kommen wir sofort.«

Tailas Augen strahlten zufrieden und voller Hoffnung und die Trauer war kaum noch zu entdecken. Dann nickte sie Tamani dankbar zu und drehte sich um, um zu gehen.

»Kannst du den Jungwölfen, die ich ausgewählt habe, Bescheid sagen?«

Die Hellbraune nickte, dann stolzierte sie davon. Sie war gerade weg, als sich Shira mit einem Kaninchen im Maul in die Höhle schob.

Tamani sprang auf. »Musstest du es erst noch erlegen?«, neckte er die Weiße, doch diese blickte ihn ausdruckslos an. Tamani sah ihr tief in die Augen, aber er entdeckte nichts, was ihm ihre Gefühle verriet. »Was ist los?«, fragte er und winkte die Jungwölfin mit der Rute zu sich.

Shira ließ das Kaninchen fallen und setzte sich neben ihn. »Mitternacht hat gesagt, wir sollen uns erst etwas nehmen, wenn die anderen satt sind, obwohl wir das meiste erbeutet haben«, stieß Shira hervor und ihre Augen glühten besorgt. »Es ist nur dieses Kaninchen für die ganze Meeresgruppe übrig geblieben.« Ihr Blick senkte sich traurig auf den Boden.

Tamani war fassungslos. Wie konnte Mitternacht nur so etwas tun? Er war doch ein Wächter! Das war reine Schikane! »Teil das Kaninchen unter den anderen auf«, sagte Tamani und erhob sich wütend. Jetzt würde er es diesem Flohpelz zeigen!

Shira versperrte ihm mit einem Satz den Weg und sagte dann laut: »Nein!« Ihr strenger Blick stoppte Tamani. »Du brauchst es mehr als wir anderen, wir werden gleich jagen gehen.« Ihre Stimme ließ keinen Widerspruch zu, also drehte sich Tamani um und trottete zurück zum Kaninchen.

Obwohl er sich schuldig fühlte gegenüber seinen hungrigen Gefährten, beugte Tamani sich über das Kaninchen und nahm einige Bissen. Nach einer Weile war er satt und schob die Reste Shira zu, die sie dankbar entgegennahm. Mit gefülltem Magen und brennender Wut ließ Tamani Shira allein, um nach Mitternacht zu suchen. Diesmal würde ihm der Wächter nicht mehr entkommen können!

Als er in die Vorhöhle trat, strömte ihm der Geruch von Beute entgegen, und Tamani erinnerte sich gut, wie groß der Beutehaufen gewesen war. Er konnte kaum glauben, dass seine Gruppe nichts davon abbekommen hatte. Das verstärkte seine Wut nur noch und er beschleunigte seinen Schritt, um die Höhle zu verlassen. Als er schon fast den Höhlenausgang erreicht hatte, hörte er, wie hinter ihm jemand rief: »Alphawelpe, warte!«

Tamani blieb stehen und drehte sich um. Ein hellbraun gescheckter Jungwolf sprang auf ihn zu. Im Halbdunklen sah Tamani seine grünen Augen freundlich glänzen. Der Schüler hielt genau vor Tamani an und senkte dann den Kopf zu einem höflichen Gruß unter Gleichgesinnten. »Ich bin Ruku, der Alpha der Waldgruppe«, stellte er sich vor, und Tamani neigte den Kopf, um den Jungwolf ebenfalls zu begrüßen. Was wollte der Alphawelpe der Waldgruppe von ihm? Als hätte Ruku seine Gedanken gelesen, sagte er: »Du hast sicherlich mitbekommen, was Mitternacht heute Morgen getan hat, oder?« Tamani nickte und so fuhr der Hellbraun-Gescheckte fort: »Er hat uns viel zu viel Beute gegeben, sodass deine Gruppe kaum etwas abbekam. Deshalb haben ich und Tua, die Alpha der Wolkengruppe, uns dafür entschieden, genug Beute für euch zurückzulegen.«

Tamani entdeckte am anderen Ende der Höhle eine weiße, edel aussehende Jungwölfin mit strahlend blauen Augen. Sie nickte ihm zu, und Tamani erwiderte den Gruß. Daraufhin erhob sich die Jungwölfin und zuckte mit der Rute in Richtung Ruku und Tamani, bevor sie zu den beiden trabte.

»Hallo, ich bin Tua, die Alpha der Wolkengruppe«, sagte sie freundlich und stellte sich dann neben Ruku.

»Ich weiß«, antwortete Tamani und fügte schnell hinzu: »Ruku hat es mir gerade erzählt.«

»Nun gut, du weißt wer wir sind, aber ich kann mich nicht daran erinnern, dass du dich vorgestellt hast.« Mit einem forschenden Blick musterte Tua ihn.

»Stimmt«, sagte der Graue peinlich berührt. »Ich bin Tamani, der Alphawelpe der Meeresgruppe.« Er hatte kaum zu Ende gesprochen, als er sah, dass einige Jungwölfe Beutestücke zu ihnen trugen. Mit einem respektvollen Blick legten sie die Beute vor Tamani und verschwanden dann in den Schatten. Tamani ging jetzt erst auf, dass das das Erlegte für seine Gruppe war. »Danke«, sagte er erstaunt.

Tua tat den Dank mit dem Zucken der Ohren ab. »Wir haben probiert, die Elementegruppe ebenfalls zu überreden, etwas für euch beiseitezulegen, aber sie wollten nicht. Sie beharren darauf, dass das ihre Beute ist«, sagte Tua und klang entschuldigend.

»Sie sind ganz wie ihr Ausbilder«, knurrte Ruku wütend, der das unfaire Verhalten von Mitternacht offenbar ebenfalls bemerkt hatte.

Tamani wollte ihm gerade zustimmen, als ein weiß-brauner Jungwolf in die Höhle gestürmt kam. »Tua? Tua!«, rief er. »Schneeflocke will mit uns trainieren!«

Die Weiße sprang auf und rief: »Ich komme.« Sie senkte zum Abschied den Kopf vor Ruku und Tamani und sprintete dann schnell aus der Höhle, gefolgt von dem Hellbraun-weißen.

»Danke«, jaulte Tamani noch einmal und blickte zu dem Alphawelpen neben sich.

Ruku nickte und sagte: »Gern geschehen, aber unsere Tat war nur gerecht.« Mit einem Nicken drehte sich der Hellbraun-Gescheckte um und trottete davon.

Es gibt also auch nette Gruppen, dachte Tamani und verließ die Vorhöhle.

Erschrocken zuckte er zurück, als ihm ein Tropfen auf die Nase fiel und der Wind ihm Regen in die Augen trieb. Er kniff die Augen zusammen und trabte mit angelegten Ohren zu Mila, die am Rand der Felswand saß und ihm entgegenblickte. Die Kälte drang in Tamanis Pelz und dem Grauen wurde bewusst, dass sie sich mit der Suche nach Cody beeilen mussten. Wenn sie noch lange warteten, würde der Regen alle Spuren wegwaschen!

»Wann gehen wir los?«, empfing ihn die kleine Wölfin und ihre grünbraunen Augen glänzten vor lauter Aufregung.

Tamani musste unwillkürlich lächeln, als Mila in eine Pfütze sprang und ihr Pelz mit schlammbraunen Flecken überzogen wurde. »Gleich.« Er sah sich auf dem Plateau nach Neko und Shira um, aber durch den dicht fallenden Regen konnte er sie nicht entdecken. »Kannst du Shira und Neko holen?«

»Natürlich«, rief Mila und raste davon.

»Wo geht ihr hin?«

Tamani wirbelte herum und die unbändige Wut brodelte wieder in seinem Bauch, als er Mitternacht in die Augen sah, die der Wächter zum Schutz gegen den Regen zusammengekniffen hatte. Er wollte sich nicht mehr vor dem Ausbilder der Elementegruppe rechtfertigen müssen!

»Warum willst du das wissen?«, knurrte Tamani Mitternacht an. Der Wächter zog die Lefzen zurück und entblößte seine dornenspitzen Reißzähne. »Weil ich ein Wächter bin und alles im Blick behalten muss«, erklärte Mitternacht tief knurrend.

Tamanis Pelz vibrierte, er empfand die Worte des Wächters eher als eine Drohung. Aber er würde nicht zulassen, dass Mitternacht sah, wie sehr er ihn verunsicherte. Der Alphawelpe hob Kopf und Rute und blickte Mitternacht so herausfordernd wie möglich in die Augen. »Wir bilden eine Jagdtruppe und gehen zur Klippe«, sagte Tamani kurz angebunden und entdeckte im selben Moment seine Truppe, die aus der Höhle trat. Er sprang zu ihnen und sagte mit erhobener Stimme, um den stärker werdenden Regen zu übertönen: »Wir werden bei der Klippe jagen!« Er nickte Shira zu als Zeichen, dass sie die Führung übernehmen sollte. Sofort zuckte sie mit der Rute und die Truppe sprang los Richtung Geheimgang.

Tamani blieb noch kurz zurück, Mitternacht sah der Truppe misstrauisch nach. Dann fixierte er Tamani wieder mit seinen giftgrünen Augen. Tamani zog die Lefzen zurück und knurrte herausfordernd, wirbelte herum und folgte seinen Freunden mit großen Sprüngen.

Er holte sie ein und ließ sich neben Shira fallen, mit der er gemeinsam die Truppe zu der Klippe führte, von der Cody gefallen war. Ihm lief ein Schauder über den Rücken und er spürte kaum noch, wie der Regen auf seinen Rücken prasselte. Vor seinem inneren Auge wiederholte sich das Geschehen von gestern. Er sah den Waldläufer fast vor sich und spürte die unendliche Angst erneut.

»Hier ist bestimmt keine Beute«, riss ihn Nekos Stimme aus seinen Gedanken.

Tamani schüttelte den Kopf. »Wir werden zuerst nach Cody suchen und danach jagen«, erklärte er und führte seine Truppe einen sanften Abhang hinab.

»Wir werden dort anfangen zu suchen«, sagte er dann und deutete auf ein flaches Stück am Ufer, auf das man vom Wasser aus leicht klettern konnte. Wenn überhaupt, hätte sich Cody dort an Land retten können.

Mila sprang neben ihn und hob ihren Kopf, um zu wittern. Dann, ohne dass sie ein Wort zu ihrer Truppe sagte, sprang sie ins Wasser und paddelte auf die Klippe zu.

Tamani spürte Angst in sich aufsteigen. »Warte«, jaulte er. »Die Strömung ist zu stark!«

Er beobachtete die Wellen, die sich an der steilen Felswand brachen, und bekam Panik. Neben ihm duckte sich Neko tief, dann sprang auch er ins Wasser und schwamm mit kräftigen Zügen hinter Mila her. »Nein, wartet!«, jaulte Tamani verzweifelt und sah zu, wie die Wellen an den beiden kleinen Gestalten zerrten. »Ich muss ihnen helfen«, murmelte Tamani und duckte sich, um ins Wasser zu springen.

Doch Shira hielt ihn mit der Pfote zurück, in ihren Augen maßlose Angst. »Bring du dich nicht auch noch in solche Gefahr. Wir müssen ihnen einfach vertrauen!«

Tamani wollte nicht warten. Er wollte ihnen hinterher! Aber Shira hatte recht, er musste ihnen vertrauen.

Der Wind wurde stärker und die Wellen höher, während die zwei Jungwölfe die Klippe weiter entlangschwammen. Der Regen peitschte Tamani ins Gesicht, als er die Wellen beobachtete, die die Jungwölfe zu verschlucken drohten. »Kommt zurück!«, jaulte der Alphawelpe nochmals gegen den Wind, wohl wissend, dass das nichts bringen würde. Zitternd vor Verzweiflung sank der Graue auf dem Boden zusammen. Er schloss für einen Moment die Augen und betete zum Rudel der ewigen Jagd.

Als Tamani die Augen wieder öffnete, konnte er Neko und Mila nicht mehr entdecken. Erschrocken sprang der Graue auf und heulte gegen den Wind: »Mila, Neko, wo seid ihr?« Angst und unendliche Verzweiflung machten sich in ihm breit. Innerhalb von zwei Tagen hatte er drei Jungwölfe verloren! Ohne darüber nachzudenken, sprang Tamani ins Wasser, um die beiden zu finden. Sofort wurde er von den Wellen unter Wasser gezogen, doch das machte ihm nichts aus, er wollte nur so schnell wie möglich zu Neko und Mila. Außer Atem tauchte Tamani auf und schmeckte sofort den salzigen Geschmack des Meeres. Es brannte in seinen wunden Pfoten, trotz allem paddelte er schnell weiter, bis er nur noch verschwommen sah. Auf einmal spürte Tamani eine riesige Kraft, die ihn unter Wasser drückte. Erschöpft schloss er die Augen, erwartete, dass ihn die Strömung gegen die Felsen schleudern würde. Aber es geschah nichts.

Trotz seiner wild durchs Wasser wirbelnden Pfoten kam Tamani nicht an die Oberfläche, und langsam wurde ihm die Luft knapp. Er wurde schläfrig, bis sich sein Körper wehrlos entspannte …

»Wach auf«, flüsterte eine leise Stimme. »Wach doch bitte auf!« Ein schwaches Schluchzen war in der Stimme zu hören.

Benommen öffnete Tamani die Augen und blickte Shira an, die über ihm kauerte und leise schluchzte. Sie schien nicht bemerkt zu haben, dass er wach war. Tamani streckte sich und berührte sie leicht mit der Schnauze an der Wange. Ruckartig wandte sich ihm die Weiße zu und Erleichterung ließ ihre grünen Augen strahlen. Dann begann sie, ihm liebevoll über das Ohr zu lecken. Tamani genoss die Wärme und Zuneigung. Doch nach ein paar Augenblicken trat Shira zurück und blickte verlegen zu Boden. Tamani konnte ihre Gestalt im Dunklen kaum erkennen, doch er spürte, wie sein Pelz bei ihrer Nähe angenehm kribbelte.

Der Graue setzte sich auf und fragte sich verwirrt, ob es schon Nacht war und wo der Sternenhimmel und der Mond geblieben waren. Dann entdeckte er, dass sie sich in einer Höhle befanden, und erhob sich. »Wo sind wir?«, flüsterte er, und seine Stimme hallte unnatürlich von den Höhlenwänden wider. Tamani entdeckte einige schwache Umrisse von hellerem Licht und nahm nun auch das Rauschen des Meeres und den salzigen Geruch wahr, der hereinströmte. Waren sie im Geheimgang? Anders konnte sich Tamani die Nähe zum Meer nicht erklären.

»Wir sind in Sicherheit, in einer Höhle, die ich entdeckt habe«, hallte eine Stimme durch die Dunkelheit, und Tamani erkannte erleichtert Milas stolze Stimme.

Neben der Wölfin roch er Neko und ein Stein fiel ihm vom Herzen, weil es den beiden Jungwölfen offenbar gut ging. Tamani kniff die Augen zusammen, um in der Dunkelheit besser sehen zu können. Das Rauschen des Meeres kam offensichtlich von einem kleinen Abstieg, der in einem Wasserbecken endete. *Hoffentlich kommen wir hier wieder raus*, dachte Tamani und erinnerte sich schaudernd an seinen Überlebenskampf im Meer. Alle Knochen taten ihm weh und seine Muskeln brannten schmerzhaft von der Anstrengung. Sein Pelz war noch immer feucht, aber er triefte nicht mehr vor Nässe. Der salzige Geschmack in seinem Maul machte ihn durstig und das brennende Gefühl im Nacken bewies, dass ihn jemand, als er selbst dazu nicht mehr in der Lage gewesen war, aus dem Wasser in diese Höhle gezogen hatte.

Der Graue blickte zum Meer und plötzlich kam ihm die Idee, dass in einer solchen Höhle vielleicht auch Cody gestrandet war. *Wenn er nicht wie ich vom Meer überwältigt wurde*, fügte Tamani im Stillen hinzu.

»Tamani, komm mal her«, riss ihn Nekos ungläubige Stimme aus den Gedanken. »Hier ist etwas, das dich interessieren wird.«

Tamani trottete zu dem Platz, an dem er den schwarzen Jungwolf wahrgenommen hatte. In der Dunkelheit war sein schwarzer Pelz nicht von den Schatten der Höhle zu unterscheiden, nur seine grasgrünen Augen leuchteten leicht und reflektierten das letzte Licht. Neben Neko stand kaum erkennbar Mila mit gesenktem Kopf, um am Boden Witterung aufzunehmen. Tamani ahmte nun ebenfalls ihre Haltung nach und sog die Luft ein. Einen Augenblick erstarrte er, dann hob er den Kopf und blickte Neko überrascht an. In dem fischigen Gestank, der in der Höhle hing, glaubte er einen schalen Geruch wahrgenommen zu haben. Neko nickte ihm bestätigend zu, und auch Milas Augen begannen hoffnungsvoll zu glühen.

»Cody war hier!«, bestätigte die kleine Wölfin seinen Verdacht.

In Tamanis Brust begann Hoffnung wie ein Vogel wild zu flattern. Cody hatte den Sturz also tatsächlich überlebt und war in dieser Höhle gelandet. Vor Freude hätte Tamani am liebsten laut aufgejault, aber er wollte vor seiner Truppe nicht wie ein Junges dastehen. Vielleicht war Cody sogar schon auf dem Weg zum Plateau!

Neko wandte den Blick von Tamani ab und sah nach vorn. »Der Geruch ist schal. Er muss schon gestern die Höhle verlassen haben«, sagte er, und Tamani nahm wahr, wie sein Pelz aufgeregt vibrierte.

Der Graue hob die Rute in die Luft, obwohl er wusste, dass die anderen sie nicht sehen konnten, und schnippte damit in die Richtung, in die Neko blickte. »Folgen wir seiner Spur«, schlug er vor und sprang nach vorne.

Tamani wartete, bis er die Gerüche seiner Truppe um ihn versammelt wahrnahm, und lief dann langsam los. Er hob die Schnauze in die Luft und folgte langsam der Fährte, die eindeutig Cody gehörte.

»Man sieht ja nicht mal seine eigene Schnauze«, beschwerte sich Mila direkt hinter ihm.

Sie hat recht, dachte Tamani. *Wie hat Cody es hier rausgeschafft?* Der Graue versuchte, sich mit allen Sinnen auf seine Umgebung zu konzentrieren. Er spürte nun, wie sich die Höhlendecke zu ihnen hinabsenkte und ihn Steinwände von beiden Seiten einschlossen. Sein Pelz streifte den kalten Fels, und er konnte nur mit Mühe seine Angst zurückhalten. Die unendlich scheinende Dunkelheit und der immer enger werdende Tunnel lösten bei ihm Panik aus. Würde er sie zerquetschen?

Tamani duckte sich unwillkürlich und die Steindecke schabte an seinen Ohren entlang. Doch nach ein paar weiteren Schritten konnte er den Kopf wieder heben. Als er vorwärts lief, spürte er, wie ein leichter Luftzug seine Tasthaare bewegte, und er atmete erleichtert auf. *Der Gang führt also doch ins Freie!* Weit vor ihnen sah er, dass es heller wurde. Der Graue beschleunigte seine Geschwindigkeit und die Pfotenschritte, die knapp hinter ihm ertönten, verrieten ihm, dass seine Truppe folgte. Der Gang machte eine Biegung und in einiger Entfernung war endlich eine taghelle Öffnung zu entdecken. Tamani roch, dass Codys Spur hinaus ins Freie führte, und er folgte der Fährte weiter.

Als vor ihm eine Schlamm- und Dreckschicht auftauchte, hielt Tamani an. Eine große Öffnung war in die Schicht gerissen, die einen Durchgang bildete, der groß genug für einen Wolf war. Der Alphawelpe sprang durch die Öffnung und blieb stehen. Er trat zur Seite und ließ den Rest seiner Truppe durch den Durchgang treten, dann trat er zurück zu der Schlammwand. Die Spur von Cody war verschwunden, ohne Vorwarnung war sie einfach abgebrochen. Tamani sah in die enttäuschten Gesichter seiner Begleiter, die seine Ahnung bestätigten. Cody war unauffindbar! Tamani senkte verzweifelt den Kopf.

»Wo ist er hin?«, jammerte Mila hinter ihm.

Tamani hörte, wie Shira zu ihm trat und sagte: »Vielleicht hat der Regen nur seine Spur weggewaschen, und er ist schon auf dem Weg zum Plateau.« Ihre Stimme klang hoffnungsvoll, aber Tamani merkte, wie ihre mutlosen Augen auf seinem Pelz ruhten.

Vielleicht hat sie ja recht, versuchte sich Tamani selbst Mut zu machen. Die kleinen Pfützen, die den Boden sprenkelten, verrieten, dass der Regen hier eindrang und einfach nur Codys Spur weggewaschen hatte. Der Graue hob den Kopf und blickte den Jungwölfen seiner Truppe ins Gesicht. Sie alle sahen nachdenklich und ängstlich aus. *Ich muss sie ermutigen!*

»Auf jeden Fall wissen wir jetzt, dass Cody den Sturz ins Meer überlebt hat, und wenn das der Fall ist, dann lässt er sich durch nichts abhalten, zu uns zurückzukommen.«

Augenblicklich verzog sich Shiras ernstes Gesicht zu einem Lächeln und sie nickte Mila aufmunternd zu.

»Wir können ihn ja weitersuchen«, schlug Neko vor.

Tamani war zwar nicht davon überzeugt, dass sie noch mehr Spuren von Cody finden würden, aber er nickte dem Schüler zu. »Ja, kommt.« Der Graue führte seine Truppe hinaus ins Freie und als er aus der Dunkelheit auftauchte, sog er erleichtert die frische Luft ein. *Dem Rudel der ewigen Jagd sei Dank*, dachte er und machte einen Satz über einiges Gestrüpp, das den Höhleneingang versteckt hielt. Er wartete geduldig, bis der Rest seiner Truppe bei ihm war, dann untersuchte er das Gestrüpp genauer. Doch er fand nicht wie erhofft braune Fellbüschel. Die Äste trugen zwar Dornen, aber an denen war weder ein Wolf noch ein anders Tier hängengeblieben.

»Mila«, rief Tamani die junge Wölfin zu sich, »such Tailas Truppe und erzähl ihr von unserer Entdeckung.«

Die kleine graubraune Wölfin nickte, dann sauste sie bergauf davon und verschwand hinter einem Hügel. Tamani blieb kurz stehen, um die leichte Brise zu genießen, die seinen Pelz kräuselte. Der Regen hatte sich verzogen, aber noch immer war der Himmel mit dunklen Wolken bedeckt, die jederzeit weitere Regenschauer abgeben konnten. Tamani wandte sich zu seiner Truppe um und sah Neko und Shira, die sich auf den Boden gesetzt hatten. Ihre noch immer nassen Pelze klebten ihnen an den Körpern, und darunter zeichnete sich der Bau ihrer Muskeln deutlich ab. Der Graue wollte ihnen gerade vorschlagen, jagen zu gehen, da sie Cody sowieso nicht finden würden, als er etwas entdeckte. Eine kleine, dunkle Gestalt kam aus dem naheliegenden Wald gerannt. Im ersten Moment hoffte er, dass es Cody war, doch dann erkannte er erschrocken, dass es eine Schattenwölfin war!

13. Kapitel

Der erste Schock wich Verwunderung: Was machte die Schattenwölfin hier? Ihre Knochen schimmerten durch das durchnässte Fell und ließ sie wie ein Skelett wirken.

Tamani konnte nun, da er so nah bei ihr stand, einen rötlichen Schimmer in ihrem dunklen Pelz entdecken, und er bemerkte überrascht, dass sie kaum älter als er war. Ein wildes Knurren drang aus der Kehle der Wölfin und ihr ganzer Körper bebte. Ihr schien gar nicht bewusst zu sein, mit wie vielen Jungwölfen sie sich da gerade anlegte.

Der Alphawelpe konnte hinter sich Bwegungen hören und an dem neuen Geruch, der ihm entgegenströmte, erkannte er, dass Tailas Gruppe zu ihnen gestoßen war und sich angesichts der Gefahr hinter ihm vertreilt hatte. Tamani sah aus dem Augenwinkel wie Telai seine beiden jüngeren Geschwister hinter sich schob und neben Tamani trat, um sich Schulter an Schulter vor der feindlichen Wölfin aufzubauen. Telai erwiderte ihren hasserfüllten Blick und trat einen Schritt nach vorne. Tamani rückte neben ihn und aus dem Augenwinkel sah er ein wildes Feuer in den braunen Augen des Jungwolfs. Plötzlich jedoch weiteten sich Telais Augen erschrocken und er stieß ein verblüfftes Keuchen aus.

Tamani verstand nicht, was Telai so aus der Fassung gebracht hatte, doch dann hörte er, wie der Sandbraune mit vor Freude erstickter Stimme hervorstieß: »Solo?«

»Woher kennst du meinen Namen, du räudiger Flohpelz?«, knurrte die Schattenwölfin unberührt.

Telais Ohren zuckten und seine Stimme wurde höher: »Ich kenne deinen Namen, weil ich dein kleiner Bruder bin«, erklärte er. »Ich bin es, Telai!«

Die Schwarzrote verzog keine Miene, doch in ihren Augen blitzte etwas auf. Verwirrung? Erinnerung?

»Wir kommen beide aus dem Wüstenrudel!«

Nun wirkte Solo unsicher, und machte einen kleinen Schritt zurück, den Blick verwirrt auf Telai gerichtet.

»Du bist meine große Schwester Solo, die Heilerin werden will. Vor einigen Mondwechseln wurdest du von einem Verstoßenen entführt, nachdem dieser unsere Geschwister umgebracht hatte.«

Jetzt wich jegliche Kampfeslust aus Solos Körper und ihre Augen glühten und flackerten panisch. Darin lagen Erinnerung, Schmerz und Verwirrung. Solo blickte zu Telai, aber die Neugier, die von ihr zu spüren sein sollte, wurde offenbar von Angst verschluckt. Dann, ohne auch nur einen Laut von sich zu geben, wirbelte Solo herum und floh in den Wald.

»Warte!«, jaulte Telai ihr nach und sprang ein Stück in die Richtung, in der Solo in den Büschen verschwunden war. Seine Ohren und seine Rute senkten sich und plötzlich sah der Jungwolf kraftlos und zerbrechlich aus.

Tamani sprang neben seinen Freund und schob ihm tröstend die Schnauze ins Fell. »Sie wird zurückkommen«, versuchte er ihn zu ermutigen, glaubte aber selbst nicht an seine Worte. Mit der Rute winkte Tamani Mila und Pegas zu sich. Sie würden ihren Bruder besser trösten können als er.

Er blickte zu Shira und zum Rest seiner Truppe, die das Geschehen vollkommen reglos beobachtet hatten und offensichtlich davon überrumpelt waren. Der Alphawelpe ignorierte die brennenden Blicke auf seinem Pelz und nickte Taila zu, die ihn aus dunkelgrünen Augen ansah. »Hat Mila von unserer Entdeckung berichtet?«, fragte Tamani um das Thema zu etwas Erfreulicherem zu lenken. Taila nickte, und zum ersten Mal seit dem Verschwinden ihres Bruders konnte Tamani wieder ein helles Leuchten in den Augen der Hellbraunen entdecken. »Wir konnten Codys Spur zwar nicht weiterverfolgen, aber wir wissen jetzt zumindest, dass er am Leben ist«, sagte Shira und trat einen Schritt näher zu Tamani. »Vielleicht ist er ja bereits auf dem Weg zum Plateau?«, schlug Taila hoffnungsvoll vor und ihre Ohren zuckten aufgeregt. Tamani nickte, obwohl ihn irgendetwas in seinem Inneren davon abhielt, das zu glauben. »Ich finde wir sollten uns auf jeden Fall auf den Weg zurück machen und das herausfinden.«

Die Rute des Alphawelpen zuckte in die Höhe als Zeichen zum Losgehen, und sofort setzte sich der Trupp in Bewegung. Tamani überließ Asko die Führung und gesellte sich zu Shira, sodass er Telai und seine Geschwister besser im Blick behalten konnte, die sich vor ihnen eingereiht hatten. Zufrieden lief Tamani neben seinen Freunden her bis zum Plateau und legte sich dort neben den Höhleneingang, um sich von den Strapazen des Morgens zu erholen, während Taila aufgeregt in der Höhle verschwand, um nachzusehen, ob ihr Bruder zurückgekehrt war.

Es dauerte nicht lange, bis die junge Wölfin mit Telai an ihrer Seite wieder hinaus ins Freie trat, die Schultern zwar enttäuscht, aber nicht mehr mutlos gesenkt, was Tamani verriet, dass Cody noch nicht aufgetaucht war. Er senkte den Kopf und beobachtete wie die Jungwölfe sich auf dem Plateau verteilten, um sich ebenfalls auszuruhen, während er darüber grübelte, wo der Dunkelbraune wohl stecken konnte, da sie ja nun sicher wussten, dass er lebte.

Es nieselte leicht, doch das machte ihm nichts au. Er freute sich im Gegenteil sogar darüber, dass sein Fell von dem Schlamm befreit wurde, der darin klebte. Er döste in der kühlen Luft. Doch als er Shira roch, setzte er sich auf.

Die Jungwölfin ließ ein Kaninchen vor ihm fallen und fragte: »Wollen wir es uns teilen?«

Tamani nickte glücklich. »Aber ich muss davor noch einige Truppen einteilen.«

Er sprang auf, um in die Höhle zu eilen, doch Shira hielt ihn zurück. »Ich habe die, die noch genug Kraft haben, schon zu Truppen eingeteilt.«

Tamani wandte sich zu ihr um. »Danke«, sagte er verblüfft und ließ sich wieder neben ihr nieder.

Shira leckte ihm leicht über die Wange, dann senkte sie den Kopf und nahm einen Bissen von der Beute. Tamani wurde augenblicklich von einem warmen Gefühl durchströmt und sein Hunger ließ nach. Trotzdem beugte auch er sich über das Kaninchen, um seine Verlegenheit zu überspielen. Während sie fraßen, wurde es langsam dunkel, und als das Kaninchen ganz verschlungen war, stieg der Mond bereits am Himmel auf.

Tamani leckte sich gerade mit der Zunge übers Maul, um die letzten Reste des Kaninchens zu beseitigen, als er Pfotenschritte hörte. Der Graue erstarrte und seine Schultern spannten sich kampfbereit an. Dann entspannte er sich wieder, als er den Geruch von Graupelz wahrnahm und die vertraute große Gestalt des Wächters auf sich zukommen sah. »Hallo, Graupelz«, begrüßte der Schüler seinen Ausbilder und neigte höflich den Kopf vor ihm.

Der Wächter nickte nur und blieb dann vor Tamani und Shira stehen. »Ich habe gehört, dass ihr eine Spur von Cody gefunden habt, die seinen Tod definitiv ausschließt.« Graupelz nickte zufrieden. »Das ist gut! Wir können nur hoffen, dass er nun auch bald zu uns zurückkehrt.« Er blickte Tamani an und seine blaugrauen Augen leuchteten erleichtert. Dann blinzelte der Ausbilder, wie um seine Gedanken zu ordnen. »Es wird Zeit, dass wir eure Kampffähigkeiten noch mehr verbessern, wir werden uns morgen, wenn die Sonne am höchsten Punkt steht, am Reißzahngebirge treffen.« Graupelz ließ seinen Blick nochmals anerkennend über seine Schüler schweifen, dann drehte er sich um und verschwand in den Schatten der gegenüberliegenden Felswand beim kleinen Plateau.

Fröhlich blickte Tamani ihm nach und ließ das glühende Gefühl des Stolzes in sich weiterbrennen. Neben ihm gähnte Shira, und auch der Graue spürte seine Erschöpfung, die bleiern auf seinen Pfoten lag. »Legen wir uns schlafen«, schlug er vor und erhob sich gemeinsam mit der Hellgrau-Weißen. Müde trottete der Graue hinter ihr her bis in seine Schlafhöhle. Er schnappte sich etwas Moos, das ihm einer seiner Gruppengefährten gebracht hatte, und trug es zu seiner Ecke, um sein gemütliches Lager damit auszubessern. Er drehte sich ein paar Mal darauf im Kreis, um das Moos platt zu drücken, dann legte er sich hinein. Schon einen Herzschlag später spürte er Shiras weiches, warmes Fell an seinem Rücken, und Tamani schloss zufrieden die Augen. Kurz darauf schlief er ein und hatte einen Traum …

Tamani blickte sich um und erschauderte. Schattenwölfe strömten auf die Wiese und stürzten sich mit voller Kraft in die Schlacht. Ängstlich erkannte Tamani, dass sie keine Chance hatten, diesen Kampf zu gewinnen. Sie waren in der Unterzahl! Trotzdem nickte er zu einem Schattenwolf und griff ihn gemeinsam mit Toah an. Mit Leichtigkeit vertrieben sie ihn, und der Gegner stürzte sich in die Büsche. Der Alphawelpe blickte auf und taumelte, als der Gestank der Schattenwölfe all seine Sinne flutete. Aus den Augenwinkeln erkannte er die Umrisse von Jungwölfen, die flohen. Der Graue biss die Zähne zusammen. Dann musste er eben wilder kämpfen. Er wollte sich gerade auf einen Schattenwolf stürzen, als ihn ein Jaulen stoppte.

»Verschwindet!«

Tamani blickte auf und entdeckte Graupelz, der auf einem Hügel stand. Der graue Wächter war umringt von Schattenwölfen, doch einige von ihnen waren bereits zurückgewichen.

»Verschwindet!«, jaulte Graupelz erneut und Panik spiegelte sich in den Augen der Schattenwölfe, die um Tamani herumstanden. Graupelz knurrte laut und ein Schatten-

wolf, der unmittelbar vor dem Wächter stand, drehte sich plötzlich um und rannte davon, wie ein Kaninchen, das vor einem Fuchs floh. Verwundert blickte ihm Tamani nach, doch da floh schon ein weiterer Schattenwolf. Obwohl die Schlacht erstarrt war, flohen die Schattenwölfe, als wäre das gesamte Rudel der ewigen Jagd hinter ihnen her, bis selbst der letzte von ihnen im Wald verschwunden war.

Verblüfft drehte sich Tamani zu Graupelz um, der mit versteinertem Blick den Schattenwölfen nachblickte. »Wie hast du das gemacht?«, jaulte er ihm zu.

Der Wächter wandte sich nun seinem Schüler zu. Es war ein langer, intensiver Blick, in dem Stolz lag, doch dann drehte sich Graupelz um und sprang davon.

Ungläubig blickte ihm Tamani hinterher. Wie konnte er einfach weglaufen? »Warte! Warte! Wie hast du das gemacht?«

»Ich war mit der Morgentruppe draußen und habe das Kaninchen erlegt.«

Erschrocken schlug Tamani die Augen auf und blickte sich um. Die Wiese war verschwunden und harte Dunkelheit, nur spärlich durchbrochen von blassen Lichtstrahlen, umgab ihn. Er lag in seiner Schlafhöhle und neben ihm stand Shira mit einem Kaninchen im Maul. »Ist das so ungewöhnlich?«, fragte sie und schmunzelte.

Tamani schüttelte verwirrt den Kopf. »Nein, natürlich nicht. Ich-ich habe nur geträumt«, erklärte Tamani kurz und erhob sich.

»Wollen wir es uns teilen?«, fragte Shira und deutete mit der Schnauze auf das Kaninchen.

»Nein, danke. Ich wollte eine Jagdtruppe anführen.«

Tamani schob sich aus seiner Schlafhöhle und trottete weiter Richtung Ausgang. Er wollte nur raus aus dieser dunklen Höhle und seinem Traum entkommen, der noch immer in seinem Kopf herumspukte. Als der Graue ins Freie trat, kribbelte sein Pelz angenehm. Im Gegensatz zum gestrigen Tag schien die Sonne warm vom Himmel und ein sattes Blau breitete sich über ihm aus. Dem Alphawelpen gelang es, seinen Traum zu verdrängen, und er nahm die Gerüche des Morgens in sich auf. An einem so schönen Tag fiel es ihm schwer, an einen erbitterten Kampf zu denken.

Tamani wollte sich gerade wieder der Höhle zuwenden, um sich Jungwölfe für seine Truppe zu suchen, als er Kora, Asko und Toah aus der Felsspalte treten sah. Er ging zu ihnen und neigte den Kopf vor seinen Gefährten. »Wollt ihr mit mir eine Truppe bilden und bei den Felsen jagen, bevor später unser Training mit Graupelz beginnt?«

Koras Augen begannen zu strahlen, als sie ihre Glieder dehnte und laut gähnte. »Natürlich«, bestätigte sie. »Es kommt mir wie gerufen, meine Beine vor dem Training nochmal strecken zu können.« Die Jungwölfin sprang auf und raste einige Schritte voraus.

Es fiel Tamani leicht, sich von ihrem Eifer anstecken zu lassen, und er setzte mit großen Sprüngen hinter ihr her. Die anderen beiden folgten ihnen mit schnellen Schritten.

Als sie einige Zeit später mit ihrer Beute – einer Bergziege und einem Murmeltier – zurück zum Plateau kamen, verschwand Toah in dem Felsspalt, der zu den Schlafhöhlen führte. Tamani half Kora und Asko, die Ziege vor der Felswand auf den Boden zu legen, und schon einen Herzschlag später kam Toah mit der gesamten Meeresgruppe aus der Höhle.

Sie wollten sich gerade ihre Beute teilen, als hinter Tamani eine tiefe Stimme ertönte: »Halt! Wer hat euch die Erlaubnis gegeben, die gesamte Beute zu verschwenden? Dazu habt ihr kein Recht!«

Tamani wandte sich wütend Mitternacht zu, der hoch über ihm aufragte. Im Sonnenlicht glänzte das Fell des Wächters wie die Nacht und seine grünen Augen schimmerten boshaft. »Unterlasst das sofort«, knurrte Mitternacht und seine stählernen Muskeln spielten geschmeidig unter seinem dunklen Pelz.

Tamani hielt dem lodernden Blick des Wächters stand, obwohl sich ihm dabei vor Wut das Fell sträubte. Wie schaffte es Mitternacht nur, dass Tamani in seiner Gegenwart so die Fassung verlor? Warum hasste er ihn so?

In Mitternachts Augen blitzte Triumph auf, und Tamani zuckte innerlich zusammen. Der Wächter wollte genau das: Er wollte, dass Tamani aus der Fassung geriet, wollte, dass der Alphawelpe unüberlegt handelte! Der Graue verkrampfte sich und bremste seine Wut. Er würde es nicht zulassen, dass Mitternacht gewann.

Tamani sah sich um, seine Gruppengefährten würden ihm keine Hilfe sein. Keiner von ihnen würde es wagen, sich einem Wächter zu widersetzten, selbst wenn es sich dabei um Mitternacht handelte. Dann wanderte der Blick des Grauen zu dem kleinen Plateau hinauf. Im Schatten der aufragenden Felswand war das graue Fell von Graupelz zu sehen.

Tamani erwiderte Mitternachts Blick und jaulte dann laut: »Graupelz!«

Der graue Wächter kam, kaum dass er gerufen wurde, mit großen Sprüngen zu seinen Schülern. Irritiert flog der Blick des Wächters zwischen Tamani und Mitternacht hin und her, als erfasse er nicht, was hier vor sich ging. »Was ist denn los?«, fragte Graupelz dann und heftete seine blaugrauen Augen auf Tamani.

Der Schüler spürte, wie sein Selbstbewusstsein sank. Dem Blick von Mitternacht standzuhalten war so leicht, wie einem Jungen ein Stück Fleisch wegzunehmen. Bei Graupelz war das jedoch eine andere Sache. Die Strenge, die in den Augen seines Ausbilders glänzte, brachte Tamani unwillkürlich dazu, den Blick abzuwenden. Aber jetzt konnte er keinen Rückzieher mehr machen. Dann wäre Mitternacht der Sieger dieser Schlacht. Tamani sammelte seinen Mut und blickte wieder zu Graupelz auf. Er zwang sich, seinem Ausbilder in die Augen zu sehen, und sagte dann mit all seiner verbliebenen Überzeugungskraft: »Dürfen wir diese Ziege und das Murmeltier fressen, nachdem wir sie selbst erlegt haben?«

Als Graupelz schwieg, spürte Tamani die ängstlichen Blicke seiner Gruppengefährten auf seinem Pelz, und die Wut stieg erneut in ihm auf. Mitternacht hatte es geschafft, sie so einzuschüchtern. Wie konnte er das nur wagen?

»Natürlich dürft ihr eure Beute fressen«, entschied Graupelz schließlich ruhig und in seinem Blick lag etwas Ermutigendes, als er ihn über seine Schüler schweifen ließ. Dann drehte sich der graue Wächter um und sagte mit tieferer Stimme: »Mitternacht, du kannst dir deine eigene Beute erjagen. Lass sie in Ruhe.«

Respektvoll senkte Mitternacht den Kopf, doch in seinen Augen loderte der Zorn darüber, dass ihn Graupelz vor Tamani und einer ganzen Gruppe von Schülern zurechtgewiesen hatte.

Tamani schmunzelte unwillkürlich, als der Schwarze mit großen Sätzen davonsprang. Tamani genoss das Mahl mit seinen Freunden und seinem Ausbilder sowie seinen offensichtlichen Sieg über Mitternacht. Nachdem er satt war, setzte er sich auf und glättete seinen grauen Pelz, während er die Wärme der Sonne genoss. Die Anwesenheit von Graupelz kam ihm nun nicht mehr so merkwürdig wie am Anfang vor, sie beruhigte ihn eher. Der Ausbilder hatte sich zum ersten Mal mit seinen Schülern Beute geteilt, und der Stolz der Meeresgruppe war an ihren aufrechten Haltungen zu erkennen.

Nach einer längeren Weile des entspannten Dösens in der Sonne erhob sich Graupelz und verkündete, dass sie nun zum Trainieren aufbrechen würden. Schnell folgten ihm die Schüler über die felsigen Hänge. Tamani bildete den Schluss der Gruppe, mit Toah an seiner Seite. Die geschmeidigen Bewegungen und das gleichzeitige Springen über einige lose Steine brachten seine Gedanken zu seinem Traum zurück. Erneut grübelte er darüber nach, wie es Graupelz geschafft hatte, die Schattenwölfe ganz allein zu vertreiben, und das, ohne zu kämpfen. *Das war nur ein Traum*, versuchte sich Tamani selbst zu überzeugen. *So etwas kann kein Wolf!*

»Graupelz! Wir brauchen eure Hilfe!«, riss ihn eine aufgewühlte Stimme aus seinen Gedanken. Erschrocken blickte Tamani auf. Eine schlanke rotbraune Jungwölfin lief auf die Gruppe zu. Ihr Pelz war zerzaust und sie keuchte, als wäre sie das gesamte Gebirge hinaufgerannt. Atemlos blieb sie vor Graupelz stehen und neigte respektvoll den Kopf. »Wir haben am Fuß des Berges Schattenwölfe in unserem Revier gerochen! So viele, dass ich geschickt wurde, um Hilfe zu holen. Unterstützt ihr uns?«

Tamani hörte, wie Graupelz ein kehliges Knurren von sich gab, dann sagte er: »Natürlich. Führe uns dahin, wo ihr die Schattenwölfe gerochen habt.« Die Jungwölfin senkte erneut respektvoll und dankbar den Kopf, dann wirbelte sie herum und raste in großen Sätzen den Weg zurück, den sie gerade gekommen war. Graupelz zuckte gebieterisch mit der Rute und setzte dann hinter der Schülerin her.

Tamani folgte genau hinter ihm. Er hatte den Rest seiner Gruppe überholt, um so schnell wie möglich am Kampfort anzukommen. Als die Jungwölfin schließlich kurz vor dem Fuß des Berges begann, voranzuschleichen, tat er es ihr nach und glich seine Bewegungen an die eleganten Bewegungen seines Ausbilders an. Geduckt folgte Tamani der Jungwölfin einen Hügel hinauf und blickte auf die vor ihm liegende Wiese. Er erstarrte und betrachtete mit klopfendem Herzen die sich vor ihm ausbreitende grüne Fläche.

»Hey, pass doch auf«, knurrte Taila und drängte sich mit zurückgezogenen Lefzen an ihm vorbei. Sie war bei dem plötzlichen Stehenbleiben in ihn hineingelaufen.

»Ent-Entschuldigung«, stammelte Tamani. Er erkannte die Wiese aus seinem Traum und plötzlich ahnte er, was passieren würde. Er beeilte sich und schob sich durch seine Gruppe, bis er neben Graupelz stand.

»Wir warten hier. Teile drei Gruppen ein«, wies der Wächter den Schüler an.

Tamanis Ohren zuckten. Er sollte seinem Ausbilder von seiner bösen Vorahnung erzählen. Aber womit sollte er seine Aussage begründen? Mit einem Traum, der ein unglaubwürdiges Ende genommen hatte? Nein! Graupelz würde ihm das niemals glauben. Tamani nickte und drehte sich zu seiner Gruppe um, die ihn eindringlich beobachtete. Mittlerweile brauchte er nicht einmal mehr überlegen, er überließ es einfach seinem Instinkt, sie einzuteilen: »Kora, Taila, Telai, Mila und Pegas, ihr seid die erste Truppe. Kora, du wirst sie leiten. Warte auf mein Zeichen und greif dann an.« Kora nickte und ihre strahlend blauen Augen glühten ernst. Mit einem Zucken ihrer Rute hatte sie alle Truppenmitglieder um sich geschart und führte sie zu einem etwas entfernter gelegenen Hügel.

»Shira, Ravi, Neko, Mella und Asko, ihr übernehmt die zweite Truppe. Shira, du wirst sie leiten. Auch du wartest aber bitte auf mein Zeichen, einverstanden?«

Shira nickte und eilte mit den anderen aus ihrer Truppe in die andere Richtung davon.

»Toah, Maja, Laka und Aris, ihr kommt mit mir«, wies der Alphawelpe sie mit gedämpfter Stimme an. Er versammelte sie um sich und schlich wieder zu Graupelz, der bereits die Grenztruppe der Waldgruppe um sich geschart hatte.

Tamani duckte sich tief ins Gras und beobachtete den gegenüberliegenden Waldrand. Doch außer einem nervigen Eichelhäher, der sich die Seele aus dem Leib schrie, und einigen Raben, die auf der Wiese am Boden pickten, hörte und sah er nichts.

Auf einmal stoben die Raben in die Höhe und der Eichelhäher schrie hektischer. In diesem Moment bewegten sich die Sträucher am Waldrand, und Tamani war sich sicher, dunkle Körper zu erkennen, die in den Schatten hin- und herschlichen. Dann traten die Gestalten aus dem Wald auf die freie Fläche. Es waren Schattenwölfe! Es standen nur wenige auf der Wiese, doch Tamani ahnte, dass noch viele im Verborgenen warteten.

Als Graupelz ihn mit der Rute berührte, zuckte der Alphawelpe zusammen, dann blickte er zu seinem Ausbilder auf. »Gib ihnen das Zeichen«, flüsterte der graue Wächter, ohne seinen Blick von den Schattenwölfen abzuwenden. Sollte Tamani ihm einfach blind gehorchen?

Obwohl Tamani wusste, dass es nicht viel bringen würde, gegen eine solche Übermacht zu kämpfen wie die, die er ihm Wald vermutete, entschied er, dem Befehl seines Wächters Folge zu leisten. Er blickte zu Kora, die ihn schon ungeduldig ansah, und nickte. Kora erwiderte seine Geste, dann flüsterte sie ihrer Gruppe etwas zu. Auf ein unsichtbares Zeichen sprangen die Jungwölfe auf und rasten den Hügel mit lautem Gejaule hinunter. Schnell warfen sie sich auf die Schattenwölfe und verbissen sich in ihnen, doch wie Tamani vermutet hatte, stürmten bereits weitere Schattenwölfe aus dem Wald heraus, um ihren Kameraden zu helfen. Hastig blickte Tamani zu Shira und nickte ihr zu. Die gab ihrer Truppe ein Zeichen und sauste von ihnen gefolgt den Hügel herab, um sich unter die Kämpfenden zu mischen. Tamani erkannte, dass sie diese Übermacht niemals würden besiegen können, als er sah, wie eine riesige Truppe Schattenwölfe aus dem Wald herausrannte und über die ankommenden Jungwölfe herfiel.

»Los!«, jaulte Tamani und lief los. Eilig raste er den Berg hinab, blieb aber kurz vor dem Kampfgetümmel stehen. Er sah, wie seine Truppe an ihm vorbeistürmte und sich den Schattenwölfen entgegenstellte. Nur Toah stand noch neben ihm, mit Bernsteinaugen, die entschlossen funkelten. *Wie in meinem Traum*, dachte Tamani und wusste nicht, ob das nun gut oder schlecht war. Er beobachtete, wie sich eine weitere Truppe von Schattenwölfen aus dem Wald in die Schlacht begab, und er knurrte unwillkürlich. »Hier lang!«, befahl er Toah und deutete mit der Schnauze auf einen groß gebauten Schattenwolf, der gerade auf Mila zusprang.

Ohne Absprache stürzten sich die beiden Jungwölfe auf den Schattenwolf, der gerade noch Mila angegriffen hatte. Tamani hatte sich in der Schulter des Gegners verbissen und bearbeitete ihn gleichzeitig mit seinen Hinterläufen, während Toah immer wieder nach den Pfoten des Gegners schnappte und ihn so aus dem Gleichgewicht brachte. Nach einem Jaulen ergriff der Schattenwolf die Flucht, und Tamani ließ ihn laufen. Als er sich umblickte, erkannte er jedoch, dass immer mehr Schattenwölfe auf die Wiese strömten. Verbissenheit machte sich in ihm breit: Er würde niemals aufgeben! Gemeinsam mit Toah griff er den nächsten Wolf an und vertrieb ihn mühelos. Jaulend verschwand der dunkle Wolf in den Büschen am Waldrand und zwei neue nahmen seinen Platz ein.

Tamani wich unwillkürlich einen Schritt zurück, als seine Sinne von dem Gestank der Schattenwölfe geflutet wurden. Er konnte nichts anderes mehr wahrnehmen, nur diesen Gestank nach Schattenwolf und nach Blut. Dann vernahm er etwas, das heisere Knurren eines verzweifelten Wolfes, und er drehte sich um. Der Alphawelpe entdeckte Graupelz, der umringt von einer Truppe Schattenwölfe auf einem Hügel stand. In seinen Augen schimmerten abwechselnd Verzweiflung und wilde Entschlossenheit. Mit einem Jaulen warf sich der graue Wächter nach vorne und vertrieb den Schattenwolf, der dort stand mit einem einzigen kraftvollen Biss. Tamani glaubte zu hören, wie Graupelz ganz leise drohte: »Verschwindet oder ich mache euch zu Fischfraß!« Die Lefzen des Wächters waren hasserfüllt zurückgezogen, als er sich dem nächsten Schattenwolf zuwandte, um ihn zu vertreiben. Als hätten sie ihn erst jetzt erkannt, wichen die Schattenwölfe um den Wächter herum zurück. In ihren Augen lag die Angst des Erkennens! Dann, ohne dass Graupelz eine weitere Bewegung gemacht hätte, floh der Schattenwolf, der genau vor ihm stand, und verschwand im Wald. Als hätte er die Angst seiner Kameraden dadurch verstärkt, flohen nun auch die anderen Schattenwölfe, die zuvor Graupelz umzingelt hatten.

Obwohl sich all das genau so in seinem Traum ereignet hatte, sah Tamani, erstaunt darüber, dass es nun auch in Wirklichkeit geschah, den Wölfen nach. Dann blickte er zu seinem Ausbilder auf. Der Wächter stand wie versteinert da, in seiner Miene dieselbe Verblüffung, die auch Tamani verspürte. Dann, ganz plötzlich, änderte sich sein Gesichtsausdruck. Tamani legte die Ohren an, als der Wächter das Maul öffnete und laut jaulte: »Verschwindet!« Mit einem Mal erstarb der Kampf und alle Köpfe wandten sich zu Graupelz, der gebieterisch auf dem Hügel stand und auf die Menge von Wölfen hinabblickte. »Verschwindet, ihr Eindringlinge!«, wiederholte Graupelz, doch dieses Mal schwang Unsicherheit in seiner Stimme mit.

Tamani konnte sehen, wie die Ohren des Wächters zuckten, als sich niemand rührte, doch dann nahm der Alphawelpe eine Bewegung aus dem Augenwinkel wahr. Sein Kopf schoss herum, gerade rechtzeitig, um zu sehen, wie sich der zweite Schattenwolf umdrehte und davonstolperte. Einer nach dem anderen erhoben sich nun die Schattenwölfe und stürmten davon.

Tamani stand noch verblüffter als in seinem Traum da und blickte seinen Feinden hinterher. Die bösen, blutrünstigen Schattenwölfe, die ohne einen richtigen Kampf flohen.

»Kommt, vertreiben wir sie aus unserem Revier!«, jaulte Toah und schoss den fliehenden Wölfen bellend hinterher. Sofort schlossen sich ihm einige Jungwölfe an und gemeinsam verschwanden sie im Wald.

»Tamani, komm her!«, rief ihn Neko und winkte den Grauen mit der Rute zu sich. Der Alphawelpe gehorchte und tappte zu dem Heiler, damit der ihn auf Verletzungen untersuchen konnte. Während der Schwarze ihn von oben bis unten beschnüffelte, beobachtete Tamani Graupelz. Der Wächter stand noch immer an derselben Stelle, seine dunklen Augen auf den Wald gerichtet. Und wieder fragte sich Tamani, wie der Wächter das gemacht hatte. Wie hatte Graupelz nur so viel Angst bei den Schattenwölfen hervorgerufen, dass er nicht einmal gegen sie kämpfen musste, damit sie flohen?

»Es geht dir gut«, riss ihn Nekos Stimme aus seinen Gedanken. Tamani blickte zu dem Jungwolf, der gerade davoneilte, um sich um Milas Wunden zu kümmern. Tamani wandte sich wieder Graupelz zu. Mit schmerzenden Knochen erhob sich der Alphawelpe und trottete zu seinem Ausbilder. Er setzte sich neben den Wächter und blickte ebenfalls zum Wald. Konnte er Graupelz einfach fragen, wie er das gemacht hatte, oder würde ihn der Wächter wie in seinem Traum abweisen?

»Wie hast du das gemacht?«, hörte sich Tamani in dem Moment schon fragen und er ertappte sich dabei, wie er Graupelz ungeduldig musterte.

»Was meinst du?«, erwiderte der Wächter kühl, und ohne den Blick vom Wald abzuwenden. Seine blaugrauen Augen glühten hellwach, während dahinter etwas flackerte.

»Na, du weißt schon …«, stammelte Tamani und nickte zur Wiese. »Du hast die Schattenwölfe vertrieben! Wie hast du das gemacht?«, wiederholte er.

Graupelz schwieg kurz, dann blickte er auf seinen Schüler hinab. »Ich weiß es nicht«, gestand er und seine Ohren zuckten dabei beunruhigt. Er sah wieder auf die Wiese, bevor er mit leiser Stimme hinzufügte: »Schattenwölfe hatten schon immer großen Respekt vor mir, aber dass sie solche Angst davor zeigen, gegen mich zu kämpfen, ist auch mir neu.«

Tamani schüttelte verwirrt den Kopf. Das war doch unsinnig! Warum sollten so viele Schattenwölfe Angst vor einem einzigen Wolf haben? Nur weil Graupelz ein Wächter war? Das konnte Tamani nicht glauben. Auch die Macht eines Wächters war schließlich beschränkt. Der Graue beobachtete, wie Taila, Telai, Maja, Ravi und Toah aus dem Wald gelaufen kamen und sich um Asko und Neko scharten. Die Schattenwölfe schienen ohne Umweg aus ihrem Revier geflohen zu sein, wenn sie so schnell wieder zurückgekommen waren. Plötzlich erinnerte sich Tamani an die ursprüngliche Angst Toahs gegenüber Graupelz. Vielleicht konnte er Tamani sagen, warum die Schattenwölfe geflohen waren.

Der Graue wollte sich gerade erheben und zu dem grauschwarzen Jungwolf laufen, als Graupelz plötzlich sagte: »Wir gehen zum Plateau zurück. Wir werden euer Training morgen beim Meer nachholen, heute müsst ihr euch erst einmal ausruhen. Geh und sag ihnen Bescheid.«

Tamani nickte und als sich Graupelz abwandte, sprang er auf, um seiner Gruppe von den geänderten Plänen zu berichten. Sofort versammelte sich Tamanis Gruppe um ihn, während einige schon hinter dem grauen Wächter her in Richtung Wächtergebirge trotteten. Tamani schloss sich ihnen an und reihte sich hinter einer kleinen Truppe von Schülern der Waldgruppe ein, die miteinander tuschelten.

Als der Berg weiter anstieg, begann Tamani sich nach Toah umzusehen. Er wollte immer noch noch mit dem Grauschwarzen reden. Tamani entdeckte ihn schließlich am Ende der Gruppe. Unauffällig ließ sich er zurückfallen, bis er Seite an Seite mit Toah das Schlusslicht bildete. »Du hast gut gekämpft«, lobte Tamani seinen Freund, unfähig sofort das eigentliche Thema anzusprechen.

»Du auch«, erwiderte Toah und keuchte erschöpft, während er sich weiter bergauf kämpfte.

Tamanis Ohren zuckten ungeduldig, er konnte und wollte nun nicht länger nur Höflichkeiten austauschen. »Toah, ich muss dich etwas fragen«, begann Tamani. »Als wir euch anfangs gefangen genommen haben, da ist mir aufgefallen, dass du und die anderen Angst vor Graupelz hattet. Und heute, als die Schattenwölfe ohne richtigen Kampf geflohen sind, habe ich mir gedacht, dass zwischen eurer damaligen Angst und der jetzigen der Schattenwölfe vielleicht eine Verbindung bestehen könnte.«

Toah nickte abwesend, wartete, bis die Meeresgruppe außer Hörweite war, und versicherte sich mit einem Rundumblick, dass sie niemand belauschte.

»Die Antwort auf deine Frage ist ein Geheimnis, ein Geheimnis der Schattenwölfe, das nicht an die falschen Ohren geraten darf.«

Tamani spitzte überrascht die Ohren. Würde er jetzt endlich erfahren, was hinter all dem steckte?

»Als ich noch sehr klein war«, fuhr Toah angespannt fort, »bekam Todessturm, der Himmelsleser der Schattenwölfe, eine Vision.«

»Der Himmelsleser?«, unterbrach ihn Tamani. »Was ist das?«

Toah seufzte ungeduldig. »Der Himmelsleser der Schattenwölfe liest die Zeichen, die die Vorfahren der Schattenwölfe ihm schicken, und bekommt Visionen, also Klarträume, die in Zukunft wichtig für die Schattenwölfe werden. Die Botschaft, die Todessturm bekam, lautete: *Nehmt euch in Acht vor dem großen grauen Wolf, der die Führung übernimmt!* Kurz nachdem er die Botschaft verbreitet hatte, gab es die ersten Vermutungen, dass damit Graupelz, der Wächter, gemeint ist, und das erzeugte bei vielen Schattenwölfen Angst.«

Tamani musste unwillkürlich Schlucken. »Aber das erklärt doch nicht, warum sie massenhaft vor Graupelz davonlaufen,« widersprach Tamani. »Nur, weil ein Wolf eine Warnung vor Graupelz verbreitet, muss man doch nicht vor ihm fliehen, vor allem, wenn man in einer so mächtigen Überzahl ist.«

Toah schüttelte verwirrt den Kopf. »Du hast vollkommen recht, aber eine bessere Erklärung kann ich dir nicht geben. Du musst wissen, dass die Schattenwölfe zudem große Feiglinge sind. Sie nehmen meistens schon Reißaus, wenn nur einer von ihnen flieht, vielleicht war das der ausschlaggebende Punkt.«

Tamani nickte zustimmend. Vielleicht hatte Toah recht. Die Schattenwölfe waren einfach nur Feiglinge, die sich von einem Wolf mit einem merkwürdigen Zeichen verrückt machen ließen. In seinem Bauch rumorte Widerstand gegen dieses Denken, doch Tamani schob seine Zweifel mit einem Kopfschütteln beiseite. Dann senkte er respektvoll den Kopf vor

Toah. »Ich danke dir für deine Auskunft«, sagte er zu seinem Freund und berührte ihn leicht mit der Schnauze an der Stirn.

Toah zuckte verlegen mit den Ohren, richtete sich jedoch mit einem glücklichen Strahlen in den Augen auf. »Ich muss mich bedanken«, erwiderte er, als wäre das selbstverständlich. »Du hast mich aufgenommen.«

»Toah? Tamani?« Tamani hörte, wie jemand ihre Namen rief, und nahm erst da die Pfotenschritte wahr. Aus einem Gebüsch oberhalb des Pfades, auf dem sie saßen, schob sich das schmale Gesicht eines Jungwolfs und Pegas blickte mit seinen grünen Augen auf sie hinab.

»Da seid ihr ja«, rief er ihnen mit einem belustigten Funkeln in den Augen zu, als gefiele es ihm, dass selbst der Alphawelpe nicht immer das tat, was von ihm verlangt wurde. »Graupelz sagt, ihr sollt euch beeilen und sofort zur Gruppe aufholen«, erklärte Pegas noch immer schwer atmend, während er sich aus dem Strauch herauskämpfte. Fluchend ließ er einige Fellbüschel darin zurück, bevor er zu Tamani und Toah hinabsprang.

Tamani nickte ihm zu und schmunzelte, dann ließ er seine Rute in die Höhe schnellen und sagte: »Worauf warten wir dann noch? Kommt!« Tamani stürmte los, seinen beiden Freunden voraus in die Richtung, in der er seine Gruppe wusste. Mit immer schneller werdenden Schritten eilte Tamani dem Plateau entgegen und raste den Pfad, den seine Gruppe und sein Ausbilder nur wenig vorher genommen hatten, entlang. Kurz vor dem Ende des Pfades hatte er sie dann eingeholt und mischte sich unter seine Gruppengefährten, als wäre er nie weg gewesen.

Während sich Shira neben ihn schob, begrüßte er sie, indem er ihr die Schnauze in ihr Schulterfell schob. Eine Weile liefen die beiden Jungwölfe schweigend nebeneinanderher, bis Shira plötzlich fragte: »Was hast du mit Toah besprochen?«

Tamani überlegte kurz: Sollte er Shira das Geheimnis der Schattenwölfe verraten oder sollte er sie belügen? Allein bei diesem Gedanken krampfte sich sein Magen zusammen. Sie hatte es verdient, die Wahrheit zu erfahren. »Toah hat mir erzählt, dass sich die Schattenwölfe vor einem großen grauen Wolf, der die Führung übernimmt, in Acht nehmen sollen. Das ist Graupelz, und deshalb sind sie auch vor ihm geflohen, in der Schlacht. Ich weiß nur nicht so recht, ob es wirklich nur an dieser einen Vision liegt, dass sie solche Angst vor Graupelz haben.« Kaum hatte er Shira alles erzählt, kam ihm plötzlich ein Gedanke: Toah schien nicht alles über die Prophezeiung zu wissen, aber Tamani musste unbedingt alles darüber erfahren. Es war für sie zwar ein Vorteil, dass die Schattenwölfe geflohen waren, aber es brachte ihnen nichts, wenn sie nicht alles über diese Vision wussten.

Sie waren gerade am Plateau angekommen, als er Shira zuflüsterte: »Kannst du heute wieder ein paar Truppen einteilen? Ich bin vom Kampf sehr erschöpft und würde mich gerne früher hinlegen.« Bei jedem seiner Worte prickelte sein Pelz vor Schuldbewusstsein, es fiel Tamani so schwer, die schöne weiße Jungwölfin zu belügen und erneut mit Aufgaben zu betrauen, die eigentlich er als Alpha ausführen sollte. Doch er brauchte ein wenig Ruhe und Zeit, um über diese Vision nachzudenken. Er hoffte fast, dass Shira ihn zurechtweisen und ihm sagen würde, dass er sich nicht immer vor seinen Aufgaben drücken konnte. Doch als sich die Jungwölfin zu ihm drehte, waren ihre smaragdgrünen Augen sanft und mitfühlend. Sie würde ihn nicht zurechtweisen, niemals.

»Natürlich mache ich das für dich.« Ihre Schnauze fuhr sanft Tamanis Wange entlang und ihm wurde noch heißer vor Scham. »Geh und ruh dich aus.«

Damit drehte sie sich um und stolzierte zur Meeresgruppe, um die Anweisungen zu erteilen.

Tamani blickte ihr noch einen Herzschlag lang nach, dann wandte er sich ab. Er hatte sich dazu entschieden, sie zu belügen, jetzt konnte er keinen Rückzieher mehr machen. Der Graue trottete geistesabwesend in seine Schlafhöhle und legte sich auf sein Moosbett in der Mitte der Höhle. Während er durch das Loch in der Decke in die sternenübersäte, klare Nacht blickte, ließ er seine Gedanken schweifen. Und plötzlich, wie eine Sternschnuppe, die über den Himmel stürzte, hatte er eine Idee, die rasend schnell in seinem Kopf Gestalt annahm: Er würde sich ins Schattenwolfsrevier schleichen und es ausspionieren, um alles über die Vision in Erfahrung zu bringen. Er würde so schnell wie möglich losgehen.

14. Kapitel

Mit angespannten Muskeln trabte Tamani hinter Toah durch den Wald. Als Tamani dem dunklen Jungwolf von seinem Vorhaben erzählt hatte, hatte dieser sofort versprochen mitzukommen, und der Alphawelpe war außerordentlich froh über die Begleitung eines guten Freundes. Er konnte Toah, der sich im Gebiet der Schattenwölfe gut auskannte, und dazu noch so viel Eifer und Engagement für diese gefährliche Aufgabe zeigte, mehr als gut gebrauchen.

Am gestrigen Tag hatten sie ihren Plan der Meeresgruppe mitgeteilt, die anfangs zwar misstrauische Blicke getauscht, dann aber murmelnd ihr Einverständnis gegeben hatte. Tamani spürte, wie sein Herz einen schmerzhaften Stich bekam, als er an Shira dachte. Die Hellgrau-Weiße hatte ihre neue Stelle als stellvertretende Alpha bekümmert angenommen und am Tag darauf war ihr der Abschied sichtlich schwergefallen. Der traurige Ausdruck in Shiras smaragdgrünen Augen verfolgte Tamani noch immer. Er wollte sich auch nicht von ihr trennen, spürte aber, dass seine Mission wichtig war. Er musste herausfinden, was es mit der Prophezeiung auf sich hatte, und was noch viel wichtiger war, er musste herausfinden, wie er damit den Wächtern und ihren Schülern helfen konnte. Deshalb schob Tamani nun die Gedanken an seine Gruppe beiseite, um sich ganz auf das zu konzentrieren, was vor ihm lag. Er nahm die Gerüche des Waldes in sich auf, die sich sofort mit dem von Toah und dem der nahen Schattenwolf-Grenze vermischten.

Offenbar hatte Toah einen Plan, denn Tamani konnte seine Erwartung riechen und Toah hatte seine Ohren vor Aufregung und Unruhe gespitzt. Er hatte Tamani nichts davon erzählt und aus Respekt vor seinem Freund traute sich dieser auch nicht zu fragen. Wenn es für ihn wichtig wäre, würde Toah ihn schon einweihen. Das Klügste war jetzt aber, ihn einfach machen zu lassen.

Als hätte der Grauschwarze seine Gedanken gelesen, verlangsamte Toah plötzlich sein Tempo, bis er neben Tamani herlief. »Wenn wir dort sind, tue einfach, was ich tue und verhalte dich still«, erklärte der Jungwolf, und Tamani erkannte, wie sein Freund versuchte, die Aufregung in seiner Stimme zu unterdrücken. Dann deutete der Grauschwarze mit der Rute auf ein kleines Schlammloch, das zwischen den Tannen hervorstach, wechselte plötzlich die Richtung und lief darauf zu. Tamani folgte ihm zögernd.

»Wir müssen uns im Schlamm wälzen, um unser Fell schwarz zu färben«, erklärte Toah und watete fröhlich in den Matsch hinein. Tamani kam vor der großen erdigen Pfütze zum Stehen und steckte unsicher eine Pfote in den Schlick. Als er sie wieder aus dem ekelhaften Nass herauszog, war sie vollkommen schwarz, als hätte sie nie eine andere Farbe besessen. Also lief Tamani zögerlich weiter in den schwarzen Schlamm. Angewidert wälzte sich der Alphawelpe, bis sein Fell von einer dicken Schlammschicht überzogen war. So schnell wie möglich kam er dann wieder aus der Lache heraus und besah sich staunend. Er war zerzaust, aber rein schwarz und der Schlamm war wie mit Tamanis Pelz verschmolzen, sodass man nicht erahnen konnte, dass er einmal grau gewesen war.

Tamani blickte zu Toah. Auch er war verändert, vollkommen schwarz und der sonst graue Hauch in seinem Pelz war verschwunden.

»Das geht so schnell nicht wieder ab«, erläuterte Toah und nickte in Richtung Schattenwolf-Revier. »Gehen wir?«, fragte er dann und trabte, ohne auf eine Antwort zu warten, voran.

Mit einem mulmigen Gefühl folgte ihm Tamani und näherte sich so immer mehr der Grenze. Er freute sich zwar darauf, das Geheimnis zu lüften, doch die Angst vor den Schattenwölfen trieb ihm eiskalte Schauer über den Rücken. Sie waren schon eine ganze Weile mit ihren nachtschwarzen Pelzen weitergetrabt, als Tamani plötzlich einen Geruch viel intensiver wahrnahm. Mit gesträubten Nackenhaaren lief er zu Toah, der stehen geblieben war, und hielt neben ihm an.

»Das Revier der Schattenwölfe«, flüsterte dieser ehrfurchtsvoll und zitterte vor Aufregung.

Tamanis Pelz kribbelte vor Unbehagen, als sein Freund die Duftgrenze überschritt. Er wollte ihm folgen, doch etwas hielt ihn zurück. Tamani schloss die Augen und unterdrückte alle Gefühle, er dachte nur noch an Shiras liebevollen Blick, als er am Morgen aufgewacht war, und sofort verschwand das Unbehagen und verwandelte sich in wohlige Wärme. Endlich konnte er seine Pfoten bewegen, also trabte er schnell über die Grenze hinter Toah her, der gerade in einem Gebüsch verschwunden war. Das mulmige Gefühl kehrte sofort zurück, als er die frischen Markierungen der Schattenwölfe roch, und sein Pelz sträubte sich ein wenig. Er rannte ein kleines Stück über eine Lichtung, bis er sich in einen Strauch neben Toah fallen lassen konnte.

Tamani legte die Ohren an und duckte sich so tief wie möglich. Eine Truppe, die aus vier Schattenwölfen bestand, zog kaum eine Wolfslänge vor ihnen vorbei und markierte dabei ihre Grenze. Tamani konnte nur hoffen, dass der Schlamm ihren Geruch überlagern würde, sonst hätten sie ein Problem. Der Puls des Jungwolfs begann zu rasen, als einer der Schattenwölfe die Schnauze in die Luft hob, um zu wittern, und sein Atem ging schnell und hektisch, obwohl er sich so still wie möglich verhalten wollte.

»Psst!«, zischte Toah neben ihm so leise, dass er kaum zu hören war. Die Bernsteinaugen seines Freundes musterten die Schattenwolfstruppe nervös, und Tamani nahm Angstgeruch in seinem Fell wahr.

Die Schattenwolfstruppe zog nach einigen Herzschlägen weiter an der Grenze entlang, bis ihre Geräusche und ihr Geruch in der Ferne verblassten.

Tamani sog erleichtert die Luft durchs Maul ein, und auch Toah neben ihm entspannte sich. »Wenn wir uns in ihrem Kot wälzen, schnappen sie nur ihren eigenen Geruch auf und uns wird niemand erkennen«, erklärte er und schob sich vorsichtig aus dem Strauch, um zur Markierung zu schleichen.

Tamani folgte ihm zögernd und angewidert zu gleich. Er hatte sich also nicht nur in Schlick wälzen müssen, sondern jetzt auch noch im Kot der Schattenwölfe? Er fletschte angewidert die Zähne, folgte dann aber Toah. Er wälzte sich in der Duftmarke, bis er vollkommen nach Schattenwolf stank und nichts anderes mehr wahrnahm. Der letzte Duft von Shira, den er in seinem Fell hängen hatte, verschwand.

»Gut so«, sagte Toah und lächelte, vermutlich, um seine Anspannung zu verbergen. Der Jungwolf überprüfte nochmal selbst seinen Pelz, dann nickte er zu einem Kaninchenpfad, der tiefer ins Revier führte. »Da können wir langgehen«, sagte Toah. »Dieser Pfad wurde schon ewig nicht mehr benutzt und bringt uns ungesehen an den Schattenwölfen vorbei.«

Der Jungwolf trabte los, bevor Tamani Fragen stellen konnte. Er fühlte sich unsicher, da er sich nicht auskannte. Die Geräusche der Bäume waren ihm fremd, ganz im Gegensatz zu Toah. Der Jungwolf sah so aus, als wolle er jeden Strauch und jeden Grashalm, an dem sie vorbeikamen in sich aufsaugen. Plötzlich verstand Tamani das Heimweh seines Freundes. Tamani würde nach der Ausbildung zurück in sein Revier und sein Heimatrudel dürfen. Es musste schwer für Toah gewesen sein, sein altes Zuhause, seine Freunde und seine Familie nie wiederzusehen.

Toah tappte noch immer unbeirrt vorwärts, und der Alphawelpe konnte ihm ansehen, wie sehr er es genoss, wieder durch diesen Wald zu streifen. Auf einmal verließen sie den Kaninchenpfad und traten in den offenen Wald hinaus. Der frische Geruch vieler Schattenwölfe ließ Tamani sein Tempo sofort verlangsamen und er blickte sich unwillkürlich nach einer näher kommenden Truppe um. Doch er sah nichts, was ihm ungewöhnlich vorkam, nur die Blätter unter seinen Pfoten kamen ihm zu laut vor, deshalb hielt er inne, um sich umzublicken. Nichts. Außer dem Wald mit einem hohen Brombeergebüsch in der Nähe war nichts zu entdecken. Toah lief stetig weiter, also folgte ihm Tamani, um im Falle eines Angriffes nicht allein zu sein.

Tamani wurde übel vor Angst, als sie der Quelle des Geruches immer näher kamen, und noch immer steuerte Toah auf das Brombeergebüsch zu. Als er genau davorstand, hielt der Jungwolf endlich inne und wartete, bis Tamani neben ihm stand. Der Alphawelpe hoffte, dass Toah ihm jetzt alles erklären würde, aber sein Freund begann bereits, sich durch das dicht verworrene Brombeergebüsch zu zwängen. Nach einem kurzen Zögern folgte ihm Tamani und schob sich hinter dem Jungwolf durch eine winzige Öffnung. Als er hinter Toah aus dem Gebüsch herausbrach, warf ihn der Gestank von Schattenwölfen fast von den Pfoten, und als er sich umblickte, erstarrte er entsetzt. Er erkannte Schlafhöhlen ähnliche Bauten und unzählig viele Wölfe, die ihn und Toah überrascht ansahen. Da verstand Tamani plötzlich, wo er sich befand: Er war im Lager der Schattenwölfe!

Eine Falle! Vor Angst sträubte sich Tamanis Fell und reflexartig trat er näher zu Toah. Er blickte in die überraschten Gesichter der Schattenwölfe. Angstschauder überliefen Tamanis Rücken, doch Toah neben ihm sah ganz entspannt aus. Nun endlich verstanden die Schattenwölfe, dass zwei fremde Wölfe mitten in ihrem Lager standen, und lautes Knurren machte sich auf der Lichtung breit. Von überall funkelten den beiden Schülern wütende

Augenpaare entgegen und gebleckte Zähne blitzten im Sonnenlicht. Die knurrende Menge, die sich um die beiden gebildet hatte, teilte sich nun widerstrebend und ein großer schwarzer Wolf mit einer langen Narbe über der Schnauze trat nach vorne, während sich hinter ihm die Menge wieder zusammenschob.

Toah und Tamani standen umzingelt dem schwarzen Wolf gegenüber. Toah schien den Wolf zu erkennen, denn ein Lächeln blitzte unverständlicher Weise in seinem Gesicht auf. Tamani fühlte sich wie betäubt, als er versuchte, alles zu erfassen. *Verräter*, jaulte es verzweifelt in seinem Inneren. Toah hatte ihn verraten! Kaum merklich schob er sich von seinem Begleiter weg, die Augen immer noch auf den Wolf mit der Narbe gerichtet, der sie intensiv musterte. Nun fletschte auch er die Zähne, wild und bedrohlich, und ließ ein tiefes Knurren hören.

»Sei gegrüßt, Narbe.« Toahs Stimme war ruhig und freundlich, als würde er einen alten Freund begrüßen.

»Wer seid ihr und was wollt ihr in meinem Lager?«, knurrte Narbe und richtete sich zu voller Größe auf.

Doch Tamani war sich sicher, gesehen zu haben wie er beim Klang seines Namens zusammengezuckt war. Tamanis Herz raste plötzlich, als ihm etwas auffiel: Narbe schien nicht zu wissen, wer sie waren, also hatte Toah ihn doch nicht verraten. Sein Freund stand immer noch auf seiner Seite! Bei dieser Erkenntnis, und weil Toah so entspannt war, legte sich Tamanis Fell wieder an. Vielleicht gehörte das ja zu Toahs Plan. Tamani erinnerte sich daran, was Toah gesagt hatte: dass Tamani sich bei den Schattenwölfen genauso wie er verhalten sollte. Also ahmte er Toahs Haltung nach und zwang sich dazu, dass man keines seiner Gefühle an seiner Miene ablesen konnte.

»Mein Name ist …«, Toah stoppte mitten in seinem Satz, dann sagte er mit fester Stimme: »Nacht! Und das ist …« Er blickte zu Tamani und sagte dann: »Sturm!«

Sturm und Nacht? Hießen so die Schattenwölfe? Tamani hatte keine Zeit, sich weiter Gedanken darüber zu machen, denn Toah fuhr bereits fort: »Wir sind hier, um deine Führungsqualitäten zu überprüfen. Wir wurden von Nachtklaue höchst persönlich hierher geschickt.«

Ungläubig starrte Narbe Toah an, während ein lautes Raunen durch die Menge lief. Zu viele Fragen, um sie alle zu stellen, schossen Tamani durch den Kopf, aber er bewahrte Ruhe, um Toahs Schauspiel aufrechtzuerhalten. Als der Alphawelpe sich umblickte, entdeckte er neugierige und bewundernde Blicke, die in seine Richtung geworfen wurden.

Narbe fixierte Toah noch immer ungläubig, dann verengten sich seine Augen zu schmalen Schlitzen. »Warum sollte ich euch das glauben?«, fragte er mit einem misstrauischen Knurren. Als Toah nichts erwiderte, forderte Narbe nochmals: »Na los! Beweist es!«

Das war's, dachte Tamani und merkte, wie erneut Angst in ihm aufstieg. Toah warf einen unsicheren Blick zu Tamani, und der Alphawelpe hörte fast, wie es in seinem Kopf vor Anstrengung, eine Lösung zu finden, laut rumorte. Scheinbar hatte Toah das in seinem Plan nicht bedacht. Tamani verstand mit prickelndem Pelz, wenn sie von den Schattenwölfen nicht zerfleischt werden wollten, mussten sie Narbe überzeugen.

Nun trat ein neuer Ausdruck in Toahs Augen: Genugtuung! Der Schüler wandte sich erneut an Narbe und sagte mit triumphierender Stimme: »Ein schwerwiegender Grund, warum wir kommen sollten, waren fünf Welpen, die ihr zweimal habt entkommen lassen. Außerdem verliert ihr mit Abstand die meisten Kämpfe, wie zum Beispiel den neulich, gegen Graupelz, bei dem ihr in eindeutiger Überzahl wart und trotzdem geflohen seid.«

Unruhig murmelte die Menge, und Tamani konnte Wörter wie Unterlegenheit, Wächter und Nachtklaue hören. Narbe blickte unschlüssig zu Tamani und Toah, man konnte ihm die Ratlosigkeit ansehen.

»Wir waren die besten Novizen und wurden von Nachtklaue persönlich ausgebildet«, sagte Toah noch immer triumphierend, und ein weiteres Raunen lief durch die Menge.

Tamani bemerkte, wie unterwürfige und zugleich bewundernde Blicke förmlich an ihnen klebten. Auch Narbe blickte sie mit widerstrebender Bewunderung an, obwohl er noch immer nicht ganz überzeugt aussah. »Wenn du uns aber nicht glaubst«, fuhr Toah fort, »dann werden wir wohl oder übel zurück zu Nachtklaue gehen und ihm von dir berichten müssen. Aber ich warne dich, unser Anführer ist nicht gerade für seine verständnisvolle und gnädige Art bekannt. Wenn *er* hier aufkreuzt, wird es für dich wesentlich ungemütlicher!« Toah drehte sich um, als wolle er die Lichtung verlassen, doch in diesem Moment ging Narbe dazwischen.

»Ich möchte natürlich nicht, dass sich unser ehrenwerter Anführer so viel Mühe machen muss.« Der Schattenwolf lächelte panisch. »Wenn er seine Novizen geschickt hat, reicht mir das vollkommen aus. Es tut mir leid, dass ich an eurer Echtheit gezweifelt habe.«

Toah drehte sich mit einem überlegenen Lächeln zurück zu Narbe. Tamani konnte dem Schattenwolf ansehen, dass es ihm gar nicht passte, vor einem Jungwolf Reue zu zeigen. Narbe neigte unterwürfig den Kopf, aber seine Augen funkelten dabei aufgebracht.

Als er sich wieder aufrichtete sagte er: »Tibu, komm her und zeige unseren Gästen ihre Schlafhöhlen.«

Aus der Menge trat ein weißer Jungwolf mit einem schwarzen Fleck auf der Brust nach vorne. Seine Augen glänzten freundlich und respektvoll und er verbeugte sich tief vor Tamani und Toah. »Bitte folgt mir.« Seine Stimme war voller Bewunderung und als er sich umdrehte, gab Toah Tamani mit einem kaum merklichen Nicken zu verstehen, Tibu zu folgen.

Sofort setzte sich der Alphawelpe in Bewegung und folgte dem Jungwolf durch die Menge. Die restlichen Wölfe teilten sich in kleine Gruppen auf und begannen aufgeregt zu tuscheln. Tibu führte die beiden Schüler zu einem Dornenbusch am Rand der Lichtung, in dem eine kleine Öffnung war. Vor dem Busch hielt er an und sagte unterwürfig: »Hier könnt ihr schlafen. Falls ihr noch etwas braucht, könnt ihr euch gerne an mich wenden.« Er verbeugte sich nochmals tief, dann drehte er sich um und verschwand hinter einigen Wölfen.

Toah nickte zufrieden, dann lief er in die ›Höhle‹. Als Tamani ihm folgte, zerrten Dornen an seinem Fell und stachen ihn durch seinen Pelz. Doch im Inneren war es warm und gemütlich und überall auf dem Boden war Moos verteilt, um als bequemes Lager zu dienen. Trotzdem war die Schlafhöhle nicht groß, es war gerade Platz genug für zwei Wölfe. Toah rückte sich sofort etwas Moos zurecht und drehte sich um die eigene Achse, um es platt zu trampeln. Dann legte er den Kopf auf die Pfoten und blickte zu Tamani, als erwarte er, dass dieser es ihm nachmachte. Tamani setzte sich auf ein zusammengeschobenes Moosnest und musterte seinen Freund nachdenklich.

Nach einer Weile fragte Toah ihn schließlich: »Was willst du wissen?«

Tamani war froh, dass ihm sein Freund endlich alles erklären würde, und er fing mit der ersten Frage an, die ihm in den Sinn kam: »Warum hast du gesagt, dass wir Sturm und Nacht heißen?«

Toah seufzte und blickte zum Ausgang, als wolle er sich vergewissern, dass sie niemand belauschte. »Zuerst musst du verstehen, wie die Schattenwölfe leben«, erklärte der Schüler mit gedämpfter Stimme. »Sie sind in sieben verschiedene Gruppen unterteilt, so ähnlich wie die Rudel in dieser Gegend. Sechs dieser Gruppen nennt man ›Abteilungen‹ und eine besondere ›Schattenverbund‹. Das ist die wichtigste und mächtigste Gruppe. Sie hat ihr Revier auf einer Halbinsel am äußersten Rand des Schattenwolfreviers. Der Schattenverbund besteht zwar nicht aus so vielen Wölfen wie die Abteilungen, aber dort sind die wichtigsten Wölfe. Zum Beispiel die sechs Gebieter. Jeder dieser Gebieter befehligt eine der Abteilungen, die rund um das Wächtergebirge verteilt sind, die ihm direkt unterstellt ist. Zudem bildet jeder Gebieter zusätzlich die beiden stärksten Welpen seiner Abteilung aus, damit diese nach ihrer Ausbildung einen besonderen Rang bekommen. Sie werden später Botschafter und Meister und geben die Befehle ihres Gebieters an die Abteilung weiter. Der stärkere der beiden wird dabei der Meister, der andere der Botschafter. Im Schattenverbund sind außerdem der Himmelsleser, der Graupelz' Prophezeiung bekommen hat, sowie der Anführer aller Schattenwölfe, der sogenannte Herrscher. Der Herrscher steht im Rang über allen und hat die alleinige Vollmacht, er ist also sozusagen der oberste Anführer der Schattenwölfe. Er kann alles tun, was er will, und über jeden einzelnen Schattenwolf entscheiden. Der jetzige Herrscher ist übrigens Nachtklaue, auch er bildet seit einiger Zeit zwei junge Wölfe aus, von denen einer nach seinem Tod Nachtklaues Platz als Herrscher einnimmt. Alle, die einmal im Schattenverbund zur Ausbildung waren oder noch immer sind, tragen Namen wie Narbe, Nacht oder Sturm, abgesehen natürlich von Nachtklaue und Todessturm. Als ich Narbe also vorhin gesagt habe, dass wir Nachtklaues Novizen sind, habe ich gleichzeitig gesagt, dass einer von uns beiden irgendwann Herrscher sein würde. Dadurch haben wir nun so viel Respekt bei dieser Gruppe, aber wir brauchten dafür andere Namen. Verstehst du das jetzt?«

Tamani musterte seinen Freund einige Herzschläge lang schweigend, dann nickte er langsam. »Warum hast du mir das nicht von Anfang an gesagt?«, fragte er und konnte den Vorwurf in seinen Worten nicht unterdrücken.

Ein Lächeln umspielte Toahs Lippen, zugleich nervös und amüsiert. Spöttisch blickte er den Alphawelpen an und sagte: »Erstens hast du mich nicht gefragt, und zweitens wärst du bestimmt nicht mitgekommen, wenn ich dir von meinem Plan erzählt hätte. Oder?«

Tamani dachte kurz drüber nach, schließlich gab er widerwillig zu: »Nein, wahrscheinlich nicht.« Tamani blickte seinen Freund an. »Woher kanntest du eigentlich Narbe?«

Toah wirkte über diese Frage nicht überrascht und antwortete sofort: »Das war früher, als ich noch ein Schattenwelpe war, meine Abteilung.«

Tamani nickte, dann zuckte er zusammen, als er leise Pfotenschritte hörte, die sich ihrer Schlafhöhle näherten. »Psst, da kommt jemand«, zischte nun auch Toah und legte schnell seinen Kopf wieder auf die Pfoten, als würde er schlafen. Tamani roch jetzt den Schattenwolf, der genau vor ihrer Höhle angehalten hatte und einen Augenblick später rief: »Hallo? Darf ich eintreten?«

Tamani erkannte anhand der Stimme, dass es eine sehr junge Wölfin war. Toah neben ihm hatte den Kopf wieder gehoben und sagte nach einem Nicken: »Natürlich, tritt ein!«

Eine kleine schwarze Wölfin mit einer leuchtend weißen Pfote schob sich langsam und mit zögernden Schritten durch den Eingang und blieb mit einem scheuen Lächeln vor den beiden Schülern stehen. Ihre Bernsteinaugen waren vor Aufregung weit aufgerissen, wie zwei Vollmonde, mit denen sie die Jungwölfe vor sich musterte. Tamanis Ohren zuckten und sein Pelz begann zu kribbeln. Die Augen der kleinen Wölfin waren hell und klar, als würde ihnen nichts entgehen. Ahnte sie etwa, dass Tamani und Toah keine Schattenwölfe waren?

»Seid gegrüßt, ich bin Luna«, stellte sie sich mit piepsiger Stimme vor und versuchte, eine Verbeugung zu imitieren. Dabei rutschte ihr jedoch eine Vorderpfote weg, sodass sie unfreiwillig zu Boden fiel. Sie rappelte sich unbeholfen auf und versuchte, ihr Missgeschick zu überspielen, indem sie schnell weiterredete: »Und ihr seid Nacht und … Wie heißt du nochmal?«, fragte sie Tamani und senkte entschuldigend den Kopf.

Tamani konnte nicht anders, er musste einfach lächeln, dann sagte er: »Ich bin Ta–«

»Sturm!«, unterbrach ihn Toah schnell. »Sein Name ist Sturm!« Der Schüler warf Tamani einen warnenden Blick zu, bevor er sich wieder an Luna wandte: »Was willst du von uns?«

»Ähm …« Die Pfoten der kleinen Wölfin wühlten nervös im Moos, das den Boden bedeckte. »Ich wollte euch ein wenig auf der Lichtung herumführen, wenn ihr von eurer langen Reise nicht zu erschöpft seid.«

»Gerne«, sagte Tamani sofort und erhob sich.

»Geht ruhig ohne mich. Ich bin etwas müde«, ertönte Toahs Stimme hinter ihm. Natürlich kannte Toah die Lichtung.

Tamanis Ohren zuckten. Er würde sich vermutlich genauso verhalten, wenn ihn jemand auf dem Plateau herumführen wollte, obwohl er dort fast jeden Tag verbrachte. Tamani folgte Luna vorsichtig auf die Lichtung, darauf bedacht, sich nicht nochmal von den Dornen stechen zu lassen. Als er aus dem Schatten trat, kniff er die Augen geblendet zusammen, ihm war gar nicht klar gewesen, wie dunkel es in ihrer Schlafhöhle war.

Luna sprang derweil fröhlich um ihn herum und ihre Augen strahlten zufrieden. »Da vorne ist der Eingang«, erklärte sie und deutete mit ihrer kurzen Welpenschnauze zu einem langen Busch mit einer dunklen Öffnung, aus der gerade ein schwarzgrauer Wolf mit einem mageren Kaninchen im Maul trat. »Und da hinten ist die Schlafhöhle der Welpen.« Der junge Schattenwelpe trabte mit kleinen Sprüngen zu einem Gebüsch am Rand der Lichtung. Der Bau war dicht verworren, und als Tamani davor anhielt, konnte er Milch riechen und das Geschrei von winzigen Jungen hören.

Warum haben sie jetzt Junge?, fragte er sich. Die Schattenwölfe hatten kein Alphapaar, bekamen also alle Wölfinnen in den Abteilungen Junge? Tamani fand die Vorstellung sehr anstrengend. Er hatte mitbekommen, dass die älteren Wölfe in seinem Rudel schon froh darüber waren, wenn nur einmal im Jahr Welpen geboren wurden. Wie war es also, wenn es ständig Junge gab? Tamani schüttelte leicht den Kopf. Er würde Toah später fragen, vor Luna durfte er auf keinen Fall zeigen, dass er keine Ahnung von den Bräuchen der Schattenwölfe hatte. Als er aufblickte, sah er, dass die kleine Wölfin schon weitergeeilt war. Tamani beeilte sich, ihr zu folgen, und hielt dann neben ihr vor einem blattreichen Busch, der mit einigen Dornenranken notdürftig zu einer Schlafhöhle geflochten war.

»Hier schlafen die Novizen.«

Tamani sah Tibu aus dieser Höhle treten und dem Wolf mit dem gerade erlegten Kaninchen entgegeneilen. *Novizen* – dieses Wort hatte Toah vorhin ebenfalls verwendet. Er schloss, dass Novizen vermutlich so etwas wie Schüler waren und dass dies also der Bau der Schüler war.

Luna trabte schon wieder weiter, und Tamani folgte ihr schnell, um nichts zu verpassen. »Hier schlafen die ausgewachsenen Wölfe.« Der Welpe nickte zu einem Bau, der größer war als alle anderen, dicht verwoben mit Dornenranken und Farn. Luna tappte einige Wolfslängen weiter und blieb dann in der Nähe von einem ordentlich verwobenen Bau stehen. »Das hier ist Narbes Bau. Normalerweise würde Tanne, unser Botschafter, auch da drin schlafen, aber als er das versucht hat, hat Narbe ihn fast umgebracht. Deshalb schläft Tanne seitdem bei den normalen Wölfen.«

Ein schwarzer, groß gebauter Wolf mit waldgrünen Augen lief gerade auf Narbes Bau zu. Davor angekommen wartete er kurz und glitt dann hinein. »Das war Tanne«, erklärte Luna und blickte mit ihren großen runden Augen zu Tamani auf. »Er heißt so wegen seinen tannengrünen Augen.«

Tamani nickte bestätigend.

»Und falls jemand etwas Beute übrig hat«, fuhr die kleine Wölfin fort und lächelte amüsiert, so als ob das nie passierte, »dann wird sie da vorne hingelegt.« Sie deutete zu einem sandigen Fleck am Boden, der zwischen Narbes und dem Bau der *normalen* Wölfe lag.

Tamani ließ seinen Blick durch das Lager der Schattenwölfe gleiten und versuchte sich vorzustellen, wie es wohl war, einer von ihnen zu sein. Da merkte er plötzlich, wie sich ein Augenpaar in seinen Pelz brannte. Er blickte zu Luna und entdeckte, dass sie ihn immer noch nachdenklich musterte.

Nach einigen Herzschlägen legte der Schattenwelpe die Ohren an und fragte dann mit einem beschämten Unterton: »Kannst du mir vielleicht ein paar Kampftricks zeigen?«

Tamani lächelte aufmunternd und seine Ohren zuckten, um den Eifer der kleinen Wölfin anzuerkennen. »Natürlich, aber wenn es dir nichts ausmacht«, begann er, »mache ich das morgen, ich habe einen langen Weg hinter mir und bin sehr müde.«

Lunas Augen strahlten vor lauter Freude, als könnte sie ihr Glück kaum fassen. Sie nickte eifrig, bevor sie mit hohen Sprüngen zurück zu ihrer Schlafhöhle sprang, vor der schon einige junge Schattenwelpen saßen und auf sie zu warten schienen.

Tamani blickte ihr einen Herzschlag lang lächelnd hinterher, dann machte er sich auf den Weg zu seinem eigenen Bau. Mit einem Gähnen schlüpfte Tamani durch den dornigen Eingang hinein in die Höhle, in der sich Toah schon zusammengerollt hatte. Müde legte sich Tamani neben seinen Freund, und obwohl es erst früher Abend war, schlief er in dem fremden Lager sofort ein.

Tamani lag entspannt auf dem Plateau, sonnte sich und wusch sich mit gleichmäßigen Zügen das Fell. Es war ein schöner, warmer Sommermorgen, und doch war er ganz allein auf der riesigen Fläche. Tamani atmete die reine Luft ein, dann zuckte er schmerzerfüllt zusammen. Etwas hatte ihn in den Hinterlauf gebissen! Tamani sprang auf und wirbelte mit gesträubtem Nackenfell herum, um sich dem Gegner zu stellen, doch noch immer lag das Plateau still und verlassen da. Wieder zuckte der Graue zusammen, diesmal heftiger. Hatten ihm die Hinterläufe eines Wolfes die Seite aufgerissen? Vor Schmerz jaulte Tamani laut auf und wirbelte erneut herum, doch er war noch immer allein. Aus dem Augenwinkel konnte Tamani erkennen, dass seine Flanke tatsächlich blutig zerkratzt war, als ihm etwas auf den Schultern landete. Der Graue kämpfte sich unbeholfen frei und floh entsetzt. Gegen einen unsichtbaren Gegner konnte er nicht ankommen! Er raste auf den Geheimgang zu, doch ehe er ihn erreicht hatte, verwandelte sich die Gegend, durch die er rannte, und war ihm mit einem Mal fremd.

Tamani folgte blind einem schmalen Trampelpfad, darauf bedacht, dem unsichtbaren Feind zu entkommen. Hinter sich hörte er keine Pfotenschritte, er konnte keinen Geruch eines anderen Wolfes wahrnehmen, doch er witterte die drohende Gefahr, als wäre es ein Waldläufer. Tamani beschleunigte sein Tempo noch mehr und als er endlich glaubte, seinen Verfolger abgeschüttelt zu haben, blieb er keuchend und mit bebenden Flanken stehen. Er stand auf einer Art Lichtung, jedoch viel größer und weiter, mit einem angrenzenden Wald. Der Boden war sandig, und ein Stück von sich entfernt erkannte er eine dunkle Gestalt, die am Boden kauerte. Ein merkwürdiger Geruch stieg ihm in die Nase, stechend und metallisch. Der Geruch des Todes!

Geduckt schlich Tamani zu der kauernden Gestalt hinüber. Als er nur noch wenige Schritte von ihr entfernt war, hob er die Nase in die Luft und witterte. Es roch eindeutig nach Tod, daran gab es keinen Zweifel! Doch darunter, stark überlagert von Sterben und Wald, roch es unverkennbar nach Meeresgruppe.

Wer ist das?, fragte sich Tamani schaudernd. Er blickte den Wolf nachdenklich an und versuchte, sich an irgendetwas zu erinnern. Auf einmal erstarrte er. Kälteschauer rannen über seinen Rücken und er fühlte sich so steif und unbeweglich, als wäre er in Eis gehüllt. Der Graue versuchte zu fliehen, doch es war unmöglich, er war in einem eisernen Griff gefangen. Ein schwarzer undurchlässiger Schleier legte sich über die Welt, und Tamani wurde in Finsternis gehüllt. Eine innere Stimme zwang ihn aufzustehen, gegen das anzukämpfen, was da vor sich ging, doch die Kälte und die Schwärze ließen seine Muskeln und seinen Geist erstarren. Betäubt sank der Graue zu Boden. Sein ganzer Körper zitterte in dem verzweifelten Versuch, gegen diese Macht anzukämpfen, doch mit der Zeit wurde er immer schwächer und schwächer. Bis er es schließlich aufgab und seine Muskeln zum entspannen zwang.

Und wie die Gestalt neben ihm, war er … tot.

Keuchend öffnete Tamani die Augen und blickte sich um. Er lag in seiner Schlafhöhle bei den Schattenwölfen und sein Pelz war noch immer schwarz gefärbt. Ein seichter Wind blies hinein und bewegte sein Fell. Er hatte nur geträumt. Erleichtert seufzte Tamani auf und erhob sich. Er dehnte seine Glieder und verließ dann den Bau. Auf der Lichtung liefen die Schattenwölfe bereits geschäftig auf und ab und erledigten ihre zugeteilten Arbeiten. Mit den Augen suchte der Schüler das Lager nach Toah ab. Er war nicht in ihrer Höhle gewesen, also musste er sich hier irgendwo herumtreiben. Er entdeckte seinen Freund schließlich vor dem Bau der Novizen, er war in ein Gespräch mit Tibu und einigen anderen jungen Wölfen vertieft.

Tamani wollte gerade die Lichtung überqueren und sich zu ihnen gesellen, als er aus dem Augenwinkel etwas Schwarzes entdeckte. Luna saß aufrecht vor ihrem Bau und beobachtete ihn mit ihren leuchtenden Augen. Er entschied sich, lieber zu ihr zu gehen, und trabte dann los in ihre Richtung.

»Hallo«, begrüßte er sie. Luna senkte schüchtern den Blick.

»Guten Morgen«, murmelte sie leise und duckte sich ein bisschen.

»Bereit für dein erstes Kampftraining?«, fragte er, ohne auf ihre Schüchternheit zu achten. Die Augen der kleinen Wölfin strahlten, als sie zu Tamani aufblickte.

Eifrig sprang sie auf und erklärte dann freudig: »Natürlich, es kann sofort losgehen!«

Sie hüpfte um Tamani herum, der sie lächelnd musterte. Tamani beschloss, das Aufdecken des Geheimnisses noch ein wenig zu verschieben und dem eifrigen Schattenwelpen ein paar Kampftricks zu zeigen, um seine Deckung zu waren.

»Wo kämpfen wir denn?«

»Ich weiß, wo!« Tamani drehte sich erschrocken um, direkt hinter ihm stand Tibu und lächelte ihn freundlich an. »Folgt mir, ich zeige euch, wo die Novizen im Kämpfen trainiert werden.« Der Schwarz-Weiße lief zum Ausgang und Tamani folgte ihm trabend. Am Beginn des Ausgangs drehte er sich um und entdeckte, dass Luna immer noch am selben Fleck stand und ihn unsicher beobachtete.

Sofort sprang er zu ihr zurück und fragte: »Was ist los?«

»Na ja …«, stammelte sie beschämt. »Ich war noch nie außerhalb des Lagers.« Sie richtete voller Scham den Blick auf den Boden.

Tamani dachte an das erste Mal, als er seine Geburtshöhle verlassen hatte. Er hatte damals auch Angst gehabt, deshalb hatte Kora ihn aus der Höhle gezerrt. Mit einem mitfühlenden Lächeln sagte Tamani: »Keine Sorge, es ist ganz normal, dass man Angst hat, das erste Mal das Lager zu verlassen. Aber ich verspreche dir, dass dir da draußen nichts passiert, ich passe auf dich auf.« Mit der Schnauze berührte er die kleine Wölfin sanft am Ohr.

»Sturm, Luna, kommt ihr?«, rief Tibu, der noch immer vor dem Ausgang stand.

»Komm!« Tamani stupste Luna auf die Pfoten und lief dann neben ihr her zu Tibu. Als sie bei ihm waren, drehte sich dieser wortlos um und verschwand im Tunnel. »Geh du voran«, sagte Tamani und deutete auf den Ausgang. Luna nickte, doch in ihren Augen schimmerte Angst, als sie dem schwarz-weißen Novizen folgte.

Tamani lief genau hinter den beiden Schattenwölfen durch den engen Dornentunnel. Er versuchte, nicht an den spitzen Dornen hängenzubleiben, doch als er aus dem Tunnel hinaustrat, spürte er unzählige Kratzer und Stiche.

Luna stand staunend neben Tibu und betrachtete die umstehenden Bäume.

»Hier lang«, sagte Tibu und lief los in den Wald hinein. Diesmal folgte ihm Luna ohne zu zögern, nur Tamani betrachtete den Wald noch kurz, bevor er ihnen nachtrabte. Tibu führte die beiden schnell und selbstsicher zwischen den Tannen und Sträuchern zu einer kleinen Lichtung. »Hier trainieren wir«, erklärte er und warf einen hektischen Blick zur Sonne. »Die Sonne steht schon hoch am Himmel, ich muss gehen.« Der Novize verbeugte sich respektvoll vor Tamani und stürmte dann davon.

Tamani trottete auf die sandige Lichtung hinaus und stellte sich Luna gegenüber. Er erinnerte sich an sein erstes Kampftraining und versuchte, sich wie Graupelz vor dem Schattenwelpen aufzubauen. »Greif mich an«, forderte er sie wie sein Ausbilder ihn damals auf.

Ohne zu zögern sprang Luna auf Tamani zu, um ihn anzugreifen. Dieser machte eine geschickte Drehung, stieß ihr sanft eine Pfote in den Bauch, dann setzte er sich gelassen hin, während seine Schülerin hart auf den Boden aufprallte und einen Herzschlag lang im Staub liegen blieb. Überrascht rappelte sich Luna auf, schüttelte sich den Staub aus dem Fell und musterte ihr Gegenüber mit ehrgeizig zusammengekniffenen Augen.

Tamani verkniff sich ein Lächeln, als sich der Schattenwelpe in ein ungeschicktes Kauern fallen ließ und ungelenk auf ihn zuschlich. Einige Pfotenschritte vor ihm setzte sie zum Sprung an und schoss auf ihn zu. Tamani packte Luna aus dem Flug im Genick und schleuderte sie auf den Boden. Nun wurde Luna sichtlich wütend, sie lief auf ihn zu, doch Tamani wich geschickt aus und versetzte der Schwarzen einen leichten Pfotenhieb. Abermals flog sie auf den Boden. Die sandige Lichtung war perfekt, um darauf zu trainieren, stellte Tamani fest. Man konnte sich nicht so leicht verletzten und es gab keine Äste, die im Weg lagen. Er beobachtete Luna, die sich mühsam wieder aufrappelte und Tamani einen Herzschlag lang musterte. Dann rannte sie erneut auf ihn zu, doch diesmal täuschte sie nur an, rechts vorbeizulaufen, um sich dann auf dem Rücken unter Tamani zu schieben. Plötzlich drückten sich starke kleine Pfoten mit einem Ruck in seinen Bauch, und Tamani flog unsanft zur Seite.

»Gewonnen!«, rief Luna mit strahlenden Augen und stellte eine Pfote auf Tamanis Bauch. Stolz durchströmte ihn, als er sich aufrappelte und die schwarze kleine Wölfin zufrieden musterte. »Nochmal! Nochmal!«, forderte Luna eifrig und sprang dabei hin und her.

»Na gut«, sagte der Alphawelpe mit gespieltem Widerwillen und seine Gedanken wanderten erneut zu seinem ersten Kampftraining, während er sich auf der Mitte der Lichtung aufstellte.

Sie übten den ganzen Tag. Als die Nachmittagssonne nur noch wenig Licht spendete, kam plötzlich ein grauschwarzer Novize auf die Lichtung gerannt und rief hektisch: »Sturm! Sturm!« Beim Klang seines angeblichen Namens, wirbelte Tamani erschrocken herum und starrte den Jungwolf, der kaum jünger war als er selbst, an. Der Novize verbeugte sich ehrerbietig und berichtete dann mit einem verächtlichen Seitenblick auf Luna: »Narbe will mit dir und Nacht sprechen, du sollst sofort kommen!«

Tamani war enttäuscht, er hätte gerne noch länger mit Luna trainiert, doch er nickte dem jungen Wolf zu und trabte dann zu dem Grauschwarzen.

»Können wir morgen weitertrainieren?«, fragte Luna mit so viel Enttäuschung in der Stimme, dass es Tamani einen Stich versetzte.

»Na klar«, antwortete Tamani und legte so viel Zuversicht wie möglich in seine Stimme. Dann trabten sie schweigend hinter dem Novizen her bis zur Lichtung.

Tamani gab der kleinen Wölfin mit der Schnauze zu verstehen, wieder vorzugehen und sie tat es. Geschickt wand sie sich durch die Dornen, während Tamani ihr weniger geschickt folgte. Als er diesmal aus dem Tunnel trat, hatte er einen tiefen Kratzer auf der Schnauze, aus dem Blut sickerte. Mit den Augen suchte er die Lichtung nach Narbe und Toah ab und entdeckte die beiden schließlich vor Narbes Bau. Toah blickte genervt in Tamanis Richtung und gab ihm mit einem Nicken zu verstehen, zu ihnen zu kommen. Tamani lief zu ihnen und verbeugte sich knapp vor Narbe, wie er es bei den anderen Wölfen gesehen hatte.

»Kommt«, forderte Narbe die beiden auf und lief in seine Schlafhöhle.

Als Tamani ihm folgen wollte, bemerkte er ein Paar brennende Augen auf seinem Pelz. Er entdeckte Tanne, der grimmig zu ihnen hinüberstarrte.

»Komm«, zischte Toah und stieß Tamani leicht an, damit dieser ihm folgte. Tamani drehte sich um und lief nun auch in Narbes Bau. Die Schlafhöhle des Meisters war von innen größer als von außen, stellte Tamani fest, als er sich gegenüber von Narbe niederließ. Der schwarze Wolf musterte die beiden Schüler missmutig, und Tamani überkam erneut die Angst des gestrigen Tages.

»Also, worum geht es?«, fragte Toah und seine Bernsteinaugen wurden zu Schlitzen.

Narbe erhob wichtigtuerisch die Stimme: »Die ganze Waldabteilung ist der Meinung, dass ihr beiden wirklich die Schüler von Nachtklaue seid.« Er machte eine bedeutende Pause, in der er leise knurrte. »Aber ich glaube das *nicht*.«

Tamanis Magen krampfte sich zusammen, doch der Schüler zwang sich dazu, entspannt und zugleich wütend auszusehen.

»Wie kannst du es wagen!«, knurrte Toah ungläubig und sein Nackenfell sträubte sich feindselig.

Tamani versuchte, seinen Freund nachzuahmen und knurrte dann ebenfalls: »Ja! Wie viele Beweise brauchst du noch?«

Narbe überlegte kurz. »Sagt mir etwas, das nur ihr über die Waldabteilung wissen könnt«, knurrte er dann triumphierend.

Toah und Tamani tauschten einen Blick, sie hatten denselben Gedanken. »Graupelz hat bei eurer letzten großen Schlacht gejault: Verschwindet! Und ohne dass sich irgendjemand bewegt hat, seid ihr geflohen«, zischte Toah mit einem überlegenen Funkeln in den Augen. In Narbes Blick schien sich eine gewisse Unsicherheit zu schleichen. »Außerdem«, fuhr er fort, »behauptet ihr, dass ihr die fünf Welpen, die euch entkommen sind, umgebracht habt, aber das stimmt nicht! Sie sind jetzt Schüler des Wächtergebirges!«

Narbe stand noch immer aufrecht da, doch die Unsicherheit und Angst in seinem Blick waren nicht zu übersehen. »Und wer von euch beiden wird Nachtklaues Nachfolger?«, fragte der Meister vorsichtig.

»Sturm«, antwortete Toah, ohne zu zögern.

Tamani sah seinen Freund überrascht an. Toah hatte sich doch eindeutig als den stärkeren Wolf bei den Schattenwölfen präsentiert. Warum beanspruchte er den Platz von Nachtklaues Nachfolger nicht für sich?

Narbe musterte die beiden immer noch misstrauisch, doch dann wandte er den Kopf zum Höhleneingang. Empörtes und aufgebrachtes Jaulen war auf der Lichtung zu hören. Ohne etwas zu sagen, verließ Narbe die Höhle und schob sich ins Freie. Toah und Tamani folgten ihm sofort. Auf der Lichtung hatte sich die ganze Waldabteilung versammelt und murmelte aufgeregt. Tamani versuchte, sich durch die Menge der Schattenwölfe zu drängen, die in der Mitte eine Fläche freigelassen hatte. Als er es endlich geschafft hatte, in die erste Reihe zu kommen, erkannte er, was los war. Fünf Schattenwölfe, die wahrscheinlich die Abendtruppe waren, hatten zwei Wölfe in ihre Mitte genommen und bewachten sie sorgfältig von allen Seiten. Die beiden Gefangenen, ein schwarzroter und ein dunkelbrauner Wolf, drängten sich kampfbereit zusammen und knurrten ihre Aufseher in wütender Verzweiflung an. Tamani erhaschte einen Blick auf das schwarzrote Fell der Wölfin und erkannte Solo, Telais Schwester. Als er jedoch den Wolf neben ihr erkannte, krampfte sich sein Bauch zusammen. Es war Cody!

15. Kapitel

Er lebt! Cody lebt! Am liebsten wäre Tamani zu seinem Freund gerannt und hätte ihn begrüßt, doch er wusste, dass er damit sowohl sich und Toah, als auch Cody gefährden würde, deshalb hielt er sich zurück.

»Solo«, knurrte Narbe finster und sein Blick glitt unsicher zu Toah und Tamani, als er sich weiter nach vorne schob.

»Sei gegrüßt, Narbe«, knurrte Solo ebenso feindselig wie ihr Gegenüber und fletschte dabei ihre Zähne.

»Und wen hast du uns da mitgebracht?« Narbes Blick legte sich auf den braunen Schüler, der sich mit wütend glühenden Augen zu ihm gedreht hatte.

»Ich bin Cody«, zischte er und baute sich bedrohlich neben Solo auf, die Zähne gefletscht.

»Wir haben sie am Rand unseres Reviers gefunden«, berichtete ein Schattenwolf der Abendtruppe und deutete dann mit der Rute abschätzig auf Solo. »Sie hat nicht einmal versucht, diesen Schüler umzubringen.«

Die schwarzrote Jungwölfin knurrte und ihre braunen Augen blitzten bedrohlich, als sie einen Schritt nach vorne machte. »Dazu gab es auch keinen Grund«, zischte sie und fixierte dann Narbe. Der Schattenwolf ließ ein Knurren hören, und Solo wich sofort kaum merklich zurück, um sich an Cody zu schmiegen, als wären sie Wurfgefährten.

Nein, erkannte Tamani mit einem Schaudern. Das war mehr, als nur das Verhalten von Freunden. Die Pelze der beiden Jungwölfe knisterten bei jeder Berührung und sprühten Funken von Gefühlen.

»Nun gut«, bellte Narbe und hob seinen Kopf noch höher, um die Menge zu überragen. »Bringt sie um!« Vor Angst sträubte sich Tamanis Fell, doch kein Wolf rührte sich. »Ich war ein Narr, als ich dich beim ersten Mal gehen ließ«, fauchte Narbe bedrohlich leise. »Dieser Fehler wird mir sicher nicht nochmal passieren!« Seine Rute zuckte in die Luft und überall aus der Menge traten Schattenwölfe nach vorne, um dem Befehl ihres Meisters nachzukommen.

Cody trat schützend vor Solo und sträubte sein Nackenfell, um bedrohlicher zu wirken. Die junge Wölfin drehte sich um, um sich den Angreifern hinter sich zu stellen. Cody neben ihr spannte seine stählernen Muskeln an, bereit für den Kampf auf Leben und Tod.

Tamani fühlte sich wie erstarrt, doch dann machte sich ein Beschützerinstinkt in ihm breit. Er war der Alphawelpe der Meeresgruppe und er trug die Verantwortung für jeden einzelnen. Auch für Solo. Denn wäre Solo nicht von dem Verstoßenen entführt worden, wäre sie ein Teil der Meeresgruppe geworden und hätte dort ihren rechtmäßigen Platz gehabt. Er war daher auch für sie verantwortlich, und er durfte nicht zulassen, dass Cody und Solo etwas passierte.

Als ein schwarzer Wolf vor Cody zum Sprung ansetzte, warf sich der Alphawelpe daher nach vorne und jaulte: »Halt!«

Auf einmal wurde es auf der ganzen Lichtung totenstill, und Tamani hatte das Gefühl, dass ihm jeder den Kopf zuwandte. Die Muskeln des Schülers waren zum zerreißen gespannt.

Schon nach einem Herzschlag jaulte Narbe voller Zorn: »Wie kannst du es wagen, meinen Befehl infrage zu stellen!«

Tamani atmete entschlossen ein, um sich für seine kommende Lüge zu wappnen, dann jaulte er, so laut er konnte: »Ich bin bald der Anführer *aller* Schattenwölfe! Dagegen kommt dein mickriges Wort nicht im Geringsten an, also halt die Klappe! Ich werde mich um die beiden kümmern!«

Narbe funkelte ihn wütend und verunsichert zugleich an. Man konnte sehen, wie sehr es ihn ärgerte, vor seiner Gruppe bloßgestellt zu werden und dazu noch von einem mickrigen Jungwolf!

Tamani spürte, wie der Rest der Waldabteilung ihn ängstlich beobachtete.

»Was hat sie eigentlich verbrochen?«, wollte Toah wissen und trat neben Tamani, der unter den Blicken der vielen Wölfe kaum merklich zitterte.

»Sie ist feige geflohen, als sie auf eine Gruppe von Schülern des Wächtergebirges traf. Sie hat damit die Schattenwölfe verraten«, sagte Narbe düster und sein Blick wurde noch zorniger, als er fortfuhr: »Daraufhin habe ich sie verbannt, obwohl das viel zu milde war. Das Einzige, was sie verdient, ist der Tod! Als ich sie verbannt habe, gaben wir ihr die Aufgabe, uns zu beweisen, wem ihre Treue gilt. Sie sollte uns die Leiche eines Schülers bringen. Und dieser Jungwolf da? Er ist ein Schüler des Wächtergebirges, das ist Grund genug für den Tod!«

Einige Wölfe in der Menge nickten zustimmend, doch die meisten zeigten keine Reaktion auf die Worte ihres Meisters.

»Und habt ihr Solo jemals nach dem Grund ihrer Flucht vor den Schülern gefragt? Oder habt ihr sie einfach nur verjagt, ohne Fragen zu stellen?« Toah blickte Narbe fest in die unsicher glühenden Augen.

»Na ja, ähm … wir haben sie nicht direkt gefragt, aber …«, stammelte er, wurde jedoch mitten im Satz von Solo unterbrochen: »Nicht direkt?«, zischte sie voller Wut und fixierte Toah. »Er hat mich überhaupt nicht nach meinen Beweggründen gefragt! Natürlich nicht! Für Narbe zählt nur, dass Blut fließt, und am besten das der Wölfe, die ihm im Weg sind!«

Narbes Ohren zuckten, als wolle er nicht, dass Tamani und Toah das erfuhren, aber er machte keinen Versuch, Solo zu widersprechen.

Tamani spürte, dass die Anspannung in seinem Innerem langsam nachließ, doch er wollte die Versammlung am liebsten beenden, wegen

Cody und Solo. »Na gut«, knurrte er in die Runde und versuchte, möglichst schattenwolfsähnlich zu klingen. »Ich will, dass von nun an zwei Wölfe den Eingang bewachen. Alle anderen verschwinden jetzt sofort und machen sich wieder an die Arbeit. Die Versammlung ist beendet!« Er bleckte die Zähne, um zu verdeutlichen, dass er seine Drohung ernst meinte. »Kommt mit in unsere Höhle«, wies Tamani die beiden Gefangenen an.

»Warum sollten wir das tun?« Cody knurrte provozierend.

»Ihr könnt auch gerne mit einer ganzen Abteilung Schattenwölfe kämpfen, aber ich glaube, es ist einfacher, mit uns mitzukommen«, sagte Toah offensichtlich amüsiert über die übliche Kratzbürstigkeit des Schülers.

Cody blickte zu Solo, und als diese zustimmend nickte, folgte er Toah und Tamani widerwillig. Der Alphawelpe ließ seine Begleiter zuerst in die Höhle, doch bevor er ihnen folgte, blickte er sich nochmals auf der Lichtung um. Er entdeckte Luna, die ihn vom Bau der Welpen aus mit ihren aufgeweckten hellen Augen beobachtete. Mit der Schnauze gab er der kleinen Wölfin ein Zeichen zu kommen, doch erst nachdem er die Geste wiederholt hatte, kam Luna mit unsicheren Sprüngen zu ihm. Sie verbeugte sich tief vor Tamani und blickte ihn dann aufgeregt an.

Tamanis Ohren brannten vor Scham, er wollte nicht, dass Luna so viel Respekt vor ihm zeigte, deshalb verbeugte er sich ebenfalls tief vor ihr wie bei einer Begrüßung unter Gleichrangigen. Lunas Augen funkelten zwar überrascht, aber sie schwieg weiter, bis Tamani die Stimme erhob. »Kannst du dich bitte vor den Höhleneingang setzen und aufpassen, dass uns niemand belauscht?«

Lunas Augen strahlten vor lauter Stolz und sie setzte sich hoch aufgerichtet vor die Höhle, als Tamani im Eingang verschwand.

Tamani setzte sich neben Toah Cody gegenüber und musterte ihn. Der Jungwolf war seit ihrer letzten Begegnung deutlich gewachsen und unter seinem Pelz zeichneten sich stählerne Muskeln ab. Generell wirkte Cody viel reifer und erwachsener. Bei dieser Erkenntnis durchströmte Tamani freundschaftlicher Stolz und er dachte an Taila, die mit ihrer Aussage, dass ihr Bruder nicht tot war, von Anfang an recht gehabt hatte. Er blickte dem Schüler in die Augen und an der Feindseligkeit, die darin schimmerte, sah er, dass Cody ihn und Toah noch nicht erkannt hatte.

»Wer seid ihr?«, fragte Solo nach einer Weile verwirrt. »Ist Narbe etwa nicht mehr der Meister der Waldabteilung?«

»Doch.« entgegnete Toah entspannt und wandte sich an Cody. »Es ist erstaunlich, dass du uns nicht erkennst, Cody.«

»Woher sollte ich *euch* denn kennen?«, fragte der Dunkelbraune unfreundlich und musterte die vor ihm sitzenden Jungwölfe mit zusammengekniffenen Augen. Nach einigen Augenblicken des Schweigens hellten sich seine Augen überrascht und ungläubig auf. »Tamani? Toah? Was macht ihr denn hier und warum ist euer Fell so schwarz wie das von Mitternacht?« Erfreut sprang der Schüler nach vorne und begrüßte seine Gruppengefährten Nase an Nase.

»Wer sind die beiden?«, fragte Solo verängstigt und verwirrt und schmiegte sich enger an Cody. Der Dunkelbraune legte der Jungwölfin beruhigend die Schnauze auf die Stirn und sagte dann: »Das ist Tamani, der Alphawelpe der Gruppe, in der ich trainiert wurde.« Er deutete mit der Schnauze auf ihn, bevor er fortfuhr: »Und das ist Toah. Er ist einer der ehemaligen Schattenwelpen, die wir aufgenommen haben.«

»Toah?«, quiekte Solo und ihre Ohren zuckten überrascht. »Wir haben uns ewig nicht mehr gesehen, aber ich hatte dein Fell heller in Erinnerung.«

Der Schüler nickte und sagte dann: »Wir haben uns in Schlick gewälzt, deshalb sind unsere Pelze so dunkel.«

Solo nickte. »Ich verstehe.«

»Das ist übrigens Solo. Meine Retterin, meine Begleiterin und meine

Gefährtin.« Er fuhr ihr liebevoll mit der Zunge über das Ohr. Solo erwiderte die Geste, dann wandte sie wieder den Kopf zu Tamani und Toah. »Aber wenn ihr doch Schüler des Wächtergebirges seid, was macht ihr dann hier und warum erzählst du, dass du der Anführer der Schattenwölfe wirst?«

Toah berichtete, wie sie zu den Schattenwölfen gekommen waren und was es mit ihrer Lüge auf sich hatte, den Grund ihres Kommens verriet er jedoch nicht. Eine Weile herrschte betretenes Schweigen.

»Das ist ja alles schön und gut«, bemerkte Cody trocken. »Aber wie hilft uns das, nicht zerfleischt zu werden?«

Tamani überlegte kurz und schlug dann vor: »Wir könnten erzählen, dass Solo dich gefangen genommen hat und …«

»Keine Sorge, überlasst das nur mir. Ich sorge schon dafür, dass keiner von uns verletzt wird«, unterbrach ihn Toah und in seine Augen trat ein triumphierender Ausdruck. »Kommt!« Der Schüler erhob sich und verließ den Bau, ohne Luna zu beachten, die sich etwas vom Bau entfernt gesetzt hatte, um alle Gefahren zu entdecken.

Obwohl Tamani nicht wohl dabei war, folgte er seinem Freund. Schon wieder plante Toah alles, ohne einen anderen Wolf mit einzubeziehen, und das bereitete Tamani Sorge. Was wäre, wenn das Vorhaben des Schülers diesmal nicht funktionieren würde? Tamani entließ Luna mit einem Nicken und der Schattenwelpe sprang zufrieden davon.

Toah setzte sich mitten auf die Lichtung und legte die Rute sorgsam um seine Pfoten. Er wartete einen Herzschlag, dann jaulte er kurz auf und sofort versammelten sich die Schattenwölfe um ihn herum. Sie schienen verwundert darüber, dass er und nicht Narbe sie zusammengerufen hatte, doch alle setzten sich schweigend und blickten zu Toah. Der Schüler wartete, bis Tamani sich zu ihm gesellt hatte, dann erhob er seine Stimme und verkündete: »Sturm und ich haben mit Solo geredet und herausgefunden, dass sie lediglich geflohen ist, weil ein Schüler behauptete, dass Graupelz in der Nähe sei.«

Einige Wölfe in der Menge wandten den Kopf, um Solo anzublicken, die in der ersten Reihe saß und die Ohren angelegt hatte.

»Und was Cody angeht, so hat sie ihn lediglich nicht angegriffen, weil er sich den Schattenwölfen anschließen will.«

Empörtes Gemurmel brach in der Menge aus und verbreitete sich rasend schnell. Hatte Toah doch einen Fehler begangen?

»Ruhe!«, bellte der Schüler. Das Geflüster verstummte. »Ich habe mich mit Sturm beraten, und wir sind zu einem Schluss gekommen.«

Tamanis Ohren zuckten ungeduldig, als sein Freund eine Pause einlegte, damit ihm alle folgen konnten. Bisher hatte Toah alles geschickt eingefädelt, was würde also nun kommen?

»Solo wird weiterhin wie eine Novizin trainiert und gehört der Waldabteilung wieder an. Und Cody wird die Chance bekommen, sich uns anzuschließen. Doch dafür muss er zuerst eine Prüfung absolvieren, um ebenfalls wie ein Novize trainiert zu werden.«

Kaum hatte Toah geendet, als auch schon wütende und empörte Ausrufe laut wurden.

»Verräter!«

»Drecksgesindel!«

»Wir sollten sie besser töten!«

»Er hat doch noch nicht einmal schwarzes Fell!« Der Ausruf kam von einer großen Wölfin aus einer der vorderen Reihen, die die beiden aneinander geschmiegten Jungwölfe mit schmalen Augen anfunkelte.

»Ruhe, verdammt!«, jaulte Toah aufgebracht und schaffte es erneut, die Schattenwölfe zum Schweigen zu bringen.

Cody war in der Zwischenzeit aufgesprungen und trat nun mit gefletschten Zähnen nach vorne. »Ich habe also kein schwarzes Fell?«, knurrte er die Wölfin an und seine Bernsteinaugen funkelten zornig. Dann streckte er ohne ein weiteres Wort seine rechte Vorderpfote nach vorne und knickte dabei die Pfote leicht nach innen.

Tamani hielt überrascht die Luft an, als er Codys Pfote genauer betrachtete. Er hatte sie immer für komplett braun gehalten, doch jetzt konnte man eine kleine Ecke erkennen, die schwarz wie die Nacht seine Pfote bedeckte.

Cody knurrte ungehalten und zog die Pfote zurück. »Ist das genug?«, fragte er und blickte dabei Toah und Tamani an. Das Protestgejaule setzte sich wieder fort, klang nun aber dumpfer und unsicherer.

»Jeder, der etwas gegen unsere Entscheidung hat, soll sich an Sturm wenden, der übrigens Nachtklaues Nachfolger ist«, drohte Toah, doch seine Stimme war ruhig und sachlich.

Tamani spannte neben seinem Freund die Muskeln an und wartete darauf, dass jemand hervortreten würde, um sich zu beschweren, doch die Menge blieb, wo sie war. Nicht einmal Narbe wagte es, sich so deutlich Nachtklaues angeblichem Nachfolger zu widersetzten. Tamani ließ seine Muskeln angespannt, doch innerlich atmete er erleichtert auf, als die Menge ihn stumm und mit demütigen Blicken fixierte.

»Und wo wird Cody schlafen?«, brach Tibu das Schweigen und wandte sich direkt an Toah und Tamani.

»In deinem Bau«, erwiderte Toah ruhig, doch sein flammender Blick hielt den hellen Jungwolf gefangen als Mahnung, ihm nicht zu widersprechen. Der Novize nickte eingeschüchtert und senkte dann den Blick.

Tamani konnte nicht anders, er warf Toah einen beeindruckten Blick zu. Kein Wolf, nicht einmal Narbe, wagte es, nach vorne zu treten und etwas gegen Toah oder Tamani zu sagen. Doch als der Alphawelpe zu dem Meister blickte, sah er dessen Augen unversöhnlich glühen. Tamani durchlief ein Schauder.

Neben ihm erhob Toah die Stimme erneut, und Tamani wandte den Blick von Narbe ab. »Die Versammlung ist beendet, los verschwindet«, bellte der Schüler gebieterisch und fletschte die Zähne als Zeichen, dass er seine Worte ernst meinte. Sofort löste sich die Menge auf und die

Wölfe machten sich wieder an ihre Arbeit. »Ihr auch«, fauchte Toah, ohne sich umzudrehen, Cody und Solo an.

Tamani warf einen raschen Blick nach hinten und sah, wie die beiden Jungwölfe so dicht nebeneinander, dass sich ihre Pelze berührten, zum Bau der Novizen trotteten.

»Nur zur Tarnung«, erklärte Toah flüsternd und trabte zurück in Richtung ihrer Schlafhöhle.

Tamani brummte der Kopf, als er in der Dämmerung auf der Lichtung zurückblieb. Toah war ein hervorragender Lügner und er konnte die Frage nicht unterdrücken, wobei der Jungwolf womöglich noch gelogen hatte. Bei den Schattenwölfen war alles so anstrengend und verwirrend und fremd! Tamani fühlte sich hier so einsam wie selten in seinem Leben, dabei hatte er doch nur mit Toah zusammen mehr über die Prophezeiung erfahren wollen. Er hatte damit gerechnet, dass dies nur ein kurzer Aufenthalt werden würde, aber wenn sie unauffällig und ohne zerfetzt zu werden mehr darüber erfahren wollten, mussten sie wohl noch einige Tage die Novizen Nachtklaues mimen. Tamani seufzte. Das hieß, er musste sich weiterhin selbstbewusster darstellen, als er eigentlich war. Er wünschte sich, zu Shira gehen zu können, die ihn so mochte, wie er wirklich war, nicht wegen eines falschen Selbstbewusstseins oder Rangs.

Ohne darüber nachzudenken, setzten sich Tamanis Pfoten in Bewegung und trugen ihn von der Lichtung weg. Er trabte durch den sternenbeschienenen, silbrigen Wald und versuchte, Mut im Flüstern der Bäume zu finden. Nach einer Weile blieb er stehen und starrte verblüfft vor sich. Ohne dass er es gewollt hatte, hatten ihn seine Pfoten an den Rand des Schattenwolfreviers geführt. Sehnsüchtig blickte der Jungwolf auf die andere Seite der Grenze und die Trauer, von seiner Gruppe getrennt zu sein, überwältigte ihn.

Da geschah etwas Merkwürdiges: Tamani setzte sich auf den Waldboden und blickte zu den Sternen auf, eine riesige Welle der Sehnsucht überwältigte ihn und unwillkürlich drang ein Laut aus seiner Kehle. Erst ganz leise, kratzend und ungewohnt, doch dann nahm das Lied Form an. Das Lied der Wölfe! Und Tamani spürte, dass tief in ihm verwurzelt seine Ahnen mit ihm sangen und die Nacht mit ihrer wundervollen Melodie füllten.

Nach einer Weile verstummte Tamani überwältigt und blickte zum Mond, der jetzt fast genau über ihm stand. Er fühlte sich nun nicht mehr allein, denn er war es nie gewesen. Seine Vorfahren, das Rudel der ewigen Jagd, waren immer um ihn herum und leiteten seine Pfoten, egal was er tat.

Da durchbrach etwas die Stille. Mit gespitzten Ohren lauschte Tamani. Es war das weit entfernte Heulen eines Wolfes. *Nein!*, erkannte er dann. Es war das Heulen einer Wölfin! Shira antwortete ihm mit einem wunderbaren und klaren Lied. Sie vermisste ihn also genauso sehr, wie er sie.

Tamani lächelte zufrieden, dann hob er die Schnauze und schickte sein Heulen erneut in die Nacht. Nun sangen sie gemeinsam, verbunden nur durch Gedanken und das unendliche Lied ihrer Ahnen. Tamani war es, als spürte er Shiras warmen Pelz an seinem und das brennende Gefühl der Liebe ließ ihn noch eifriger singen.

Irgendwann verstummte das Heulen aus der Ferne und auch Tamani wurde still. Zufrieden legte er sich an Ort und Stelle nieder und blickte durch das Laub der eng stehenden Bäume zu den Sternen. In Gedanken schwebte er durch den Himmel zu seiner wundervollen Gefährtin, die ihn ebenfalls sehnlichst vermisste.

»Psst, wach auf«, flüsterte eine Stimme in die Dunkelheit des Traums. Schläfrig öffnete Tamani die Augen und erkannte sofort Luna, die über ihn gebeugt dastand. Ihr Blick war irritierenderweise jedoch nicht auf ihn gerichtet, sondern schweifte wachsam über die umstehenden Bäume. Dann blickte sie ihn an und entdeckte, dass er wach war. »Gleich kommt der Morgentrupp vorbei und überprüft die Grenzen«, erklärte sie hektisch und stupste ihn mit der Schnauze an.

Müde rappelte sich Tamani auf und folgte der jungen Wölfin, die gerade in einem Gebüsch verschwand. Er wunderte sich zwar, dass sie hier war, aber vermutlich wollte sie nur so früh wie möglich mit dem Training beginnen. Auf der Trainingslichtung blieb Luna dann stehen und blickte ihm entgegen.

»Ich habe die ganze Nacht nach dir gesucht«, sagte sie, aber in ihrer Stimme entdeckte Tamani nicht wie erwartet Vorwurf, sie sagte es mit einer freundschaftlichen Zuneigung.

»Warum?«, fragte Tamani und sah die kleine Wölfin forschend an.

Lunas Ohren zuckten unter dem Blick des Älteren. »Ich denke, Narbe glaubt euch nicht. Er hat gestern Nacht noch Tanne losgeschickt, um Nachtklaue von eurem Besuch zu unterrichten.«

Tamanis Herz begann voller Angst zu rasen und sein Nackenfell stellte sich unwillkürlich auf.

»Das wird doch nichts ausmachen, oder?«, fragte Luna und blickte besorgt zu Tamani auf.

Der Jungwolf sah sie schuldbewusst an. Er mochte Luna gerne, sie war einer der wenigen Wölfe, denen er bei den Schattenwölfen vertrauen konnte. Doch er konnte ihr auch nicht die Wahrheit sagen, er konnte sie nicht enttäuschen. »Nein, nein«, sagte er deshalb und schüttelte verwirrt den Kopf.

»Sicher?«, fragte sie und blickte unsicher zu ihm auf.

Tamani zwang sich, eine gleichgültige Miene aufzusetzen und sein Nackenfell wieder anzulegen. »Ja, ich bin mir sicher, dass es nichts ausmacht. Aber ich muss trotzdem zur Lichtung zurück und mit Nacht wegen Codys Aufnahmeprüfung sprechen«, fügte er hastig hinzu.

»Ich warte hier auf dich«, erklärte Luna hoffnungsvoll und ließ sich auf dem Boden nieder.

Tamani nickte, dann drehte er sich um und rannte los. Auf dem Rückweg rasten seine Gedanken. Was sollte er tun? Alles würde auffliegen, sobald Tanne zurück war, und sie waren ihrem Ziel, etwas über die Prophezeiung zu erfahren, noch kein bisschen näher gekommen. Beim Tunnel verlangsamte Tamani seinen Schritt und versuchte, sich soweit wie möglich zu beruhigen. Mit einem gleichgültigen Tempo schritt er auf die Lichtung und blickte sich nach Toah um. Er konnte ihn nirgendwo entdecken und trabte deshalb zu ihrer Schlafhöhle. Wie zu erwarten lag der Jungwolf noch auf seinem Lager und schlief fest zusammengerollt. Tamani stupste seinen Freund mit der Pfote an, und sofort öffnete dieser die Augen.

»Ist was?«, fragte Toah und kniff die Augen zusammen, als er Tamanis aufgewühlten Blick bemerkte. Tamani nickte ernst und sagte dann leise, aber eindringlich: »Tanne ist auf dem Weg zu Nachtklaue, um ihm alles zu berichten und um herauszufinden, ob wir wirklich seine Nachfolger sind.«

Toahs Augen weiteten sich erschrocken. »Was?«

Tamani nickte.

»Was sollen wir jetzt tun?«, fragte Toah ratlos.

Tamani zuckte betreten mit den Schultern.

»Wir müssen ihn aufhalten«, stellte Toah laut fest.

»Psst«, zischte Tamani und sah kurz zum Ausgang, doch dort regte sich nichts. »Tanne hat einen riesigen Vorsprung«, erklärte er seinem Freund. Dieser wirkte plötzlich gefasst und in seinen Bernsteinaugen funkelte schon wieder der Ausdruck, der Tamani ankündigte, dass der Jungwolf bereits einen Plan hatte.

»Na und?« Toah stand auf und schüttelte sich Moosfetzen aus dem Fell. »Dann müssen wir uns eben beeilen.« Er schlüpfte an Tamani vorbei auf die Lichtung, während der Alphawelpe ihm sofort folgte. »Komm«, wies Toah ihn an und rannte auf den Ausgang zu. Mit einem Satz stürzte sich Toah in den Tunnel. Tamani machte es ihm, ohne zu zögern nach, und als er sich auf der anderen Seite aus dem Gebüsch zog, spürte er noch mehr Kratzer als sonst. Er eilte sofort hinter Toah her, der bereits einem Trampelpfad folgte, der in der entgegengesetzten Richtung der Trainingslichtung lag. Der Jungwolf rannte zielsicher zwischen den Bäumen hindurch, als würde er diese Strecke jeden Tag nehmen. Bald hielt Toah an und verkündete, ohne sich umzudrehen: »Tanne war noch vor Kurzem hier.«

Tamani hielt die Schnauze in die Luft, um zu wittern, und auch er erkannte Tannes kalten Geruch sofort.

»Komm, wenn wir so weitermachen, haben wir ihn bis zum Mittag eingeholt«, sagte Toah und nickte in die Richtung, in die Tannes Spur führte. Dann lief er los, ohne ein weiteres Wort zu sagen, und es war an Tamani, ihm zu folgen.

Die Sonne kletterte immer weiter den Himmel hinauf, während sie dahintrabten, und mit der Zeit veränderte sich auch die Umgebung. Der dichte, Schatten spendende Wald war einer steinigen Küste gewichen, und so brannte die Sonne erbarmungslos auf die beiden Jungwölfe herab. Die Hitze unter Tamanis Pelz war bald unerträglich und machte ihn müde und kraftlos. Schon bald konnte er keinen klaren Gedanken mehr fassen.

»Wollen wir nicht eine winzige Pause einlegen?«, fragte er seinen Freund und ließ sich erleichtert auf den aufgewärmten Boden fallen, als dieser nickte. Toah setzte sich neben ihn, auch seine Augen waren trüb vor Hitze.

»Was machen wir eigentlich, wenn wir ihn eingeholt haben?«

»Du meinst Tanne?«

Tamani nickte.

»Keine Ahnung. Improvisieren? Uns wird schon etwas einfallen, bisher haben wir es ja immer geschafft, uns aus allem rauszureden.« Toah lächelte, als wüsste er schon genau, was er dann machen würde. Aber da er Tamani scheinbar nichts verraten wollte, beschloss der, auch nicht weiter nachzuhaken.

»Gehen wir weiter«, entschied Toah, nachdem sie sich noch einige Herzschläge lang ausgeruht hatten.

Tamani folgte seinem Freund, der sich nun näher an den Sträuchern hielt, um der Sonne zu entkommen. Sie waren schon eine Weile weitergelaufen und es war bereits kurz vor Sonnenuntergang, als Toah plötzlich stehen blieb. »Da vorne ist Tanne«, sagte er und deutete mit der Schnauze auf eine dunkle, am Boden liegende Gestalt, die sich neben einem Felsen zusammengerollt hatte.

Der Geruch, den der Wind mit sich brachte, verriet Tamani, dass es sich bei dem Wolf tatsächlich um Tanne handelte.

»Tanne«, rief Toah laut und lief geradewegs auf den Botschafter zu.

Tamani straffte seine Schultern, dann folgte er seinem Freund. Der schwarze Wolf empfing sie sitzend und mit erhobenem Kopf, die Augen forschend auf sein Gegenüber gerichtet. Toah setzte sich ebenfalls aufrecht vor den Botschafter, während sein Blick kurz das Meer zu streifen schien. Als Tamani sich zu ihnen gesellt hatte, verkündete Toah entschlossen: »Rabe, der Botschafter der Baumabteilung, hat uns an der Grenze abgefangen und gesagt, dass sie dich in ihrer Abteilung brauchen.«

Überrascht blickte Tamani seinen Freund an, er selbst hatte bei Toahs Rede kaum etwas verstanden, aber Tanne sah nachdenklich aus.

»Ich muss zuerst zu Nachtklaue«, sagte Tanne dann.

»Wir könnten auch zu ihm gehen, du musst uns nur sagen, welche Botschaft du für unseren Ausbilder hast«, entgegnete Toah prompt.

Tannes Ohren zuckten, als er Toah in die Augen blickte, und auch Tamani konnte darin die Andeutung einer List entdeckten. »Das geht nicht«, widersprach Tanne heftig und sein Nackenfell sträubte sich.

Toah hielt dem funkelnden Blick des Botschafters unbeirrt stand. »Du wirst doch nicht Nachtklaues Befehl missachten, oder?« Die Stimme Toahs war ruhig, aber in seinen Worten lag eine Drohung.

»Nein, niemals«, antwortete Tanne schnell und Unsicherheit stahl sich in seinen Blick. »Es war Nachtklaues Befehl?«

»Aber ja! Die Baumabteilung braucht dich dringend.«

Tanne wirkte noch immer verunsichert.

»Außerdem musst du ja nicht alles machen, was Narbe dir sagt, oder?«

Der Schwarze nickte langsam. »Nun gut, dann ziehe ich morgen früh los zur Baumabteilung.« Er ließ seinen Kopf auf die Pfoten sinken.

»Gut«, sagte Toah. »Was sollen wir Nachtklaue ausrichten?«

»Fragt ihn nur, ob es neue Befehle gibt, ich wollte lediglich einen Kontrollgang machen.«

Der Jungwolf nickte Tanne zu. »Wir gehen gleich weiter.«

Als Tamani sich wieder in Bewegung setzte und Toah folgte, seufzte er enttäuscht, er hatte gehofft, sich auch ausruhen zu können, aber Toah hatte scheinbar vor, noch ein Stück weiterzulaufen. Tamani war noch immer von Toahs perfekter Lüge beeindruckt, aber allmählich war er es gewohnt, dass sein Freund ihm nichts erzählte, jedoch alles problemlos hinbekam. Reden konnte er auf jeden Fall gut.

»Es wird mindestens sieben Tage dauern, bis Tanne zurück ist. Bis dahin sind wir bestimmt schon wieder bei unserer Gruppe«, erklärte Toah, während er sie durch die dunkle Nacht führte. Schweigend liefen sie eine Weile nebeneinanderher, bis Toah sagte: »Da vorne ist es.«

Der Jungwolf steuerte auf eine kleine Ausbuchtung in den Felsen zu, die direkt vor dem Meer mündete. »Was ist da?«, erkundigte sich Tamani.

»Die älteren Wölfe der Waldabteilung haben mir, als ich noch ein winziges Junges war, von einer Höhle berichtet, die sich in den Fels gräbt. Dort ist es trocken und windgeschützt.« Toah steuerte um einige Felsen herum, und Tamani folgte ihm, wobei er fast über einen großen Stein gefallen wäre, der lose auf dem Boden lag. »Da.«

Tamani konnte riechen, dass Toah stehen geblieben war, und er tastete sich zu ihm. Noch dunkler als der Rest, konnte er vor sich ein schwarzes Loch entdecken, das vermutlich den Eingang zu einer Höhle bildete. Von Müdigkeit angetrieben, zwängte sich Tamani als Erster durch den Eingang ins windgeschützte Innere der Höhle. Es war zu dunkel, um in den Schatten irgendetwas zu erkennen, aber an seinen Schritten, die laut widerhallten, konnte er in etwa abschätzen, wie groß die Höhle war. Er konnte ebenfalls den schalen Geruch von Wölfen wahrnehmen, die vor langer Zeit auf ihrer Durchreise haltgemacht hatten. Tamani hörte weitere Pfotenschritte, die Toah ankündigten, also schob er sich tiefer in die Höhle. Mit den Tasthaaren fand er zu einer erdigen Ecke im hinteren Teil der Höhle und rollte sich sofort in einer Mulde zusammen. Gleich darauf spürte er Toah neben sich und schloss zufrieden, endlich Ruhe zu haben, die Augen. Tamani spürte, wie unbequem und hart die Höhle war, er wünschte sich zurück auf sein Moosnest im Wächtergebirge. Doch mit der Zeit verblasste der Wunsch und Tamani glitt in einen unruhigen Schlaf.

Immer wieder träumte Tamani in dieser Nacht von Luna, die ihn vorwurfsvoll anblickte, und davon, dass ihre Tarnung aufgedeckt werden würde. Er war froh, als er am nächsten Morgen von warmen Sonnenstrahlen auf seinem Gesicht geweckt wurde. Tamani gähnte müde und streckte sich kurz, um wach zu werden. Toah schlief noch, also blickte sich Tamani erst einmal in der Höhle um, in der er die Nacht verbracht hatte. Sie war verwinkelt und eng und wurde von einem kalten, grauen Gestein gebildet. Der Alphawelpe überlegte kurz, was er tun sollte, und entschied sich dann dafür, etwas Essbares zu suchen. Er verließ die Höhle und blickte auf das Meer, das sich vor ihm ausbreitete. Glitzernd und unendlich erstreckte es sich bis zur aufgehenden Sonne hin.

In seinem Augenwinkel blitzte etwas auf und als er dorthin sah, konnte er am seichten Ufer des Meeres Fische entdecken, die seelenruhig vorbeizogen. Sein Nackenfell stellte sich vor Erwartung auf und er trat ans Ufer. Das Wasser lief ihm im Maul zusammen bei dem Gedanken an einen saftigen Fisch, und ohne lange zu zögern warf sich der Jungwolf in die Wellen und tauchte unter. Er wartete, ohne sich zu bewegen, bis einer der Fische in Reichweite gekommen war. Dann ging alles ganz schnell. Er schoss nach vorne, ließ seine Kiefer zuschnappen und im nächsten Moment schmeckte er das salzige Blut des Beutetieres in sein Maul. Mit kräftigen Pfotenstößen schwamm er ans Ufer zurück und ließ seine Beute vor den Höhleneingang fallen. Sein tropfendes Fell störte ihn dieses Mal nicht, es kühlte seinen Körper ab und verschaffte ihm ein angenehmes Gefühl. Sehnsüchtig sah er auf seinen Fang hinab, während sein Magen knurrte.

Der Graue schüttelte den Kopf und schob sich wieder in die Höhle, um Toah mit einem leichten Pfotenstoß zu wecken. »Guten Morgen, Fledermaus«, scherzte er. »Aufstehen!«

Verschlafen öffnete Toah die Augen und blinzelte im hellen Sonnenlicht. »Guten Morgen, Lerche«, brummte er müde, sog aber die Luft kräftig mit der Nase ein und streckte die Vorderläufe. »Beute«, rief er dann freudig, als er den Geruch des Fressens gerochen hatte, und schob sich geschickt an Tamani vorbei aus der Höhle. Der Alphawelpe folgte seinem Freund amüsiert und als er heraustrat, kaute Toah bereits auf einem Fisch herum. Tamani setzte sich neben ihn und nahm ebenfalls einen Bissen von dem Fisch.

Nach einer Weile fragte Toah plötzlich: »Was sagen wir eigentlich Narbe?«

Tamani blickte ihn überrumpelt an und zuckte dann ratlos mit den Schultern. Ohne weiter darüber nachzudenken, hatte er angenommen, dass sein Freund auch für dieses Problem eine Lösung hätte.

»Wie wäre es, wenn wir erzählen, dass wir die Grenze der Waldabteilung und die der Meerabteilung überprüft haben, und weil es so lange gedauert hat, haben wir dann im Lager der Meerabteilung übernachtet«, schlug Toah vor, während er sich einen Bissen von dem Fisch nahm.

»Meerabteilung?«, wiederholte Tamani verwirrt. Wie schon vorher, bei Toahs Lüge Tanne gegenüber, wusste er nicht, was es mit all dem auf sich hatte. Nun war endlich die Gelegenheit, mehr von Toah zu erfahren.

Toah nickte entspannt. »Ihr Revier liegt neben dem der Waldabteilung.« Seine Bernsteinaugen musterten Tamani einen Herzschlag lang, bevor er bemerkte: »Der Schlick ist beim Fischfangen abgegangen. Bevor wir zur Waldabteilung zurück gehen, müssen wir uns also wieder in einer Schlammpfütze wälzen.«

Tamani besah sich überrascht sein Brustfell und bemerkte nun auch, dass der schwarze Schlamm, der so hartnäckig an seinem Fell gehaftet hatte, fast ganz weggespült worden war. Schweigend fraßen sie zu Ende und traten dann den Rückweg an.

Es war schon später Abend, als sie an der Lichtung der Waldabteilung ankamen. Ihr Kommen wurde sofort bemerkt und leises Gemurmel verfolgte sie bis zur Mitte der Lichtung. Narbe wartete bereits auf sie, und beim Anblick seiner aufragenden dunklen Gestalt sträubte sich Tamanis vom Schlamm rabenschwarzes Nackenfell. Toah neben ihm strahlte dieselbe autoritäre Ruhe aus, die Tamani von dem Jungwolf kannte, und er trat Narbes funkelndem Blick unbeirrt entgegen.

»Wo seid ihr gewesen?«, knurrte Narbe und entblößte seine dornenspitzen Reißzähne.

»Das braucht nicht jeder Wolf zu erfahren«, erwiderte Toah überlegen kühl und fügte mit einem warnenden Unterton hinzu: »Ich erzähle es dir in deinem Bau.« Der Schüler zuckte mit der Rute als Zeichen, dass Tamani gehen konnte, und trabte dann vor Narbe her zu dessen Höhle.

Tamani blickte ihnen nach, als sie darin verschwanden, und zwang sich dazu, sein Nackenfell wieder anzulegen. Toah würde es schon hinkriegen, ihn zu überzeugen, so wie er alles hinbekam. Der Alphawelpe blickte sich unwillkürlich auf der Lichtung um und suchte nach dem dunklen Fell eines bestimmten Schattenwelpens. Wo war Luna? Als er daran dachte, wie lange sie wohl auf ihn gewartet hatte, bekam er ein schlechtes Gewissen. Er suchte die Schatten der Lichtung weiter mit den Augen nach ihr ab, doch er konnte die kleine Wölfin nirgendwo entdecken. Er ahnte jedoch, wo sich Luna befand.

Kaum war er aus dem stacheligen Tunnel geschlüpft, rannte er los, den gewohnten Pfad durch den Wald. Schon von Weitem konnte er Lunas schwarzes Fell durch die Bäume blitzen sehen, die die Trainingslichtung umgaben. Die junge Wölfin lag am Rand der Lichtung im Sand und beobachtete Tibu und Solo bei einem Trainingskampf. Als Tamani hinter ihr aus dem Wald trat, bemerkte sie ihn anfangs nicht, doch als er dann nur noch wenige Schritte von ihr entfernt war, wirbelte der Schattenwelpe blitzschnell herum und fixierte ihn mit seinen Bernsteinaugen. In ihrem leuchtenden Blick lag etwas, das Tamani einen Stich versetzte, und er erstarrte unwillkürlich.

»Es tut mir leid«, sagte er schlicht.

»Schon in Ordnung«, entgegnete Luna bemüht fröhlich, aber in ihrer Stimme klang die Verletzung mit.

»Hast du etwa die ganze Zeit auf mich gewartet?«, fragte Tamani und spürte sein schlechtes Gewissen erneut aufflammen.

Luna nickte. »Tibu und Solo haben mir etwas zu fressen gebracht«, sagte sie und ihr Blick schweifte zu Tibu und Solo, die miteinander rangen. Tamani folgte ihrem Blick, als Tibu gerade von Solo gepackt und auf den Boden geschleudert wurde. Kraftlos rappelte sich Tibu wieder auf, um Solo erneut anzugreifen, doch diese machte eine geschickte Drehung und ließ ihn ins Leere laufen. »Sie gewinnt immer«, erläuterte Luna und fügte, ohne sich zu Tamani zu drehen, hinzu: »Aber im Wunden heilen ist sie noch besser.«

Dem Alphawelpen wurde ganz plötzlich wieder bewusst, dass Solo früher einmal Heilerin werden wollte, scheinbar hatte sie es also geschafft, ihre Fähigkeit auch bei den Schattenwölfen weiter auszubauen. Der Jungwolf wandte sich erneut an Luna: »Wir können morgen früh trainieren, wenn du willst.«

Luna schüttelte bedauernd den Kopf und sagte dann mit unterdrückter Aufregung: »Morgen ist meine Aufnahmeprüfung.« Ihr Kinn streckte sich in die Höhe, während sie auf Tamanis Reaktion wartete.

»Aufnahmeprüfung?«, wiederholte dieser verwirrt, aber bemüht, sich nicht anmerken zu lassen, dass er nicht wusste, was das war.

»Na, du weißt schon.« Lunas Ohren zuckten ungeduldig. »Bevor man ein Novize ist, wird man in der Abteilung nicht anerkannt, deshalb absolviert man eine Prüfung, bei der man beweist, dass man ein guter Kämpfer ist.«

Tamani nickte. »Und morgen ist also deine Aufnahmeprüfung? Ich bin mir sicher, dass du bestehst.«

Luna lächelte verlegen und ihr Blick richtete sich zur Seite, als sie fragte: »Können wir vielleicht jetzt noch ein bisschen trainieren?« Sie drehte ihren Kopf wieder zu Tamani, sodass ihn ihre traurigen Welpenaugen fixierten.

»Diesem Blick kann ich doch nicht widerstehen«, scherzte er und schnippte Luna mit der Rute an die Schulter als Zeichen, dass sie ihm folgen sollte, bevor er auf die Lichtung trabte.

Tamani und Luna übten bis tief in die Nacht hinein, bis beide irgendwann erschöpft in den Staub fielen. »Ich denke, du bist bestens auf morgen vorbereitet«, sagte Tamani und gähnte müde, während seine Gedanken zu seinem Moosnest wanderten. Luna nickte und im Mondlicht glänzten ihre Augen zufrieden. »Komm, wir gehen ins Lager zurück«, forderte er die kleine Wölfin auf. »Wir wollen doch nicht, dass du deine Aufnahmeprüfung verschläfst.«

Schweigend liefen sie zur Lichtung zurück und schlüpften dort durch den Tunnel ins Lager.

»Gute Nacht«, sagte Luna freundlich und sprang zum Bau der Welpen.

Tamani blickte ihr nach, nun stand er ganz allein auf der mondbeschienenen Lichtung. In den Schatten waren sachte Bewegungen von schlafenden Wölfen zu hören und in der Ferne rief ein Waldkauz. Leise schlich Tamani in seine Schlafhöhle, in der Toah sich schon zusammengerollt hatte und friedlich schlief. Der Alphawelpe rollte sich neben seinem Freund zusammen und schon bald war auch er eingeschlafen.

Die Wärme der Sonne weckte Tamani am nächsten Morgen. Benommen und mit vom Kampftraining schmerzenden Knochen kroch er aus dem Bau auf die Lichtung. Ihn überraschte die Wärme, die in der Luft lag, doch als er zum Himmel blickte, erkannte er, dass die Sonne schon hoch am Himmel stand. Luna war schon lange bei ihrer Prüfung! Tamani lief zu Cody, der allein im Schatten des Baus der Novizen lag.

»Suchst du Nacht?«, fragte ihn der Jungwolf mit dem braunen Fell schon von Weitem. Ohne auf Tamanis Antwort zu warten, fuhr er fort: »Er ist jagen.« Cody legte seinen Kopf wieder auf seine Pfoten, um Tamani klarzumachen, dass das Gespräch beendet war.

Unschlüssig lief Tamani hin und her und half den ganzen Tag hier und da bei kleinen Reparaturarbeiten im Lager der Schattenwölfe. Er wartete auf Luna oder auf Toah, irgendjemanden, mit dem er ein offenes Gespräch führen konnte. Als die Sonne gerade unterging und den Wald mit langen Schatten füllte, raschelten die Blätter am Dornentunnel, und Narbe stolzierte mit erhobenem Haupt und erhobener Rute ins Lager. Einige Herzschläge nach ihm kroch ein kleiner, dunkler Schatten aus dem Tunnel, den Kopf gesenkt und die Ohren angelegt. Luna!

Tamani eilte ihr nervös entgegen und empfing sie mit einem unsicheren Lächeln. »Und?«

Luna blieb stehen und drehte den Kopf zur Seite, als könnte sie es nicht ertragen Tamani anzusehen. »Ich habe bestanden.« Ihre Stimme war kaum lauter als das Rauschen der Bäume im Wind, und Tamani erkannte darin Trauer und Verzweiflung. Ratlos blickte er auf sie hinab.

»Was ist denn mit dir los?«, fragte er. »Das ist doch eine gute Nachricht, oder?« Er versuchte, ihre Gedanken zu erraten, aber er wurde wie durch eine Felswand abgeblockt.

»Mir geht es gut«, entgegnete Luna und wandte sich von Tamani ab, um davonzutrotten.

Mit einem Satz landete Tamani ihr im Weg und streifte sie leicht mit der Schnauze am Ohr. »Das glaube ich dir aber nicht. Ich sehe doch, dass etwas mit dir nicht stimmt. Sag mir, was es ist.«

Luna blickte langsam zu ihm auf. In ihren Bernsteinaugen glitzerten Tränen und die Traurigkeit, die darin lag, versetzte Tamani einen Stich ins Herz. Was konnte eine sonst so fröhliche und aufgeweckte junge Wölfin so erschüttern?

»Nicht hier«, flüsterte sie leise und senkte ihren Blick wieder auf ihre Pfoten.

Tamani verstand sofort. »Komm mit«, sagte er und stupste den Schattenwelpen mit der Schnauze in Richtung Ausgang. Er schlüpfte vor ihr in den Wald, achtete jedoch darauf, dass sie ihm folgte, bevor er den Weg in Richtung Trainingslichtung einschlug.

Die Nacht verdunkelte sich um sie herum und ein wolkenloser Sternenhimmel kam über ihnen zum Vorschein. Als die beiden die Lichtung erreicht hatten, fanden sie diese glücklicherweise verlassen vor, und Tamani trabte an den Rand, um sich Luna gegenüberzusetzen. Er wartete, bis die kleine Wölfin sich vor ihn setzte und fragte dann erneut: »Was ist los? Ist es wegen der Prüfung?«

Luna nickte, den Kopf immer noch gesenkt. Tamani blickte sie noch ratloser als zuvor an. »Aber ich dachte, du hättest sie bestanden.« Wieder nickte Luna, doch diesmal glitt ihr Blick zu ihm hinauf.

»Ich habe sie ja auch bestanden.« Ihre Augen glitzerten silbrig im Mondlicht und wirkten verzweifelt. »Narbe hat mich sogar gelobt, aber …« Sie brach ab und senkte den Blick wieder auf ihre Pfoten, die unruhig im Sand scharrten.

»Nur zu«, ermutigte Tamani sie. »Sprich weiter.«

Luna schluckte hörbar und fuhr dann mit leiser Stimme und ausdruckslos in die Ferne blickenden Augen fort: »Es war nicht nur meine Prüfung. Mein Bruder war ebenfalls dabei, um aufgenommen zu werden, aber …« Sie stockte kurz, konnte jedoch nach einigen Herzschlägen mit erstickter Stimme weitererzählen. »Am Ende der Prüfung hat Narbe gesagt, die Waldabteilung braucht nur die stärksten Wölfe und dann … dann ist er auf ihn losgegangen und hat ihn … getötet!«

Das letzte Wort ging in einem Schluchzen unter und Lunas Körper bebte, als ihr Tränen über das Gesicht rannen und auf den staubigen Boden tropften.

Mit vor Entsetzen leerem Kopf trat Tamani nach vorne und schmiegte sich tröstend an die kleine Wölfin, die in sich zusammengesunken dasaß. Lunas Schluchzen brach ihm fast das Herz. Wie konnte es nur irgendein Wolf wagen, einen Welpen einfach so zu töten? Nur, weil er nicht stark genug war? Und die kleine Luna war nun ganz allein. Sie war doch sicherlich kaum älter als drei Mondwechsel!

Mit der Zeit wurde das Schluchzen leiser und schon bald war es ganz verklungen. »Ich werde ihn nie wiedersehen«, flüsterte Luna und schmiegte sich enger an Tamani. »Nie wieder!«

Tamani löste sich sanft, aber bestimmt von ihr und trat zurück. »Das stimmt nicht«, widersprach er ihr einfühlsam.

»Ach nein?« Luna blickte verwirrt zu ihm auf, die Trauer über den Verlust ihres Bruders war deutlich zu erkennen.

Tamani schüttelte entschieden den Kopf und bedachte die kleine Wölfin mit einem mitfühlenden Blick, während er seine nächsten Worte sorgsam wählte. »Jeder Wolf, der stirbt und in seinem Leben gutherzig war, kommt nach seinem Tod ins Rudel der ewigen Jagd.«

»Was ist das?« Luna blickte ihn verwirrt an, und Tamani erinnerte sich daran, dass ihm seine Mutter, als er selbst noch ein Welpe war, erzählt hatte, dass die Schattenwölfe an Gottheiten glaubten, die ›ewige Schatten‹ hießen. Nicht an das Rudel der ewigen Jagd.

»Das Rudel der ewigen Jagd besteht aus unseren Vorfahren und die wachen über uns. Nachts kannst du sie dann als Sterne am Himmel sehen.« Unwillkürlich wanderte Tamanis Blick zum Nachthimmel, an dem bereits die meisten Sterne aufgegangen waren. Luna folgte seinem Blick neugierig und ihre Augen glühten hell in der Nacht. Tamani hoffte inständig, dass das, was er gesagt hatte, stimmen möge, aber er war sich nicht sicher, ob auch Schattenwölfe ins Rudel der ewigen Jagd kamen, nachdem sie gestorben waren. Er hoffte außerdem, dass die junge Wölfin nur glaubte, dass er mehr über ihre Ahnen wusste als sie, und sie nicht auf die Idee kam Tamanis Identität zu hinterfragen, weil die Schattenwölfe eigentlich nicht an das Rudel der ewigen Jagd glaubten. Aber seine Sorge drängte sich angesichts der unglücklichen Novizin in den Hintergrund. Momentan war es nur wichtig ihr ein wenig Trost in ihrer hilflosen Lage zu spenden.

»Und mein Bruder ist auch dort oben?«, fragte Luna ehrfürchtig, und Tamani sah in ihren Augen denselben Respekt glänzen, den er selbst als kleiner Welpe gefühlt hatte, wenn er zu den Sternen aufgeblickt hatte.

»Davon bin ich überzeugt«, sagte Tamani, obwohl Zweifel in seinem Bauch rumorten. »Er sieht bestimmt gerade auf dich hinab und wacht über dich«, fuhr er fort, um seine Unsicherheit zu vertreiben.

»Hallo, Bruderherz«, sagte Luna, und Tamani erkannte, dass sie mit einem gerade aufgehenden Stern gesprochen hatte. In ihrer Stimme lag Zuversicht, und ihre Augen leuchteten, als könnte sie gar nicht glauben, wie sie ihre Vorfahren je hatte übersehen können.

Eine Weile saßen sie so da, bis Luna den Blick wieder zu Tamani wandte. Ihr Pelz roch nun anders, nicht mehr nach Trauer oder Schattenwolf. Er hatte einen ganz anderen Geruch angenommen, kalt und windig wie die Nacht selbst, und ihre Augen leuchteten, als glänzten Sterne darin. Kein Zweifel, das Rudel der ewigen Jagd hatte sie erfüllt.

»Wollen wir zurückgehen?«, fragte Tamani leise und war sich nicht bewusst, ob er die Stille, die auf der Lichtung herrschte, unterbrechen durfte. Luna nickte und ihre Pfoten berührten kaum den Boden, als sie die Führung zurück zum Lager ihrer Abteilung übernahm.

Tamani begleitete die kleine Wölfin bis zur Mitte der Lichtung und blieb dann neben ihr stehen. Er verbeugte sich gespielt vor ihr und sagte übertrieben höflich: »Meine herzlichsten Glückwünsche, Novizin Luna.«

Ihre Augen glühten neckend, während sie sich ebenso förmlich verbeugte. »Danke, großer Anführer Sturm.« Lachend sprang Luna über die Lichtung davon und huschte dann wie ein Schatten in den Bau der Novizen.

Auch Tamani wandte der Lichtung den Rücken zu und kroch in seine Schlafhöhle. Toah war noch nicht von der Jagd zurück. Tamani ließ sich einfach auf sein Moosnest fallen und rollte sich zusammen. Sofort flogen seine Gedanken zu der Nacht, in der er und seine Gruppe zum ersten Mal Toah und seinen Freunden begegnet waren. Dies war also Toahs Aufnahmeprüfung gewesen, und schon damals sollte der schwächste der Welpen nicht überleben! Tamani spürte, wie sich sein Pelz sträubte, als Zorn gegen Narbe in ihm aufstieg. Welpen waren das wertvollste Gut eines Rudels, wie algenhirnig und herzlos mussten diese Wölfe sein, dass sie ihre eigenen Welpen umbrachten? In seinem Inneren wurde der Hass immer weiter geschürt und brodelte in ihm, bis er endlich eingeschlafen war.

Als Tamani die Augen aufschlug, wusste er sofort, dass er träumte: Er lag nicht mehr auf seinem Moosnest, sondern stand in einem unbekannten, hell erleuchteten Wald. Überall um ihn herum raschelte Beute im Gebüsch und Vogelgezwitscher klang angenehm durch die Luft. Der Graue blickte hinauf zum Himmel und erkannte, dass die Sonne hoch über ihm stand, doch daneben, als wäre es vollkommen normal, leuchteten die Sterne der Nacht ebenso hell. Tamani sah sich um und nahm die warmen Gerüche eines Sommermittags in sich auf und spürte, wie Trost ihn einhüllte. Die Luft roch nach Sommer und Leben und nach allem Schönen, das er sich nur vorstellen konnte.

Einen Herzschlag verharrte Tamani noch in dem Wald, bevor er den unwiderstehlichen Drang verspürte, einem Trampelpfad zu folgen, der hinauszuführen schien. Er trabte den Weg entlang, während sich seine Muskeln entspannten und seine Augen aufmerksam hin und her wanderten, um nichts zu versäumen.

Es dauerte nicht lange, bis er aus dem Wald auf eine großflächige Wiese trat, auf der vereinzelt Sträucher wuchsen und hier und da ein Felsbrocken einladend warm in der Sonne leuchtete. Tamani folgte dem Trampelpfad weiter und schlängelte sich durch das hohe Gras hindurch, bis er auf einer kleinen Erhöhung stand und auf den Rest der Wiese blicken konnte. Dort unten, nicht weit entfernt von einem großen Felsbrocken, stand ein weißer Jungwolf, der ihm entgegenzublicken schien, und Tamani überkam ein Gefühl von unbändiger Freude, als er Pala erkannte. Mit großen Sätzen stürmte er den Abhang hinab und blieb vor seinem Bruder stehen, der ihm mit leuchtenden Augen entgegenblickte. »Hallo.« Tamani berührte seinen Bruder mit der Schnauze am Ohr und ihn durchströmte ein Gefühl von Zufriedenheit, als er das Fell des Weißen spürte und nicht durch ihn hindurchglitt.

»Hallo«, begrüßte ihn Pala, trat jedoch nach einigen Herzschlägen zurück, um seinen Bruder zu mustern.

Tamani betrachtete Pala ebenfalls und ihm fiel auf, dass er größer geworden war. Weiches Fell hatte den Flaum eines Welpen abgelöst und er war ein wenig größer als Tamani geworden, mit starken Muskeln, die unter seinem gepflegten Pelz hervortraten.

»Ich habe dich nur gerufen, um dich zu beruhigen.«

Tamani blickte Pala verwirrt an, dieser lächelte. »Mach dir keine Sorgen, Bruder, ich passe auf ihn auf.« Pala machte eine kleine Pause, bevor er fortfuhr: »Und außerdem gibt es jemanden, dem du eine Nachricht überbringen sollst.« Neben den Weißen trat ein schwarzer kleiner Welpe, dessen Fell mit glänzenden Lichtern geschmückt war, als würde Tau darin hängen. Er neigte freundlich den Kopf vor Tamani und blickte ihn dann aus neugierigen Bernsteinaugen an. Tamani begann zu verstehen, wer dieser kleine Welpe war, als er den Eifer darin leuchten sah.

»Bitte sag meiner Schwester, dass es mir gut geht und dass ich immer über sie wachen werde«, bat er mit einer piepsig hohen Welpenstimme und verbeugte sich dann erneut vor Tamani. Pala machte es ihm nach und dann, ohne ein weiteres Wort, drehten sie sich um und sprangen mit glänzenden Pelzen über die Wiese davon.

Tamani blickte ihnen einen Herzschlag lang nach, bevor die Wiese und die Welt des Trostes und der Freude verblassten und er in einen normalen, ruhigen Schlaf fiel. Doch selbst im Schlaf wusste er, dass Lunas Bruder im Rudel der ewigen Jagd sicher angekommen war.

16. Kapitel

Unruhig lief Tamani im leeren Lager hin und her und spähte immer wieder zum Tunnel. Zwei Tage waren seit dem Abend vergangen, an dem Pala dem Alphawelpen im Traum erschienen war. Toah blickte zu ihm auf, sein Pelz glühte in der Morgendämmerung und seine Augen waren ebenso sorgenvoll wie Tamanis.

Noch vor Tagesanbruch hatte sich die Waldabteilung versammelt und war zu einem Kampf gegen die Schüler des Wächtergebirges aufgebrochen. Toah erhob sich von seinem Platz mitten auf der Lichtung und tappte zu Tamani.

»Keine Sorge, die Meeresgruppe wird schon mit ihnen fertig, bisher konnten wir die Schattenwölfe ja auch immer abwehren«, versuchte er Tamani zu beruhigen.

Tamani blickte den Schwarzen verwirrt an. Toah kniff die Augen zusammen und musterte seinen Freund. »Du machst dir gar keine Sorgen um die Meeresgruppe, oder? Es geht dir um die kleine Wölfin. Wie heißt sie nochmal? Luna?«

Tamani senkte beschämt den Kopf. Wie hatte er nur nicht zuerst an seine eigene Gruppe denken können? Gerade er als Alphawelpe musste die eigene Gruppe immer an die erste Stelle setzten! Toah war ein ehemaliger Schattenwelpe und trotzdem war er treuer als Tamani, der in einem Rudel aufgewachsen war! Tamani schüttelte den Kopf. Natürlich hatte er sich Sorgen um die Schüler gemacht, doch das verblasste im Gegensatz zu der Sorge um Luna. Der Schattenwelpe war einfach zu jung, um schon an einem richtigen Kampf teilzunehmen, und trotz Tamanis Kampftraining hätte sie gegen einen Jungwolf in Tamanis Alter nicht die geringste Chance.

Toah berührte Tamani leicht mit der Rute an der Schulter, als wollte er ihm sagen, dass er ihn verstand, obwohl seine Treue zuerst der Meeresgruppe galt. »Nun mal zu etwas anderem«, wechselte der Schüler wieder entspannter das Thema. Tamani setzte sich und nickte Toah zu, als Zeichen fortzufahren. »Auch wenn wir aufpassen müssen, dass unsere Tarnung nicht auffliegt, müssen wir endlich mehr über die Prophezeiung erfahren, deshalb sind wir ja schließlich hier«, erklärte Toah mit ruhiger Stimme, aber Tamani entging nicht, dass seine Ohren nervös zuckten. »Wir müssen mit den Schattenwölfen reden. Unauffällig«, fügte Toah eindringlich hinzu. »Ich würde vorschlagen, dass du mit Luna sprichst, und ich nehme mir Solo und Tibu vor.«

Der Alphawelpe nickte, froh darüber, dass er die leichtere Aufgabe übernehmen würde. Bei Luna würde es nichts ausmachen, wenn er sich auffällig verhielt, bei Tibu könnte es jedoch Konsequenzen haben. Tamani mochte den hellen Jungwolf zwar, aber Tibu war ein treuer Schattenwolf und er würde sich, wenn er auch nur den geringsten Verdacht hatte, dass mit Tamani und Toah etwas nicht stimmte, sicher sofort an Narbe wenden. Und das war unbedingt zu vermeiden. »Gute Idee.« Er nickte Toah anerkennend zu.

»Und wir müssen uns auch um Codys Aufnahmeprüfung kümmern«, fuhr Toah fort. »Ich habe mir darüber schon einige Gedanken gemacht. Wie wäre es, wenn wir ihn nacheinander gegen drei Schattenwölfe kämpfen lassen. Die darf sich Narbe natürlich selbst aussuchen. Cody muss alle besiegen, um aufgenommen zu werden. Mit seinem Training beim Wächtergebirge dürfte er alle drei mit Leichtigkeit besiegen, aber um sicherzugehen, geben wir ihm drei Tage zum trainieren. Bist du damit einverstanden?«

Tamani sah seinen Freund verblüfft an und nickte.

»Toller Plan«, dann fügte er hinzu: »Du würdest einen guten Alphawelpen abgeben, Toah.«

Sofort legte Toah die Ohren an und duckte sich verlegen. Nun wirkte er kein bisschen mehr wie der selbstbewusste Nacht, den er bei den Schattenwölfen mimte. »Ich glaube nicht, dass ich dafür geeignet wäre«, entgegnete er mit schüchterner Stimme und wandte den Blick von Tamani ab. Er wechselte vorsichtig das Thema und mit der Zeit wurde seine Stimme wieder fest. Schließlich verschwand er schweigend in der Schlafhöhle der beiden.

Tamani sah sich auf der Lichtung um, die verlassen dalag. Cody war jagen, und die Einzigen, die außer Toah und ihm zurückgeblieben waren, waren drei winzige Welpen mit ihrer Mutter, die im Bau der Jungen schliefen. Tamani konnte ihre gleichmäßigen Atemzüge hören, so leise, dass sie mit dem Rauschen der Blätter verschmolzen. Neugierig schlich er zu der Schlafhöhle und spähte vorsichtig hinein, darauf bedacht keine Geräusche zu verursachen. Im schwachen Licht, das in den Bau drang, konnte er ganz hinten den Umriss einer Wölfin ausmachen. Sie hatte sich um drei winzige Welpen zusammengerollt, die sich eng aneinanderdrängten und im Schlaf leise schmatzende Geräusche von sich gaben. Die Rute der Wölfin war dabei über einen ihrer Welpen gelegt, so als wolle sie ihn daran hindern, sich von ihr zu entfernen.

Tamani zog den Kopf aus dem Bau und lief wieder zurück zu einem schattigen Platz vor dem Tunnel. Seine Sinne richteten sich auf die äußere Barriere des Dornenwalls und er lauschte auf das Geräusch von trommelnden Pfoten. Nach einer Weile fing er wieder an, hin und her zu laufen, voller Ungeduld, weil er nichts tun konnte außer warten.

»Was machst du da?«

Erschrocken wirbelte Tamani herum, als die hohe Stimme die Stille auf der Lichtung durchbrach. Er blickte zu dem Welpen, der gesprochen hatte und ihn noch immer mit unverhohlener Neugier betrachtete. Er stand einen Schritt hinter ihm, mit erhobenem Kopf und senkrecht gestellter Rute. Tamani musterte den Welpen und riss nach einigen Momenten die Augen auf. Der Welpe, der vor ihm saß, hatte, wie er erschrocken bemerkte, nichts Schwarzes oder Dunkelgraues an sich. Sein Pelz war von einem hellen, reinen Grau, das nur wenig heller war als das von Tamani.

In diesem Augenblick rief eine gedämpfte Stimme aus dem Bau: »Nero!« Eine dunkelgrau-schwarze Wölfin schob sich hektisch aus der verwobenen Schlafhöhle und blickte sich panisch um. Als ihr Blick den Welpen, der vor Tamani stand, erfasste, huschte ein finsterer Schatten über ihr Gesicht und ein tiefes Knurren rumpelte in ihrer Kehle. »Nero, komm her!«; schimpfte sie streng. Der Welpe tappte mit einem schuldbewussten Blick zu seiner Mutter. »Ich habe dir doch gesagt, dass du den Bau nicht verlassen sollst!«, zischte die Wölfin und schob den Welpen mit einer Pfote in den Bau zurück. Einen Moment schienen ihre Augen auf dem Bauausgang zu verweilen, dann wandte sie ihren lodernden Blick Tamani zu. Das Nackenfell der Wölfin war gesträubt und ihre Schultermuskeln waren angespannt. »Nero ist mein Welpe!«, zischte sie und sofort wusste Tamani, dass sie wusste, dass sie seine Entdeckung bemerkt hatte. »Und ich werde ihn beschützen!«

Angesichts der Feindseligkeit der Wölfin stellten sich Tamanis Nackenhaare auf und ihm wurde mit einem klammen Gefühl bewusst, dass sie jederzeit mit ihm kämpfen würde, wenn es um die Sicherheit eines ihrer Jungen ging.

»Ich habe nichts gegen dein Junges«, stellte Tamani klar und hob den Kopf, um seine Worte selbstbewusster wirken zu lassen.

»Ach nein?«, die Wölfin blickte ihn verdutzt an und fügte mit einem verzweifelten Unterton hinzu: »Obwohl er nicht von den ewigen Schatten gezeichnet ist und somit nicht als Schattenwolf gesegnet wurde?«

Tamani erinnerte sich erneut an die Erzählungen seiner Mutter über die Gottheiten der Schattenwölfe: Jeder Schattenwolf musste ein schwarzes Merkmal besitzen, das ihm von den ewigen Schatten verliehen wurde. Trug ein Wolf dieses Merkmal nicht, wurde er verstoßen oder im schlimmsten Fall getötet. Wegen dieser Besonderheit hießen sie Schattenwölfe, und deshalb war es auch so wichtig, dass Tamani den schwarzen Schlamm in seinem Fell hatte, der ihm die Farbe eines Schattenwolfes verlieh.

Tamani blickte die Wölfin an. »Ich habe nicht vor, deinem Welpen etwas zu tun«, wiederholte er. »Aber du musst aufpassen. Nicht wegen mir, sondern wegen Narbe.«

Die Wölfin knurrte leise und fletschte bedrohlich die Zähne. »Narbe!« Wütend sträubte sich ihr Fell. »Er würde Nero zerfetzten, wenn er von ihm wüsste.«

»Ich habe eine Idee, wie das nicht passieren kann«, sagte Tamani plötzlich und fügte dann leiser hinzu: »Im Wald gibt es schwarzen Schlamm, in dem er sich wälzen könnte, dann wäre er schwarz, und Narbe hätte keinen Grund, ihm etwas zu tun.«

Die Wölfin blickte ihn unsicher an und ihre Ohren zuckten. »Warum bist du so hilfsbereit?«, fragte sie und das Misstrauen in ihrer Stimme war nicht zu überhören.

»Weil kein Welpe einen unnötigen Tod verdient hat«, sagte Tamani und legte dabei seine ganze Überzeugung in seine Worte, um die Wölfin zu beruhigen.

Die Wölfin musterte ihn zwar immer noch aus ungläubigen dunklen Augen, nickte dann aber doch. »Ich danke dir für deine Hilfe.« Sie neigte höflich den Kopf vor Tamani und verschwand schließlich wieder im Bau der Welpen.

Tamani blickte ihr noch kurz nach, dann wandte er sich ab und tappte in Richtung Ausgang. Er lauschte angestrengt in die Ferne, konnte aber keine Pfotenschritte erkennen, die das Ankommen der Schattenwölfe ankündigen würde. Nach einer kleinen Weile des Wartens zog er sich zu einem sonnigen Plätzchen am Rand der Lichtung zurück und legte sich dort auf den erwärmten Boden. Er schloss erschöpft die Augen und döste, ohne es zu merken, langsam ein.

Pfoten flogen durch den Dornentunnel und trommelten laut auf den sandigen Boden der Lichtung. Erschrocken öffnete Tamani die Augen und richtete sich auf. Die Waldabteilung kam von dem Angriff zurück. Ihre Gesichter waren grimmig, die Augen zu wütenden Schlitzen zusammengekniffen. *Sie haben also verloren*, dachte Tamani und musterte die Schattenwölfe. Die meisten von ihnen hatten sich beim Kampf schlimme Verletzungen zugezogen, und ihre Wunden befleckten den hellen Boden der Lichtung mit dunklem Blut.

Tamani wandte sich schaudernd von den älteren Wölfen der Abteilung ab und durchsuchte mit den Augen die Menge. Es dauerte nicht lange, bis er Luna ganz in der Nähe des Eingangs bei einer Gruppe Novizen entdeckte. Eines ihrer Ohren war böse zerfetzt, ihrem Pelz fehlten an einigen Stellen Fellstücke und an ihrer Schnauze war ein tiefroter Kratzer zu erkennen. Doch trotz ihrer Verletzungen leuchteten ihre Bernsteinaugen hell im Licht der Sonne und sie unterhielt sich aufgeregt mit einem etwas älteren Novizen, der einen zerfetzten braunschwarzen Pelz hatte.

Tamani bahnte sich einen Weg durch die Menge der Schattenwölfe und gesellte sich zu Luna. »Und wie war dein erster Kampf?«

Luna wirbelte herum und blickte ihm fröhlich entgegen. »Großartig!«, jubelte sie glücklich, als hätte sie die Tatsache vergessen, dass ihre Abteilung die Schlacht verloren hatte.

Vielleicht ist es ihr aber einfach nur egal, solange sie ihren Spaß dabei hatte, vermutete Tamani und lächelte vergnügt. Die kleine Wölfin begann unaufgefordert, die Schlacht zu schildern, und Tamani erkannte, dass die Abteilung scheinbar nicht gegen die Meeresgruppe gekämpft hatte. Ein erleichterter Schauder durchlief ihn bei dem Gedanken, dass es Shira gut ging, und er spürte, wie ihn Wärme erfüllte. Nach einer Weile verstummte Luna, nur ihr Blick verriet, dass sie noch immer so aufgeregt war wie davor.

Tamani wollte Luna gerade fragen, wo sie gekämpft hatten, als sich Solo durch die Menge neben sie schob und Luna wie selbstverständlich fragte: »Tut dir dein Ohr sehr weh?«

Luna schüttelte den Kopf und Solo verschwand für einen Moment in der Menge, um daraufhin mit einigen Kräutern im Maul zurückzukommen. Sie ließ die Blätter vor der kleinen Wölfin fallen und forderte sie auf, die Kräuter zu zerkauen, während Solo sie schnüffelnd untersuchte.

Tamani nickte zum Abschied und trabte dann zum Dornentunnel. Er schlüpfte hinaus in den Wald und begrüßte erleichtert die Ruhe, die die hochgewachsenen Bäume mit sich brachten. Nun dachte er sehr wohl an die Meeresgruppe und die Sehnsucht, die er verspürte, schien ihn gänzlich auszufüllen. Er verdrängte den Gedanken an seine Gruppe und sprang mit schnellen Schritten durch den Wald.

Tamani lag zwischen Toah und Luna am Rand der Lichtung und sonnte sich. Drei Tage waren seit dem missglückten Angriff der Schattenwölfe vergangen, und die meisten Wölfe hatten sich von ihren Verletzungen bereits wieder erholt. Trotz einiger Bemühungen und Versuche hatten Toah und Tamani noch immer nicht mehr über die Prophezeiung erfahren, doch Solo hatte mittlerweile ihre Hilfe angeboten.

Tamani ließ seinen Blick entspannt über die Lichtung schweifen und sofort zog ihn eine Bewegung vor Narbes Bau in seinen Bann. Dort trat der Meister der Waldabteilung wichtigtuerisch aus seinem Bau und stolzierte mit erhobener Rute auf die Mitte der Lichtung. Der Schattenwolf setzte sich, stieß dann einen Ruf aus, und sofort wurde es still auf der Lichtung. Die anderen Schattenwölfe unterbrachen ihre Arbeit und eilten herbei, um zu hören, was ihr Meister ihnen zu sagen hatte. Tamani schob sich durch die Menge neben Toah, der bereits einen Platz in der ersten Reihe errungen hatte.

»Drei Tage sind nun vergangen«, jaulte Narbe, sich bewusst, dass ihm jeder auf der Lichtung zuhörte. »Und ich habe beschlossen, dass Cody heute seine Aufnahmeprüfung absolviert.« Gemurmel brach unter den Schattenwölfen aus und schadenfrohe Blicke wurden dem braunen Jungwolf entgegengeworfen, der unbeweglich in der ersten Reihe neben Solo saß.

Tamani erkannte in Codys Bernsteinaugen Angst, doch der Jungwolf erhob sich und stellte sich Narbe, der ihn unfreundlich musterte, mit aufgerichteter Rute entgegen.

Narbe sorgte mit einem Zucken seiner Rute für Ruhe und fuhr dann gebieterisch fort: »Codys erster Gegner wird Tibu sein.« Der dunkelgrüne Blick Narbes heftete sich auf den Novizen, der neben Solo saß und vollkommen überrumpelt wirkte. Der helle Jungwolf trat nach vorne, er wirkte stolz darauf, dass Narbe ihn ausgewählt hatte, doch zugleich glänzte Trauer in seinen braungrünen Augen.

Tibu stellte sich Cody gegenüber, während Narbe sich in die erste Reihe der Zuschauenden setzte und die beiden Jungwölfe tauschten einen Blick. Tamani schauderte, als er darin etwas entdeckte, das kein bisschen zu ihrer Situation passte: Freundschaft! War es tatsächlich möglich, dass sich die beiden jungen Wölfe in der kurzen Zeit, seit Cody in der Waldabteilung war, angefreundet hatten?

Cody nickte Tibu zu und dieser erwiderte die Geste respektvoll. Der braune Schüler spannte seine stählernen Muskeln an und wirkte sofort viel größer. Tibu vor ihm duckte sich zu Boden und entblößte dornenspitze Reißzähne. Aus der Kehle des Novizen drang ein dumpfes Knurren, dann schoss er auch schon auf Cody zu. Dieser wich dem Angriff seines Gegners mit einer geschickten Drehung aus und stieß gleichzeitig mit einer Pfote nach vorne in Tibus Seite, woraufhin dieser taumelte und dann in den Staub fiel. Mühsam rappelte sich der Weiße auf und schlich auf Cody zu, der kampfbereit auf den nächsten Angriff wartete. Mit einem Jaulen stürzte sich Tibu erneut auf den Schüler, doch diesmal warf sich der Braune rücklings auf den Boden. Er bekam das Nackenfell des Novizen zu fassen und schleuderte ihn mit aller Kraft nach hinten.

Tamani hielt entsetzt die Luft an, als Tibu mit einem lauten Schlag auf dem Boden aufkam und reglos liegen blieb. Ohne auf das missbilligende Knurren Narbes zu achten, eilte Solo zu Tibu und zerrte ihn aus dem Kreis der umstehenden Wölfe. Tamani wandte den Blick von dem verletzten Jungwolf ab und blickte zu Cody, der wie erstarrt dasaß. Aus dem Augenwinkel erkannte Tamani Narbe, der den braunen Schüler grimmig beobachtete, bevor er erneut die Stimme erhob.

»Codys zweiter Gegner wird Hela sein«, knurrte Narbe düster, ohne Tibu eines Blickes zu würdigen.

Cody erhob sich und tappte, ohne sich den Staub aus dem Fell zu schütteln, wieder in die Mitte des Kreises. Eine schwarze, prächtige Wölfin bahnte sich elegant einen Weg durch die Menge und hielt vor Cody an. Im Licht der Sonne funkelte ihr dunkler Pelz majestätisch und die Narben des letzten Kampfes waren noch deutlich zu erkennen, aber sie hob entschlossen den Kopf. Mit einem wilden Knurren ließ sich Hela in ein Kauern fallen. Ihr Fell sträubte sich kampfbereit, und bevor Cody Zeit hatte, sich zu wappnen, sprang sie auch schon auf ihn zu. Die Wölfin traf den Schüler mit solcher Wucht, dass dieser umgeworfen wurde und mit dem Bauch nach oben vor Hela lag.

Tamanis Herz setzte erschrocken aus, die Wölfin brauchte sich nur nach vorne zu beugen, um dem Schüler die Kehle durchzubeißen!

Hela schnappte nach Codys Kehle, doch dieser rollte sich gerade noch rechtzeitig zur Seite, um den zuschnappenden Kiefern zu entkommen. Die Wölfin machte einen Satz und landete geschickt auf Cody, um ihn zu Boden zu drücken, doch dieser stemmte sich dagegen. Dann holte der Braune mit den Hinterpfoten aus und stieß sie der Schattenwölfin mit aller Kraft in den Bauch. In hohem Bogen flog Hela von dem Jungwolf und prallte hart auf den Boden. Sie machte einige verzweifelte Versuche wiederaufzustehen, brach dann jedoch zitternd zusammen. Als Solo die Wölfin aus dem Kreis zog, flammte in Tamani ein kleines Gefühl der Erleichterung auf. Cody hatte es geschafft, zwei der drei zu besiegen, ohne sich dabei ernsthafte Verletzungen zuzuziehen. Den dritten Schattenwolf würde er sicher ebenfalls bezwingen.

Tamani blickte zu Narbe, dessen Miene noch grimmiger war als nach dem ersten Kampf, doch ganz plötzlich änderte sich sein Gesichtsausdruck und ein boshaftes Lächeln umspielte seine Lippen. Er sorgte mit einem weiteren Zucken der Rute für Ruhe und fuhr dann fort: »Der dritte Wolf, der gegen Cody antritt, wird Sturm sein!«

Tamani schnappte erschrocken nach Luft, er wollte gerade etwas entgegnen, doch Toah kam ihm zuvor. »So war das nicht abgemacht«, jaulte der Schüler und trat mit gesträubtem Nackenfell nach vorne.

Narbe musterte den Jungwolf mit einem kühlen Blick und sagte dann mit unterdrücktem Triumph: »Es war abgemacht, dass ich mir drei Schattenwölfe aussuchen darf, die nacheinander gegen Cody antreten, und soweit ich weiß, ist Sturm doch ein Schattenwolf, oder nicht?«

Toah blickte panisch zu Tamani, der ihm ebenso ratlos entgegensah.

»Aber …«, begann Tamani und suchte einen Ausweg, doch er erkannte, dass es keinen gab. Narbe hatte ihn in eine Zwickmühle gebracht: Er musste Cody besiegen, um von den Schattenwölfen als Nachtklaues Nachfolger anerkannt zu werden. Doch wenn er es schaffen würde, den Braunen zu besiegen, würde dieser von den Schattenwölfen vertrieben werden.

Zweifelnd sah Tamani zu Cody, der ihm mit traurigen Bernsteinaugen entgegenblickte. Tamani trat steif nach vorne, sich bewusst, dass alle Blicke auf ihn gerichtet waren. Totenstille senkte sich über die Lichtung. Angst und Unwohlsein sammelten sich in Tamanis Magengrube und vermischten sich zu einer unerträglichen Leere, die ihn wie scharfe Klauen von innen zerriss.

»Los!«, forderte Narbe die beiden Schüler auf.

Tamani duckte sich zu Boden. Vermutlich sollte er knurren, sein Fell sollte sich sträuben, doch das konnte er einfach nicht über sich bringen. Cody war immerhin sein Freund. Niemals hätte er den Braunen verletzen können. Tamani wartete, bis sich Cody ebenfalls in Kampfstellung gebracht hatte, und sprang dann nach vorne, doch die Bewegung fühlte sich ungewohnt hohl an, weil jedes Haar an seinem Körper gegen diesen Kampf war. Tamani unterdrückte das Gefühl und schnappte nach Codys Pfoten, doch dieser zog sie blitzartig zurück. Der Alphawelpe stieß sich seitlich nach vorne, und sein Körper machte wie von allein eine Drehung, die Cody zu Fall brachte. Unwillkürlich setzte Tamani eine Pfote auf Codys Bauch und blickte ihm in die traurigen Augen. Hätte sich der Schüler angestrengt, hätte er Tamani ohne Zweifel besiegt, doch seine Treue war zu groß gewesen, sogar größer als seine Liebe zu Solo.

»Ich ergebe mich«, murmelte Cody und schloss besiegt die Augen. Tamani spürte, wie ihn Scham überrollte angesichts dieser ehrenvollen Geste, zu der er nicht in der Lage gewesen war.

»Was hast du gesagt?«, fragte Narbe übertrieben gelassen und seine Stimme füllte sich mit Triumph.

Zorn loderte in Tamani auf, als er sich zu dem Meister herumwarf, die Augen zu wütenden Schlitzen verengt. »Er sagt, dass er sich ergibt«, knurrte er und zwang sich standhaft zur Ruhe, um dem Schattenwolf nicht an die Kehle zu springen.

»Ach so«, sagte Narbe und trat einen Schritt auf die Jungwölfe zu. Aus dem Augenwinkel erkannte Tamani, wie sich Cody wieder aufrappelte und sich den Staub aus dem Pelz schüttelte. Er funkelte Narbe unverwandt an, der sich mit einem lodernden Blick an den Braunen wandte.

»Deine jämmerliche Kampfkunst, wenn man das überhaupt so nennen kann, und deine geistige Schwäche lassen es nicht zu, dass du dich den Schattenwölfen anschließen kannst«, knurrte er unversöhnlich. »Du bist verbannt!«

Als wäre das ein Kommando, trat die Menge auseiriander, um dem Jungwolf einen Fluchtweg zum Dornentunnel zu gewähren.

»Los, verschwinde!«, jaulte Narbe.

Codys Blick schweifte hektisch hin und her. Seine Augen funkelten panisch, und Tamani erkannte darin dieselbe Angst, die er in den Augen seiner Beute gesehen hatte. Aber Tamani konnte nichts machen, um seinem Freund zu helfen, und auch Toah schien keinen Ausweg gefunden zu haben. Ohne ein weiteres Wort drehte sich Cody um, preschte mit weiten Sprüngen auf den Dornentunnel zu und verschwand raschelnd darin.

Narbe sah ihm teilnahmslos nach, bevor er nach einigen Augenblicken sagte: »Tötet ihn!«

Auf sein Kommando hin traten fünf ausgewachsene Schattenwölfe aus der Menge und stürmten hinter dem fliehenden Schüler her. Tamani unterdrückte ein panisches Aufjaulen, als die Angreifer im Dornentunnel verschwanden, und sein Herz raste wie verrückt.

»Die Versammlung ist beendet.« Narbes Stimme klang so kühl und desinteressiert, als hätte er eine ganz normale Zusammenkunft abgehalten.

Tamani blickte ihm nach, wie er zu seiner Schlafhöhle stolzierte, während sich der Rest der Waldabteilung wieder seinen Pflichten zuwandte. Kaum waren die letzten Wölfe in ihren Bauen verschwunden, als Tamani auch schon aufsprang und auf den Dornentunnel zustürmte, ungeachtet dessen, ob ihm jemand folgte.

Tamani rannte durch den Wald, er folgte der Geruchsspur von Cody und dessen Verfolgern, die noch deutlich in der Luft hing. Die Pfotenschritte, die er hinter sich hörte, verrieten ihm, dass Toah ihm folgte, und schon nach wenigen Herzschlägen hatte der Jungwolf Tamani eingeholt.

»Solo und Luna folgen uns auch«, stieß er keuchend hervor und versuchte scheinbar, mit dem Alphawelpen Schritt zu halten. Tamani wandte kurz seinen Kopf und erblickte aus dem Augenwinkel die beiden Wölfinnen, die in einiger Entfernung durch den Wald sprangen. Sie rasten weiter und Tamani konnte riechen, dass sie den Wölfen vor sich immer näher kamen, als plötzlich scharf wie ein Reißzahn ein gellender Schmerzensschrei die Luft zerriss.

Obwohl Tamanis Muskeln brannten, beschleunigte er sein Tempo aus Sorge um seinen Freund und Gruppengefährten noch mehr, und kurz darauf hatte er mit seinen Begleitern eine Lichtung erreicht, auf der eine blutige Schlacht tobte. Cody kämpfte wie wild mit den fünf Schattenwölfen, die allesamt fast doppelt so groß wie er waren. Man konnte ihm ansehen, dass er unterlegen war. Cody biss und kratze um sich und konnte seinen Gegnern dadurch blutige Wunden verpassen. Dabei steckte er jedoch genauso viel ein, wie er austeilte, sodass sein Fell bereits in Fetzten herabhing.

Tamani wurde vor Angst um seinen Freund ganz übel und er unterdrückte ein Jaulen. Am liebsten wäre er dem Braunen zu Hilfe gekommen, aber er wusste, dass das nicht ging, da dadurch seine Tarnung aufgedeckt werden würde. Solo neben ihm machte einen Satz auf die Widersacher zu, blieb dann jedoch unvermittelt stehen und blickte wie gebannt auf den Kampf, als hätte sie genau dasselbe gedacht wie Tamani. Der Alphawelpe sah Hilfe suchend zu Toah, doch dieser schien unfähig, sich zu bewegen, und starrte ausdruckslos auf das blutige Schlachtfeld. Wenn Toah nicht in der Lage war, etwas zu unternehmen, dann musste es Tamani tun!

Der Jungwolf nahm all seinen Mut zusammen und jaulte dann, so laut es seine zittrige Stimme zuließ: »Halt!« Sofort erstarb der Kampf vor ihm und alle Köpfe wandten sich zu dem Schüler. »Sofort aufhören!«, versuchte Tamani zu knurren, merkte aber, dass es weniger überzeugend klang, als er es vorgehabt hatte.

»Warum sollten wir dir gehorchen?«, jaulte ein schwarzbrauner Wolf und fletschte verächtlich die Zähne.

»Ein Befehl Narbes ist mehr wert als deiner«, fügte ein anderer knurrend hinzu.

»Ach ja?« Toah war scheinbar wieder zu sich gekommen, denn er stellte sich mit aufgestellter Rute vor die Schattenwölfe und sagte dann mit einem drohenden Unterton: »Was war eins der ersten Dinge, die ihr in eurer Ausbildung gelernt habt?«

Der Schüler wartete kurz, und als niemand antwortete, fuhr er fort: »Dass Mut die wichtigste Tugend eines Schattenwolfes ist! Oder irre ich mich?« Toahs Zähne blitzten im Sonnenlicht, als er fortfuhr: »Und es ist wirklich feige, wenn fünf ausgewachsene Wölfe einen Novizen angreifen, auch wenn seine Kraft und seine Kampfkünste wirklich bemerkenswert sind.«

In die Augen der Schattenwölfe schien sich ein Funken Unsicherheit zu stehlen, doch der Schwarzbraune bleckte noch immer feindselig die Zähne. »Also«, sagte Toah und hielt dem Blick seines Gegenübers mit Leichtigkeit stand, »lasst von ihm ab!«

Sofort traten die Schattenwölfe einen Schritt zurück, keiner von ihnen wagte zu widersprechen. Ihre Mienen waren noch immer grimmig, aber sich Toah oder Tamani nochmals zu widersetzen, würden sie sich nicht trauen.

Tamani warf Toah von der Seite einen bewundernden Blick zu. Schon wieder hatte er eine Lösung für eine ausweglose Situation parat gehabt. Eigentlich hatte er immer eine Lösung und die Macht eines wahren Alphawolfes in seiner Stimme, um jeden Wolf zu überzeugen. Sicher zweifelte niemand daran, dass er ein Schüler Nachtklaues war.

»Und was sollen wir dann machen?«, fragte einer der Schattenwölfe, der einen tiefen Kratzer über der Schnauze hatte, aus dem dunkelrotes Blut sickerte. »Ihr werdet Cody bis zur Grenze *begleiten*«, das letzte Wort sprach Toah so leise und zugleich bedrohlich aus, dass der Schattenwolf sofort bestätigend den Blick senkte. »Wenn er irgendwelche Schwierigkeiten macht, dürft ihr ihn angreifen, aber ansonsten hat er die Chance, unser Revier friedlich zu verlassen.« Toah fixierte die Schattenwölfe nochmals zurechtweisend, dann drehte er sich um und verschwand in den Sträuchern, die zurück zur Lichtung führten.

Tamanis Blick schweifte kurz über die vor ihm stehenden Wölfe, bevor er sorgenvoll an Cody hängen blieb. Der Jungwolf war wirklich schlimm zugerichtet worden, hoffentlich würde er es bis zum Plateau schaffen.

Der Braune starrte voller Trauer zu Solo, die seinen Blick schweigend erwiderte. Widerwillig drehte sich Tamani um, er wusste, dass er gehen musste, aber sein Inneres zog ihn zu seinem Gruppengefährten und zu dem Ort, zu dem er gehen würde. Tamani folgte Luna, die bereits hinter Toah hereilte, und nach einer Weile nahm er auch Solos Pfotenschritte hinter sich war.

Es dauerte nicht lange, bis sie die Lichtung erreicht hatten, und Tamani hatte in dieser Zeit noch immer keinen klaren Gedanken fassen können. Er trabte zu Toah und Luna, die vor dem Bau der Novizen lagen, und setzte sich zu ihnen. Er lauschte ihrer Unterhaltung und war froh darüber, nicht sprechen zu müssen, denn sein ganzer Körper fühlte sich taub an, und immer wieder kam ihm der Anblick von Cody mit seinem zerrissenen Pelz vor Augen. Doch nach einer Weile schien etwas die Unterhaltung der beiden jungen Wölfe zu stören, denn Toah brach mitten im Satz ab und verstummte.

Tamani blickte überrascht zu ihm auf und wollte ihn gerade fragen, was los sei, als er auch schon den Grund für Toahs schockiertes Gesicht wahrnahm.

Tamani wirbelte herum, um den Geruch, der ihm in die Nase geraten war, zu orten und sein Blick blieb am Dornentunnel hängen. Voller Angst beobachtete Tamani, wie die Blätter am Eingang des Tunnels bebten und sich dann ein dunkles Gesicht herausschob. Der Schattenwolf blickte sich mit funkelnd grünen Augen um, und Tamani schnappte erschrocken nach Luft, denn der Wolf der ihn nun fixierte, war Tanne!

17. Kapitel

In Tamanis Kopf drehte sich alles. Tanne war zurück, viel früher als sie gedacht hatten. Nun war alles aus! Angst verschlang ihn und unwillkürlich duckte sich Tamani tief und legte die Ohren an. Sein Nackenfell sträubte sich und er wappnete sich instinktiv gegen den bevorstehenden Angriff. Mit einem wissenden Blick stolzierte Tanne aus dem Tunnel und sah sich auf der Lichtung um, bis er Tamani und Toah entdeckte. Ein gemeines Lächeln umspielte seine Lippen und seine Augen glühten erbarmungslos. Dann wandte er sich von den beiden ab und sah zu Narbe, der gebieterisch vor seinem Bau saß und dem Botschafter mit unverhohlenem Triumph entgegenschaute.

Die Pfoten des Meisters scharrten ungeduldig im Sand, während sein Botschafter in aller Ruhe über die Lichtung zu ihm schritt. Dann verschwanden sie wortlos in Narbes Bau. Tamani sah zu Toah, der mit vor Angst geweiteten Augen an ihm vorbeistarrte.

»Was sollen wir tun?«, fragte Tamani so leise, dass er sich sicher war, dass ihn niemand gehört hatte. Der Schwarze drehte sich ruckartig zu ihm herum und in seinen Bernsteinaugen lagen dieselbe Angst und Ratlosigkeit, die Tamani in seinem Inneren spürte. Toah schien ebenso wie er zu wissen, dass sie gleich einen Kampf auf Leben und Tod bestreiten würden. Die Ohren des Schülers zuckten kaum merklich zum Ausgang, doch Tamani verstand. Sofort sprang er auf und wollte gerade zum Dornentunnel stürmen, als ihn eine Stimme stoppte.

»Wo wollt ihr hin? Was ist denn los?«

Tamani drehte sich zu Luna um und schaute in ihre Augen, in denen Verwirrung und Furcht stand.

»Wir-wir …«, stotterte Tamani, doch sein Kopf war leer.

»Ist es wegen Tanne?«, fragte die junge Wölfin mit einem ungewohnt misstrauischen Unterton, und Tamani sträubte sich das Nackenfell. Er nickte und wollte sich gerade wieder zum Ausgang drehen, als er aus dem Augenwinkel eine Bewegung wahrnahm. Er sah zu Narbes Bau und sein Herz hämmerte wild in seiner Brust, als Narbe gefolgt von Tanne heraus auf die Lichtung trat. Zum Weglaufen war es zu spät!

Tamani musterte Narbe angespannt. Der Blick des Meisters war grimmig, und Tamani konnte das leise Knurren von ihm hören, das über die Lichtung hallte. Narbe sah zu Tamani und dieser erkannte lodernden Zorn in dessen Augen, dann wandte sich der Schwarze ab und stolzierte in eine schattige Ecke hinter seinem Bau.

Tamani schaute ihm verwundert nach. Er hatte damit gerechnet, dass Narbe sofort eine Versammlung einberufen würde. Verwirrt wandte er sich zu Toah, der ihn ebenso überrascht anstarrte.

Was hatte Narbe von Tanne erfahren? Dass Toah und Tamani Betrüger waren? Aber dann hätte er doch sicher anders reagiert. Benommen sah er zu Tanne, der umringt von seinen Abteilungsmitgliedern ein Kaninchen verspeiste. Der Botschafter erwiderte wissend Tamanis Blick und in seinen grünen Augen lag etwas, das Tamani einen Schauer über den Rücken laufen ließ. Dann wandte sich der Schwarze wieder ab, um einen weiteren Bissen von dem Kaninchen zu nehmen.

Tamani spürte, dass sich zwei Augen in seinen Pelz brannten, und als er sich umdrehte, sah er Luna, die ihn unverwandt musterte.

»Wir könnten jagen gehen«, schlug er ihr vor, um außerhalb des Lagers mit ihr reden zu können.

Toah neben ihm nickte bestätigend und sagte dann: »Gute Idee. Ich wollte nochmal zu Solo.«

Luna blickte Tamani noch immer unverwandt an, doch dann nickte sie und stand auf.

Tamani folgte ihr hastig, während er versuchte, seine Gedanken zu ordnen. Tanne musste doch wissen, dass er und Toah nicht wie vorgegeben Sturm und Nacht waren. Und dadurch musste er auch wissen, dass so gut wie alles, was Toah erzählt hatte, gelogen war! Tamanis Herz drohte in seiner Brust zu zerspringen, als er an einen eventuellen Plan Tannes dachte. Bisher hatte er Narbe als einzigen bedeutenden Gegenspieler angesehen und Tanne keine Beachtung geschenkt. War das ein Fehler gewesen, den er bald bereuen würde?

»Wo wollen wir jagen?«, holte ihn Luna aus seinen Gedanken. Tamani schüttelte den Kopf und schaute sie verwirrt an. »Wie wäre es an der Grenze der Baumabteilung?«, schlug die junge Wölfin vor und trabte schon in die angedeutete Richtung los. Immer noch leicht verwirrt folgte ihr Tamani, bis sich die Novizin nach einer Weile zu ihm umdrehte und ihn mit ihren durchdringenden Augen musterte. »Also«, begann sie, »was ist los?«

Tamanis Nackenhaare stellten sich angesichts des Misstrauens in ihrer Stimme auf. Er gab die erstbeste Antwort von sich, die ihm einfiel: »Nichts.« Er konnte Luna nicht erzählen, warum er hier war und auch nicht, dass er nicht Sturm hieß.

»Das glaube ich dir nicht«, entgegnete die kleine Wölfin energisch und ein Blitzen lag in ihren Augen. »Erzähl mir endlich die Wahrheit«, forderte sie, während sich ihre Lippe kräuselte und sie spitze Reißzähne enthüllte. Sie ließ ein kaum merkliches Knurren hören, doch sofort strafften sich Tamanis Schultern und seine Muskeln spannten sich instinktiv an. »Los«, forderte Luna mit funkelnden Augen. »Ich höre!«

»Na gut.« Tamani legte beschämt die Ohren an. Scheinbar war der Zeitpunkt gekommen, an dem er Luna alles erzählen musste. Tamani fasste all seinen Mut zusammen und sagte dann: »Ich bin nicht Sturm!«

Luna zuckte zurück, als wäre sie auf einen Dorn getreten. Man konnte ihr ansehen, dass sie sich zurückhielt, etwas zu sagen, obwohl ihre Enttäuschung nicht zu übersehen war. In ihren Augen spiegelten sich Angst und Verletzlichkeit. Plötzlich wirkte sie wie ein winziger Welpe, kaum alt genug, um von der Milch seiner Mutter entwöhnt zu sein.

»Mein Name ist Tamani«, fuhr der Jungwolf schuldbewusst fort. »Und ich bin der Alphawelpe der Meeresgruppe, also ein Schüler des Wächtergebirges.«

Lunas Augen weiteten sich noch mehr und sie stand völlig unfähig, etwas zu sagen oder zu tun, da.

Tamani stand ihr still gegenüber, die Augen stumm auf sie gerichtet, die Muskeln angespannt, und wartete auf die Reaktion des Schattenwelpens. Nach ein paar Herzschlägen sträubte sich ihr Fell und ein leises, aber bösartiges Knurren drang aus ihrer Kehle. »Und was machst du dann hier, du Verräter?«, jaulte sie und konnte mit ihrer Wut nicht die Verzweiflung in ihrer Stimme übertönen.

Tamani blickte ihr traurig entgegen. »Ich habe von der Prophezeiung gehört, die Todessturm bekommen hat, und ich musste mehr darüber erfahren.«

Nun verfinsterte sich Lunas Blick noch mehr. »Du hast mich die ganze Zeit belogen!« Ihre Stimme war eisig, doch in ihren Augen loderte ein zorniges Feuer.

»Nein«, protestierte Tamani laut, doch Luna hatte sich schon zum Gehen gewandt. Mit einem Sprung hatte Tamani ihr den Weg abgeschnitten und wiederholte: »Nein! Alles, was ich dir erzählt habe stimmt, nur der Name und der Rang waren ein anderer.«

Erneut blitzte Zorn in ihren Augen auf und ein wütendes Jaulen entfuhr ihrer Kehle: »Warum sollte ich dir das glauben? Du hast mich die ganze Zeit nur belogen!« Sie duckte sich tief zu Boden und spannte kampfbereit die Muskeln an.

Im nächsten Moment spürte Tamani, wie ihn etwas umwarf und auf den Boden schleuderte. Zähne gruben sich in seine Kehle und scharfe Krallen zerrissen sein Bauchfell. Vor Überraschung und Schmerz jaulte der Alphawelpe leise auf, dann reagierten seine Instinkte und er rollte sich zur Seite, sodass er die junge Wölfin auf den Boden drücken und sie mit den Pfoten festhalten konnte. Luna knurrte und wehrte sich unbeholfen und trat wild mit den Hinterbeinen um sich, doch ihre Tritte gingen ins Leere.

»Was soll das?«, fauchte Tamani und merkte, wie ihn Wut erfüllte. Warum konnte sie ihm nicht einfach glauben und verzeihen? *Weil du sie belogen hast*, meldete sich eine Stimme aus seinem Inneren, und der Schüler wusste nicht recht, ob das Pala oder sein Gewissen gewesen war. Schuldbewusst trat er von der kleinen Wölfin zurück, während die Wut abebbte. Blut tropfte von seinem Bauch auf den Boden und färbte den Sand um ihn herum rot, doch er spürte die Wunde gar nicht. Er starrte einfach nur in die Ferne.

Luna hatte sich erneut zum Gehen gewandt, und Tamani wurde klar, dass dies jetzt die letzte Möglichkeit wäre, mit ihr zu reden. Er suchte nach Worten, doch sein Kopf war wie leergefegt. Was sollte er bloß sagen? Dann platze es einfach aus ihm heraus: »Es tut mir leid, Luna, es tut mir so leid. Ich hätte dir von Anfang an alles erzählen sollen, aber meine Fehler sind nicht mehr gutzumachen. Das Einzige, was ich noch tun kann, ist, dir das zu sagen.«

Der Schattenwelpe war stehen geblieben, und um besser hören zu können, hatte sie die Ohren nach hinten gewandt, also fuhr Tamani mit belegter Stimme fort: »Ich kann die Zeit nicht zurückdrehen, aber …« Er blickte mit schmerzerfüllten Augen zu ihr auf und die Verzweiflung in seinem Inneren stieg an, bis sie drohte, ihn zu zerreißen. »Aber ich wusste von Anfang an, dass ich dir vertrauen kann, und ich habe dich immer als meine Verbündete, aber vor allem als meine Freundin gesehen. Es war falsch, dass ich dich belogen habe.«

Tamani sah zu der jungen Wölfin, die noch immer wie erstarrt dastand und ihn nicht anblickte. In ihm stieg die Angst auf, dass Luna nun einfach davonrennen würde, doch dann wirbelte sie mit angelegten Ohren zu ihm herum. Tamani legte in Erwartung weiterer Wut der Jüngeren die Ohren an und duckte sich ein wenig. Doch als sie ihn anblickte, waren ihre Augen nicht wie erwartet voller Zorn, darin lag nur Kummer und Trauer. Tränen liefen über Lunas Wangen und tropften lautlos auf den Boden, und Tamani glaubte, ganz schwach ein leises Schluchzen wahrzunehmen.

»Ich habe dich auch immer als mein Freund angesehen«, sagte Luna mit einer Stimme, die hohl vor lauter Enttäuschung war. »Deshalb tut es ja so weh, dass du mich belogen hast!« Als könnte sie es nicht länger ertragen, sich in Tamanis Nähe aufzuhalten, drehte sie sich um und verschwand mit federnden Schritten aus dem Sichtfeld des Schülers in den Wald.

Tamanis Kopf war mit dem Verschwinden Lunas wie leer gefegt. Es war, als hätte das Rudel der ewigen Jagd hinabgelangt und ihm all seine Gefühle geraubt. Unentschlossen und ratlos starrte er auf das Gebüsch, in dem Luna verschwunden war. Vermutlich sollte er abhauen oder Toah warnen, doch er saß einfach nur da und wartete auf die nahenden Schattenwölfe, die ihn, sobald sie ihn erreicht hatten, töten würden.

Doch so lange er auch wartete, die Schattenwölfe kamen nicht, und als die Sonne schon kurz vor dem Versinken ihre letzten Strahlen über den Wald erstreckte und lange, kühle Schatten schickte, stand er schließlich auf. Die Kälte der Abenddämmerung jagte ihm Schauder über den Rücken und sein dunkler Pelz sträubte sich.

Warum waren die Schattenwölfe nicht gekommen, um ihn zu töten? Er trottete in Richtung Schattenwolflager und folgte dabei Lunas schalem Geruch. Hatten sie zu viel damit zu tun, Toah in Schach zu halten? Bei diesem Gedanken beschleunigte Tamani seine Schritte unwillkürlich, und sein Herz begann zu rasen. Hastig durchquerte er den Tunnel und schlüpfte mit einem suchenden Blick auf die mittlerweile nur noch schwach erhellte Lichtung. Tamani erwartete, einen Kampf zu sehen, der in der Mitte des Lagers tobte, doch alles schien in Ordnung zu sein, und in diesem Augenblick entdeckte er Toah, der neben Tibu lag und sich mit ihm unterhielt. Im selben Herzschlag bemerkte er auch Luna, die weit abseits der anderen Novizen saß und ihren Blick starr zu Boden gerichtet hatte. Fast wäre er instinktiv zu ihr gelaufen, stoppte dann aber abrupt und blickte nur weiter zu ihr. *Sie wird mir nie verzeihen*, dachte Tamani verbittert und legte frustriert die Ohren an. Aber offenbar hatte sie ihn und Toah dennoch nicht verraten.

Schlussendlich wandte Tamani den Blick vom Bau der Novizen ab und trottete entmutigt zu seiner Schlafhöhle. Niedergeschlagen schlüpfte er hinein und ließ sich dann kraftlos auf sein Moosbett fallen. Durch die kleinen Öffnungen des Strauches konnte er den Nachthimmel sehen, der sich über ihm ausbreitete, und er erblickte Sterne, die hell auf ihn herabschienen. Luna würde ihm nie verzeihen, aber sie hatte ihn und Toah nicht verraten, und dafür musste er ihr dankbar sein. Doch der Schüler konnte sich zu keinem fröhlichen Gedanken überreden, er beobachtete einfach stumm die ebenso stillen Sterne, die über ihm funkelten und in ihrem üblichen Glanz auf ihn hinabblickten. Er lauschte den undeutlichen Gesprächsfetzen der Schattenwölfe, die leise in die Höhle zu ihm drangen und ihn langsam schläfrig machten. Und während er die Sterne beobachtete, fiel er in einen aufgewühlten Schlaf.

Mit schnellen Schritten lief Tamani neben Toah her, ihre Muskeln spielten beeindruckend unter ihren dünnen Sommerpelzen und sie glitten lautlos durch den kühlen Schatten, den die Bäume warfen. Stumm folgte Tamani

Toahs Bewegungen, die Trauer des gestrigen Tages war noch nicht verflogen und quälte ihn mit jedem Herzschlag aufs Neue.

»Ich rieche Reh«, stellte Toah fest und Tamani spitzte die Ohren. Er hob die Schnauze und sog mit offenem Maul die Luft ein. Sofort erkannte er den Geruch des Beutetieres auf seiner Zunge und sein Nackenfell stellte sich auf. Toah hatte sich bereits in ein Jagdkauern fallen lassen und seine Muskeln angespannt, und unwillkürlich ahmte Tamani seine Haltung nach. Er schob sich ein paar Pfotenschritte nach vorn und glitt lautlos in ein Ginstergebüsch. Dann spähte er vorsichtig zu der Seite heraus, auf der er das Reh gerochen hatte. Zuerst sah er nur eine Frühsommerlichtung, die verlassen dalag, doch bei genauerem Hinsehen erkannte er zwischen den Bäumen einen hellrot-weiß gefleckten Pelz. Im nächsten Moment durchschnitt ein merkwürdiger Laut die Luft. Der Ruf eines Rehkitzes an seine Mutter.

»Das wird leicht«, flüsterte Toah, der sich neben Tamani geschoben hatte. »Es hat seine Herde verloren.«

Tamani nickte stumm, dann glitt er lautlos aus dem Gebüsch und schlich mit dem Bauch nahe am Boden auf das junge Reh zu. Verzweifelt sah das Kitz in die entgegengesetzte Richtung seiner Angreifer und stieß immer wieder quiekende Rufe aus, ungeachtet dessen, sich damit in Gefahr zu bringen. Tamani war nur noch wenige Wolfslängen von seiner Beute entfernt und hielt an, um sich sprungbereit zu machen. Er spannte seine Muskeln an und drückte sich auf den Boden, um im nächsten Moment loszuspringen. Doch genau in diesem Augenblick knackte laut ein Zweig hinter ihm. Das Rehkitz warf ruckartig den Kopf herum, entdeckte in derselben Bewegung seine Jäger und raste los in den angrenzenden Wald.

Ärgerlich wirbelte Tamani herum, um die Ursache des Geräusches zu suchen. Hinter ihm und Toah, der ebenso überrascht wirkte wie Tamani, stand Tanne. Der Blick des Botschafters flog abschätzig über die beiden Jungwölfe und seine grünen Augen glühten im Schatten der Bäume.

»Was sollte das?«, bellte Toah, der scheinbar seine Fassung wiedergefunden hatte. »Wir hätten das Kitz gefangen!« Die Augen des Schülers glommen auf vor Zorn, während er Tannes Blick erwiderte.

Dieser jedoch hielt Toahs Blick unbeirrt stand und sagte dann ungerührt: »Na und, *ihr* werdet bestimmt nicht verhungern.«

Tamani war über den gleichgültigen Ton Tannes verwundert. Interessierte ihn das Wohlbefinden seiner Abteilung denn gar nicht?

»Ich bin gekommen, um mit euch zu reden.«

Tamani stockte der Atem. Würde der Botschafter ihnen nun sagen, warum er Narbe nichts von Tamanis und Toahs Täuschung erzählt hatte?

»Ich weiß, dass Nachtklaues Schüler noch immer im Schattenverbund sind, und daher weiß ich auch, dass ihr beide Betrüger seid!«

Toah knurrte leise und Tamani konnte erkennen, wie sich sein Nackenfell sträubte. »Das stimmt wir sind …«, wollte der Schüler beginnen, doch Tanne schnitt ihm mit einem Rutenzucken das Wort ab.

»Mir ist egal, wer ihr seid oder was ihr hier macht. Das Einzige, das für mich entscheidend ist, ist, dass ihr sehr viel Einfluss auf die Waldabteilung habt. Mehr als ihr es vermutlich selbst ahnt.«

Der Alphawelpe blickte ihn verwirrt an. »Was meinst du damit?«, hörte er sich fragen, während seine Ohren nervös zuckten.

Ein boshaftes Lächeln huschte über Tannes Gesicht, dann sagte er: »Ihr wisst ja, dass Narbe mich aus seiner Schlafhöhle verbannt hat, richtig? Nun ja, das ist nicht alles. Als wir von unserer Ausbildung zurückkamen, waren unsere Rollen festgelegt: Ich sollte der Meister werden und Narbe sollte mein Botschafter sein.« Zorn umhüllte Tannes Augen und als er fortfuhr, war seine Stimme kühl und emotionslos. »Kurz bevor wir unser Revier erreichten, griff er mich aus dem Hinterhalt an und nagelte mich fest. Er drohte, mich zu ermorden, wenn ich ihm nicht den Platz als Meister überlassen würde, und er zwang mich zum Stillschweigen.« Tanne blickte eisig durch Tamani hindurch zu einem Punkt, der nur für ihn sichtbar war. »Ich musste zustimmen, ansonsten hätte er mich umgebracht, das weiß ich.« Verbittert fügte er hinzu: »Obwohl wir Brüder aus demselben Wurf sind!« Er schüttelte leicht den Kopf, bevor er sich wieder an die beiden Jungwölfe vor ihm wandte: »Der Punkt ist, dass er meinen Platz eingenommen hat, aber das lasse ich nicht mehr zu! Und ihr beiden als Schüler Nachtklaues habt die Macht, ihn abzusetzen.«

Tamani schnappte unwillkürlich nach Luft. Das war also Tannes Plan! Er wollte die Macht von Toah und Tamani dafür benutzen, um sich selbst in einen höheren Rang zu heben. Tamani wusste um den Verrat an der Rangordung der Schattenwölfe. Nur dem Stärkeren der beiden war es gestattet, Meister zu werden. Wenn sich Tanne nicht gegen seinen Bruder hatte behaupten können, dann stand ihm dieser Platz auch nicht zu.

»Warum sollten wir dir helfen, deine eigene Abteilung zu verraten?«, fragte Toah und hörte sich grimmig an.

Nun fletschte Tanne bedrohlich die Zähne und stellte die Rute auf, während sich sein Nackenfell sträubte. Er machte einen Schritt auf die Schüler zu und knurrte dann: »Ich verrate meine Abteilung nicht! Narbe hat die Abteilung verraten, weil er sie getäuscht hat. Ich will den Irrtum nur berichtigen! Außerdem kenne ich da ein kleines Geheimnis über euch, das die Waldabteilung sicher interessieren würde! Also, ihr habt keine Wahl!«

Tamanis Nackenfell sträubte sich und fast wäre er einen Schritt zurückgetreten, doch er zwang sich krampfhaft stehen zu bleiben, Tannes lodernden Blick zu erwidern und eine drohende Haltung einzunehmen.

»Wenn ich wollte, hätte ich euch schon längst verraten können, dann wärt ihr jetzt Fischfraß!«

Toah senkte zustimmend den Kopf, als würde er Tannes Argumente verstehen. »Na gut, also was schwebt dir vor?«, fragte er und in seiner Stimme klang Trotz mit.

Tanne entspannte sich ein wenig und fuhr schließlich fort: »Ihr werdet heute noch eine Versammlung einberufen und erzählen, dass ihr festgestellt habt, dass Narbe kein guter Meister ist und ihr ihn absetzen wollt.«

»Vielleicht stellst du dir das so leicht vor, aber es gibt viele Wölfe, die hinter Narbe stehen, und die werden diese Entscheidung nicht so leicht akzeptieren«, unterbrach ihn Toah.

Tanne nickte langsam. »Du hast recht, deshalb werdet ihr ihnen einen Kompromiss vorschlagen. Narbe wird gegen mich kämpfen und wenn er verliert, wird er abgesetzt und ich bin endlich offiziell der Meister der Waldabteilung.« Ein irres Glitzern lag in Tannes Augen und ließ sie unheilvoll funkeln.

»Wie kannst du dir so sicher sein, dass du gewinnst?«, fragte Tamani nun und versuchte, herausfordernd zu klingen.

Wieder fletschte Tanne die Zähne. »Ich habe trainiert«, stellte er knurrend klar und verdeutlichte seine Aussage mit einem weiteren tiefen Knurren.

»Na gut«, stimmte Toah zu, »so werden wir es machen.«

Tanne nickte zufrieden und blickte dann zu Tamani. »Und was ist mit dir, Sturm, oder wie auch immer du heißen magst?«

Tamani zuckte zusammen, als sich der Blick des Botschafters in ihn zu bohren schien, und er legte seine Ohren flach an. »Nur über meine Leiche würde ich einem Verräter wie dir helfen.«, stellte Tamani klar und fügte dann nach einer kurzen Pause hinzu: »Aber Narbe ist auch nicht besser als du, deshalb werde ich mitmachen. Unter einer Bedingung«, sagte Tamani und versuchte, ruhig zu klingen.

Tanne sah ihn überrascht an. Er wusste natürlich, dass Tamani und Toah nicht in der Position waren, Anforderungen zu stellen, doch er nickte einwilligend, um Tamani zu gewähren weiterzusprechen.

»Du darfst Nero nichts antun.« Tamanis Rückenhaar stellte sich auf, als er an den jungen Welpen dachte. Er bemerkte, wie ihn Tanne missbilligend anblickte, und auch Toahs Blick brannte sich in seinen Pelz.

»Wer ist Nero?«, wollte der Botschafter wissen und sah den jungen Wolf forschend an.

»Nero ist ein kleiner grauer Welpe und das ist auch das Problem«, fuhr er fort. »Denn er ist komplett grau und kein bisschen schwarz.« Tamani blickte zu Tanne und versuchte, sich seine Angst nicht ansehen zu lassen.

Der Botschafter schien seine Möglichkeiten einen Moment lang abzuwägen, dann nickte er langsam. Tamani atmete erleichtert auf.

»Wer wird Botschafter, wenn du Meister bist?« Die Stimme gehörte Toah, der mit angespannten Muskeln und aufrecht gestellter Rute dastand.

Tanne schien nicht einmal überrascht über die Frage, und er antwortete ohne zu zögern: »Wenn du willst, kannst du das sein.« Nun klang der Schattenwolf fast versöhnlich.

Toah blickte überrascht zu seinem Gegenüber und sagte dann: »Ich? Nein, ich wäre kein guter Botschafter«, erklärte er, und Tamani nahm einen Hauch Misstrauen in der Stimme des Schülers wahr ob der Tatsache, dass Tanne ihm diesen Posten anbot, obwohl er wusste, dass seine Identität erlogen war.

Einige Herzschläge lang herrschte Stille, bevor Toah wieder die Stimme erhob: »Wie wäre es mit Tibu?«

Ihn hätte ich auch vorgeschlagen, dachte Tamani und blickte zu Tanne, der forschend die Augen zusammengekniffen hatte und Toah voller Misstrauen beäugte.

Nach einer Weile nickte der Botschafter langsam und sagte dann wissend: »Er ist zwar noch etwas jung, aber gut, meinetwegen.« Er musterte die beiden Jungwölfe noch ein paar Herzschläge lang, dann drehte Tanne sich um und stolzierte davon. Bevor er jedoch in den Büschen verschwand, rief er nochmal über die Schulter zurück: »Ich erwarte, dass ihr die Versammlung noch heute in der Abenddämmerung abhaltet!« Dann war er verschwunden.

Tamani blickte ihm nachdenklich hinterher. Hatten sie die richtige

Entscheidung getroffen? Oder würde sich die Situation der Waldabteilung durch Tanne als Meister nur noch mehr verschlimmern? Und wenn das so wäre, hätte er dann Luna, Tibu und all die anderen in den sicheren Tod geschickt? Dass Tanne kaltblütig war, zeigte sich ja allein durch diesen Verrat an seiner Gruppe.

»Haben wir das Richtige getan?«, sprach Toah seine Bedenken laut aus und blickte Tamani mit sorgenvollen Augen an. Trotz allem, was sie ihm angetan hatten, schien die Waldabteilung immer noch im Herzen des ehemaligen Schattenwelpens zu sein.

Tamani zuckte ratlos mit den Schultern, doch dann sagte er: »Die Waldabteilung besteht nicht aus ein paar Welpen, die wehrlos und blind ihrer Mutter hinterhertapsen. Sie sind starke und gefährliche Wölfe, sie können sich wehren.«

Toah schien noch immer nicht überzeugt. »Aber würden sie das auch tun?«

Darauf wusste Tamani keine Antwort. Mit Narbe hatte die Waldabteilung einen schrecklichen Meister bekommen, und trotzdem hatte sich keiner der Schattenwölfe gegen ihn gewehrt. Tamani berührte Toah beruhigend mit der Rutenspitze an der Schulter und sagte dann: »Wenn wir uns anders entschieden hätten, hätten wir vielleicht unser Leben aufs Spiel gesetzt.«

Toah nickte nachdenklich, dann blickte er auf und sagte mit einem schmerzhaften Ausdruck in den Augen: »Du hast recht. Aber wie viele unschuldige Wölfe werden unter diesem berechnenden Meister sterben müssen, damit wir überleben können?«

Die Sonne stand mittlerweile am tiefsten Punkt und war schon kurz vor dem Verschwinden, als Toah, der neben Tamani und den anderen Novizen lag, aufstand und in die Mitte der Lichtung lief. Toah hatte den ganzen Tag kaum geredet, wie immer, wenn er einen Plan hatte. Nun zuckte der Schwarze mit der Rute als Zeichen, dass Tamani zu ihm kommen sollte. Der Alphawelpe erhob sich ebenfalls und trottete mit einem flauen Gefühl im Magen zu seinem Freund. Während Toah einen Ruf ausstieß, blickte Tamani zu Tibu. Ob er wohl ahnte, dass er gleich der Botschafter der Waldabteilung sein würde? *Nein natürlich nicht, woher soll er es auch wissen?*

Die Schattenwölfe hatten sich mittlerweile versammelt und murmelten überrascht, weil Toah und nicht ihr Meister sie zusammengerufen hatte.

»Ruhe!«, jaulte Toah laut und brachte so die Menge zum Schweigen. »Wie ihr wisst, sind Sturm und ich hier, um die Führungskraft Narbes zu überwachen und zu überprüfen. Nach allem, was wir beobachten konnten, und auch aufgrund von Narbes Verhalten, sind wir zu dem Schluss gekommen, dass Narbe nicht länger geeignet ist, die Waldabteilung zu leiten.« Aufgebrachte Rufe waren aus der Menge zu hören, doch Toah brachte sie mit einem strengen Blick zum Schweigen. »Deshalb setzen wir Narbe hiermit als Meister ab«, fuhr Toah mit einer kühlen, fast teilnahmslosen Stimme fort.

Nun trat Narbe aus der Menge nach vorne, sein verfilztes Fell war gesträubt und seine Lippe wütend gekräuselt, um die spitzen Reißzähne zu zeigen, die sie sonst verbarg. »Du hast kein Recht, so etwas zu tun!«, fauchte er und knurrte bedrohlich, doch Tamani war sich sicher, in den Augen des großen schwarzen Wolfes einen Hauch Unsicherheit zu entdecken.

»Ach nein?«, erwiderte Toah und seine Stimme gefror spitz in der Luft, als er sich an Narbe wandte. »Ich bin ebenso wie Sturm der Schüler Nachtklaues, und ich habe den Befehl von ihm, deine Führungsqualitäten zu überprüfen, und mit diesem einfachen Befehl wurde mir zugleich die Macht übertragen, dich abzusetzen!«

Die Unsicherheit, die vorher nur angedeutet war, leuchtete nun deutlich in Narbes Augen, und er trat einen Schritt zurück. Doch als er fortfuhr, hatte seine Stimme die übliche Härte: »Es gibt viele Wölfe, die auf meiner Seite stehen und der Meinung sind, dass ich ein guter Meister bin. Und sie werden mit mir gemeinsam in die Schlacht ziehen, wenn irgendjemand meinen Rang infrage stellt!«

Zustimmendes Gemurmel und leise Rufe waren aus der Menge zu hören, doch Tamani erkannte, dass es nur zu wenigen Wölfen gehörte, die meisten waren stumm geblieben.

Der Alphawelpe trat Narbe entgegen und baute sich vor ihm auf. »Wir werden nicht gegen dich kämpfen Narbe, aber trotzdem bist *du* nicht mehr der Meister dieser Abteilung! Finde dich damit ab oder kämpfe gegen den zukünftigen Meister der Waldabteilung!«

Narbe wirkte ein wenig überrascht, doch er erwiderte Tamanis Blick knurrend. »Und wer sollte das sein? Etwa du?« Der Schwarze ließ seinen Blick abschätzig über Tamani gleiten, als wäre er ein Stück verrottete Beute.

Tamani schüttelte den Kopf. »Nein. Ich habe meinen eigenen Platz, und der liegt fern von der Waldabteilung. Wir haben entschieden, dass Tanne der nächste Meister sein wird!«

Tamani hörte, wie in seiner Stimme ein Knurren mitklang, und er bemerkte zufrieden, dass ihm die Wut auf Narbe Mut verliehen hatte.

Narbe drehte sich mit spöttischem Blick zu Tanne um und verkündete dann: »Solch einen Schwächling wollt ihr zu meinem Nachfolger machen? Diese Versammlung hättet ihr gar nicht erst abhalten müssen. Tanne wird sich sicherlich freiwillig ergeben, oder?«

Tanne trat nach vorn und hielt dem Blick seines Bruders unbeirrt stand. »Nein, Narbe«, knurrte er, und sein Körper sah noch immer gelassen aus, nur seine Stimme verriet seine Anspannung. »Diesmal wird es anders ablaufen! Wenn ich, wie du behauptest, so ein Schwächling bin, wird es dir ja sicher nichts ausmachen, mit mir um den Platz des Meisters zu kämpfen.« Seine Stimme klang emotionslos, doch in seinen Augen loderte ein kaltes Feuer.

Narbe nickte mit einem triumphierenden Lächeln. »Natürlich kämpfe ich gegen dich, *Bruderherz*!«

Tannes Lefzen zogen sich nach oben und er enthüllte zwei Reihen spitzer Zähne. Offenbar verachtete Tanne Narbe so sehr, dass er ihn allein deshalb gerne angegriffen hätte, weil Narbe die Gruppe daran erinnert hatte, dass sie Brüder waren.

Nun erhob Toah erneut die Stimme: »Ihr werdet darum kämpfen, aber euch sollte klar sein, dass der Verlierer seine Stelle aufgeben muss und in den Omega-Rang des Rudels rutscht.«

Tanne nickte, ohne Narbe aus den Augen zu lassen.

»Das macht mir nichts aus, ich werde nämlich nicht der Verlierer sein«, stimmte auch Narbe zu und machte sich langsam kampfbereit.

Tamani folgte Toah aus der Mitte der Lichtung, um sich in der ersten Reihe niederzulassen, während Narbe und Tanne sich einander gegenüber aufstellten. Tanne hatte sich bereits mit angespannten Muskeln geduckt und kauerte mit einem berechnenden Blick vor Narbe, sein Fell war gesträubt und eines seiner Ohren zuckte, doch er wartete geduldig auf den Angriff seines Gegners. Narbe hingegen knurrte laut, seine Rute war zu einem Zeichen der Überlegenheit aufgestellt, und er hatte die Ohren vor Zorn flach an den Kopf angelegt. Dann sprang er los, flog einen Moment lang auf Tanne zu, doch mitten im Sprung sah Tamani, wie er umgeworfen wurde und unsanft auf den Boden prallte. Über dem überraschten Narbe stand Tanne, der bedrohlich die Zähne fletschte.

Mühsam wollte sich der am Boden Liegende wieder aufrichten, doch Tanne ließ ihm nicht die Zeit, sein Gleichgewicht wiederzufinden, sondern stürzte sich auf ihn. Sie verwickelten sich in ein jaulendes Fellknäuel, das unkontrollierbar über die Lichtung rollte und auch vor den anderen Wölfen der Abteilung keinen Halt machte.

Die Schattenwölfe sprangen aus dem Weg, während die beiden Wölfe weiterhin verbissen kämpften. Narbe war zwar stark und im Gegensatz zu den anderen Schattenwölfen schien er wohlgenährt zu sein, doch er hatte Tanne sichtlich unterschätzt. Denn während Narbe immer mehr an Kraft verlor, strotzte sein Bruder nur so vor Energie und warf sich immer heftiger gegen die gegnerischen Angriffe. Dann plötzlich kämpften sie nicht mehr. Tanne hatte seinen Gegner mit dem Rücken auf dem Boden festgenagelt und krümmte sich bedrohlich über seinen Hals. Er hätte sich nur nach unten beugen müssen, dann hätte er dem Schwarzen die Kehle durchbeißen können. Ein leises Knurren Narbes war zu hören, doch scheinbar wagte er es nicht, sein Missfallen in dieser Lage deutlicher auszudrücken oder sich auch nur zu rühren.

Tanne starrte triumphierend auf seinen Bruder herab und seine Augen leuchteten gierig. »Ich habe den Kampf gewonnen«, flüsterte er scheinbar mehr zu sich selbst, dann hob er jedoch den Kopf, wobei er eine seiner Pfoten auf Narbes Kehle setzte, damit dieser sich nicht bewegen konnte. »Ich habe den Kampf gewonnen!«, verkündete er laut, doch es brach kein Siegesgejaule aus. Nur die Worte Tannes schienen in der Abenddämmerung widerzuhallen. »Ich bin ab sofort der Meister der Waldabteilung und du«, er blickte abschätzig auf Narbe hinab, »bist nichts weiter als einer meiner Krieger! Ein Omega-Wolf, der meinen Befehlen unterliegt!«

In Tannes Kehle grollte ein tiefes Knurren, während er seinen Bruder musterte. Dieser hatte die Ohren angelegt und den Kopf als ein Zeichen der Niederlage und Unterwürfigkeit zu Seite gedreht.

In Tannes Augen glühte ein Ausdruck, der Tamani einen Schauder über den Rücken laufen ließ. Gier und deren Befriedigung vermischten sich zu etwas, das die grünen Augen boshaft funkeln ließ. Der neue Meister gab nochmals ein warnendes Knurren von sich, bevor er seinen Griff lockerte und Narbe die Möglichkeit gab, sich zu erheben und den inneren Kreis der Lichtung zu verlassen.

Der Besiegte bewegte sich langsam und schlich sich dann geduckt und mit eingezogener Rute aus dem Kreis heraus, um seine neue, erniedrigende Stellung als Omega-Wolf zu demonstrieren und seinem Bruder keinen Widerstand zu leisten.

Tamani wusste, dass Narbe es sich nun nicht mehr leisten konnte, seinen alten Charakter zu zeigen. Die Waldabteilung unterstand jetzt Tanne, und auf dessen Befehl würden sie gegen den Omega-Wolf kämpfen.

Tanne ignorierte seinen Bruder, als dieser davonschlich, und richtete seine ganze Aufmerksamkeit auf seine Abteilung, die ihm entgegensah.

Tamani erkannte, dass die Blicke der meisten Wölfe mit Ehrfurcht oder Angst gefüllt waren, andere jedoch mit einem Hauch von Triumph. Doch keiner von ihnen wagte es, seinem neuen Meister direkt in die Augen zu sehen und seinen Rang damit infrage zu stellen.

Tanne ließ ein zufriedenes Grollen hören und bellte dann so laut, dass alle auf der Lichtung ihn hören konnten: »Wer meinen Befehl verweigert oder sich mir gegenüber in irgendeiner Art untreu oder respektlos verhält, dem wird es genauso ergehen wie Narbe! Doch dann werde ich es nicht so glimpflich enden lassen!« Die Drohung ließ Tamani erschaudern. »Aber nun«, Tannes Stimme klang fast versöhnlich, »wird es Zeit, dass ich einen neuen Botschafter ernenne.« Ein leises Raunen ging durch die Menge. Jeder wollte diesen Rang erreichen, doch Tamani wusste, dass keiner von ihnen einen besseren Botschafter als Tibu abgeben würde. »Der neue Botschafter der Waldabteilung wird Tibu sein!«

Einige Herzschläge lang herrschte Stille, bevor ein schriller Ausruf ertönte: »Ich?«

Die Menge tat sich auf und Tibu trat mit zitternden Schritten und einem vor Aufregung gesträubten Fell nach vorne, um sich Tanne gegenüberzustellen.

In der Menge war ein leises Murmeln zu vernehmen, Zweifel an der Entscheidung Tannes, einen Novizen zum Botschafter zu machen.

»Was? Du ernennst einen Jungwolf zum Botschafter?« Narbe war entgegen seinem Rang nach vorne getreten und musterte Tibu mit einem abschätzigen Blick.

Tannes Augen glühten vor Zorn, als er sich an seinen Bruder wandte: »Verschwinde!«, zischte er. »Scheinbar hast du es immer noch nicht verstanden. Du bist jetzt ein Omega-Wolf, der niedrigste Wolf im Rang! Ich hingegen bin dein Meister und ich treffe meine eigenen Entscheidungen. Mir ist auch vollkommen egal, was du davon hältst, du musst sie nur akzeptieren. Und wenn du nicht vorhast, dich meinem Willen zu beugen, dann …« Tanne musste den Satz nicht einmal zu Ende sprechen, Narbe war mit einer unterwürfigen Haltung, die nicht zu ihm zu passen schien, zurückgetreten.

Die Wölfe in der Menge hatten ebenfalls begonnen zu knurren, sie mochten die Entscheidung ihres Meisters vielleicht nicht verstehen, aber keiner von ihnen würde es zulassen, dass ein Omega-Wolf sich so aufspielte, egal ob er zuvor noch ihr Meister gewesen war.

Tanne nickte seinen Wölfen zu, während sich Narbe in der Menge nach hinten schob, und blickte dann wieder zu Tibu, der noch immer vor Aufregung zitterte. »Tibu, du bist der älteste Novize in unserer Abteilung, du hast das Kämpfen erlernt und bist ein kluger, junger Wolf, dem man sein Vertrauen schenken kann. Deshalb ist deine Ausbildung von diesem Tag an beendet und du bist ab sofort ein vollwertiger Kämpfer der Waldabteilung. Doch wegen deiner herausragenden Fähigkeiten hast du die Ehre, von unserem jüngsten Krieger aus sofort zum Botschafter dieser Abteilung zu werden. Damit wird dir eine große Verantwortung auferlegt, und ich verlange von dir, dass du deiner Abteilung und mir als Anführer gut dienst.«

Tamani zuckte überrascht mit den Ohren. Solch freundliche und zuversichtlich Worte hatte er von Tanne gar nicht erwartet. Doch als Tibu mit nervöser Stimme antwortete, verstand er, dass dies ein uraltes Ritual mit festgelegten Floskeln war.

»Ich verspreche, alles Erdenkliche zu tun, um meine Aufgabe gut und gewissenhaft zu erfüllen, und ich verspreche, meiner Abteilung und unserem Anführer gut zu dienen.« Tibu senkte seinen Kopf tief vor seinem neuen Meister und nahm in dieser Haltung Tannes nächste Worte entgegen.

»So soll es sein. Als ein Wolf, der in einen besonderen Rang gehoben wurde, verleihe ich dir den Namen …« Tanne schien kurz zu überlegen, bevor er mit fester Stimme sagte: »Blitz!« Der neue Botschafter schien sich wieder aufrichten zu dürfen, und er blickte Tanne mit vor Erwartung hell leuchtenden Augen entgegen.

Der Meister nickte ihm leicht zu, bevor er sich mit erhobener Rute hinsetzte und Blitz bedeutete, dasselbe zu tun. Tanne richtete seine grünen Augen zum Himmel, an dem mittlerweile die ersten Sterne blinkten, und dann drang ein Laut aus seiner Kehle. Selbstbewusst und klar, so wie er sich darstellen musste, klang das Jaulen einsam durch die Nacht, bevor Blitz heiser in das Geheul einstimmte.

Verdutzt beobachtete Tamani, wie sich ein Schattenwolf nach dem anderen dem Triumphgejaule anschloss, bis ihn Toah ungeduldig mit der Schulter anstieß. »Du musst heulen«, zischte er leise.

Unsicher hob Tamani den Kopf und versuchte, seine Stimme an die der anderen Wölfe anzupassen. Er heulte gemeinsam mit Toah und der Waldabteilung, bis die ganze Nacht mit der klaren Botschaft erfüllt zu sein schien.

Als der Mond sich an seiner höchsten Stelle befand, verebbten die Stimmen der Wölfe, bis es ganz still auf der Lichtung war.

»Die Waldabteilung ist von heute an stärker denn je«, verkündete Tanne laut, bevor er mit einem Zucken der Rute zu verstehen gab, dass die Versammlung beendet war. Der neue Meister stolzierte mit erhobener Rute zu seinem Bau und verschwand mit Genugtuung darin.

Unter leisem Gemurmel liefen die Schattenwölfe in ihre Baue, und nur vereinzelt waren Glückwünsche für Blitz zu hören. Toah trabte mit leuchtenden Augen zu ihm und senkte dann respektvoll den Kopf vor dem jungen Botschafter. Tamani ahmte seine Geste nach und trat nach vorne, um Blitz mit der Schnauze an der Schulter zu berühren.

»Herzlichen Glückwunsch«, murmelte er leise, und er hörte Blitz ebenso leise antworten: »Danke.«

Tamani trat einen Schritt zurück und erkannte, dass der junge Wolf noch immer vor Aufregung zitterte und sein Fell gesträubt war.

»Was willst du jetzt, da du Botschafter bist, tun?«, fragte Toah mit einem ganz neuen Respekt in der Stimme.

»Ich …«, Blitz überlegte kurz, dann sagte er in einer zuversichtlichen Stimmlage: »Ich werde heute Nacht die Lichtung beim Dornentunnel bewachen.« Er neigte seinen Kopf, um sich damit sein zerzaustes Brustfell zu lecken.

»Das ist eine gute Idee. Gute Nacht, Blitz.« Erneut neigte Toah den Kopf vor dem jungen Botschafter, drehte sich um und lief zu seiner Schlafhöhle.

Blitz trottete in die Schatten hinein, die der Dornentunnel auf die mondbeschienene Lichtung warf.

Tamani versuchte, den Jungwolf zu erkennen, doch es war unmöglich, ihn in den Schatten auszumachen. Nach einer Weile gab er es auf und lief müde zu seiner Schlafhöhle, die so dunkel war, dass er nicht einmal seine Schnauze erkennen konnte. Er tastete sich in sein Moosbett und rollte sich neben Toah zusammen. Eine Weile noch lauschte er den gleichmäßigen Atemzügen seines Freundes, dann schlief auch er ein.

18. Kapitel

Wind zerzauste Tamanis Fell, als er durch den Wald raste. Hinter sich hörte der Graue die Pfotenschritte von Toah und Solo, die ihm folgten. Tamanis Begleiter schnauften heftig, während der Alphawelpe vor Energie strotzte, die ihm durch seine Angst verliehen wurde. Tamani schauderte, als er an den Morgen dachte: Im Morgengrauen waren Schattenwölfe des Schattenverbunds aufgetaucht und hatten der Waldabteilung von einem bevorstehenden Angriff auf die Schüler des Wächtergebirges berichtet, der von allen Abteilungen und dem Schattenverbund gleichzeitig ausgeführt werden sollte. Schon als er die anderen Schattenwölfe gerochen hatte, hatte Tamani gewusst, dass er die Schüler warnen musste. Also war er im ersten unbeobachteten Moment davongeschlichen. Toah hatte ihn begleitet und Solo ebenfalls, da sie bei der Enttarnung der angeblichen Schüler Nachtklaues sicherlich in Schwierigkeiten geraten wäre. Der Graue beschleunigte sein Tempo unwillkürlich, als er an das dachte, was Solo vor einem Sonnenaufgang endlich herausgefunden hatte: Die Schattenwölfe vermuteten, dass Graupelz, sein Ausbilder, der große graue Wolf aus der Prophezeiung war! Der genaue Wortlaut der Prophezeiung hallte in Tamanis Kopf wider: *Es wird ein Wolf kommen, groß und grau, dieser ist zu Höherem bestimmt. Er ist ein starker Krieger und ein besserer Kämpfer, als es ein normaler Wolf zu sein vermag. Seine Pfoten sind mächtig genug, um die Schattenwölfe zu zerstören. Doch auch sein Schicksal kann in einem Kampf besiegelt werden!*

Daher planten alle Abteilungen der Schattenwölfe nun, diesen grauen Wolf ein für allemal zu besiegen.

Ein Schauder durchlief ihn vom Kopf bis zur Schwanzspitze. Der Graue beschleunigte sein Tempo noch ein wenig und wie ein warmes Stück Beute flutete der Geruch der Schüler des Wächtergebirges seine Nase. Sie hatten also schon fast die Grenze erreicht! Vor Freude spürte Tamani, wie sich sein Körper erwärmte und sein Fell zu prickeln begann. Gleich würde er wieder durch sein Revier laufen, doch das dumpfe Gefühl der Angst unterbrach seine Tagträume. Wie viele Wölfe und Welpen würden bei ihrer bevorstehenden Schlacht ihr Leben lassen?

Als er mit einem gewaltigen Satz die Duftmarkierungen überquerte, hörte er Toah hinter sich keuchen. Der Graue blickte zurück und entdeckte seine Freunde in einiger Entfernung, wie sie sich ihren Weg durch die dornigen Sträucher bahnten. Mit Pfoten voller Ungeduld wartete Tamani, bis sie endlich zu ihm aufgeschlossen hatten.

»Tamani«, keuchte Toah, und der Alphawelpe konnte sehen, wie die Pfoten des Freundes vor Erschöpfung zitterten. »Bitte, mach langsamer, du hetzt uns noch zu Tode.«

Tamani ließ seinen Blick über seine beiden Begleiter schweifen, die schwer atmend vor ihm standen. »Das tut mir leid.« Tamani schüttelte bedauernd den Kopf und sagte dann kein bisschen außer Atem: »Ihr könnt gerne langsamer machen, aber ich muss weiter und die anderen Schüler so schnell wie möglich warnen!«

Er wollte sich gerade umdrehen, um weiterzulaufen, als Solo nach vorne trat. Ihr Atem ging schnell und sie wirkte erschöpft, doch in ihren grünbraunen Augen glänzte Entschlossenheit. »Wir sind ebenfalls Schüler des Wächtergebirges, wir werden bei dir bleiben!«

Dankbar senkte Tamani den Kopf, überrascht von ihrer Treue zu den Schülern, die sie nie kennengelernt hatte.

»Gut, dann lasst uns weiterlaufen.« Der Alphawelpe wirbelte herum, um den Lauf durch das nun bekannte Gebiet fortzusetzen.

»Halt!« Ein lautes Jaulen zerriss die Luft, dann fegte etwas Tamani von den Pfoten. Er prallte unsanft auf den Boden und zwei starke Pranken pressten ihn in den Staub. Einen Herzschlag später spürte er spitze Zähne, die sich in sein Nackenfell gruben, und plötzlich umwehte ihn der Geruch von Schülern des Wächtergebirges. »Plant ihr Schattenwolfspack schon wieder eine Invasion?«, jaulte eine wütende Stimme Tamani ins Gesicht.

Der Alphawelpe blinzelte sich verwirrt das Blut aus den Augen, das aus einem tiefen Kratzer über seiner Stirn kam. Warum wurden sie von Schülern des Wächtergebirges attackiert? Ein dumpfes Gefühl der Angst regte sich in Tamanis Bauch, als ihm bewusst wurde, dass er noch immer den Geruch der Schattenwölfe und den schwarzen Schlamm an sich trug. Tamani wandte seinen Kopf leicht, um in die funkelnden hellgrünen Augen seines Angreifers zu sehen. Der Jungwolf hatte sie zu wütenden Schlitzen verzogen und seine Ohren kampfbereit angelegt. Ein Knurren, tief und kehlig, verriet, dass er sich darüber ärgerte, dass Tamani ihm keine Gegenwehr leistete.

Tamani erhaschte nur einen flüchtigen Blick auf das braungescheckte Fell des Schülers, doch sofort zuckte ein Blitz der Erinnerung durch ihn hindurch. »Ruku«, stieß Tamani hervor und hob seine Schnauze dabei leicht über den Boden. Der Alpha der Waldgruppe schien nun sichtlich verunsichert und sein Griff lockerte sich ein wenig, was Tamani die Möglichkeit gab, sein Gesicht etwas vom Boden zu lösen und die nächsten Worte auszusprechen. »Ich bin es, Tamani«, stellte er klar und schaffte es, dem Schüler in die Augen zu blicken, in denen sich nur noch mehr Verwirrung breit machte.

»Aber … Aber ihr seid doch tot«, keuchte er erschrocken und fügte schnell hinzu: »Außerdem riechst du nicht wie Tamani, sondern wie ein Schattenwolf!«

»Ja.« Tamani nickte und wand sich unter dem anderen heraus, was dieser ohne Weiteres zuließ. Er stellte sich Ruku gegenüber und hatte nun die Möglichkeit, ihn genauer zu betrachten. Das hellbraun gescheckte Fell war das Einzige, was Ruku in Tamanis Erinnerung mit dem jungen Alpha der Waldgruppe verband, den er vor einigen Mondwechseln kennengelernt hatte. Rukus Schultern waren seitdem sichtlich breiter geworden und unter seinem dünnen Sommerpelz spielten beeindruckend die stählernen Muskeln. Sein Pelz schien sich ebenfalls verändert zu haben, das flauschige Fell eines Welpen im Frühling war dem eines Jungwolfes gewichen, selbst die Augen des Alphawelpen schienen nun deutlich entschlossener und gefasster. Und auch an Größe hatte Ruku in den Wochen, in denen Toah und Tamani bei den Schattenwölfen gewesen waren, deutlich zugenommen und wirkte mit seiner Truppe keineswegs mehr wie eine Gruppe von Jungwölfen, sondern eher wie eine Kampftruppe mit ihrem Anführer.

Tamani senkte den Kopf vor Ruku zu einem respektvollen Gruß unter Gleichrangigen und sagte dann mit einer ruhigen und beschwichtigenden Stimme: »Wir waren bei den Schattenwölfen, um sie auszuspionieren, und die schwarze Farbe in unserem Fell ist nur Schlick, wir können ihn abwaschen.«

Ruku musterte sein Gegenüber mit einem Blick, in dem das Misstrauen nicht zu übersehen war.

Warum kann er uns bloß nicht glauben?, fragte sich Tamani und schickte ein stummes Stoßgebet zum Rudel der ewigen Jagd.

Schließlich zeigte Ruku ein kaum merkbares Nicken, bevor er sagte: »Lasst sie los, dies sind Schüler des Wächtergebirges.« Sofort trat seine Truppe von den vermeintlichen Eindringlingen zurück, um sich um Ruku zu scharen. Der Alphawelpe der Waldgruppe ließ seinen hellen Blick über Solo und Toah gleiten, bevor er erklärte: »Dort hinten ist ein Tümpel, da könnt ihr euch das Zeug und diesen widerlichen Gestank abwaschen.« Er nickte in die Richtung, in der, wie Tamani wusste, ein kleiner Teich lag.

Tamani wäre der Aufforderung gerne gefolgt und hätte sich jegliche Dinge, die ihn mit den Schattenwölfen in Verbindung brachten, vom Körper gewaschen, doch er wusste, dass dafür jetzt keine Zeit war. »Das geht nicht«, widersprach er Ruku hastig. »Wir müssen den Wächtern eine wichtige Nachricht überbringen, und zwar sofort!«

Der Alpha der Waldgruppe wandte sich zu Tamani und musterte ihn kurz, bevor er dann mit ruhiger und sachlicher Stimme klarstellte: »Wenn ihr so auf dem Plateau auftaucht, dann werdet ihr schneller zerfetzt, als einer von euch ›Reh‹ sagen kann. Wascht euch vorher, ihr werdet noch früh genug zu den Wächtern kommen.«

Zweifel schossen Tamani durch den Kopf, als er den hellen Blick des anderen erwiderte. Sollten sie es wirklich wagen, Zeit zu verschwenden, nur um sich zu waschen? Aber hatte Ruku nicht recht? Wäre es unvernünftig, in der Fellfarbe und mit dem Geruch eines Schattenwolfes auf dem Plateau zu erscheinen? Unwillkürlich wanderte Tamanis Blick zu Toah, in dessen Augen dieselben Zweifel standen, doch er nickte nur schwach, was zweifellos Zustimmung bedeutete.

Wenn Toah es für das Richtige hält, dann sollte ich ihm vertrauen! Tamani verdrängte die Zweifel aus seinem Kopf und nickte Ruku zu.

Als er das grünliche Wasser des Tümpels durch die Bäume blitzen sah, sprang Tamani los. Er hastete um einen Dornenbusch herum und landete mit einem großen Satz in dem kühlen Nass. Tamani spürte, wie das Wasser langsam in sein Fell drang und die Schlammschicht, die so lange seine wahre Fellfarbe verborgen hatte, löste. Mit einem lauten Platschen landete Toah neben dem Jungwolf und kühle Tropfen bespritzten Tamanis Kopf und lösten auch dort ein wenig Schlamm ab. Einen Herzschlag später kam auch Solo in den Tümpel gewatet, ihr Gesicht zu einem spöttischen Lächeln verzogen. Tamani holte tief Luft tauchte unter und spülte so den letzten Schlamm von seinem Körper. Als die drei Jungwölfe wieder aus dem Wasser trotteten, empfing Rukus Gruppe sie geduldig und ruhig, doch Tamani konnte hinter dem ernsten Blick des anderen Alphas ein amüsiertes Funkeln entdecken. Entschlossen schüttelte er das Wasser aus seinem Pelz und genoß das saubere Gefühl einen kurzen Moment.

»Wir müssen los zum Plateau!« Tamanis Nackenhaare stellten sich auf, als er seine Gedanken laut aussprach, und vor seinem inneren Auge zogen die Bilder einer blutigen Schlacht vorüber.

»Gut. Sandsturm wird sich sicher bald Gedanken machen, wenn wir nicht zurück sind.« Die Rute des Alphawelpen zuckte in die Luft, als er sich umdrehte und ohne weitere Vorwarnung losstürmte.

In großen Sätzen folgte Tamani dem Gescheckten, und als er kurz über die Schulter zurückblickte, sah er, dass Solo und Toah ihm, von der anderen Truppe flankiert, folgten. Mit ein paar weiten Sprüngen hatte Tamani den Alpha der Waldgruppe überholt und führte so die Gruppe knapp vor Ruku an. Voller Stolz folgte er den Wegen, auf denen seine Pfoten schon früher ihren Weg gefunden hatten, und sein Herz klopfte vor Freude, noch mehr, als er durchs Unterholz brach. Vor ihm öffnete sich das Gelände zu einer großen Wiese, die von sanften Hügeln eingesäumt war. Hier hatte Tamani zum ersten Mal als Schüler Beute gemacht. Bilder fluteten seine Gedanken, und voller Glücksgefühle schlugen seine Pfoten unwillkürlich den Weg ein, der zum Geheimgang führte.

»Warum habt ihr es so eilig, zurück zum Plateau zu kommen?« Tamani zuckte bei Rukus Worten kaum merklich zusammen. Der Alphawelpe hatte zu dem Grauen aufgeholt und trotz des Keuchens, das in seiner Stimme lag, eilte er in großen Sätzen neben Tamani her.

Der überlegte kurz und wählte seine Worte sorgfältig, bevor er sagte: »Die Schattenwolf-Abteilung, die Toah und ich ausspioniert haben, plant gemeinsam mit den anderen Abteilungen einen Angriff auf uns.«

»Schattenwolf-Abteilung?«, wiederholte Ruku verwirrt.

»Ich befürchte, dass die Erklärung zu lange dauern würde, alles Wichtige wirst du später von den Wächtern erfahren«, sagte Tamani einfach und versuchte, Bedauern in seine Stimme zu legen. Eigentlich war es ihm jedoch ganz recht, dass er eine Ausrede gefunden hatte. Er konnte nicht noch mehr Zeit verschwenden. Er musste die Wächter warnen!

Tamani machte einige riesige Sätze, sodass er Ruku mit einem kleinen Abstand hinter sich laufen ließ. Der Graue tauchte in die Schatten des Geheimgangs ein und spürte die Unebenheit der Steine, die den Boden bildeten und leicht anstiegen. Wie von selbst steuerten ihn seine Pfoten durch den nachtdunklen Gang. Ohne langsamer zu werden, brach er aus den Schatten hinauf aufs Plateau. Bekannte Gerüche strömten in Tamanis geöffnetes Maul, und er hielt einen Moment überwältigt von dem Anblick inne. Als er dann neben Ruku seinen Weg zur Mitte des Plateaus fortsetzte, spürte er, wie ihm verwirrte sowie sorgenvolle Blicke folgten.

»Geh du zu den Wächtern, ich werde unserer Gruppe berichten, was geschehen ist.« Toahs Flüstern bewegte das Fell an Tamanis Ohr und er nickte bestätigend. Neben ihm entließ Ruku gerade seine Truppe mit einem Rutenzucken, und der Graue sah, wie Toah und Solo in der Menge der Jungwölfe, die auf dem Plateau lagen und sich sonnten, verschwanden. Der Alphawelpe wandte seinen Blick vom Getümmel ab und sah stattdessen zum kleinen Plateau hinauf. Ob die Wächter wohl in ihrer Höhle waren? Oder sonnten sie sich ebenso wie ihre Schüler? Der Graue hatte sich gerade diese Frage gestellt, als er die groß gebaute Gestalt von Graupelz entdeckte, der aus der Schlafhöhle der Wächter getreten war. Der sorgenvolle Blick und die zuckenden Ohren verrieten, dass er vermutlich von dem Tumult, den die nun murmelnden Schüler verursachten, geweckt worden war. Graupelz ließ seinen Blick über die Menge schweifen, bis er an Tamani hängen blieb, und ein Ausdruck von Überraschung breitete sich im grauen Gesicht des Wächters aus.

Tamani senkte tief den Kopf vor seinem Ausbilder, um ihm seinen Respekt auszudrücken, und als er wieder aufblickte, sah er, dass der Wächter die Geste mit einem schwachen Nicken erwiderte. Dann schnippte die

Rute des Wolfes in die Luft, ein gebieterisches Zeichen, dass Tamani zu ihm kommen sollte. Vorsichtig bahnte sich der Alphawelpe seinen Weg durch die Menge und erkannte an dem Gemurmel und den brennenden Blicken auf seinem Pelz, dass die Truppe die Toah, Solo und ihn begleitet hatte, bereits von ihnen berichtet hatte.

Angst vor der Reaktion der Wächter sträubte Tamanis Nackenfell, doch er kletterte tapfer den Weg hinauf, der zum kleinen Plateau führte, und setzte dabei bedacht seine Pfoten, um nicht abzurutschen oder in Felsspalten zu treten.

Währenddessen schwirrte sein Kopf: Tamani glaubte zwar nicht, dass das der Fall war, aber vielleicht hatte die Meeresgruppe den Wächtern ja doch im Vertrauen von ihrem Plan erzählt? Oder dachten die Ausbilder womöglich jetzt, da Tamani und Toah offenbar wohlbehalten zurück und nicht getötet worden waren, dass sie Verräter waren, die man am besten beseitigen sollte? Sein Magen begann zu schmerzen, als er schließlich das kleine Plateau erreicht hatte und Graupelz gegenübertrat, der mit einem strengen Blick über ihm aufragte.

Einen langen Augenblick starrte Graupelz ihn durchdringend an und musterte ihn von den Ohren bis zu Schwanzspitze, bevor er mit einer ruhigen, fast ausdruckslosen Stimme sagte: »Komm mit in unsere Schlafhöhle, ich bin mir sicher, du hast uns einiges zu erklären.«

Tamani wusste, dass hinter diesen Worten strenger Zorn lag, und so folgte er seinem Ausbilder, ohne zu zögern, in den Schatten eines überhängenden Felsens. Als Tamani die Höhle betrat, legte er voller Ehrfurcht die Ohren flach an seinen Kopf an. Es war eine große Ehre, in die Schlafhöhle der Wächter eingeladen zu werden, und sicherlich hatten diese Ehre noch nicht viele Schüler geteilt. Seine Augen brauchten einige Herzschläge, bis sie sich an die Dunkelheit gewöhnt hatten, aber Tamani hatte die Höhle bereits mit seinen anderen Sinnen erfasst. Der Geruch vor ihm hatte ihm verraten, dass dort Schneeflocke und Sandsturm an der Felswand kauerten, und das leise Knistern, das in der Luft lag, sagte ihm, dass sich die Pelze der beiden Wächter berührten. Tamani erkannte die Umrisse der beiden Wölfe nun deutlicher und auch ihre Augen, die ihm mit einem unlesbaren Ausdruck entgegenglühten. Graupelz hatte sich mit etwas Abstand neben die anderen Wächter gesetzt und sein stählerner Blick bohrte sich in Tamani.

Als Tamani sich nochmals umsah, bemerkte er, dass nur Mitternacht nicht in seiner Höhle war, und in seinem Inneren breitete sich Erleichterung aus. Es war einfacher, den Wächtern Bericht zu erstatten, wenn Mitternacht nicht da war. Unruhig scharrten Tamanis Pfoten über den Boden, als er darauf wartete, dass einer der Wächter das Gespräch beginnen würde.

»Nun«, erhob Sandsturm dann auch sofort die Stimme und funkelte Tamani unverwandt an, »es gab viele Gerüchte über euer Verschwinden, aber niemand außer der Meeresgruppe wusste Genaueres, und die hat sich leider die ganze Zeit in Schweigen gehüllt.« Ein kaum merkliches Knurren lag in seiner Stimme und verlieh seinen Worten etwas Bedrohliches.

»Das dachte ich mir schon«, bestätigte Tamani und bemühte sich um eine feste Stimme. Er neigte seinen Kopf respektvoll vor Schneeflocke und Sandsturm und fuhr dann mutig fort: »Toah und ich sind bei den Schattenwölfen gewesen, um sie auszuspionieren …«

Weiter kam er nicht, denn er wurde von Schneeflockes scharfer Stimme unterbrochen: »Ganz allein, und ohne um Erlaubnis zu fragen?«

Tamani legte beschämt die Ohren an. »Ja, wir waren allein«, gab er schuldbewusst zu. »Und wir haben auch keinen Wächter um Erlaubnis gefragt, aber …«

»Das war töricht«, unterbrach ihn Sandsturms Knurren und der Wächter fuhr aufgebracht fort: »Du magst zwar ein Alphawelpe sein, Tamani, aber auch du hast Befehle zu befolgen!« Die Zähne des Wächters waren gebleckt, die Lefzen wütend zurückgezogen.

»Ja«, bestätigte Schneeflocke streng und sagte dann scharf: »Tamani, du bist noch jung, aber du musst das verstehen! Du und Toah, ihr seid Teil einer Gemeinschaft, und jede Gemeinschaft ist nur so stark, wie ihr schwächstes Mitglied. Und wenn du und Toah keine Befehle befolgen und ausführen könnt, dann seid ihr unsere schwächsten Mitglieder!«

Tamani senkte rasch den Kopf vor der Wut, die in der Stimme der Wölfin lag.

»Das verstehe ich, aber …«

»Es gibt kein *aber*!«, unterbrach ihn Sandsturm mit wütendem Jaulen erneut.

Erschreckt trat Tamani einen Schritt zurück, sodass seine Pfoten die Felswand hinter ihm berührten, und er wappnete sich unwillkürlich gegen einen Angriff des braunen Wächters. Einen Herzschlag später wurde ihm bewusst, wie lächerlich seine Angst war, und er senkte beschämt den Blick. Wie sollte er den Wächtern nur von dem bevorstehenden Kampf erzählen, wenn diese ihm nicht zuhörten? *Rudel der ewigen Jagd, bitte hilf mir*, betete Tamani stumm, doch er schwieg vor Ehrerbietung weiterhin.

»Graupelz, was sagst du dazu? Er ist dein Schüler und du bist dafür verantwortlich, dass er den Befehlen gehorcht, die man ihm gibt«, wandte sich Sandsturm nun an den Ausbilder der Meeresgruppe.

Graupelz' Blick streifte Tamani unverwandt und er zuckte zusammen. Er hatte nicht angenommen, dass es so schwer werden würde, die Wächter vor dem drohenden Angriff der Schattenwölfe zu warnen.

»Mein Schüler hat einen Fehler gemacht«, knurrte Graupelz finster und wandte sich an Sandsturm. »Aber ich bin mir sicher, dass er nicht nur hierher zurückgekommen ist, um sich anzuhören, was er alles falsch gemacht hat, denn das weiß er selbst. Es muss einen wichtigen Grund geben, dass er ausgerechnet jetzt gekommen ist, oder etwa nicht?« Der graue Wächter wandte erneut den Kopf und fixierte seinen Schüler mit seinen durchdringenden blaugrauen Augen.

Ein winziger Hoffnungsschimmer glomm in Tamanis Herz auf. Graupelz würde ihn anhören!

»Also, Tamani, erzähle uns, was der Grund für eure Aktion und die Rückkehr zu diesem Zeitpunkt war«, forderte Graupelz kühl, doch Tamani sah, dass sich das Nackenfell seines Ausbilders gesträubt hatte.

Nervös schluckte Tamani und brachte ein schwaches Nicken zustande, bevor er unsicher zu sprechen begann: »Wie schon erwähnt haben Toah und ich die Schattenwölfe ausspioniert und …« Der Jungwolf überlegte kurz, wie er fortfahren sollte, um sich möglichst kurz zu fassen, und sagte dann: »Und heute Morgen haben sie beschlossen, uns anzugreifen!«

Schneeflockes Augen weiteten sich ein wenig, aber ihre Miene blieb ansonsten gleichgültig. Sandsturm blickte Tamani unbeeindruckt an, nur Graupelz wirkte noch immer angespannt.

Nach einer kurzen Zeit des Schweigens erklärte der braune Wächter mit fester Stimme: »Na und? Mit denen werden wir schon fertig, das ist schließlich nicht unser erster Kampf gegen Schattenwölfe.«

»So leicht ist das nicht!«, stellte Tamani rasch klar. »Die Schattenwölfe leben in sogenannten Abteilungen, und bisher wurden wir immer nur von *einer* dieser Abteilungen angegriffen. Heute erwartet uns jedoch der Angriff von *sechs* solcher Abteilungen!« Tamani erwiderte Sandsturms Blick fest, um seinen Worten Nachdruck zu verleihen, und er konnte erkennen, wie sich die smaragdgrünen Augen des Wächters schockiert weiteten, als er das Ausmaß des Angriffes erfasste. Schneeflocke keuchte bestürzt, während sich ihr Nackenfell sträubte, und obwohl Graupelz unbeweglich dasaß und den Blick zu Boden gewandt hatte, konnte Tamani erkennen, wie seine Ohren unruhig zuckten. Einige Herzschläge lang herrschte in Höhle eine unheimliche Stille, die nur vom Brausen des Windes am Höhleneingang unterbrochen wurde.

Nach einer langen Weile, die sich für Tamani wie eine Ewigkeit anfühlte, erhob sich Graupelz und verkündete: »Wir werden gleich eine

Versammlung einberufen, in der wir die anderen Schüler informieren, aber davor müssen wir uns besprechen. Du kannst nun zu deiner Gruppe gehen.«

Tamani senkte dankbar den Kopf vor seinem Ausbilder und freute sich daran, dass dessen ruhige Worte ihn zuversichtlich gestimmt hatten. Er wollte sich gerade umdrehen, um die Schlafhöhle der Wächter zu verlassen, als Graupelz etwas leiser hinzufügte: »Über eure Bestrafung werden wir später entscheiden.«

Tamani zuckte bei diesen Worten zusammen und sah unwillkürlich zu dem grauen Wächter zurück, der seinen Blick fest erwiderte. Da die Worte und der Blick seines Ausbilders deutlich keine Widerrede duldeten, senkte Tamani nur nochmals den Kopf, bevor er durch den Höhlenausgang ins Freie huschte. Tamani spürte, wie sein Herz zu hämmern begann, als er an seine mögliche Strafe dachte. Hatte Graupelz doch noch vor, ihn davonzujagen, weil der Schüler ohne Erlaubnis der Wächter gehandelt hatte?

Das ist unfair, dachte Tamani verzweifelt. *Ich wollte doch bloß helfen!* Tamani schüttelte den Kopf, um seine Gedanken zu klären, und zwang sich dazu, Verständnis für die Entscheidung der Wächter aufzubringen, als er wieder in das grelle Licht des Tages trat. Mittlerweile waren am Himmel hoch über ihm Wolken aufgezogen und die Luft, die der Wind mit sich brachte, roch nach Regen. Als Tamani vom kleinen Plateau hinabblickte, sah er die anderen Schüler winzig wie Ameisen umherlaufen, und ein Schwindelgefühl überkam ihn.

Vorsichtig suchte sich Tamani seinen Weg nach unten und schob sich durch die Menge der Jungwölfe in Richtung der Schlafhöhlen. Aus dem Geflüster der Schüler um sich herum konnte er immer wieder seinen Namen heraushören und er spürte die huschenden Blicke auf seinem Pelz, die ihm folgten.

Als sich der Alphawelpe dem Höhleneingang näherte, hörte er plötzlich, wie ein aufgeregtes Jaulen die Luft durchschnitt, und er blieb wie versteinert stehen. Durch die Menge der Jungwölfe konnte Tamani silberweißes Fell entdecken, das sich auf ihn zuschob. Wie auf ein Zeichen teilte sich die Masse vor ihm und tat einen Gang auf, an dessen anderem Ende ein heller Jungwolf stand. Tamani blickte auf und erkannte sofort die silberweiße Gestalt, die ihn ansah. Neue Energie strömte in Tamanis Körper und Wärme erfüllte ihn von der Schnauze bis zur Schwanzspitze. Shira wartete auf ihn! Vor Freude hätte er am liebsten laut aufgejault, und sein Pelz kribbelte voller glücklicher Erwartung.

Als könnte sie es nicht aushalten, nur mehr eine Sekunde ohne Tamani zu sein, rannte Shira los und ein merkwürdiger Ton drang leise aus ihrer Kehle. Bevor Tamani ausweichen konnte, raste die Weiße ungestüm in ihn hinein, und sie verwickelten sich in einen Haufen silberweißen und grauen Fells. Nach Luft schnappend reckte der Graue den Kopf und sah, dass Shira ihn spielerisch auf dem Boden festgenagelt und sich mit leuchtenden Augen über ihn gebeugt hatte. Tamani vergrub voller Zuneigung die Schnauze in Shiras weichem Fell und hörte sie flüstern: »Ich dachte, ich sehe dich nie wieder!«

Erschrocken zuckte der Graue zurück und sah in Shiras Gesicht. In den wenigen Wochen, in denen Tamani bei den Schattenwölfen gewesen war, war das runde Gesicht eines Jungwolfs von den schmalen Zügen einer wunderschönen Wölfin abgelöst worden, und aufgrund des Fellwechsels war das flauschige Fell, das einst Shiras Wangen gesäumt hatte, nun gerader und ließ sie erwachsener aussehen. Aber da war noch etwas in ihrem Gesicht, das Tamani verändert vorkam. Er brauchte einen Herzschlag, um zu begreifen, dass es Shiras smaragdgrüne Augen waren, die sich gewandelt hatten. Ihr Aussehen war zwar gleich geblieben, doch darin glänzte eine ganz neue Angst.

»Ich habe dich an einem der ersten Abende heulen hören, aber danach nie wieder und … und … Ich dachte, ich hätte dich verloren!« Die Stimme der Weißen war vor Kummer ganz hoch, und Tamani spürte einen Stich in seiner Brust. Er drückte sich an Shira, um ihr Trost zu spenden.

»Jetzt bin ich hier«, flüsterte der Graue sanft und spürte, wie die Anspannung aus Shiras Körper wich. Die Weiße hob ihren Kopf und blickte Tamani tief in die Augen, und er verlor sich in ihrem smaragdgrünen Blick. Dann, ohne Vorwarnung presste Shira ihre Nase an die seine, und der Graue spürte, wie die Berührung vor Hitze aufflammte.

Da ertönte ein Jaulen vom kleinen Plateau. Die Wächter beriefen die angekündigte Versammlung ein.

»Komm«, sagte Shira. Sie führte Tamani behutsam durch die Menge der Schüler bis zu dem Platz, an dem sich die Meeresgruppe versammelt hatte und erwartungsvoll zu den Wächtern aufblickte. An ihrer angespannten Haltung und der Tatsache, dass sie seine Ankunft kaum bemerkt hatten, konnte der Graue erkennen, dass Toah ihnen bereits von dem bevorstehenden Kampf erzählt hatte.

Nachdem sich Tamani zu seiner Gruppe gesetzt hatte, spürte er, wie ihn jemand an der Schulter berührte, und als er sich umsah, blickte er in die schönen blauen Augen seiner Schwester. Wie Shira war auch sie gewachsen und hatte ihr flaumiges Fell verloren, doch als sie sprach, erkannte Tamani dieselbe Sanftheit, die er von ihr gewohnt war in ihrer Stimme. »Willkommen zurück, Bruderherz.« Koras Augen leuchteten hell und voller Zuneigung, und doch konnte Tamani darin auch deutliche Anspannung entdecken.

»Hallo«, erwiderte Tamani freundlich und berührte sie leicht mit der Schnauze an der Schulter, bevor er sich dann wieder dem kleinen Plateau zuwandte.

Die Informationen zu Tamanis und Toahs Rückkehr hatte der Graue scheinbar verpasst, denn als er sich endlich auf Graupelz' Worte konzentrieren konnte, sagte dieser schon: »Deshalb müssen alle Schüler kämpfen! Ihr habt alle mittlerweile einige Erfahrung und ich weiß, dass wir es gemeinsam schaffen werden, die Schattenwölfe zu besiegen!« Scheinbar flößte Graupelz' ruhige Art zu sprechen und die Routine in seiner Stimme den Schülern Vertrauen ein, denn das unruhige Geflüster war verstummt. »Es gibt jedoch noch etwas, das ihr wissen müsst«, jaulte der graue Wächter nach einer kurzen Pause, in der Stille geherrscht hatte. »Ihr alle habt mitbekommen, dass Tamani und Toah gemeinsam mit einer neuen Schülerin zurückgekehrt sind. Die drei werden in der Schlacht an unserer Seite kämpfen.«

Es kam Tamani vor, als würde jeder Schüler auf dem Plateau seinen Kopf wenden, um ihn anzusehen. Der Graue spürte, wie ihm die brennenden Blicke den Pelz versengten, und vor Unbehagen hätte er sich fast auf den Boden gekauert, doch er fasste mit dem Mut der Verzweiflung einen Entschluss: Er war kein hilfloser Welpe mehr, der sich nicht selbst verteidigen konnte. Nein! Er war fast einen ganzen Sonnenkreis alt und er würde ihre Blicke erwidern! Wütend kniff Tamani die Augen zusammen und erwiderte einen Blick nach dem anderen voller Trotz.

Als Graupelz erneut die Stimme erhob, wandten die anderen Schüler wieder ihre Köpfe dem Wächter zu, und Tamani atmete erleichtert auf. Er spürte, wie sich Shira fester an ihn drückte, und lauschte gespannt seinem Ausbilder. »Wir werden sofort losziehen, damit wir das Überraschungsmoment auf unserer Seite haben. Alle Schüler zu ihren Ausbildern!«

Gemurmel wurde aus dem hinteren Teil der Menge laut. »Wo ist Mitternacht?«, jaulte ein goldbrauner Schüler, und Tamani spürte, wie Mitleid in ihm aufwallte. Obwohl der Graue wusste, wie sehr die Elementegruppe ihn hasste, waren sie auch nur junge Wölfe, die ohne eine Führung verunsicherter als alle anderen in einen solch wichtigen Kampf ziehen würden. Sofort erhob sich unruhiges Gemurmel auf dem Plateau wie ein Bienenschwarm.

»Ruhe!«, unterbrach Sandsturm das Raunen der Schüler mit einem wütenden Knurren. »Mitternacht ist an den Grenzen, um sie zu überprüfen. Ihm wird nichts geschehen, weil er ein erfahrener und starker Wolf ist, aber wir können nicht bis zu seiner Rückkehr warten.«

Obwohl Sandsturms Stimme selbstsicher und bestimmt klang, sträubte sich Tamanis Nackenfell, denn er war sich sicher, Angst darin entdeckt zu haben.

»Ich werde die Elementegruppe in den Kampf führen«, jaulte Graupelz vom kleinen Plateau herab und Tamani wurde schlagartig klar, was das bedeutete. Er selbst würde die Meeresgruppe in die Schlacht führen müssen! Erschrocken sog der Graue die Luft ein, doch Graupelz hatte noch nicht zu Ende gesprochen. »Tamani ist mutig und stark, und ich setze viel Vertrauen in ihn!«

Der Alphawelpe spürte den gewohnten Stolz beim Lob seines Ausbilders nur schwach, denn er fragte sich, ob das die Strafe war, von der Graupelz gesprochen hatte. Tamani spürte, wie sich der blaugraue Blick seines Ausbilders in ihn bohrte, aber darin lag nicht wie erwartet Wut oder Feindseligkeit, sondern nur reines Zutrauen, so, wie Graupelz es vor allen verkündet hatte.

»Machen wir uns bereit«, jaulte Schneeflocke und sprang mit Sandsturm an ihrer Seite hinab zum Plateau, um sich zu ihren Schülern zu gesellen.

Tamani erwiderte den Blick seines Ausbilders noch einen Herzschlag, dann erhob er sich, um seine Gruppe um sich zu sammeln. Als sie nun endlich die Zeit dazu hatten, ihren Alphawelpen zu begrüßen, wurde der Graue von seinen Freunden umringt, und er hörte ihre freundlichen Worte, die wegen der ängstlichen Anspannung hohl klangen. Furcht vor seiner neuen Verantwortung ließ ihm übel werden, aber sofort spürte er Shira neben sich und er fasste neuen Mut.

Nach der Begrüßung seiner Gruppe erhob Tamani die Stimme und sagte: »Heute werden wir uns nicht in irgendwelche Truppen einteilen, wir werden alle gemeinsam wie Wurfgefährten kämpfen!«

Zustimmendes Gemurmel erhob sich und Tamani wandte sich an den Heiler: »Asko, ich hoffe du und Neko habt genug Kräuter gesammelt, um uns nach dem Kampf zu versorgen?« *Oder die, die dann noch übrig sind*, fügte er im Stillen hinzu.

»Wir sind auf alles vorbereitet Tamani«, erwiderte der junge Heiler mit ungewohntem Ernst in der Stimme, und Neko, der neben seinem Freund saß, nickte bestätigend.

»Solo.« Der Alphawelpe drehte den Kopf zu der schwarzroten Schülerin, die dicht an Cody gepresst dasaß, der offenbar den Weg zu seiner Gruppe gefunden hatte. »Willst du Asko und Neko helfen?«

Solo zögerte einen Augenblick lang, dann antwortete sie bestimmt: »Nein, ich werde mit euch und den anderen Schülern kämpfen!«

Cody warf Tamani einen gequälten Blick zu und dieser verstand seinen Freund. Auch er wollte nicht, dass Shira in diese Schlacht zog oder irgendeiner seiner anderen Gefährten.

Nun meldete sich Asko zu Wort: »Nach allem, was uns Telai erzählt hat, ist Solo eine gute Heilerin und wir werden sie brauchen, um die Verletzten zu versorgen. Wenn wir gebraucht werden, werden wir jedoch ebenfalls kämpfen!«

»Aber …«, versuchte Solo ihm zu widersprechen.

»Kein aber«, sagte Tamani sanft und doch bestimmt. »Jeder muss seine Pflichten erfüllen, um den Schülern zu helfen.«

Tamani spürte Codys dankbaren Blick auf seinem Pelz, als er sich wieder an alle wandte: »Seid ihr alle bereit?«

»Wir sind bereit, ihnen den Pelz zu zerfetzten!«, jaulte Toah zuversichtlich, und in Tamani wallte Freude auf. Er würde die Meeresgruppe nicht allein in den Kampf führen, Shira und Toah würden an seiner Seite sein! Einer nach dem anderen fiel die komplette Meeresgruppe ein und Tamani spürte, wie ihn Stolz erfüllte.

»Tamani!« Der Stolz schmolz sofort dahin, als er Graupelz seinen Namen sagen hörte. Er drehte sich um und sah seinen Ausbilder ein wenig von seiner Gruppe entfernt sitzen. »Komm her!«, befahl der Wächter Tamani, und dieser gehorchte mit einem mulmigen Gefühl. Er trottete zu dem größeren Wolf und als er vor ihm stand, legte er die Ohren flach an als Zeichen der Unterwürfigkeit. »Tamani, ich vertraue darauf, dass du die Meeresgruppe in den Kampf führst, und ich weiß, du wirst mich nicht enttäuschen. Bist du bereit?«

Der Alphawelpe zögerte kurz, er spürte ein wohliges Gefühl, als Graupelz sein Vertrauen in ihn verdeutlichte, und nickte dann entschlossen. »Gut…«, begann Graupelz, doch Tamani unterbrach ihn rasch. »Graupelz, ich muss dir etwas erzählen!« Er wartete nicht auf das Einverständnis seines Ausbilders, sondern fuhr einfach fort: »Der eigentliche Grund, warum Toah und ich bei den Schattenwölfen waren, war der, dass ich von einer Prophezeiung erfahren habe. Nach dem Kampf, in dem du die Schattenwölfe mit einem einzigen Jaulen verjagt hast, hat mir Toah davon erzählt. Die Prophezeiung besagt, dass du der Wolf bist, der die Schattenwölfe vernichten kann. Aber auch du kannst in einem Kampf sterben. Das ist der Grund, warum sie uns jetzt angreifen. Nachtklaue, der Anführer der Schattenwölfe, fürchtet dich und will dich nun in einer gewaltigen Schlacht besiegen.« Tamani legte eine kurze Pause ein und sagte dann voller Überzeugung: »Du musst Nachtklaue schlagen, damit sich die Prophezeiung erfüllt!«

Graupelz' Ohren zuckten überrascht und in seinem Blick lag Verwunderung, jedoch nicht, wie Tamani erwartet hatte, Unglauben. Der Wächter sah Tamani ruhig an, während er zu erfassen begann, was sein Schüler ihm gerade Wichtiges mitgeteilt hatte. Nach einer kurzen Weile fragte der Wächter ernst: »Tamani, bist du dir sicher, dass dies der Wahrheit entspricht und nicht nur ein unbegründeter Aberglaube der Schattenwölfe ist?«

Der Alphawelpe zuckte verunsichert mit den Ohren. Hatte Graupelz vielleicht recht? War all das Gerede von der Prophezeiung vielleicht nur Unsinn, den sich der Himmelsleser der Schattenwölfe zusammengereimt hatte? Der Graue versuchte zu erkennen, woran er glaubte, bis ihm bewusst wurde, dass das vollkommen egal war. »Ich weiß nicht, ob diese Prophezeiung der Wahrheit entspricht, aber die Schattenwölfe sind fest davon überzeugt, dass dies der Fall ist. Wenn du es also schaffen würdest, Nachtklaue zu besiegen, dann wäre die Schlacht gewonnen, weil die Schattenwölfe an die Prophezeiung glauben.«

Graupelz nickte nachdenklich. »Du hast weise gesprochen, junger Schüler!« Tamani senkte dankbar den Kopf, als der Wächter fortfuhr: »Wenn es notwendig ist, um den Kampf zu gewinnen, werde ich Nachtklaue besiegen! Dafür muss ich nur wissen, wie er aussieht.« Der Wächter hatte die Augen zu nachdenklichen Schlitzen zusammengekniffen. »Weißt du das?«

Tamani schüttelte den Kopf und es schlich sich bereits Ratlosigkeit in seine Gedanken, als er die Lösung dieses Problems erfasste. »Solo, komm mal her«, rief er nach der Schülerin. Nach wenigen Herzschlägen erschien die Schwarzrote neben ihm und senkte respektvoll den Kopf vor Graupelz, bevor sie mit Neugier in den Augen Tamani anblickte. »Wir müssen wissen, wie Nachtklaue aussieht«, erklärte Tamani kurz und Solo nickte sofort.

»Er ist rein schwarz, groß gebaut, hat funkelnde grüne Augen und in einigen Geschichten heißt es, er wäre immer von einem finsteren Schatten umgeben. Das ist jedoch vermutlich nur Geschwätz, um den Welpen Angst einzujagen«, erläuterte sie und blickte interessiert zu Graupelz.

Tamani senkte resigniert den Blick. Diese Beschreibung war typisch für viele Schattenwölfe und half nicht wirklich weiter. Auch Graupelz war dies sicher bewusst. Dennoch nickte der Wächter Solo höflich zu und entließ sie damit wieder zurück zu ihrer Gruppe.

»Nun gut«, knurrte Graupelz, als die Schülerin außer Hörweite war, und Verbissenheit zeigte sich auf seinem Gesicht. »Ich werde Nachtklaue besiegen, selbst wenn es mein Leben kosten sollte.«

Tamani blickte seinem Ausbilder fest in die Augen und spürte Furcht in sich beim Ausmaß dieser Worte.

Die Miene des Wächters wirkte versteinert, als er ruhig feststellte: »Wir müssen bald los.« Graupelz blickte seinen Schüler an, trat dann nach vorne, legte seine Schnauze auf die Stirn des Jüngeren und murmelte bedeutungsvoll: »Kämpfe tapfer, junger Wolf!« Ohne ein weiteres Wort drehte sich der Ausbilder um und sprang elegant zu Schneeflocke und Sandsturm davon, die bereits mit ihren Gruppen warteten.

Der Alphawelpe blickte ihm nach. Würde Graupelz Nachtklaue, den mächtigen und gefürchteten Herrscher der Schattenwölfe, tatsächlich besiegen können?

Tamani schüttelte den Kopf, um die Sorgen loszuwerden, die ihn quälten. Sie würden die Schlacht gewinnen! Das mussten sie einfach!

Er wandte sich zu seiner Gruppe, die sich still um ihn versammelt hatte und zu den Wächtern blickte. Erneut durchströmte Tamani Stolz beim Anblick seiner Gefährten. Dies war seine Gruppe, viel wichtiger jedoch – dies waren seine Freunde! Jeder einzelne von ihnen würde sein Leben geben, um das Wächtergebirge zu schützen, an dem bereits Generationen von Wölfen ausgebildet worden waren und auch in Zukunft ausgebildet werden sollten. Tamani ließ den Blick über seine Freunde gleiten. Asko und Neko, die Kräuter sortierten. Solo und Cody, die so dicht beieinandersaßen, dass sich ihre Pelze berührten. Telai und Taila, die Freunde geworden waren und sich der Schlacht gemeinsam stellen würden. Nicht weit von ihnen Pegas und Mila, in deren Augen zwar Angst, jedoch nicht weniger Entschlossenheit als in den Augen ihres großen Bruders glänzte. Toah, der mit aufgestellter Rute und entschlossener Körperhaltung an seiner rechten Seite stand. Er war sein bester Freund geworden, klug, tapfer und für ihn unverzichtbar. Und zu seiner Linken Shira, die er mehr liebte, als alles andere auf der Welt, ja mehr als sein eigenes Leben. Für sie würde er heute kämpfen und für die zukünftigen Schüler, die ebenfalls hier im Kämpfen und Jagen unterrichtet werden sollten.

Tamani stellte sich einen seiner Freunde tot vor, für immer unerreichbar für ihn, und er spürte, wie scharfe Klauen an seinem Herz rissen. Was sollte er tun, wenn Shira in diesem Kampf fallen würde? Erschrocken schüttelte der Alphawelpe den Kopf, um diesen entsetzlichen Gedanken zu vertreiben. Er musste sich jetzt auf den Kampf konzentrieren.

Er sah zu den anderen Gruppen hinüber, die ebenfalls wild entschlossen schienen, ihr Revier am Wächtergebirge bis zum Tod zu verteidigen. Nur bei einigen Schülern der Elementegruppe wurden unsichere Blicke getauscht. Sicher waren auch sie entschlossen zu kämpfen, doch sie sorgten sich um Mitternacht, ihren Ausbilder. Aber Sandsturm hatte recht gehabt: Sie konnten jetzt nicht warten, sie mussten so schnell wie möglich angreifen, um nicht selbst angegriffen zu werden! Mitternacht musste für den Moment eben allein klarkommen.

Als die Wächter, die sich gerade noch besprochen hatten, auseinandertraten und zu den Gruppen liefen, die sie in die Schlacht führen würden, spürte Tamani ein mulmiges Gefühl in sich aufkommen und erneut überflutete ihn Angst.

Graupelz wechselte ein paar Worte mit einem groß gebauten, goldbraunen Jungwolf, der vermutlich der Anführer der Elementegruppe war, und setzte sich dann vor ihm an die Spitze der Gruppe. Dann erhob er die Stimme zu einem grimmigen Jaulen: »Ziehen wir los!«

19. Kapitel

Tamanis Herz raste, als er die Rute senkrecht stellte und so seinen Gefährten den Befehl gab, ihm zu folgen. Als letzte der Gruppen folgten sie den anderen in den nachtdunklen Geheimgang und beschleunigten ihre Schritte, um mithalten zu können. Der Alphawelpe spürte Shira und Toah an seinen Seiten, die synchron mit ihm vorwärtseilten, so selbstsicher, als wäre es taghell in dem Gang. Der Graue versuchte, das Zittern in seinen Pfoten zu unterdrücken. Er musste sich so selbstbewusst wie möglich präsentieren, wenn er seiner Gruppe Mut einflößen wollte. Noch nie war er mit so vielen Wölfen durch das Revier gelaufen, und er spürte die wütend entschlossene Energie, die ihn umgab und ihn in eine kampfbereite Stimmung versetzte. Er hoffte inständig, dass er und seine Gefährten überhaupt den Hauch einer Chance gegen die Schattenwölfe hatten. Wenn nicht, war das Wächtergebirge verloren.

Es kam dem Grauen wie eine Ewigkeit vor, bis er endlich die Silhouetten der anderen Schüler vor sich im fahlen Licht ausmachen konnte. Wie ein dunkler Fluss strömte die Menge auf den Ausgang zu und verschwand im gleißenden Licht des Tages. Als Tamani ebenfalls aus dem Ausgang hinausschoss, sah er, dass sich die anderen Gruppen bereits am Fuße eines Hügels versammelten und sich um die Wächter scharten. Mit hocherhobener Rute führte er seine Gefährten zu den anderen Schülern und blieb bei ihnen stehen. Mit geübten Bewegungen ließ er sich in dieselbe kauernde Haltung wie seine Begleiter fallen und beobachtete stumm, wie Graupelz leise mit zwei Jungwölfen sprach, die still nickten. Daraufhin verschwanden sie mit angelegten Ohren und knapp über dem Boden gehaltenen Ruten über den Kamm des Hügels.

Kundschafter, stellte Tamani stumm fest und wartete voller Anspannung auf die Rückkehr der beiden Schüler.

Nach einer gefühlten Ewigkeit erschienen die Jungwölfe schließlich wieder. Beide verströmten einen beißenden Angstgeruch, aber ihre Augen blickten entschlossen, als sie an Graupelz berichteten. Mit einem ruhigen Nicken entließ der Wächter die Schüler und rief mit der Rute Sandsturm und Schneeflocke zu sich. Dann blickte er sich um, bis er Tamani in der Menge der Jungwölfe entdeckt hatte, und nickte ihm zu. Nervös erhob sich der Graue und sprang zu den Wächtern hinüber.

»Die Schattenwölfe haben gerade den Rand unseres Reviers erreicht«, erklärte Graupelz mit routinierter Stimme. »Wir haben also genug Zeit, um den Angriff auf sie zu planen.« Der Blick des Wächters wanderte zum Himmel, an dem sich mittlerweile dunkle Wolken ballten.

»Wir sollten den Kampf auf dieser Wiese austragen«, schlug Sandsturm vor und nickte zum Hügelkamm, wo sich, wie Tamani wusste, eine großflächige Weide erstreckte. »Hier wären die Chancen gleichgestellt, und die Schattenwölfe könnten sich nicht vor uns verstecken.«

»Ja«, stimmte Schneeflocke ihm zu. »Und wir sollten nicht nur frontal angreifen, sondern auch von hinten, so müssen sich die Schattenwölfe auf mehrere Seiten gleichzeitig konzentrieren.«

»Außerdem schneiden wir ihnen so den Fluchtweg ab, und selbst wenn sie es sich mit dem Kampf anders überlegen sollten, würden wir ihnen eine Lektion erteilen«, stimmte Sandsturm zu und bleckte die Zähne, um seine Worte zu verdeutlichen.

Tamani betrachtete die Wächter voller Ehrfurcht. An den schnell gefassten Taktikplänen konnte man erkennen, was für erfahrene Kämpfer diese Wölfe waren. Eigentlich sollte er nicht in diesem Kreis stehen, um mit ihnen gemeinsam zu beraten. Er war hier völlig nutzlos.

»Gut.« Graupelz nickte zustimmend. »Die Himmelsgruppe und die Waldgruppe werden den Hinterhalt vorbereiten, und die beiden verbliebenen Gruppen werden frontal angreifen. Sandsturm, Schneeflocke, führt eure Gruppen seitlich an den Schattenwölfen vorbei und schneidet ihnen, sobald sie nahe genug sind, den Fluchtweg ab. Aber lasst euch nicht erwischen! Der Kampf soll hier auf der Wiese stattfinden, nicht im Wald. Sobald die Elementegruppe und die Meeresgruppe kämpfen, werdet ihr ebenfalls angreifen. Vorher nicht.« Verbissenheit zeige sich auf Graupelz' Gesicht, und die beiden jüngeren Wölfe nickten respektvoll, um die Führerschaft des ältesten Wächters anzuerkennen, der ihnen solch klare Anweisungen gegeben hatte. »Verteilt euch«, knurrte Graupelz den Befehl, und sofort sprangen Sandsturm und Schneeflocke zu ihren Gruppen und führten sie in entgegengesetzten Richtungen davon zum Wald.

Graupelz blickte ihnen nach, bis sie hinter einigen Hügeln verschwunden waren, ehe er auf Tamani hinabsah. »Verteile deine Kämpfer am Hügelkamm, auf mein Zeichen hin werden wir angreifen, verstanden?«

Der Alphawelpe nickte ernst, dann senkte er den Kopf vor seinem Ausbilder und murmelte: »Das Rudel der ewigen Jagd wird deine Pfoten leiten und dich über Nachtklaue siegen lassen!«

Ein Lächeln erschien auf Graupelz' Gesicht, wegen der Anspannung jedoch zu einer Grimasse verzogen. »Es wird auch deine Pfoten lenken.« Damit drehte er sich um und trabte zurück zur Elementegruppe, die ihn bereits mit angespannten Blicken erwartete.

Tamani atmete tief ein und aus, um die Nervosität zu vertreiben, die von seinem Inneren Besitz ergriffen hatte, bevor er sich zu seiner Gruppe umdrehte. Mit ruhigen Schritten lief er zu seinen Freunden und erklärte ihnen mit wenigen Worten den Plan der Wächter, danach sorgte er dafür, dass sie sich so, wie er es als am besten empfand, knapp unterhalb des Hügelkamms verteilten, und trabte vom einen zum andern, um sich zu vergewissern, dass sie bereit waren. Als Letztes begab er sich zu Asko, der gemeinsam mit Neko und Solo noch immer am Fuße des Hügels saß und geduldig die Kräuter in ordentliche Haufen unterteilte.

Als der Graue näher kam, hörte er Neko leise einige Kräuternamen und deren Verwendung vor sich hinmurmeln, als hätte der Jungwolf Sorge, es zu vergessen.

»Seid ihr bereit?«, fragte der Alphawelpe Asko, und dieser hob mit gespitzten Ohren den Kopf, um ihm entgegenzublicken.

»Es ist alles vorbereitet.« Der Heiler versuchte, Tamani ein aufmunterndes Lächeln zu schenken, doch dieser empfand es als nicht sonderlich überzeugend.

»Gut, dann werde ich jetzt auch auf meinen Platz gehen.« Der Graue trabte zurück an den Hügelkamm in die Mitte der Reihe und nahm seinen Platz zwischen Toah und Shira ein, die bereits in kampfbereiter Stellung kauerten. »Es sind alle bereit«, teilte er seinen Freunden mit und positionierte sich so, dass er über den Hügel zum Wald blicken konnte, ohne dabei sofort entdeckt zu werden.

»Mach dir nicht so viele Sorgen«, sagte Toah. »Alle können kämpfen! Wir sind nicht wehrlos.«

Tamani nickte wenig überzeugt. *Und doch ist es meine Schuld, wenn einer von ihnen stirbt, weil ich ihr Alphawelpe bin und die Verantwortung für meine Gruppe habe!* Der Graue verscheuchte die bitteren Gedanken schnell und richtete seinen Blick auf den gegenüberliegenden Wald, bereit, beim ersten Ton von Graupelz' Signal aufzuspringen und sich in die Schlacht zu werfen. Doch es geschah nichts. Tamani kam es so vor, als wollten die Schattenwölfe sie mit voller Absicht auf die Folter spannen, um die Schüler noch nervöser zu machen, denn als ein leichter Nieselregen einsetzte, war auf der anderen Seite der Wiese, am Waldrand, noch immer nichts Ungewöhnliches zu erkennen.

Als der Schauer nach einer Weile langsam nachließ, hatte sich noch immer nichts verändert. Dann plötzlich zerriss etwas die Stille, die auf der

Wiese herrschte. Das laute Knacken eines Astes, der unter dem Gewicht eines Wolfes zerbrochen war. Kaum hatte Tamani das gedacht, als auch schon ein riesiger pechschwarzer Wolf aus dem Wald trat und seinen Blick misstrauisch über die weite Ebene gleiten ließ. Seine Rute zuckte gebieterisch in die Höhe und ein dunkler Fluss von Wölfen strömte im Gleichschritt aus dem Wald heraus.

Tamani stieß ein tiefes Knurren ausstieß, zwang jedoch seine Pfoten, sich nicht zu rühren. Er würde auf Graupelz' Zeichen warten!

Ein Seitenblick verriet ihm, dass Toah kampfbereit die Zähne gefletscht hatte, sich sonst jedoch nicht rührte. Langsam und in völliger Stille bewegte sich der Fluss der Schattenwölfe auf die Hügel zu, hinter denen versteckt ihre Angreifer kauerten. Nur ihre Pfoten, die auf den Boden aufkamen, machten ein dumpfes Geräusch, alles andere blieb stumm.

Tamanis Herz schlug ihm bis zum Kehlkopf, während er bemerkte, wie merkwürdig diese unnatürliche Stille doch war. Sein Blick schweifte über die Menge der Schattenwölfe und blieb schließlich an dem monströsen Schattenwolf an der Spitze des Stroms hängen. War dies Nachtklaue? Er verwarf den Verdacht etwas enttäuscht, als er im Fell des Wolfes deutlich braune Zeichnungen erkannte. War Nachtklaue etwa gar nicht hier, um gemeinsam mit den anderen Schattenwölfen zu kämpfen? *Hoffentlich ist er hier! Sonst schlägt unser Plan fehl!*

Nervös zuckten Tamanis Ohren, als er bemerkte, wie weit die gegnerischen Wölfe mittlerweile waren. Sie hatten bereits den Fuß des Hügels erreicht, doch noch immer strömten Wölfe zwischen den Bäumen heraus, um ihren Gefährten zu folgen. Konnten die Schüler die Schattenwölfe, die eindeutig in der Überzahl waren, überhaupt besiegen? Tamani spürte, wie er zitterte, und er zwang sich, augenblicklich damit aufzuhören. Jetzt war nicht der richtige Zeitpunkt, um Schwäche zu zeigen! Mit einem Mal zerriss ein markerschütterndes Jaulen die Luft. Graupelz' Zeichen, den Angriff zu starten.

Mit hämmerndem Herzen sprang Tamani auf die Pfoten und stieß einen wütenden Kriegsruf aus, dann stürmte er den Hügel hinab auf den schwarzbraunen Wolf an der Spitze der Schattenwölfe zu. Vor Schreck wie erstarrt standen diese da und blickten ihren Angreifern entgegen, es dauerte jedoch kaum einen Herzschlag, bis die Wölfe auf Attacke geschaltet hatten und mit wütend gefletschten Zähnen auf die Feinde warteten.

Mit Toah und Shira knapp hinter sich warf sich Tamani auf den ersten Gegner, und um ihn herum brach ein wilder Kampf aus. Der Schattenwolf hatte den Alphawelpen zwar auf sich zurasen sehen, doch Tamani hatte es trotzdem geschafft, ihn mit dem ersten Sprung gut in den Griff zu bekommen, und nagelte ihn mit bedrohlich gefletschten Zähnen am Boden fest. Er konnte spüren, wie der Schwarzbraune ihm mit seinen kräftigen Hinterläufen das weiche Bauchfell in Fetzen riss, und er schlug voller Zorn die Zähne in die Schulter des Wolfes. Er biss so lange zu, bis seine Zähne auf Knochen stießen, erst dann riss er den Kopf wieder nach oben. Er presste eine Pfote mit all seiner jugendlichen Kraft auf die Kehle des Wolfes und schnappte dann wutentbrannt nach der Pranke seines Gegners. Ein ersticktes Jaulen, das eher einem Wimmern glich, entfuhr dem Schattenwolf, und Tamani ließ ihn noch immer knurrend in das Gebüsch fliehen, aus dem er gekommen war. Tamani wollte sich gerade einen neuen Gegner suchen, als Mila, die mit einer doppelt so großen und wilden Wölfin wie sie selbst kämpfte, in ihn hineinkrachte und ihn von den Pfoten fegte.

Ohne sich um seine schmerzenden Knochen zu kümmern, warf sich Tamani auf die feindliche Wölfin und zerrte sie von der kleineren Jungwölfin weg. Während Mila den Bauch und die Pfoten der Gegnerin mit weiteren Bissen traktierte, hielt Tamani sie im Genick gepackt, die Zähne tief in ihr Fleisch vergraben. Plötzlich schlugen sich spitze Zähne in Tamanis Schulter und er wurde von Mila und der Wölfin fortgezogen. Er jaulte voller Schmerz auf, denn trotz aller kraftvollen Bemühungen hatte es sein

Gegner geschafft, den Alphawelpen mit dem Rücken auf dem Boden festzunageln. Tränen der Wut und des Schmerzes gemischt mit Blut nahmen Tamani die Sicht, doch ohne sich die warme Flüssigkeit aus den Augen zu blinzeln, bäumte sich der Graue auf und schnappte nach allem, was sich von seinem Gegner in Reichweite befand. Mit diesem wilden Trick hatte Tamani seinen Gegner überrascht, und vor Schmerz jaulend floh auch der ins Gebüsch.

Tamani schüttelte den Kopf und Blutflecken sprenkelten den aufgeweichten Boden um ihn herum. Verwirrt blickte sich Tamani um. Um ihn herum wogten regelrecht Wellen von kämpfenden Wölfen, die Schattenwölfe den Schülern des Wächtergebirges überall deutlich in der Überzahl. Ein schmerzvolles Jaulen nicht weit von dem Jungwolf übertönte das Kampfgetümmel, und Tamani entdeckte Maja, die von einem riesenhaften dunkelbraun-schwarzen Wolf wild attackiert wurde. Tamani duckte sich kurz zu Boden und stieß sich dann kraftvoll ab, wodurch er über die nächste Woge hinwegsprang und gezielt auf Majas Gegner landete. Der Schattenwolf wurde mit solcher Wucht von der Jungwölfin gestoßen, dass er benommen strauchelte, bevor er sein Gleichgewicht wiederfand.

»Verschwinde!«, knurrte Tamani voller Wut und baute sich bedrohlich vor dem Schattenwolf auf. Dieser schien einen Herzschlag lang abzuwägen, ob er es mit zwei Gegnern gleichzeitig aufnehmen sollte, entschied sich dann jedoch anders und humpelte davon in die Masse der Kämpfenden.

Tamani blickte zurück zu Maja und sah ihre Schwanzspitze gerade noch in der Menge verschwinden. Der Graue hoffte instinktiv, dass die Jungwölfin den Kampf aufgeben und zu Asko gehen würde, denn ihr Pelz war maßlos zerfetzt gewesen und ihre Züge schwach.

Eine schwarze Wölfin war Tamanis nächste Gegnerin. Gekonnt sprang der Jungwolf sie an und drückte sie zu Boden, bevor er sie mit einem Biss in die Schulter in die Büsche schickte. Dann blickte sich Tamani um, nicht weit entfernt von ihm kämpften Toah und Shira verbissen Seite an Seite und schlugen einen Schattenwolf nach dem anderen in die Flucht, weshalb Tamani entschied, dass sie seine Hilfe im Moment nicht brauchten. Da kam ihm ein Gedanke: Vielleicht könnte er Graupelz bei seinem Kampf gegen Nachtklaue helfen, um die Schlacht so schnell wie möglich zu beenden. Doch wo war sein Ausbilder? Mit den Augen suchte Tamani das Schlachtfeld in seiner näheren Umgebung ab, konnte jedoch nur Sandsturm entdecken, der wild in einer nicht weit entfernten Woge kämpfte, bevor er von der Masse der Wölfe verschluckt wurde.

Einen Herzschlag später entdeckte der Alphawelpe Graupelz' Fell, das in Fetzen gerissen an dessen Körper herabhing. Der Wächter kämpfte mit drei Wölfen gleichzeitig, die sogar noch größer als er waren, und hatte dabei anscheinend nicht nur etwas von seinem Fell, sondern auch viel Ausdauer und Kraft eingebüßt.

Tamani versuchte, sich hastig einen Weg zu ihm zu bahnen, um seinem Ausbilder zu Hilfe zu kommen, doch auf halbem Weg wurde er niedergestreckt und eine kleine weiße Pfote legte sich fest auf seine Kehle. Als Tamani aufblickte, sah er in das schmerzverzerrte Gesicht einer kleinen schwarzen Wölfin. Ihre durchdringenden Bernsteinaugen funkelten unnatürlich vor blinder Wut und Schmerz, und eines ihrer Ohren war böse zerfetzt.

»Luna?«, keuchte Tamani überrascht, doch die schien ihn nicht zu erkennen, denn ihre Lefzen waren noch immer wütend zurückgezogen. »Luna! Ich bin es, Tamani! Also Sturm!«

Erinnerung flackerte über das Gesicht des Schattenwelpens und ihr Blick klärte sich etwas, während sie zögerte. Dann wurde ihr Gesichtsausdruck kalt. »Verräter!«, zischte sie ausdruckslos und ihre kleine Schnauze neigte sich zu Tamanis Kehle hinab. Doch noch bevor sie ihm irgendetwas tun konnte, hatte Tamani sie mit seinen Hinterläufen von sich gestoßen. Die kleine Wölfin knurrte voller Wut und war blitzschnell wieder auf den Pfoten, um Tamani erneut anzugreifen. Doch dieser wich ihrem Sprung aus, und als sie ungelenk neben ihm landete, nagelte er sie mit Leichtigkeit auf dem Boden fest. Er unterdrückte ein instinktives Knurren und blickte der jungen Wölfin bestimmt in die Augen.

»Luna! Ich will nicht gegen dich kämpfen, ganz egal was du von mir hältst! Du bist meine Freundin und ich könnte dich niemals verletzten!« Zum ersten Mal schienen Tamanis Worte Luna wirklich zu erreichen, und ihre Augen wurden von Trauer überschwemmt. Nun hörte auch endlich das wütende Kratzen ihrer Hinterläufe an Tamanis zerfetztem Bauchfell auf, und der Graue wagte es, ihr zu gewähren, sich zu erheben. Langsam rappelte sich der Schattenwelpe auf und warf Tamani einen Blick aus ihren tieftraurigen Bernsteinaugen zu. Dann wirbelte sie plötzlich herum und stürmte in die kämpfende Menge hinein.

»Warte!«, jaulte Tamani. Er machte einen Satz, um der kleinen Wölfin zu folgen, doch eine der wogenden Wellen schob sich vor ihn und versperrte ihm den Weg. Frustriert seufzte Tamani und entschied dann, dass es wichtiger war, nun Graupelz zu helfen.

Er schob sich weiter durch die Menge in die Richtung seines Ausbilders und wich den kämpfenden Knäueln dabei geschickt aus. Lange bevor er den Wächter erreicht hatte, konnte Tamani erkennen, dass sich bereits zwei der drei Angreifer in das schützende Dickicht geschlagen hatten, doch er eilte weiter. Als der letzte Angreifer die Flucht ergriff, befand sich Tamani schon am Rande des Schlachtfeldes und somit in Graupelz' unmittelbarer Umgebung.

Mit einem Mal gab der Wächter ein ungläubiges Knurren von sich, und Tamani blieb unwillkürlich stehen, um dem Blick seines Ausbilders zu folgen. Wie auf ein Kommando teilte sich dort die Menge und ein Wolf, vollkommen unverletzt, trat aus der für ihn geschaffenen Gasse. Mit hocherhobener Rute und einem selbstgefälligen Gesichtsausdruck stolzierte der Wolf auf Graupelz zu. Völlig überrascht erkannte Tamani Mitternacht.

»Mitternacht! Warum kämpfst du nicht?«, jaulte Graupelz vorwurfsvoll, doch der jüngere Wächter schritt voran, ohne den wütenden Ausruf des Älteren weiter zu beachten, bis er nur noch eine Wolfslänge von dem grauen Wächter entfernt war.

»Ich habe gehört, dass du mich suchst, *Graupelz*«, sagte Mitternacht. Seine Stimme klang ungewohnt verächtlich.

»Natürlich suche ich dich«, knurrte Graupelz entrüstet und spannte seine mächtigen Schultermuskeln an. »Deine Gruppe musste ohne dich in den Kampf ziehen, weil du nicht aufzufinden warst, und du besitzt nicht einmal den Anstand, uns zu helfen und mit uns zu kämpfen?« Die Augen des grauen Wächters waren zu wütenden Schlitzen verengt, es war deutlich, dass er sich über das Verhalten des jüngeren Wolfes ärgerte.

»Aber mein lieber Graupelz, ich werde natürlich kämpfen«, säuselte der Schwarze weich, doch dahinter lagen, wie Tamani überrascht erkannte, Hohn und Spott.

»Das will ich schwer hoffen«, knurrte Graupelz unversöhnlich und sein Nackenfell sträubte sich voller Empörung.

Mitternacht riss in gespielter Verwunderung die Augen auf. »Oh, ich glaube, du hast mich missverstanden.« Er lächelte Graupelz boshaft und verächtlich zugleich an und knurrte dann: »Erkennst du mich nicht? Suchst du nicht nach mir, um mich zu besiegen?« Graupelz blickte den Schwarzen jetzt völlig verwirrt an, deshalb fügte dieser bedrohlich leise hinzu: »Ich bin Nachtklaue!«

Tamani stieß ein schockiertes Knurren aus und spürte, wie er auf seinen Pfoten wankte. Mitternacht war ein Verräter? Er? *Ein Wächter*? Fassungslos blickte er zu Graupelz, der den jüngeren Wolf anstarrte, die Augen voller Entsetzen aufgerissen.

»Aber … aber wie?«, begann Graupelz und stoppte abrupt, als sein Gegenüber hämisch lachte. »Ich war nur zur Tarnung ein Wächter, um mehr über dich und deine lächerliche Gruppe Welpen herauszufinden.«

Tamani sah das herablassende Leuchten in Mitternachts Augen. *Nein! Nachtklaues Augen*, berichtigte sich der Graue und spürte, wie ihm ein Schauder über den Rücken lief.

»Du hast dich doch sicher gefragt, wie die Schattenwelpen beim ersten Mal entkommen konnten, oder nicht?«, fuhr Nachtklaue unbeirrt fort, und Tamani spürte, wie Verachtung in ihm aufstieg angesichts des Stolzes in der Stimme des Schwarzen. Nun wusste er, warum der angebliche Wächter immer so unfair zu ihm gewesen war. Es war purer Hass! Hass wie nur ein Schattenwolf ihn zeigen konnte! Tamani fühlte, wie sich nun auch sein Pelz regelrecht vor Hass und Verachtung gegenüber Nachtklaue sträubte und der lähmende Schock blitzartig der tobenden Wut Platz machte.

Der Alphawelpe sah, dass sich Nachtklaue bereits zum Sprung geduckt hatte und Graupelz mit gefletschten Zähnen und einem hasserfüllten Knurren gegenüberkauerte. Mit gesträubtem Fell setzte der Schattenwolf zum Sprung an und flog noch immer knurrend auf Graupelz zu, der in verzweifelter Wut die Zähne gefletscht hatte.

Tamani stürmte los, um seinem Ausbilder zu Hilfe zu eilen, doch er hatte kaum ein paar Schritte gemacht, als er von einem riesigen schwarzen Wolf angesprungen und zu Boden geschmettert wurde. Tamani hörte den harten Schlag, als er auf die Wiese auftraf, und Schwindel machte ihn für ein paar Herzschläge lang orientierungslos. Der Schattenwolf, der den Grauen angegriffen hatte, nutzte diesen Moment der Schwäche sofort und schlug seine Zähne mit voller Wucht in Tamanis Pfote. Brennender Schmerz schoss Tamanis Bein hinauf und er ließ ein gequältes Keuchen hören. Aus dem Augenwinkel konnte er Graupelz und Nachtklaue – verbissen zu einem rot gefleckten Fellknäuel – kämpfen sehen, und ihn überkam Sorge, dass sein Ausbilder diesen Kampf vielleicht doch verlieren würde.

Der Graue erwiderte den Biss seines Gegners voller Wut und Verzweiflung angesichts der Situation. Mit einer kleinen Kraftanstrengung schaffte Tamani es, sich auf den Rücken zu drehen, und sofort fuhren die Krallen seiner Hinterbeine über den weichen Bauch seines Gegners. Blutige Fetzen flogen durch die Luft, doch der Graue konnte nicht beurteilen, ob diese von ihm oder von dem Schattenwolf stammten. Es dauerte jedoch kaum einen Herzschlag, bis er Schmerz in den Augen des über ihn gebeugten Wolfes sehen konnte, und so ging dieser zu der für ihn einfachsten Lösung des Problems über. Da Tamani sich auf den Rücken gedreht hatte, lag seine Kehle nun ungeschützt da und bot dem Schattenwolf die Möglichkeit eines tödlichen Bisses, was dieser auch sofort nutzte. Blitzschnell beugte sich der Schwarze hinab und umschloss Tamanis weiche Kehle mit seinen kräftigen Kiefern. Der Graue stemmte seine Pfoten gegen den Brustkorb seines Gegners und versuchte, ihn mit aller Kraft von sich fernzuhalten, doch es war unmöglich, den Schattenwolf auf Abstand zu halten.

Als Tamani langsam schwarz vor Augen wurde und der Schmerz an seiner Kehle unerträglich war, wusste der Graue, dass er etwas unternehmen musste, wenn er diesen Kampf überleben wollte. Instinktiv setzten sich seine hinteren Pfoten an den Bauch des Gegners, während Tamani sich entspannte und seine ganze verbliebene Kraft sammelte. Dann, auf ein lautloses Kommando, stieß er seine Pfoten in den Bauch seines Angreifers und dieser wurde mit solcher Wucht von dem jungen Wolf fortgeschleudert, dass er dessen Kehle perplex losließ. Der Schwarze krachte zwei Wolfslängen entfernt zu Boden und blieb liegen. Normalerweise hätte es Tamani erschreckt, dass er diesen Wolf vielleicht getötet hatte, aber das Adrenalin, das in seinen Adern rauschte, ließ ihn nur an den Kampf zwischen Graupelz und Nachtklaue denken.

So schnell als würde er seine schmerzenden Gliedmaßen gar nicht bemerken, kam der Alphawelpe auf die Pfoten und blickte zu seinem Ausbilder und dessen Gegner hinüber. Vor Schreck erstarrte Tamani. Nachtklaue stand nach vorne gebeugt über dem Wächter und hatte seine langen Reißzähne in dessen Kehle geschlagen. Kaum einen Herzschlag später lockerte der Schattenwolfanführer seinen Griff und Graupelz' Körper sackte widerstandslos zu Boden. Der Schwarze ließ ein zufriedenes Knurren hören, während er mit seiner Zunge über seine blutverschmierten Zähne fuhr und seinen offensichtlichen Sieg genoss.

Tamanis Herzschlag setzte aus, er war sich sicher gewesen, dass Graupelz gegen Nachtklaue hätte gewinnen können, wenn sie beide dieselben Voraussetzungen gehabt hätten. Doch Graupelz war bereits geschwächt und verletzt in den Kampf gestartet, und auch der Schock über den Verrat des Schwarzen hatte nicht dazu beigetragen, dass die Chancen ausgeglichener waren.

Tamani heftete seinen verschwommenen Blick auf seinen Ausbilder, der unbeweglich auf dem mit Blut befleckten Boden lag, das Fell zerfetzt und mit tiefen roten Schrammen übersät.

»Grüß das Rudel der ewigen Jagd von mir!«, zischte Nachtklaue voller Verachtung, und Tamani spürte, wie er sich endlich aus seiner Schockstarre lösen konnte und sich sein Fell vor Abneigung gegenüber dem Schwarzen sträubte.

Es dauerte nur einen Herzschlag, bis Tamanis Körper auf Angriff geschaltet hatte. Mit dem Bauch dicht über dem Boden schoss der Graue über die Wiese und stieß Nachtklaue blind vor Wut von seinem Ausbilder weg. Der Schattenwolfanführer keuchte überrascht, als er hart zu Boden fiel und benommen liegen blieb.

»*Tamani!*« Nachtklaues Knurren war voll von unverholenem Hass, und der Alphawelpe spürte, wie sich seine Lefzen instinktiv zu einem feindseligen Zähnefletschen zurückzogen. Doch trotz all des Hasses spürte er irgendwo in seinem Inneren auch Erleichterung. Er hatte den Schwarzen bereits so lange gehasst und hatte nichts dagegen unternehmen können, doch nun waren ihre Chancen in einem feindlichen Kampf gleichgesetzt, denn auch Nachtklaue war mittlerweile von seinem Gefecht mit Graupelz geschwächt und leicht verwundet. Unwillkürlich setzten sich Tamanis Pfoten auf Bauch und Kehle seines Gegners und er knurrte bedrohlich.

»Egal was du tust, du mickriger kleiner Welpe«, zischte Nachtklaue mit einem boshaften Funkeln in den Augen, »es ist zu spät! Graupelz ist bereits auf dem Weg zum Rudel der ewigen Jagd!« Ein grausames Lächeln huschte über Nachtklaues Gesicht, als er den Schmerz in Tamanis Augen aufblitzen sah. Der Schattenwolfanführer nutzte den kurzen Augenblick, in dem Tamani seinem Ausbilder einen besorgten Seitenblick zuwarf, um ihn von sich zu schleudern. Der Graue landete mit solcher Wucht auf dem Boden, dass ihm die Luft aus den Lungen gepresst wurde, und sofort spürte er Nachtklaue wieder über sich, der mit seinem kräftigen Kiefer versuchte, seine Kehle zu erreichen.

Tamani wehrte sich verzweifelt, wand sich unter dem schweren Körper seines Gegners hin und her, doch er schaffte es nicht, ihn aus dem Gleichgewicht zu bringen.

»Tamani?!« Der Graue hörte, wie Toah entsetzt seinen Namen ausrief, doch da hatte er es endlich geschafft, sich zur Seite zu rollen und Nachtklaue mit einem gekonnten Tritt von sich zu stoßen. Sein Freund brauchte keine Erklärung. Als Tamani wieder auf die Pfoten kam, rang der Schwarzgraue bereits mit dem Schattenwolfanführer und hielt ihn mit seinen starken Pfoten in einem festen Griff. Tamani erkannte, dass Toah keine Hilfe brauchte, also wagte er es, ihm und Nachtklaue den Rücken zu zu kehren und zu Graupelz zu hasten. Tamani verlangsamte seinen Schritt, als er schon fast bei dem Wächter angekommen war, und blickte mutlos auf ihn herab. Ruhig lag der Ausbilder da, die Augen geschlossen und mit zerfetztem Pelz in einer Lache seines eigenen Blutes.

»Graupelz«, flüsterte Tamani leise und er merkte, dass seine Stimme vor Verzweiflung und Kummer schrill klang wie die eines Jungen.

»Keine Sorge, Bruderherz.« Tamani zuckte erschrocken zusammen, als er die blasse Gestalt neben sich entdeckte. Sofort erkannte er den jungen Wolf, der von einem funkelnden Lichtkranz umgeben über den Wächter gebeugt dastand, die blauen Augen auf seinen Bruder gerichtet. Es war Pala! Doch entgegen dem traurigen Ausdruck in seinen Augen klang der Welpe ruhig und zuversichtlich, so wie Tamani es von ihm gewohnt war, als er sagte: »Ich werde mich um ihn kümmern, Tamani!«

Der Graue zuckte innerlich zusammen. »Nein«, brachte er leise hervor. »Du … du darfst ihn nicht mit dir ins Rudel der ewigen Jagd nehmen, wir brauchen ihn doch! Er muss uns retten, er hat eine Prophezeiung zu erfüllen. Wenn er jetzt stirbt, sind wir verloren!«

Pala bedachte Tamani kurz mit einem ruhigen Blick, dann beugte er sich hinab und berührte Graupelz mit der Schnauze an der Stirn. Die Stelle, an der er den Wächter berührte, leuchtete hell auf, und Tamani spürte, wie ihm Hitze entgegen schlug. »Graupelz wird nun nicht gebraucht«, erwiderte Pala mit klarer Stimme und blickte wieder zu seinem Bruder auf. »Aber noch ist seine Zeit, sich uns anzuschließen, nicht gekommen!«

Der junge Wolf senkte wieder den Blick und kauerte sich dann neben den Ausbilder. Erst jetzt bemerkte Tamani die schwachen Bewegungen. Sie waren so geringfügig, dass er sie davor nicht wahrgenommen hatte, doch nun sah er es deutlich: Graupelz' Flanke hob und senkte sich kaum merklich. *Er lebt!*

Pala warf seinem Bruder einen aufmunternden Blick zu, bevor er sagte: »Jetzt wirst du gebraucht, Tamani! Kämpfe die Schlacht zu Ende und sorge dich nicht wegen der Prophezeiung. Das Rudel der ewigen Jagd ist mit dir!« Mit diesen Worten verschwand der blasse Umriss des Welpen und ließ Graupelz und Tamani zurück.

Der Graue spürte, wie ihn Palas Zuversicht durchströmte, und neue

Energie erfüllte ihn. Mit der frisch gewonnenen Kraft drehte er sich um und erstarrte. Entsetzt musste Tamani feststellen, dass Toah in einiger Entfernung verbissen mit einem Schattenwolf kämpfte, der ihn um fast einen Kopf überragte, und Nachtklaue einige Schritte von ihnen entfernt keuchend auf dem Boden kauerte, den Blick auf seine Pfoten gerichtet. Tamani knurrte entschlossen. Er würde Graupelz rächen, auch wenn er sich nun sicher war, dass sein Ausbilder nicht sterben würde.

Tamani sprang los und bereits nach dem ersten Schritt spürte er, wie Fell an seinem entlangstrich. Das kampfbereite Knurren und das wütende Knistern in der Luft zeigten deutlich die Anwesenheit von vielen Wölfen, doch Tamani wusste, dass er sie, wenn er sich zur Seite wenden würde, nicht sehen könnte. Tamani spürte, wie seine gesamte Kraft mit einem Mal in seine Pfoten zurückkehrte und es schien ihm so, als leuchtete sein Pelz heller im schwachen Licht der Sonne.

Der Graue verengte die Augen. In diesen Kampf würde er nicht allein ziehen, das Rudel der ewigen Jagd würde ihn begleiten und seine Pfotenschritte lenken, genauso wie es Pala gesagt hatte. Tamani stieß ein wutentbranntes Kampfjaulen aus, und er hörte die Stimmen seiner Vorfahren, die in das Heulen mit einfielen. Nachtklaue hatte kaum Zeit, ihm einen überraschten Blick zuzuwerfen, als Tamani schon mit voller Wucht in ihn krachte und ihn umwarf. Der Graue schnappte nach Nachtklaues Pfote, doch dieser zog sie blitzschnell weg und rollte sich zur Seite. Der Alphawelpe nutzte dies, machte einen Satz, landete gekonnt auf Nachtklaues Rücken und schlug ihm kraftvoll die Zähne in die Schulter. Nachtklaue ließ ein schmerzerfülltes Keuchen hören und begann sofort, sich unter dem Jungwolf hin und her zu winden. Der Graue konnte sein Gleichgewicht nicht halten, und so schaffte es der Schattenwolfanführer, sich aus seinem Griff zu befreien. Die Hinterläufe Nachtklaues kratzten schmerzhaft über Tamanis Flanke und er zuckte zurück. Doch er ließ es nicht zu, dass der Schwarze sich wieder aufrappelte, sondern wagte einen erneuten

Sprung, diesmal mit mehr Schwung, und brachte seinen Gegner damit aus dem Gleichgewicht.

Der Graue versuchte, den Anführer der Schattenwölfe auf dem Boden festzunageln, doch die Kraft des anderen war zu groß. Nachtklaue gelang es, sich auf den Bauch zu drehen und sich dann nach hinten zu werfen. Im letzten Augenblick schaffte Tamani es, sich zur Seite zu rollen, sodass der Schwarze nicht auf ihm landete, sondern nur neben ihm zu Boden krachte. Tamani sammelte kurz seine Kraft und schoss dann erneut auf seinen Gegner zu, woraufhin sie knurrend und beißend über den Boden rollten. Tamani versuchte verzweifelt, sich an jeden der Kampfzüge zu erinnern, die er gelernt hatte. Er wich den Angriffen seines Gegners gekonnt aus und konnte dennoch Gegenangriffe anbringen. Bereits nach einigen Herzschlägen spürte Tamani, wie die Angriffszüge seines Gegners langsam schwächer wurden, und ein Gefühl des Triumphs machte sich breit. *Ich kann es schaffen zu gewinnen!*

Unwillkürlich merkte er jedoch auch, wie seine eigene Kraft nachließ, und ihn überkamen doch wieder Zweifel. Er versuchte, seine brennenden Muskeln zu ignorieren, und zwang sich, keinen seiner Züge schwächer oder langsamer werden zu lassen, doch es half nichts. Er wusste, dass er an Kraft verlor. Tamani knurrte wütend und wich einem weiteren Angriff seines Gegners aus. Er wusste, dass er Nachtklaue besiegen musste, um die Schlacht zu beenden, und das so schnell wie möglich. Denn nicht nur er verlor immer mehr an Kraft, sondern auch die anderen Schüler des Wächtergebirges.

Aus dem Augenwinkel erkannte der Graue, dass sie mittlerweile eindeutig in der Unterzahl waren, und das bereitete ihm noch eine weitere Sorge: Wie ging es Shira? War sie verletzt oder gar mehr? Die Sorge um die helle Jungwölfin brachte den Grauen dazu, seine letzten Kräfte zu mobilisieren, und endlich gelang es ihm, Nachtklaue mit einer Pfote auf der Kehle und der anderen auf seinem Bauch festzunageln. Wut blitzte in dem Alphawelpen auf, als er spürte, wie der Anführer der Schattenwölfe ihn mit seinen kräftigen Hinterläufen bearbeitete, und sein ohnehin schon blutiges Bauchfell weiter in Fetzen riss. Doch mit Zufriedenheit erkannte Tamani, dass auch Nachtklaues Pelz Fellbüschel fehlten und er mit blutigen Wunden übersäht war.

»Beende den Kampf!«, hörte Tamani das knurrende Geflüster Palas an seinem Ohr. Der Graue beugte sich bedrohlich nahe zu Nachtklaues Kehle herab und ahmte so die Haltung des Schattenwolfanführers nach, als dieser Graupelz hatte ermorden wollen. Tamani achtete genau darauf, den Griff auf seinen Gegner nicht zu lockern, und öffnete das Maul. Mit gefletschten, blutbedeckten Zähnen beugte er sich nun noch weiter hinab zum tödlichen Biss. Und obwohl Tamani es nicht wollte, zögerte er plötzlich. Er wusste, dass er den Kampf nun beenden konnte, und vermutlich sollte er das auch ohne nachzudenken tun. Aber er konnte nicht! Egal was Nachtklaue getan hatte, egal wie schwarz seine Seele war und egal wie sehr er den Grauen hasste, Tamani konnte ihn doch nicht einfach kaltblütig ermorden!

Tamani wusste, dass der Schattenwolfanführer nicht gezögert hätte, ihm die Kehle durchzubeißen, und zudem hätte er Tamanis Tod vermutlich genossen. Doch Tamani war nicht so boshaft wie er! Nein! Er würde Nachtklaue nicht töten!

Die Augen des Schattenwolfes funkelten wütend und kalt zugleich und in seiner Stimme lag ein Keuchen, als er zischte: »Na los, worauf wartest du, Wölfchen? Hast du etwa zu viel *Angst*, um mich zu töten?« Der Hohn in der Stimme des Schwarzen veranlasste Tamani, noch einmal über seine Entscheidung nachzudenken, doch er kam zu demselben Schluss wie zuvor. Er konnte sich beherrschen und blickte Nachtklaue in die grünen Augen, die ihm bösartig entgegenfunkelten. Irritiert erkannte der Graue in dem Blick des Schattenwolfes keine Reue oder wenigstens Angst, sondern nur blanken Hass.

Doch Tamani ließ sich davon nicht beirren und antwortete mit fester Stimme: »Ich habe keine Angst, dich zu töten!«

»Dann beweise es mir! Los töte mich! Ich warte!«, fauchte Nachtklaue und verengte seine Augen zu wütenden Schlitzen.

»Nein!« Tamani merkte, wie sich wegen all der Aufregung ein heiseres Lachen in seine Stimme geschlichen hatte. »Ich habe keine Angst, dich zu töten, ich habe den Mut, dich am Leben zu lassen! Ich bin nicht so wie du, Nachtklaue! Und ich hoffe, ich werde auch niemals so werden. Deshalb lasse ich dich gehen!«

Auf dem Gesicht des Anführers der Schattenwölfe zeigte sich Überraschung, doch Tamani fügte schnell hinzu: »Aber du wirst die Schattenwölfe ab sofort nicht mehr in Kämpfe mit Schülern des Wächtergebirges oder anderen Rudeln führen, sondern ihr werdet ein friedliches Leben leben, sonst überlege ich es mir doch noch anders!« Er funkelte Nachtklaue an. »Wenn du nicht das tust, was ich gerade von dir verlangt habe, bist du des Todes!« Er untermalte seine Worte mit einem tiefen Knurren und richtete sich auf, sodass er hoch über Nachtklaue aufragte. »Schwöre, dass du dich daran hältst!«, forderte Tamani den Schwarzen auf und blickte ihn forschend an.

Nachtklaue zögerte kurz, bevor er sagte: »Na gut, ich schwöre, dass ich deinen Wünschen nachkommen werde!« Scheinbar hatte ihn das Feuer in Tamanis Blick überzeugt, dass der Jungwolf es ernst meinte.

Der Alphawelpe erkannte zufrieden, wie sich die Ohren Nachtklaues unterwürfig anlegten, und er trat vorsichtig zurück, um dem Schwarzen die Chance zu geben aufzustehen. Er behielt seine Muskeln angespannt und achtete genau auf jede einzelne Bewegung des anderen, für den Fall, dass dieser sein Versprechen doch nicht halten würde. Als Nachtklaue Tamani dann gegenüber stand, funkelten seine Augen vor Hass und Unversöhnlichkeit, doch er schien es nicht zu wagen, seinen Missfallen an dieser Situation Ausdruck zu verleihen.

»Befiehl den Rückzug!«, knurrte Tamani und reckte die Rute als Zeichen der Überlegenheit noch ein wenig weiter in die Höhe.

Sein Gegenüber ließ ebenfalls ein kehliges Knurren hören, und das schwarze Nackenfell des Wolfes sträubte sich, doch dann öffnete er widerstrebend das Maul.

Tamani erlaubte es seinen müden Muskeln, sich zu entspannen und sackte erleichtert etwas in sich zusammen. Nachtklaue würde seinen Schwur nicht brechen, er würde die Schattenwölfe zurückrufen, und dann hätten die Schüler des Wächtergebirges gesiegt!

Im selben Moment, als Tamani das dachte, wurde er von dem Schwarzen angesprungen, und während sich die scharfen Krallen der Vorderläufe in seine Schulter gruben, prallte Tamani hart mit dem Rücken auf den Boden auf. Nachtklaue hatte ihn festgenagelt! Ein triumphierendes Jaulen erklang aus der Kehle des Schattenwolfanführers.

»Tut mir leid!« Nachtklaues Stimme war voller Hohn und Verachtung, und während er sich näher zu Tamanis Gesicht herabbeugte, flüsterte er: »Du dachtest doch nicht wirklich, dass ich so dämlich wäre, *deinem* Befehl nachzukommen, oder?«

Kalte Angst schoss in Tamanis Körper, er hatte keine Kraft mehr, um den Angriff erneut zu starten und sich nochmal in einer solchen Schlacht gegen Nachtklaue zur Wehr zu setzen. Der Graue schauderte, er wusste, der Schwarze würde nicht zögern, ihn zu töten, aber was würde geschehen, wenn Tamani starb? Der Graue spürte, wie sich sein Bauch vor Angst zusammenzog. Wenn er starb, wusste er, wäre die Schlacht verloren! Denn außer ihm wusste lediglich Toah von Mitternachts Verrat, doch selbst wenn dieser noch nicht tot sein sollte, wäre er auf jeden Fall zu geschwächt, um einen Kampf mit Nachtklaue aufnehmen zu können.

Als Nachtklaue sich zu Tamani herabbeugte, das Maul geöffnet, um ihm die Kehle durchzubeißen, spürte Tamani das Adrenalin durch seinen Körper rauschen. Innerhalb des Bruchteils eines Herzschlags entdeckte er

Nachtklaues ungeschützte Kehle, seine einzige Überlebensmöglichkeit. Unwillkürlich schoss Tamanis Kopf nach vorne und er schlug seine Zähne in die weiche Stelle hinein. Sofort spürte er Blut, das ekelhaft metallisch schmeckend in seine Kehle rann. Angewidert ließ er los und wand sich unter Nachtklaue heraus.

»Was …« Die Stimme des Anführers der Schattenwölfe versagte und Tamani konnte ein kleines Blutrinnsal entdecken, das aus dem Mundwinkel des Schwarzen lief. Nachtklaues Pfoten scharrten nutzlos über den Boden in dem verzweifelten Versuch aufzustehen, doch Tamani konnte erkennen, dass es zu spät war. Er blickte in die grünen Augen des Schattenwolfes und konnte das Leben daraus schwinden sehen. Nachtklaue ließ nochmal ein gurgelndes Knurren hören, der letzte Beweis für seine Unversöhnlichkeit, dann begann sein Körper, unkontrolliert zu zucken. Ein letztes Mal bäumte sich der Schwarze auf, dann fiel er zurück zu Boden und blieb reglos liegen. In seinen Augen, in denen Tamani niemals etwas anderes als Hass hatte funkeln sehen, erlosch der boshafte Funke, und sie wurden glasig. Nachtklaue war tot.

Eigentlich hätte Tamani sich freuen müssen. Doch er spürte nur eine innere Leere, die ihn nichts fühlen ließ, außer Kälte. Sicher, er hatte Nachtklaue gehasst, selbst als er ihn nur unter dem Namen ›Mitternacht‹ gekannt hatte, aber kein Wolf hatte die Qualen des Todes verdient. Nicht einmal er. Tamani musterte Nachtklaue unverwandt, wie er da in einer riesigen Blutlache lag, dann blickte er auf. Noch immer tobte nur wenige Pfotenschritte von ihm entfernt ein wilder Kampf und Unsicherheit packte Tamani. Was, wenn er nicht recht gehabt hatte? Was, wenn die Schlacht mit Nachtklaues Tod doch nicht beendet war?

Im selben Moment, in dem diese Zweifel sein Herz umklammerten, hinkte der große schwarze Wolf, der Toah angegriffen hatte, hastig vorbei. Als sein Blick auf Tamani fiel, wie er dort mit Blut getränktem Fell über Nachtklaues Leichnam stand, weiteten sich seine Augen vor Schreck und

Entsetzen. Er stieß ein ersticktes Jaulen aus. »Nachtklaue? Nein!« Dann warf er den Kopf zurück und jaulte markerschütternd schrill, sodass es über die ganze Wiese hallte: »Nachtklaue ist tot!«

Mit einem Mal erstarb der Kampf und ungläubige Blicke wurden zu dem Wolf geworfen. Tamani fühlte sich, als wären seine Pfoten mit dem Boden verwachsen. Unfähig sich zu bewegen, blickte er zu dem Schattenwolf, der seinen Blick nun auch auf den Alphawelpen richtete. Beim erneuten Anblick von Tamanis blutbeflecktem Fell flackerte unbändige Angst in seinen Augen auf. Der Schattenwolf warf sich herum und hinkte mit vor Angst gesträubtem Fell davon, so schnell es seine drei unverletzten Beine zuließen. Als er im Wald verschwunden war, kämpften sich wie auf ein stummes Zeichen hin auch die anderen Schattenwölfe einer nach dem anderen frei und flohen unbeholfen und mit ängstlichem Jaulen in den Wald hinein.

Tamani blickte ihnen ausdruckslos nach und wartete auf die übliche Truppe von noch immer energiegeladenen Jungwölfen, die den Eindringlingen normalerweise folgen würde. Doch diesmal folgte keiner der Schüler ihren Feinden, um sicherzustellen, dass sie ihr Revier verließen. Tamani wandte sich vom Wald, in dem die Schattenwölfe verschwunden waren, ab zu der Wiese, auf der gerade noch ein blutiger Kampf getobt hatte, und ihn packte eisiges Grauen. Scheinbar unendlich viele Körper von Wölfen lagen dort reglos verstreut auf der ganzen Wiese. Waren etwa so viele gestorben?

Tamani kniff die Augen zusammen und versuchte auszumachen, welche der reglosen Körper zu den Schattenwölfen und welche zu den Schülern des Wächtergebirges gehörten, aber es war unmöglich zu erkennen. Er sah, wie sich die Heiler durch die Menge der Schüler schoben, und ein kleiner Funke Erleichterung glomm in seiner Brust auf. Er sah, wie ein paar Pfotenschritte neben ihm Toah stand. Das Fell des Jungwolfs war zerfetzt und er war mit blutigen Wunden übersät, aber seine Augen leuchteten vor Energie. Dann hob der Schwarzgraue den Kopf und jaulte einen Triumphschrei in den Himmel. Kurz blieb das Jaulen des Schülers ohne Antwort, und Tamani dachte, dass sein Freund zu früh seine Freude über den Sieg verkündet hatte, doch dann stimmte ein weiterer Schüler ein. Einer nach dem anderen schlossen sich die Schüler an, und nach einer Weile hob auch Tamani den Kopf und freute sich mit ihnen. Mit einem warmen, von Stolz und Glück erfüllten Gefühl erkannte er: *Wir haben die Schlacht gewonnen!*

Nach einigen Herzschlägen verebbte das Triumphgejaule und die Schüler kümmerten sich wieder um ihre verwundeten Gefährten. Mit vor Anstrengung schweren und zitternden Pfoten trottete Tamani zu Toah und berührte ihn freundschaftlich mit der Schnauze an der Schulter.

Der schwarzgraue Jungwolf begutachtete seinen Freund mit einem ungewohnt sorgenvollen Blick und fragte dann: »Geht es dir gut? Dein Fell ist voller Blut.«

Tamani nickte benommen und rang sich ein Lächeln ab. »Mir geht es gut, das meiste ist Nachtklaues Blut.« Er sah zu dem Leichnam, der einige Pfotenschritte entfernt auf dem Boden lag. Toah nickte, doch noch immer glänzte Sorge in seinen Bernsteinaugen. Fast hätten Tamanis Pfoten unter ihm nachgegeben, doch er zwang sich krampfhaft dazu stehenzubleiben, um seinem Freund nicht noch mehr Sorgen zu bereiten.

Er wandte seinen Blick von dem Schwarzgrauen ab, er musste sich jetzt vergewissern, dass es Shira gut ging, bevor er sich ausruhen konnte, sonst würde er keine Ruhe finden. Ein eisiger Schauder lief ihm über den Rücken, als er sich vorstellte, wie sie in einer Blutlache lag, mit beflecktem Fell und tot. Tamani schüttelte schnell den Kopf, um den Gedanken zu vertreiben, und sah sich um. Sofort richtete sich seine Aufmerksamkeit auf Graupelz, der regungslos auf dem Boden lag, und Dringlichkeit stieg in ihm auf. Er spürte noch immer, wie Toah ihn ernst beobachtete, also sagte er zu seinem Freund: »Hol Asko, Graupelz braucht sofort einen Heiler!«

Toah wirbelte sofort herum und verschwand in der Menge, um den jungen Heiler zu holen.

Tamani sah ihm einen Herzschlag lang nach, dann zwang er seine Pfoten, ihn so schnell wie möglich zu dem Wächter zu bringen. Als er bei seinem Ausbilder angekommen war, kauerte er sich neben ihn, ungeachtet dessen, sein Fell dabei mit noch mehr Blut zu beflecken. Er brauchte einige Momente, um zu erkennen, dass sich Graupelz' Flanke noch immer hob und senkte, nun jedoch kräftiger als zuvor, und dann öffneten sich dessen Augen einen Spaltbreit.

In den blaugrauen Augen des Wächters waren Erschöpfung und Schmerz zu lesen, aber trotzdem schafften sie es, Tamani mit einem wacheren Blick zu fixieren. »Tamani …«, hob der Wächter mit heiserer Stimme an, doch sein Schüler unterbrach ihn sofort.

»Wir haben die Schlacht gewonnen, Graupelz. Nachtklaue ist tot! Ich-ich habe ihn getötet, obwohl ich es nicht wollte, aber … Wir haben die Schlacht gewonnen!« Tamani betrachtete seinen Ausbilder erwartungsvoll und verharrte mit gespitzten Ohren auf dessen Reaktion.

Überraschung hatte Verständnis in Graupelz' Gesicht Platz gemacht, und seine müden Augen begannen zu leuchten, als er mit brüchiger, rauer Stimme zu sprechen anhob: »Tamani, wie lautete der genaue Wortlaut der Prophezeiung?«

Der Schüler zuckte überrascht mit den Ohren, doch sofort waren die Worte in seinem Kopf. »*Es wird ein Wolf kommen, groß und grau, dieser ist zu Höherem bestimmt. Er ist ein starker Krieger und ein besserer Kämpfer, als ein normaler Wolf zu sein vermag. Seine Pfoten sind mächtig genug, um die Schattenwölfe zu zerstören. Doch auch sein Schicksal kann in einem Kampf besiegelt werden!*«, wiederholte er und wieder überlief ihn ein Schauder bei diesen Worten.

Graupelz nickte. »Jetzt verstehe ich«, krächzte er. »In der Prophezeiung war von mir nie die Rede gewesen.« Heftig keuchend stoppte er seine Erklärung und sah Tamani erwartungsvoll und mit vor Weisheit glühenden Augen an.

Tamani erwiderte den Blick verwirrt und versuchte, die Worte seines Ausbilders zu verstehen. Wie meinte Graupelz das? Natürlich war er der auserwählte Wolf aus der Prophezeiung, wer sollte es sonst sein? Wäre Graupelz nicht so schwer verwundet gewesen, hätte er Nachtklaue besiegt! Und doch hatte der Wächter die Prophezeiung nicht erfüllt, denn nicht er, sondern Tamani hatte Nachtklaue besiegt. Vor Furcht sträubte sich Tamanis Fell, als er die Bedeutung Graupelz' kluger Worte verstand.

»Du bist der Auserwählte, Tamani. Ich bin es nie gewesen!«

Tamanis Herz hämmerte wie verrückt in seiner Brust, als der Wächter seinen Verdacht bestätigte. Konnte das wirklich sein? War er der Wolf, der die Schattenwölfe und auch alle anderen von Nachtklaue befreit hatte? Er war doch nur ein kleiner Welpe aus dem Eisrudel, diese Aufgabe war viel zu groß für ihn gewesen. Und doch hatte Tamani Nachtklaue getötet und somit alle von ihm befreit. Außerdem war er zwar grau, aber er war nicht groß, das war er noch nie gewesen.

»Das kann nicht sein«, widersprach er seinem Ausbilder daher. »Ich bin vielleicht grau, aber ich bin nicht groß!«

Über Graupelz' Gesicht zuckte ein amüsiertes Lächeln. »Du magst es vielleicht nicht gemerkt haben, aber ebenso wie alle anderen Schüler bist auch du gewachsen, und in Sachen Größe stehst du ihnen in nichts mehr nach. Ganz abgesehen davon bezweifle ich jedoch, dass in der Prophezeiung deine körperliche Größe gemeint ist. Ich glaube, es geht viel mehr um deine geistige Größe, und in der überragst du deine Gefährten um Längen.«

Tamanis Ohren zuckten verlegen, als er Graupelz' Worte vernahm.

»Ich wusste, dass du etwas Besonderes bist, Tamani«, sagte Graupelz nach einer kurzen Pause und musterte seinen Schüler wohlwollend. »Und ich bin stolz, an deiner Seite gekämpft zu haben.« Tamani wurde heiß vor Verlegenheit. Graupelz hob den Kopf und blickte seinem Schüler tief in die Augen, bevor sich ein dunkelgrauer Schüler zwischen sie schob.

»Schluss jetzt mit dem Gequatsche«, zischte Asko und funkelte Tamani an. Dieser hatte den Heiler während seines Gesprächs mit Graupelz gar nicht kommen sehen. »Ich muss mich um meinen Patienten kümmern, und du solltest auch mal zu Solo gehen, damit sie dich wieder zusammenflicken kann. Du bist ja kaum mehr als ein blutender Knochenhaufen mit zerrissenem Pelz!« Die Stimme des Heilers war zwar hart, aber Tamani konnte in Askos Augen erkennen, dass er dem Alphawelpen insgeheim Bewunderung zollte.

Erneut wurde dem Grauen heiß vor Verlegenheit. Er nickte Asko zustimmend zu, der bereits begonnen hatte, Graupelz zu untersuchen, dann drehte er sich um. Tamani zuckte zusammen, als er fast mit Toah zusammenstieß, der genau hinter ihm gestanden hatte. Tamani legte die Ohren flach an, als er den bewundernden Blick entdeckte, mit dem sein Freund ihn musterte. Toah verneigte sich tief und Tamani wurde noch verlegener, als er das Ausmaß der Prophezeiung erkannte. Er war der Auserwählte, von starken Ahnen berufen, und man würde ihm deshalb nun mehr Respekt entgegenbringen.

Tamani trat einen Schritt nach vorne und berührte Toah mit der Schnauze an der Schulter. Der bewundernde Blick seines Freundes schien ihm den Pelz zu versengen, also sagte er: »Ich bin immer noch derselbe Wolf, egal was irgendeine Prophezeiung besagt!« Doch der Blick, der noch immer in Toahs Augen lag, bestätigte Tamanis Befürchtung: Für Toah waren sie nun nicht einmal mehr annähernd auf der gleichen Rangstufe.

Toah nickte langsam, dann sagte er mit angelegten Ohren: »Ich werde Solo suchen gehen, sie sollte sich wirklich mal deine Wunden ansehen.«

Tamani schüttelte energisch den Kopf. »Ich will zuerst nach Shira sehen.« Er wartete gar nicht erst auf die Erwiderung seines Freundes, sondern trottete einfach an Toah vorbei in die Menge der Schüler hinein. Tamani entdeckte überall Jungwölfe, die sich mit schwerwiegenden Verletzungen um ihre Heiler scharten und dem Alphawelpen keine Beachtung schenkten. Der Graue schob sich weiter durch die Menge, bis er seine Gruppengefährten entdeckte, die sich dicht gedrängt um Neko und Solo versammelt hatten. Er suchte die Pelze seiner Freunde nach Shiras silberweißem Fell ab, konnte sie jedoch nicht entdecken. Erneut begann Angst in seinem Bauch zu kribbeln, doch er versuchte, sie zu verdrängen. Tamani trabte zum Schlachtfeld zurück und musterte die reglosen Körper dort mit vor Grauen gesträubtem Fell. Würde er auch Shira unter diesen Toten finden?

Als er an dem Leichnam eines toten Wolfes vorbeitrottete, erstarrte der Schüler vor Schreck. Der starke Knochenbau des Schattenwolfes kam ihm erschreckend vertraut vor. Es war Narbe! Die Zähne gefletscht und mit Augen, die glasig ins Nichts starrten. Tamani schauderte. Ein paar Schritte weiter erkannte Tamani Tannes reglosen Körper und ein weiterer Schauder durchlief ihn. Er wollte sich gerade von dem Leichnam abwenden, als ein Schrei die Luft zerriss. Unwillkürlich wirbelte Tamani zum Wald herum, in dem die Schattenwölfe verschwunden waren. Starteten sie etwa noch einen Angriff? Doch als Tamani den Waldrand mit den Augen absuchte, lag er noch immer still da.

Tamani blickte wieder zurück zu seiner Gruppe, er war sich nun sicher, die Stimme, die das Jaulen ausgestoßen hatte, erkannt zu haben. Dann entdeckte der Graue den am Boden kauernden Schüler, der ein erneutes Klagejaulen ausstieß, als ob er sein ganzes Rudel tot vorgefunden hätte. Tamani stürmte, so schnell es seine schmerzenden Glieder zuließen, zu dem Jungwolf, und als er nur noch wenige Sprünge von ihm entfernt war, erkannte er seinen Gefährten. Es war sein Bruder Ravi, der sich neben einen schwarzen Wolf gekauert hatte und ihm immer und immer wieder heftig die Schulter leckte. Tamani blieb ein paar Pfotenschritte von seinem Bruder entfernt stehen, während Klauen sein Herz packten und es in Fetzten rissen. Vor ihm lag Maja, das Fell blutgetränkt, und reglos am Boden kauernd.

Der Graue hörte Ravi mit vor Schmerz und Trauer erstickter Stimme murmeln: »Nein, Maja, bleib bei mir! Du darfst mich nicht verlassen, wie soll ich das alles denn ohne dich schaffen?« Ein weiteres Jaulen drang aus der Kehle des weißen Jungwolfs, und Tamani fühlte den Schmerz seines Bruders beißend in der Brust. Er trat einen Schritt näher, um ihn zu trösten, doch dann blieb er stehen. Nichts, was er sagen konnte, würde seinem Bruder jetzt helfen. Er selbst würde sich ebenfalls nicht trösten lassen, wenn er Shira tot auffinden würde.

»Lass ihn trauern«, flüsterte ihm eine sanfte Stimme ins Ohr, und Shiras süßer Duft hüllte ihn tröstend ein. Die Silberweiße war unbemerkt neben ihn getreten, und er presste sich dankbar an ihre warme Flanke. Die Erleichterung, dass Shira lebte, war plötzlich gedämpft wegen des Verlusts von Maja. Shira blieb noch einen Herzschlag länger an Tamanis Seite, dann trat sie vor und schob zuerst Ravi die Schnauze als Zeichen der Trauerbekundung ins Fell, bevor sie sich neben ihrer jüngeren Schwester niederließ und ihr liebevoll die Ohren leckte. Ein paar Augenblicke später trat Kora vor, um Maja die letzte Ehre zu erweisen, und als hätte sie damit ein Zeichen gesetzt, traten nun auch die anderen Schüler der Gruppe vor, um sich von Maja zu verabschieden. Einige widmeten der Gefallenen ein paar leise Worte, andere schoben ihr nur die Schnauze ins Fell und traten dann zurück, bis nur noch Tamani übrig war.

Der trottete nach vorne und berührte Maja leicht mit der Nase an der Schnauze. »Pass gut auf sie auf, Pala!«, flüsterte Tamani und nahm fast sofort den schmerzlich vertrauten Geruch seines Bruders wahr. Maja wurde nun von Pala ins Rudel der ewigen Jagd begleitet.

Tamani senkte wütend und traurig zugleich den Kopf. Er hatte versagt!

Er war der Alpha der Meeresgruppe, der Wolf aus der Prophezeiung, hatte Nachtklaue getötet und trotzdem hatte er versagt. Maja war tot! Was nützten ihm all diese Dinge, wenn er seine Freunde nicht vor dem Tod retten konnte? Am liebsten hätte er seine Wut in die frühe Abenddämmerung hinausgejault, aber da er sich noch immer seiner Beobachter bewusst war, trat er still zurück und trottete zu seiner Gruppe zurück. Er ließ seinen Blick mehrmals über seine Freunde gleiten, bis er sich sicher war, dass außer Asko, der vermutlich noch immer bei Graupelz war, niemand fehlte. Sie alle hatten schlimme Wunden, aber Tamani erkannte mit Erleichterung, dass niemand lebensbedrohlich verletzt war.

Geflüster holte Tamani aus seinen Gedanken, und als er zu seiner Gruppe blickte, sah er, wie sich einige von ihnen angeregt unterhielten, in ihrer Mitte Toah. Tamanis Pelz prickelte, als ihm plötzlich bewusst wurde, was der Schwarzgraue ihnen erzählte. Blicke wurden zu Tamani geworfen, ungläubig und bewundernd gleichermaßen. Nach ein paar Herzschlägen trat Solo hervor und trottete zu dem Alphawelpen. Fast hätte er gedacht, dass sie die Prophezeiung weniger beeindruckte, bis er ihre unterwürfige Körperhaltung bemerkte. Tamani seufzte bekümmert, bevor er den Kopf als Begrüßung senkte.

Solo hingegen erwiderte die Geste mit einer tiefen Verbeugung, die sonst nur dem Anführer eines Rudels zuteil wurde. »Toah hat mir gesagt, dass ich mir deine Wunden ansehen soll«, erklärte sie mit ungewohnter Scheu in der Stimme.

Tamani nickte niedergeschlagen. Würde das Verhältnis zu seinen Freunden jemals wieder werden wie zuvor? Mit geübter Geschicklichkeit untersuchte die junge Heilerin Tamanis Wunden und versorgte die schlimmsten Verletzungen mit einigen zerkauten Blättern.

»Danke«, sagte Tamani, als sich die Jungwölfin von ihm abwandte, und ein Zucken der Ohren verriet ihm, dass sie ihn gehört hatte. Tamani beobachtete, wie sich Solo wieder zu seiner Gruppe gesellte. Noch immer nahm er Gemurmel von ihnen wahr, und nur einen Herzschlag später löste sich Taila von der Gruppe und lief zu einigen Schülern der Waldgruppe, um ihnen ebenfalls von der Prophezeiung zu erzählen. Wie ein Lauffeuer verbreitete sich die Nachricht, und immer mehr Blicke richteten sich auf Tamani, die ihm schmerzhaft den Pelz zu versengen schienen. Um dem Gemurmel der Menge zu entkommen, erhob sich Tamani und trabte zu Graupelz, der Dank Askos Kräutern wieder stabiler und gesünder aussah. Sandsturm und Schneeflocke waren bereits bei dem älteren Wächter, ihre Pelze waren ebenso zerfetzt wie Tamanis, und in ihren Gesichtern stand noch der frische Schmerz von Mitternachts Verrat.

Als der Alpha bei dem jungen Heiler angekommen war, schob er ihm mitfühlend die Schnauze ins Fell und sagte dann: »Du solltest zurück zur Meeresgruppe gehen, es gibt dort etwas, das du wissen musst.«

Asko blickte ihn an, in seinen Augen lag Schmerz, als wüsste er bereits vom Tod seiner Schwester. Asko verbeugte sich noch leicht vor Tamani und den Wächtern, dann trabte er davon und verschwand in der Menge der Jungwölfe.

Tamani erkannte nun, dass die Elementegruppe sich nicht dem Gemurmel der anderen Schüler angeschlossen hatte. Die meisten von ihnen kauerten eng zusammengedrängt beieinander und tauschten verunsicherte Blicke, als müssten sie sich gegenseitig Trost spenden. Scheinbar wussten auch seine Schüler mittlerweile von Mitternachts Verrat und der Schock hatte sie hart getroffen. Tamani verspürte Mitleid für die sonst so selbstbewusste und auch feindselige Gruppe. Während er sie beobachtete, jaulte ein Schüler plötzlich eine Warnung und Tamani wirbelte erneut zum Waldrand herum. Eine Gruppe schwarzer Wölfe trat zögerlich aus dem Wald, und unwillkürlich sträubte sich Tamanis Pelz. Sofort strafften sich seine kraftlosen Muskeln und er trat wie die anderen Schüler, die noch immer bereit zum kämpfen waren, einen Schritt vor, um die Schwerverletzten zu beschützen.

Der Graue spürte, wie seine Muskeln brannten und seine Pfoten schmerzten, doch er zwang sich dazu stehenzubleiben, während die Wächter neben ihm Stellung nahmen. Doch als die Schattenwölfe näher kamen, erkannte Tamani, dass die Gruppe ungewöhnlich war. Sie bestand aus Wölfen verschiedener Altersgruppen und wegen ihrer unsicheren Bewegungen wirkten sie auch nicht bedrohlich, weshalb Tamani sich ein wenig entspannte. Die Schattenwölfe wurden von einem großen, schlanken schwarzbraunen Wolf angeführt, der vollkommen unverletzt war und mit ungewöhnlicher Eleganz vorwärts schritt. Tamani blickte zu den Wächtern, die leise murmelten, dann erhob Sandsturm die Stimme: »Bleibt zurück! Wenn die Schattenwölfe einen Kampf wollen, dann werden sie einen kriegen, aber zuerst werden wir versuchen, eine friedliche Lösung zu finden!«

Zustimmendes Gemurmel erhob sich aus der Menge der Schüler. Die meisten schienen zu wissen, dass ein weiterer Kampf wegen ihren Verletzungen schwer zu gewinnen wäre, deshalb lockerten sie ihre angespannten Muskeln ein wenig, behielten die Verteidigungslinie jedoch bei.

Tamani wollte es ihnen gerade nachmachen, als er Graupelz entdeckte, der ihn mit der Rute zu sich rief. Mit ein paar Sprüngen war Tamani bei dem Wächter und blickte ihn fragend an. Graupelz zuckte mit den Ohren als Zeichen, dass Tamani ihm einfach gehorchen sollte, und gemeinsam mit den Wächtern trat der Alphawelpe nach vorne, den Schattenwölfen entgegen, die sich ihnen langsam näherten. Als die Wächter stehen blieben, nahm Tamani neben Graupelz Stellung und bildete gemeinsam mit den ausgewachsenen Wölfen eine Verteidigungslinie vor den anderen Schülern. Tamanis Herz raste, als der Schwarzbraune unbeirrt auf die vier zuhielt – die anderen Schattenwölfe blieben zurück – und erst einen Pfotenschritt von ihnen entfernt stehen blieb.

Der Schattenwolf ließ seinen Blick über die drei Wächter schweifen, dann blieb er an Tamani hängen. Respektvoll verbeugte sich der Wolf vor den Wächtern und dem Alphawelpen, bevor er mit einer fremdartig klingenden Stimme zu sprechen anhob: »Seid gegrüßt, Wächter des Wächtergebirges, mein Name ist Todessturm und ich bin der Himmelsleser der Schattenwölfe.«

Tamani stockte der Atem. Dies war also Todessturm, der Wolf, der seine Prophezeiung erhalten hatte!

Graupelz neigte seinerseits den Kopf, bevor er sagte: »Mein Name ist Graupelz und dies sind Sandsturm und Schneeflocke.« Nacheinander nickte er zu den anderen beiden Wächtern, doch Tamani stellte er nicht vor.

»Du bist Graupelz?« Überraschung zeigte sich auf Todessturms Gesicht. »Unser Erlöser! Wir, die Schattenwölfe schulden dir ewigen Dank, Graupelz!«

Tamani zuckte verwirrt mit den Ohren. War Todessturm etwa *froh* über den Tod seines ehemaligen Anführers? Besaßen die Schattenwölfe denn überhaupt keine Treue?

Graupelz schien ebenfalls überrascht, und der Himmelsleser der Schattenwölfe bemerkte wohl auch, dass es einer weiteren Erklärung bedurfte, denn er hob zu einer Begründung an: »Das Leben bei den Schattenwölfen war nicht immer so erbarmungslos. Etwa die Regel, schwache Welpen einfach zu töten, stammt von Nachtklaue. Und auch Welpen aus anderen Rudeln zu stehlen und zu Schattenwölfen zu erziehen. Als Nachtklaue nach dem Tod unseres letzten Herschers seinen Posten erlangte, bekam er Unterstützung von einer zwar kleinen, aber sehr brutalen Gefolgschaft von Anhängern, die ihm dabei geholfen haben, alle Schattenwölfe seinem blutigen Regiment zu unterwerfen. Danach wagte keiner, sich gegen ihn und seine Anhänger zu wehren, und so mussten wir alle unter seiner Führung leiden.«

Tamani stimmte dem Himmelsleser im Stillen zu. Er hatte ja selbst erlebt, wie sehr die Schattenwölfe unter der Herrschaft ihres grausamen

Anführers gelitten hatten. Offenbar hätten sie nie von sich aus gewagt, sich gegen ihn zu wehren. Doch wie Todessturm eben erklärt hatte, war auch der treuste Wolf vermutlich erleichtert, dass diese Zeit des Schreckens und der Brutalität nun zu Ende war.

Graupelz schien die Begründung Todessturms ebenfalls einzuleuchten. Er nickte dem Himmelsleser zu, erwiderte dann aber: »Ich habe niemanden erlöst. Der Wolf, der in der Prophezeiung genannt wird, bin nicht ich. Euer ganzer Dank sollte meinem Schüler Tamani gellten, denn er ist euer Erlöser!«

Der Wächter wies zu dem jungen Wolf und in Graupelz' Augen lag väterlicher Stolz. Tamani neigte höflich und verlegen zugleich den Kopf vor dem Himmelsleser und murmelte einen Gruß. Sofort spürte er den ungläubigen Blick des Schattenwolfes auf seinem Pelz, und als er wieder aufblickte, sah er dessen Augen mit einem merkwürdigen Ausdruck leuchten.

»Die Wege meiner Kriegerahnen sind unergründlich«, sagte der Schattenwolf dann nach kurzem Zögern schmunzelnd. »Sie wählen einen kleinen, unerfahrenen Welpen, der die Größe eines Anführers besitzt, und machen ihn zu unserem Retter.« Todessturm lächelte amüsiert, und Tamani beobachtete ihn mit Interesse. »In diesem Fall gilt unser ganzer Dank selbstverständlich dir, junger Wolf. Möge das Rudel der ewigen Jagd immer über dich wachen!«

Der Schattenwolf verbeugte sich ehrerbietig vor Tamani und dieser zog überrascht die Luft ein. »Ihr glaubt an das Rudel der ewigen Jagd?«, fragte er unwillkürlich. Er wusste ja, dass die Schattenwölfe an die ewigen Schatten glaubten, deshalb verwirrten ihn Todessturms Worte.

»Natürlich!« Todessturm schien noch immer belustigt. »Du blickst nachts doch auch zu den Sternen auf und glaubst trotzdem an den Sonnenaufgang.«

Tamani nickte, obwohl ihn die Worte des Himmelslesers noch mehr verwirrt hatten. Er bezweifelte, dass man die Sonne mit dem Rudel der ewigen Jagd vergleichen konnte, aber er wollte dem dunklen Wolf nicht widersprechen, denn trotz seiner merkwürdigen Art hatte Tamani doch Respekt vor dem Schattenwolf und vor allem vor seiner Weisheit.

Die Gruppe hinter Todessturm war vollkommen still geworden und die Schattenwölfe starrten Tamani an. Erleichtert erkannte der Alphawelpe zwei bekannte Gesichter: Blitz und Luna! Sie hatten den Kampf also überlebt!

Todessturm musterte Tamani noch immer mit seinen hellen, durchdringenden Augen, als würde der Schattenwolf über etwas Wichtiges nachdenken, und erneut begann Tamanis Pelz zu kribbeln. Er erwiderte kurz den Blick des Himmelslesers.

Nach ein paar Herzschlägen senkte Todessturm den Kopf und wandte sich wieder an Graupelz: »Meine Wölfe sind euch zu großem Dank verpflichtet, und deshalb möchten wir gerne Frieden mit euch schließen.«

Schneeflocke keuchte überrascht, und auch Tamani betrachtete Todessturm verwundert. Konnten die Schattenwölfe friedlich mit anderen Wölfen zusammenleben? Misstrauen machte sich in Tamani breit. Oder war das Friedensangebot nur eine Falle, um die Schüler in Sicherheit zu wiegen und sie dann zu vernichten? Aber irgendetwas in Todessturms unsicherem Blick sagte Tamani, dass der Schattenwolf seine Worte ernst meinte und sie voller Wahrheit steckten, und Tamani entspannte sich.

Als keiner der Wächter antwortete, fügte Todessturm hinzu: »Nachtklaues Linie ist zu Ende, seine Schüler sind in dieser Schlacht gefallen, und auch die meisten seiner anderen treuen Anhänger haben heute den Tod gefunden.«

Graupelz erwachte aus seiner Starre und sagte mit einer festen Stimme, die seine Verletzung eigentlich nicht zulassen sollte: »Woher sollen wir wissen, dass ihr die Wahrheit sagt? Was versichert uns, dass ihr euer Wort haltet?«

Todessturm schien von dieser Frage wenig überrascht und er antwortete, ohne zu zögern: »Nichts könnte euch dessen versichern, nur unser Wort. Wir wollen die Vergangenheit ablegen und die Fehler unserer Anführer wiedergutmachen. Das ist unsere Bestimmung, prophezeit von den Sternen, und dein Schüler hat uns geholfen, unser Schicksal in die Pfoten zu nehmen. Werdet ihr uns ebenfalls helfen?«

Graupelz schien wenig überzeugt, aber er nickte bedächtig und fragte dann, ohne auf die Frage seines Gegenübers einzugehen: »Und wie wollt ihr die neue Zukunft beginnen?«

Auch auf diese Frage schien Todessturm vorbereitet, denn er antwortete unverzüglich: »Wir werden ein Rudel bilden wie die euren, um den großen Fjord herum, und wir werden uns an die heiligen Regeln halten. Wir werden ein Alphapaar haben, das uns leitet, und ich werde der Heiler unseres Rudels sein. Wir werden über unser Revier herrschen und es verteidigen, aber die heilige Schuld wird uns hindern, die Grenze zu übertreten. Das Gebiet vom Reißzahngebirge bis zur Grenze des nächsten Rudels überlassen wir als Begleichung unserer Schuld euch, den Wächtern.« Todessturm neigte unterwürfig den Kopf.

Die drei Wächter tauschten Blicke, während Todessturm auf eine Antwort wartete. Als letztes sah der graue Wächter seinen Schüler Tamani an, und dieser nickte seinem Ausbilder zu, denn er sah, dass die Demut des Himmelslesers auch den Wächter überzeugt hatte.

Mit fester Stimme wandte sich Graupelz wieder Todessturm zu: »Eure Schuld ist beglichen und wir werden euch als Rudel anerkennen. Lebt euer Leben nach dem Willen des Rudels der ewigen Jagd und ihr werdet nie wieder in Ungnade fallen!«

Todessturms Augen begannen, vor Erleichterung zu leuchten, und er senkte vor Dankbarkeit erneut den Kopf. »Wie danken euch! Das ›Schattenrudel‹ wird euch von nun an in Frieden leben lassen!« Der Schwarzbraune war stolz, als er den Namen seines neuen Rudels aussprach, doch als er wieder aufblickte, wirkte er nachdenklich. Er wandte sich der

Gruppe von Schattenwölfen zu, die hinter ihm stand, und befahl: »Nehmt die Leichname der ehrenwerten Wölfe und bringt sie zur Bestattung zur Halbinsel. Legt die Körper von Nachtklaue und seinen Anhängern in den Wald am Rande unseres Reviers! Sie haben ihr ganzes Leben lang zu den ewigen Schatten aufgesehen, also soll ihnen dieses Ritual zuteil werden!«

Die Augen des Himmelslesers funkelten zornig. Die Gruppe hinter dem zukünftigen Heiler des neuen Schattenrudels löste sich auf und sie trabte stumm zu den Körpern ihrer gefallenen Rudelgefährten, begleitet von dem warnenden Knurren der Schüler des Wächtergebirges.

Sandsturm und Schneeflocke sprangen davon, um den Schülern von dem Gespräch zu berichten. Tamani blieb bei Graupelz, denn er konnte erkennen, dass die Pfoten des Wächters bereits von der Anstrengung des Stehens zitterten und eine lange Wunde an seiner Schulter wieder zu bluten begonnen hatte.

»Vielen Dank«, murmelte Todessturm nochmals und verneigte sich tief vor Graupelz und seinem Schüler. Tamani sah, dass seine Nase den matschigen Boden berührte, und als der Schwarzbraune wieder aufblickte, war seine Schnauze mit brauner Erde bedeckt.

Graupelz nickte respektvoll. »Wir werden die Welpen des Schattenrudels im nächsten Sonnenkreis erwarten.«

Todessturm lächelte freudig, dann wandte er sich ab und trabte mit derselben Eleganz, die er schon zuvor gezeigt hatte, davon. Mit senkrecht gestellter Rute setzte er sich an die Spitze der Gruppe, die die Wölfe zurück ins Revier des Schattenrudels brachten.

Tamani durchlief ein Schauder. Wie lange würde es dauern, bis das Schattenrudel gegen die heiligen Regeln verstieß, an die sich jedes Rudel halten musste? Als er sich Graupelz zuwandte, sah er in dessen Augen dieselben Bedenken, doch der Wächter erwiderte unbeirrt den Blick seines Schülers. »Wir sollten zurück zum Plateau gehen«, sagte er entschieden, aber seine Stimme verriet seine Erschöpfung.

Tamani nickte und als sich der Wächter umwandte, hielt sich der Alphawelpe an seiner Seite, um ihn stützen zu können, falls seine Pfoten nachgeben würden. Doch auf halbem Weg hörte Tamani, wie jemand leise rief: »Sturm!« Der Graue blieb stehen und ließ Graupelz an sich vorbeilaufen. Als er sich umdrehte, entdeckte er Blitz, der ihn bewundernd anstarrte, und hinter ihm stand eine kleine schwarze Wölfin. Tamanis Herz begann vor Freude zu hämmern. Luna! Er trabte auf seine beiden Freunde zu, bis er nur noch einen Schritt von ihnen entfernt stehen blieb. Er musterte sie kurz. Die beiden hatten Schrammen am ganzen Körper, aber keiner der Kratzer schien tief zu sein.

Blitz fand als Erster seine Stimme wieder: »Du bist der Auserwählte!« Seine Augen leuchteten aufgeregt und Tamanis Ohren legten sich flach an. Konnten nicht einmal sie ihn normal ansehen? So wie er wirklich war? Ein kleiner Welpe aus dem Eisrudel, mehr nicht!

»Ich bin immer noch derselbe Wolf«, wiederholte Tamani seine an Toah gerichteten Worte.

Noch immer leuchteten Blitz' Augen, aber er entgegnete eine Weile lang nichts. »Du warst nicht Nachtklaues Schüler richtig?« Eine Spur Verletztheit lag in der Stimme des Weißen.

»Nein«, gab Tamani schuldbewusst zu. »Mein Name ist Tamani und ich komme aus dem Eisrudel. Ich war nur bei euch, um euch auszuspionieren.« Das letzte Wort musste er sich mühsam abringen, doch als er in Blitz' Augen blickte, sah er darin unerwartetes Verständnis.

»Jeder muss tun, was ihm sein Schicksal vorschreibt«, sagte der Jungwolf ruhig, und Tamani nickte dankbar. Dann trat er nach vorne und berührte Blitz Nase an Nase. Der Schattenrudelwolf zuckte überrascht zusammen, zog seinen Kopf jedoch nicht zurück.

»Danke, Blitz, dass du mir so ein guter Freund warst.« Tamani wusste, dass dies ein Abschied für immer war, und die Aussicht seinen Freund nie wiederzusehen, versetzte ihm einen Stich.

»Du solltest mich wieder Tibu nennen«, entschied der Weiße. »Der Name Blitz passt nicht mehr zu mir. Ich bin kein Botschafter und ich will es auch gar nicht sein«, fügte er schnell hinzu. Er zögerte kurz. »Ich sollte jetzt gehen. Leb wohl, Tamani!« Tibu neigte den Kopf vor Tamani und murmelte einen Abschiedsgruß, bevor er sich umdrehte und seinen Rudelgefährten nachsprang.

Mit ängstlich hämmerndem Herz sah Tamani ihm nach, um Lunas durchdringendem Blick nicht begegnen zu müssen. Als Tibu verschwunden war, wandte der Graue langsam den Kopf zu der jungen Wölfin und sah ihr in die leuchtenden Augen. Und als er den Blick der Schwarzen nach Wut absuchte, entdeckte er nichts dergleichen.

»Es tut mir leid …«, begann Tamani schuldbewusst, aber Luna unterbrach ihn schnell: »Ich verstehe dich, *Tamani*!« Sie sprach den Namen so aus, als probierte sie ein Stück Beute und wüsste nicht recht, ob es ihr schmeckte. »Aber du musst mich auch verstehen.«

In diesem Moment wirkte sie kein bisschen mehr wie der Schattenwelpe, dem Tamani das Kämpfen beigebracht hatte. Narbes und Tannes grausame Herrschaft hatten sie notgedrungen älter werden lassen. »Du hast mir sehr viel verschwiegen«, fuhr Luna mit schmerzvoller Stimme fort. »Wo du herkommst, wer du bist und dass du *der Auserwählte* bist!«

Tamani wollte protestieren, doch seine Stimme versagte. Luna schenkte ihm einen Blick aus ihren Bernsteinaugen und Tamani fasste neuen Mut. »Denkst du, dass wir trotzdem Freunde werden könnten?«, fragte er.

»Wir sind doch schon Freunde«, sagte Luna lächelnd, streckte sich nach oben und berührte Tamanis Nase mit der ihren.

Eine unendliche Last fiel von Tamanis Schultern und er stellte sich unwillkürlich gerader hin. Kraft strömte wieder in seine Muskeln, als die kleine Wölfin einen Schritt zurücktrat. »Ich muss jetzt auch gehen.« Ihre Stimme klang von Trauer erstickt und matt und in ihren Augen leuchtete große Zuneigung, als sie hinzufügte: »Leb wohl, Tamani. Ich danke dir für alles!« Erneut trat sie nach vorne und berührte seine Schnauze, bevor sie herumwirbelte und auf den Wald zupreschte.

»Leb wohl!«, rief ihr Tamani wehmütig nach.

Am Waldrand drehte sich Luna nochmals um, und Tamani spürte, wie sie ihn mit ihrem brennenden Blick musterte. Dann drehte sie sich um, und die Schatten des Waldes verschluckten ihre dunkle Gestalt.

Tamani schaute noch ein paar Herzschläge lang auf die Stelle, an der sie verschwunden war, bevor auch er sich abwandte und mit befreiten Schritten zu seiner Gruppe zurücksprang.

Als er die am Boden kauernden Gestalten erblickte, wurde ihm jedoch übel vor Trauer: Maja war tot! Tamani trabte zu Shira und legte sich neben sie, doch da ertönte ein Jaulen. Die drei Wächter standen auf einem Hügelkamm. Ihre Silhouetten zeichneten sich scharf vor der untergehenden Sonne ab, und sie forderten ihre Schüler zum Gehen auf.

Tamani stupste Shira sanft mit der Nase an. Sie blickte zu ihm auf, und er sah unendliche Traurigkeit in den Augen seiner Gefährtin. Tröstend schmiegte er sich an sie, und sie erhob sich schwerfällig. Tamani sah zu Ravi und spürte einen Stich. Sein Bruder hatte sich noch immer neben Maja gekauert und die Schnauze in ihr Fell geschoben, die Augen geschlossen. Vielleicht hatte er den Ruf der Wächter gar nicht wahrgenommen.

Kora war seinem Blick scheinbar gefolgt, denn sie trottete zu dem Weißen und stieß ihn sanft, aber bestimmt auf die Pfoten, während sie ihm aufmunternde Worte zumurmelte. Gemeinsam nahmen sie Majas Leichnam auf und trugen ihn den anderen Schülern nach, die sich in Richtung Geheimgang bewegten. An Shiras Seite folgte Tamani der Menge zurück zum Plateau.

20. Kapitel

Tamani lag in seiner Schlafhöhle auf dem Plateau, neben sich hörte er Shiras gleichmäßige Atemzüge, die ihm verrieten, dass sie schlief, ihr warmes Fell eng an das des Grauen gepresst. Seit der Schlacht waren mehrere Tage vergangen, und obwohl sich Tamani freute, wieder in seiner Höhle zu sein und vor allem bei Shira, und ihn Müdigkeit umhüllte, konnte er nicht einschlafen. Die Gedanken in seinem Kopf wollten einfach nicht zur Ruhe kommen.

Maja war neben Pala begraben worden, und seit ihrem Tod war sein Bruder Ravi kaum noch ansprechbar. Tamani hatte gewusst, dass da etwas Besonderes zwischen seinem Bruder und der schwarzen Jungwölfin gewesen war, aber vor dem heutigen Tag hatte er das Ausmaß ihrer Beziehung nicht richtig erfassen können. Es schien, als wäre sie so stark gewesen, dass der Schock über den Tod seiner Gefährtin Ravi aus dem Leben riss. Tamani dachte an Maja und unwillkürlich dachte er auch an Pala, der ihm versprochen hatte, für die Jungwölfin zu sorgen.

Ohne dass er es wollte, wanderten seine Gedanken nun auch wieder zu Palas Tod und zu seinem ersten merkwürdigen Traum, der schien, als hätte ihn das Rudel der ewigen Jagd geschickt. »Hüte dich vor dem hell scheinenden Schatten«, hauchte Tamani die Worte, die Pala damals zu ihm gesprochen hatte, und zum ersten Mal verstand er sie. Wie ein Blitz durchzuckte ihn die Erkenntnis. Der fremdartige und zugleich vertraute Geruch, den er an Palas und Maros Leichnamen gerochen hatte, war der von Nachtklaue gewesen! Wie hatte er dies damals nur nicht erkennen können? Der ehemalige Wächter war der hell scheinende Schatten gewesen, vor dem ihn Pala gewarnt hatte. Denn er war zwar ein Schattenwolf und sogar ihr Anführer, hatte aber auf die Schüler, die davon nichts gewusst hatten, nicht wie einer gewirkt, weshalb er heller war als die anderen Schattenwölfe.

Tamani überlegte kurz und ging dann die anderen Träume durch, die sich von seinen normalen unterschieden. Der Traum, in dem er Schattenwölfen begegnet und dann einem unbekannten Wolf gegenübergetreten war, hatte ihm den Aufenthalt bei den Schattenwölfen und den Kampf gegen Nachtklaue prophezeit. Der Traum vom Angriff der Schattenwölfe, in dem sie in schier unendlicher Masse gegen die Schüler angetreten, vor Graupelz jedoch sofort geflohen waren, hatte sich bewahrheitet. Und selbst der Traum, in dem er von einer unsichtbaren Macht angegriffen wurde und ein Schüler starb, ergab nun Sinn. Dieser Traum hatte Majas Tod vorhergesagt!

Tamanis Ohren zuckten unruhig in der Dunkelheit der Schlafhöhle. Das Rudel der ewigen Jagd schickte ihm eindeutig Träume, die sonst nur außergewöhnlichen Wölfen wie Anführern, Heilern oder Wächtern vorbehalten waren. Soviel stand fest. Außerdem bezweifelte der Graue auch, dass normale Jäger und Kämpfer so oft wie er von verstorbenen Verwandten aus dem Rudel der ewigen Jagd besucht wurden. Warum hatte er also diese Träume? Musste er sich eingestehen, dass er tatsächlich etwas Besonderes war, so wie Graupelz gesagt hatte? Und hätte er Majas Tod verhindern können, wenn er seine Träume früher richtig hätte deuten können? Tamanis Kopf brummte, und während er noch darüber nachdachte, glitt er sachte in den Schlaf.

Prickelnde Wärme drang am nächsten Morgen in Tamanis Fell und weckte den Grauen. Neben ihm lag Shira, mit den noch nicht verheilten Wunden der Schlacht übersät, ihre Flanke hob und senkte sich gleichmäßig. Tamani ließ seinen Blick über ihren Pelz gleiten und er erkannte mit erneuter Erleichterung, dass keine der Wunden tief war. Sachte, um sie nicht zu wecken, erhob sich Tamani, und als er sich sicher war, dass die Jungwölfin noch immer schlief, schlich er sich hinaus in die Schlafhöhle seiner Gruppengefährten.

Die meisten der anderen Jungwölfe schliefen noch, nur Ravi war wach, wie Tamani besorgt erkannte. Er lag ruhig da, mit geöffneten Augen, aber sie schienen auf einen Punkt in weiter Ferne gerichtet zu sein. Der Anblick seines Bruders versetzte Tamani erneut einen Stich. Vermutlich hatte der Weiße die ganze Nacht nicht geschlafen, denn er hatte an Majas Grab Wache gehalten.

Tamani wandte den Blick von dem Jungwolf ab und musterte die anderen Schüler der Meeresgruppe. Sie alle hatten Kratzer abbekommen, selbst die Heiler, die sich, als sie die Schlacht verloren glaubten, ebenfalls in den Kampf geworfen hatten. Tamani spürte, wie Stolz in ihm aufstieg. Dies war seine Gruppe und er war ihr Alphawelpe! Fühlte sich so etwa ein Alphawolf, nachdem sein Rudel eine wichtige Schlacht geschlagen hatte? Als der Graue seine Gefährten betrachtete, wie sie alle zusammengerollt schliefen, wurde ihm klar, was sie auf dieser Reise abgesehen von Jagen und Kämpfen noch gelernt hatten: Rudelzusammengehörigkeit! Sie waren als kleine Gruppen von Welpen von ihren ursprünglichen Rudeln weggezogen, doch nun waren sie ein Rudel geworden! Jeder von seinen Freunden, das wusste Tamani, würde für ihn im Kampf sein Leben geben, und auch der Alpha wäre bereit, für sie zu sterben. Wie sollte er sich nur jemals von diesen Jungwölfen trennen können?

Tamani schüttelte den Kopf, um die Gedanken an die Heimreise zu vertreiben, und trottete los, durch die Vorhöhle und den Ausgang ins blendende Sonnenlicht. Dort zögerte Tamani einen Augenblick, bis sich seine Augen an die helle Umgebung gewöhnt hatten. Die Sonne war mittlerweile fast an ihrem höchsten Punkt angelangt und brannte mit erbarmungsloser Hitze auf das Plateau hinab, weshalb sich Tamani in den Schatten unter einen Felsüberhang legte.

In der Höhle waren Bewegungen zu hören und weitere Schüler kamen auf das Plateau getrottet. Als einige der Letzten entdeckte Tamani die Jungwölfe seiner Gruppe, die angeführt von Asko die Höhle verließen. Neben ihm lief Shira her, die sich suchend umblickte.

Tamani erhob sich und tappte zu ihnen. Er begrüßte Shira Nase an Nase, und gemeinsam mit seiner Gruppe ließ sich der Alphawelpe wieder im Schatten nieder, um sich mit seinen Freunden gegenseitig das Fell zu pflegen. Er suchte die Gruppe mit den Augen ab und entdeckte sofort, dass drei von ihnen fehlten. Ravi, Kora und Toah. Als sich der Graue wieder zur Höhle umwandte, erblickte er seine Schwester, die Ravi vor sich herschob und ihn drängte, sich zu den anderen zu gesellen. Tamani war überrascht, wie krank sein Bruder aussah, seine Schultern waren gebeugt, wodurch er nur etwa die Hälfte seiner eigentlichen Größe erreichte, sein Fell war stumpf und seine Augen waren blicklos ins Leere gerichtet. Kora brachte ihren Bruder dazu, sich neben Mila und Pegas zu setzten, und begann, das Fell des Weißen zu pflegen. Einen Herzschlag lang ruhte Tamanis Blick noch auf der mutlosen Szene, dann wandte er sich ab, um mit den Augen das Plateau abzusuchen. Wo war Toah?

Kaum einen Augenblick später erspähte er den Grauschwarzen, der den Weg vom kleinen Plateau herabgesprungen kam. Dann trabte der Jungwolf auf seine Gruppe zu und gesellte sich mit aufgestellter Rute zu ihnen. Tamani beäugte ihn irritiert, Toahs Augen leuchteten glücklich und seine Körperhaltung verriet freudige Erwartung. Der Alpha sah, dass sich Toah zu Asko und Neko gesetzt hatte und ihrer Unterhaltung lauschte, während ihn Neugier übermannte. Was hatte Toah bei den Wächtern gemacht? Der Graue wollte sich gerade erheben und zu seinem Freund laufen, um ihn zu fragen, als ein lautes Jaulen ertönte und ihn abrupt innehalten ließ.

Die drei Wächter standen auf dem kleinen Plateau, und Sandsturm rief mit einem erneuten Jaulen die Schüler zusammen. Das summende Gemurmel, das zuvor über den Gruppen der Schüler geschwebt hatte, war verstummt, und die Jungwölfe schoben sich langsam näher zur gegenüberliegenden Felswand, um sich unter dem kleinen Plateau zu versammeln. Tamani setzte sich neben einige Jungwölfe aus seiner Gruppe in die erste Reihe, um besser hören zu können, und starrte gebannt hinauf zu den drei Wächtern.

Graupelz hatte Sandsturms Platz ganz vorne eingenommen und jaulte so laut, dass seine Stimme von den umliegenden Felsen zurückgeworfen wurde: »Schüler des Wächtergebirges, es ist an der Zeit, eine wichtige Ankündigung zu machen!« Der graue Wächter legte eine Pause ein und ließ seinen Blick über die Menge der Schüler gleiten, bis er an Tamani hängen blieb. Einen Herzschlag lang war der Alphawelpe in dem blaugrauen Blick seines Ausbilders gefangen, bevor dieser fortfuhr: »Ihr alle habt in der Schlacht gut gekämpft, und wir wollen vor allem die gefallenen Schüler ehren, die im Kampf ihr Leben gegeben haben, um den Frieden herbeizuführen!« Der Wächter senkte den Kopf in stillem Gedenken an all die toten Schüler, die nie wieder zu ihren Rudeln zurückkehren würden, und Tamani tat es ihm gleich.

Nach einer Weile schallte wieder Graupelz' Stimme über das Plateau, und der Alphawelpe hob den Kopf, um der Rede seines Ausbilders besser folgen zu können. »Ich habe mich mit Sandsturm und Schneeflocke beraten und wir sind der Meinung, dass ihr gut ausgebildete junge Wölfe seid, auf deren Kampfgeist wir und jeder Alphawolf stolz sein können.«

Erneut machte Graupelz eine Pause und als er schließlich fortfuhr, entdeckte Tamani einen Hauch Wehmut in seiner Stimme. »Eure Ausbildung ist hiermit beendet! Das Rudel der ewigen Jagd ehrt euch und von nun an seid ihr voll ausgebildete Wölfe, die zu ihren Geburtsrudeln zurückkehren können!«

Die Stille, die daraufhin herrschte, dauerte nur einen Herzschlag an, dann jaulte ein Jungwolf aus der Menge seine Freude heraus, und die anderen ehemaligen Schüler stimmten voller Euphorie mit ein. Tamani schloss sich ihnen lauthals an. Seine Ausbildung war beendet! Nun würde Tamani zum Eisrudel zurückkehren und sein Leben für sein Geburtsrudel leben. Was danach passierte, wusste nur das Rudel der ewigen Jagd.

Der Alpha bemerkte nun, dass Toah ebenfalls laut in das Jaulen eingestimmt hatte, Ravi sich jedoch kaum bewegte. Die Augen des Weißen waren nicht einmal auf das kleine Plateau und die Wächter gerichtet, ganz im Gegenteil, er starrte stumm zu Boden. Tamani seufzte besorgt und wandte den Blick wieder von seinem Bruder ab.

Es dauerte eine halbe Ewigkeit, bis das Triumphgejaule der Schüler verebbte, und Graupelz wieder die Stimme erheben konnte. »Macht euch fertig für eure Heimreise, ihr werdet morgen bei Sonnenaufgang aufbrechen!«

Tamani merkte, wie sich sein Fell in freudiger Erwartung sträubte, bald würde er wieder zu Hause sein! Denn auch wenn er natürlich seine Gruppengefährten vermissen würde: Er hatte gleichzeitig großes Heimweh nach dem Eisrudel und freute sich, zu seiner Familie zurückkehren zu können.

Ein Brennen auf seinem Pelz holte ihn zurück in die Wirklichkeit, und als der Graue aufblickte, sah er Graupelz, der auf einen Punkt neben Tamani starrte. Der Alphawelpe wandte den Kopf und entdeckte Toah, der Graupelz' Blick gekonnt erwiderte. Die Selbstsicherheit des Jungwolfs überraschte Tamani ein wenig, doch sofort bemerkte er auch den schwachen Geruch der Angst, der von dem Grauschwarzen ausging. Was war zwischen Toah und dem Wächter geschehen?

»Die Versammlung ist beendet!«, jaulte Sandsturm klar und deutlich und sprang mit Schneeflocke neben sich den Weg zum Plateau hinab. Tamani sah, wie sich die beiden Wächter zu ihren Schülern gesellten, deren Gruppen sich bereits aufgelöst hatten. Als der Graue wieder nach vorne blickte, gewahrte er Graupelz, der auf ihn zugetrottet kam.

»Herzlichen Glückwunsch«, sagte der graue Wächter und seine Augen leuchteten mit väterlichem Stolz. »Du und deine Gruppe solltet euch jetzt ausruhen«, fuhr er fort. »Ihr werdet in den nächsten Tagen wenig Zeit dazu haben, während ihr den langen Weg nach Hause bewältigt.« Der Wächter neigte nochmals den Kopf vor Tamani und wandte sich dann mit erhobener Stimme an die gesamte Meeresgruppe: »Ihr alle habt es verdient, die Ausbildung abzuschließen, und meine Glückwünsche gelten jedem Einzelnen!« Als Bekräftigung seiner Worte lief er nun zu jedem von ihnen und gratulierte ihnen allen. Als letztes begab sich der Wächter zu Toah und fing dann an leise mit ihm zu diskutieren, während Tamani sie verwirrt beobachtete.

»Herzlichen Glückwunsch!«

Der Graue zuckte zusammen und einen Herzschlag später spürte er, wie sich Shiras warmes Fell an ihn drückte. Ihre smaragdgrünen Augen glänzten liebevoll und musterten den Grauen eindringlich. Tamani erwiderte ihren Blick fest, und Shira löste sich wieder von ihm. »Was ist mit dir los?« Ihre Stimme klang sanft und vorwurfsvoll zugleich, und Tamani legte ertappt die Ohren an.

»Es ist wegen Toah …«, stotterte er. »Irgendetwas stimmt nicht mit ihm.« Der Graue hob erneut den Kopf und nickte zu seinem Freund, der Graupelz nachsah, wie dieser davontrottete. Shira warf Tamani einen mitfühlenden Blick zu und sagte dann mit ihrer üblich sanften Stimme: »Geh zu ihm und frag ihn. Ich bin sicher, er wird dir eine Antwort nicht verwehren.« Sie schob dem Grauen die Schnauze ins Fell und entfernte sich dann von ihm, um den anderen Jungwölfen ebenfalls zu gratulieren.

Tamani wusste, dass sie recht hatte, aber er wusste ebenfalls, dass Toah schlechte Nachrichten für ihn haben würde.

»Toah?«, sprach er ihn an, und dieser drehte seinen Kopf sofort zu Tamani herum.

»Herzlichen Glückwunsch«, sagte Toah und neigte ehrfürchtig den Kopf vor Tamani.

Dieser erwiderte die Geste und fragte dann ohne Umschweife: »Was hast du mit den Wächtern besprochen?«

Der Schwarzgraue senkte beschämt den Kopf und wich Tamanis Blick gekonnt aus. »Ich habe lange darüber nachgedacht«, begann er und sah weiterhin auf seine Pfoten. »Ich bin kein Schattenwolf oder Schattenrudelwolf, das hat mir der Aufenthalt bei der Waldabteilung deutlich gemacht.«

Der Jungwolf stockte und schien einen Herzschlag lang über seine Worte nachzudenken, bevor er fortfuhr: »Aber ich bin mir sicher, dass ich auch zu keinem anderen Rudel gehöre. Ich dachte mir, dass wir bald unsere Ausbildung abschließen würden, und deshalb konnte ich die ganze Nacht nicht schlafen. Denn ich wusste nicht, was ich nach der Ausbildung machen sollte.«

Tamani öffnete das Maul, um seinem Freund zu widersprechen. Er wollte ihm sagen, dass er einen hervorragenden Rudelwolf abgeben würde, dass er ihn zum Eisrudel begleiten konnte, doch es kamen keine Laute aus seinem Mund.

Toah blickte ihn an, die Bernsteinaugen weit aufgerissen. »Heute Morgen habe ich Graupelz von meinem Problem erzählt, und er hatte einen guten Platz, den er mir anbieten konnte. Ich kann ein Wächter werden, Tamani!« Die Augen des jungen Wolfes begannen, aufgeregt zu leuchten, aber Tamani entdeckte dahinter auch verschleierte Angst. Die Angst zu versagen oder nicht gut genug zu sein.

Trauer rollte über den Grauen hinweg. Er hatte sich ausgemalt, dass

Toah mit ihm zum Eisrudel kommen und dort mit ihm leben würde, doch wie ein Biss in die Kehle traf ihn die bittere Wahrheit. Er würde Toah beim Wächtergebirge zurücklassen müssen und seinen Freund vermutlich nie wiedersehen!

»Es tut mir leid«, sagte Toah nach ein paar Herzschlägen und seine Stimme verriet, dass er Tamanis Trauer teilte. Der Graue starrte auf seine Pfoten, die unruhig über den Boden scharrten, und als er wieder aufblickte, sah er den flehenden Ausdruck in den Augen seines Freundes. Wartete Toah etwa auf seine Zustimmung?

Tamani schüttelte verwirrt den Kopf, um seine Gedanken zu ordnen, und kam nach einigen Herzschlägen zu einer klaren Erwägung: Wie konnte er nur so egoistisch sein? Toah war diese Entscheidung sicher nicht leichtgefallen. Er hatte nicht gewusst, wohin er gehörte, und Graupelz hatte ihm einen Platz angeboten, der ihm am besten von all seinen Möglichkeiten gefiel. Dass der Grauschwarze auf Tamanis Einverständnis wartete, zeugte umso mehr von seiner Treue zu ihm als Alphawelpe. Und Tamani hatte nur an sich gedacht! Eine Welle der Schuld überrollte ihn, er würde Toah nicht bei der vielleicht wichtigsten Entscheidung seines Lebens behindern, sondern ihn unterstützen. Tamani öffnete die Augen und schenkte Toah mühsam einen aufmunternden Blick. »Ich freue mich wirklich sehr für dich!«

Erleichterung mischte sich in Toahs Ausdruck und vertrieb die Unsicherheit. »Danke«, murmelte der Grauschwarze respektvoll und senkte den Kopf vor seinem Freund. »In diesem Fall steht meine Entscheidung fest.« Er hob den Kopf und seine Augen leuchteten mit der Sonne um die Wette. »Ich werde ein Wächter werden.« Die Stimme des Freundes klang schrill vor Aufregung, und obwohl Trauer sein Inneres erfüllte, lächelte Tamani.

Der Tag verging und als der silberne Mond zu leuchten begann, spürte Tamani trotz der Anwesenheit seiner Begleiter eine lähmende Einsamkeit in sich aufwallen. Dies war sein letzter Abend hier im Wächtergebirge, nie wieder würde er hierher zurückkehren. Er würde Toah zurücklassen, seinen besten Freund, damit dieser der beste Wächter werden konnte, den die Wölfe um den großen Fjord herum je gesehen hatten, und er würde Graupelz nie wiedersehen. Sein Ausbilder, der für ihn wie ein Vater gewesen war, streng aber gerecht, aber doch hatte der Wächter jeden Erfolg seines Schülers mit Stolz beobachtet, als würde er seinem Sohn zusehen.

Tamani lief hinaus aufs Plateau. Als er in die kühle Nachtluft schnupperte, roch er sofort, dass es bald regnen würde, und sein Blick glitt zum Sternenhimmel. Noch waren keine Wolken zu sehen, aber sie würden nicht mehr lange auf sich warten lassen. Der Graue ging etwas abseits zur Felswand und setzte sich dort in den schwachen Schatten des überragenden Felsens. Einen Herzschlag später hörte er Pfotenschritte und Shira schob sich aus dem Ausgang. Die Hellgrau-Weiße trottete zu Tamani hin und legte sich dicht neben ihn. Er berührte sie kurz mit der Nase an der Schulter.

Tamani ließ seinen Blick über das Plateau streifen und spürte, wie ihn erneut Trauer überwältigte. Wie ein scharfer Blitz durchzuckte ihn die Erkenntnis: Er würde nie wieder mit seinen Freunden gemeinsam Beute einnehmen, nie wieder mit ihnen jagen, nie wieder um die Wette laufen. Sein Fell sträubte sich und er musste sich beherrschen, um nicht aufzuspringen und vor seiner Zukunft davonzulaufen. Er würde ins Eisrudel, sein Geburtsrudel, zurückkehren. Etwas anderes kam für ihn nicht infrage, das hatte er schon immer gewusst, und auch seine Gruppengefährten würden ihr Zuhause in ihren alten Rudeln finden. Nur mit Kora und Ravi würde er weiterhin zusammen sein. Vor Schreck hätte er beinahe laut aufgeheult. *Shira wird nicht bei mir sein!* Fast hätte er die Worte laut herausgejault. Shira würde natürlich auch in ihr Geburtsrudel, das Blutrudel, zurückkehren. Er wusste, sie war kein Wolf, der sein Geburtsrudel einfach verließ. Wieso hatte er das nur bisher nie bedacht? Sie würden in konkurrierenden Rudeln leben, würden, wenn sie sich überhaupt träfen, nicht wie gewohnt beisammensitzen und sich Beute teilen. Vielleicht würde Tamani sogar gegen sie kämpfen müssen! Seine Muskeln spannten sich an. Das würde er niemals tun können!

»Alles in Ordnung?«, fragte Shira, die seine Anspannung bemerkt hatte, und musterte ihn besorgt mit ihren grünen Augen.

Nein!, wollte Tamani jaulen, doch er fand keine Worte für die zerreißenden Gefühle, die in seinem Inneren tobten.

»Ich habe das mit Toah gehört.« Ihre Augen ruhten voller Mitleid auf ihm. »Er wird hier glücklich sein, das ist doch die Hauptsache, oder?«

Tamani nickte benommen. War Shira gar nicht traurig über ihre erzwungene Trennung? Oder hatte sie noch nicht darüber nachgedacht?

Shiras Blick fixierte ihn noch immer und schien sich tief in Tamanis Seele zu bohren.

»Da ist noch etwas anderes, richtig?«

Der Graue nickte erneut.

»Was ist es?«, fragte die Hellgrau-Weiße und presste sich an ihn, als Tamani nichts sagte.

»Wir-wir sind nicht im selben Rudel und das heißt …« Tamani verstummte, als er den schmerzerfüllten Ausdruck in den Augen der Jungwölfin aufblitzen sah, der ihm verriet, dass sie denselben Schmerz spürte.

»Wir werden immer verbunden sein«, flüsterte Shira, während sie Tamani tief in die Augen blickte.

Der Graue erhob sich. Nach allem, was hier im Wächtergebirge zwischen ihm und Shira geschehen war, hatte er sich mehr erhofft als das. Er war bereit, für ihre Beziehung zu kämpfen, Shira etwa nicht? Bittere Enttäuschung stieg wie Galle in seiner Kehle auf und er wollte sich gerade von Shira abwenden, um in den Wald zu rennen, als sie ihm den Weg verstellte. In ihren Augen glänzte Entschlossenheit und ein wütendes Feuer hatte das Mitgefühl abgelöst.

»Ich weiß, dass sich meine Worte nicht vielversprechend anhören, aber wir werden es schaffen, irgendwie zusammenzubleiben!«

Shiras Stimme bebte vor Anspannung und ihre Muskeln spielten kraftvoll unter ihrem dünnen Pelz. Als Tamani nichts erwiderte, fuhr die Hellgrau-Weiße mit sanfterer Stimme fort: »Tamani, ich werde es nicht zulassen, dass uns die Grenze eines Reviers trennt! Dafür ist meine Liebe zu dir zu groß!«

Die letzten Worte sprach sie zögernd, fast verlegen aus.

»Wenn du bereit bist, mit mir zu kämpfen, werde ich das ebenfalls tun! Dann wird es ganz sicher eine Zukunft für uns geben! Wenn nötig werde ich mich jede Nacht heimlich mit dir treffen, um dir nahe sein zu können!«

Tamani spürte, wie sich Wärme in seinem Körper ausbreitete. Shira würde für ihre Beziehung kämpfen, und er war natürlich bereit, dasselbe zu tun. Der Graue sprang nach vorne und presste seine Nase an Shiras, um seine Zweifel zu vertreiben. »Ich werde immer für uns kämpfen, auch wenn ich dafür die heiligen Regeln brechen muss!«, flüsterte er. Sie mussten einfach daran glauben, dass ihre Liebe bestehen würde, sonst wäre Tamanis Herz gebrochen.

Nach ein paar Herzschlägen trat Tamani zurück und blickte Shira in die smaragdgrünen Augen, die jetzt glücklich und zuversichtlich leuchteten.

Regentropfen rannen in Tamanis Fell und der Graue öffnete müde die Augen. Sein Pelz hatte sich zum Schutz gegen das Wasser gesträubt und Kälte kroch in seinen Körper. Er blickte zum Loch in der Decke, und das gleichmäßige Prasseln verriet ihm, dass der angekündigte Regen eingesetzt hatte. Der Graue entdeckte, dass Shiras Platz leer war, und auch seine Gruppengefährten waren nicht mehr in ihrer Schlafhöhle, wie er bemerkte, als er die Vorhöhle durchquerte und dann hinaus aufs Plateau schlüpfte. Die Sonne war zwar noch nicht aufgegangen, aber Tamani sah, wie sich der Himmel leicht grau färbte. Sein Pelz war augenblicklich durchnässt und Tamani kniff die Augen als Schutz vor dem Regen zusammen.

»Seid ihr bereit, bald aufzubrechen?«

Erschrocken wirbelte der Alphawelpe herum. Er entdeckte zwei blaugraue Augen, die aus dem Schatten des überstehenden Felsens hervorleuchteten, und Tamani erkannte Graupelz, der ihn interessiert musterte.

»Ja«, antwortete Tamani und trottete zu dem Wächter, der ihn ausgebildet hatte. Der Jungwolf konnte einen Funken Trauer in den Augen des Wächters entdecken und er fragte sich plötzlich, ob Graupelz seine Schüler auch vermissen würde.

Der Wolf musterte seinen ehemaligen Schüler noch einige Herzschläge, erhob sich dann und sagte mit fester Stimme, die keines seiner Gefühle verriet: »Toahs Ernennung zum Wächter wird gleich stattfinden. Komm!«

Damit trabte der Wächter davon zum kleinen Plateau. Tamani spürte einen Stich in seinem Herzen. Obwohl er seinem Freund erst später Lebwohl sagen würde, wusste der Graue, dass er Toah nach der Ernennung zum Wächter vermutlich nie mehr wiedersehen würde. Ein Rudelwolf und ein Wächter konnten zwar Freunde sein, sich aufgrund der riesigen Entfernung zwischen dem Wächtergebirge und den Revieren der Rudel jedoch niemals treffen. Tamani zögerte noch einen Moment, dann packte Entschlossenheit sein Inneres. Das war Toahs Weg! Er musste ihn dabei unterstützen.

Die anderen Gruppen und auch Tamanis Gefährten hatten sich bereits in einem Halbkreis um die drei Wächter versammelt, die auf dem Plateau standen und leise diskutierten. Tamani gesellte sich schweigend zu ihnen und begrüßte Shira indem er ihr mit der Schnauze gegen die Schulter tippte. Toah saß direkt in der ersten Reihe der Jungwölfe und hatte Graupelz mit leuchtenden Augen fixiert.

Der Wächter drehte sich zu den ehemaligen Schülern und erhob die Stimme: »Wie ihr alle wisst, sind wir seit dem letzten Kampf mit dem Schattenrudel nur noch drei Wächter.« Er verschwieg den Grund, warum der vierte Wächter nicht bei ihnen stand, aber das Getuschel in der Menge der Jungwölfe zeigte deutlich, dass der Verrat Mitternachts sich bereits herumgesprochen hatte.

Graupelz brachte die Menge mit einem strengen Blick zum Schweigen, bevor er ebenso laut wie zuvor verkündete: »Deshalb haben wir einen jungen Wolf ausgesucht, der diese Stelle übernehmen wird. Toah, tritt vor!«

Tamani sah, dass sein Freund vor Aufregung zitterte, als er aufstand und mit unsicheren Schritten nach vorne trat. Widerstrebendes Gemurmel ertönte von den Jungwölfen der anderen Gruppen, als der ehemalige Schattenwelpe vor Graupelz trat und seinen Blick erwiderte. Tamani erkannte, dass die feindselige Reaktion hauptsächlich von der Elementegruppe kam, und Wut ließ sein Fell kribbeln. Wie konnten sie es wagen, an Toahs Treue zu zweifeln, nur weil ihr Ausbilder sie verraten hatte?

Graupelz beachtete das Gemurmel nicht, er ließ seinen ruhigen Blick auf Toah ruhen und wandte sich dann mit Worten, die schon Generationen von Wächtern ernannt hatten, an die Jungwölfe auf dem Plateau: »Es ist meine Pflicht, die leider viel zu früh kommt, einen neuen Wächter zu ernennen, der von nun an an unserer Seite kämpfen wird!« Der graue Wächter richtete seinen Blick gen Himmel und sprach, ohne den strömenden Regen zu beachten, der ihm ins Gesicht fiel: »Rudel der ewigen Jagd, ihr habt gezeigt, dass ihr diesen jungen Wolf als unsere Wahl zum nächsten Wächter billigt, denn ihr habt seine Pfoten bis zu diesem Augenblick geführt. Ich könnte mir keinen besseren Wolf für diese Stellung vorstellen. Nun nehmt ihn mit seinem neuen Namen auf und leitet seine Pfotenschritte auch in Zukunft!« Graupelz senkte den Kopf wieder zu Toah. »Toah, schwörst du, den Rudeln als Wächter zu dienen, indem du ihre Welpen ausbildest, und versprichst du, wenn nötig, dein Leben zu opfern, um nach dem Willen des Rudels der ewigen Jagd und dem heiligen Gesetz zu leben?«

Toahs Ohren zuckten vor Aufregung, bevor er mit klarer Stimme zu sprechen anhob: »Das alles verspreche ich und werde mein Leben für jeden meiner Gefährten und Schüler geben!«

Die Feierlichkeit der Worte schallte über das Plateau.

Graupelz nickte seinem Gegenüber wohlwollend zu. »Dann sollst du von nun an ein Wächter sein und deinem Wunsch zufolge wirst du den Wächternamen Sturmnacht tragen!«

Tamanis Herz setzte aus. Erneut hatte Toah seine Treue zu ihm bewiesen, indem er seinen Wächternamen aus Tamanis und Toahs Namen aus ihrer gemeinsamen Zeit bei den Schattenwölfen zusammengesetzt hatte.

Ein jaulender Ton des Triumphs erklang aus Graupelz' Kehle und sofort stimmten die anderen Wächter mit ein. Nach kurzem Zögern schloss sich auch der neu ernannte Sturmnacht ihnen an, und wie ein Waldbrand verbreitete sich das Triumphgejaule in der Menge der Jungwölfe.

Als Graupelz zurücktrat, verebbte das Jaulen sofort. Sturmnacht senkte dankend den Kopf vor dem grauen Wächter und reihte sich dann hinter den älteren Wächtern ein.

»Geht nun zu euren Rudeln zurück, eure Ausbildung ist beendet und ihr habt eine neue Pflicht zu erfüllen. Wohin auch immer euch eure Reise danach führt, möge das Rudel der ewigen Jagd euch leiten!«

Graupelz neigte tief den Kopf und die anderen drei Wächter ahmten seine Geste nach. Graupelz hob nach einer Weile den Kopf und lief, gefolgt von Sandsturm und Schneeflocke, zu dem Aufstieg, der zu dem kleinen Plateau führte. Sturmnacht blieb als einziger Wächter zurück.

Tamani sprang sofort zu ihm vor und murmelte einen Glückwunsch, bevor er seinem Freund tief in die Augen blickte. Der Grauschwarze stand trotz des Regens, der ihm einen schweren Pelz verlieh, ganz gerade da und hatte die Rute hoch erhoben.

»Ein-ein toller Name!«, stotterte Tamani, unfähig die aufwallende Trauer noch länger zu unterdrücken, die ihn überrollte, sobald er seinen Freund nur anblickte.

»Ja«, stimmte Sturmnacht mit leuchtenden Augen zu. »Ich fand den Namen sehr *besonders*«, erwiderte der junge Wächter und das letzte Wort sprach er mit einem Augenzwinkern aus.

Neko drängte sich an Tamani vorbei und der Graue trat zurück. Nun war nicht die Zeit zu trauern. Tamani musste überprüfen, ob alle bereit für ihre Heimreise waren. Er wandte sich von Sturmnacht und Neko ab und trottete zu Asko, der ihn bereits mit den Augen fixiert hatte.

»Gibt es irgendwelche ernsthafte Verletzungen, die uns auf der Reise behindern könnten?«, fragte er den Heiler und dieser schüttelte den Kopf. »Und was ist mit Ravi?«, fragte der Alphawelpe zögernd weiter.

»Er trauert noch immer«, gab Asko mit gerunzelter Stirn zu bedenken. »Aber er ist widerstandsfähig und stark, er wird die Reise schaffen. Ich könnte ihm jedoch ein paar Kräuter zur Beruhigung geben.« Ohne auf eine Antwort zu warten, eilte der Dunkelgraue davon.

Tamani sah ihm nach und erblickte die anderen Gruppen, die sich bereits in Bewegung setzten, um die Heimreise anzutreten. Die Meeresgruppe musste auch bald aufbrechen. Der immer heller werdende Himmel bestätigte Tamanis Befürchtung und löste in ihm Unruhe aus.

Der Graue trabte zu Shira, die neben Telai und Cody stand, und sagte bestimmt: »Wir sollten sofort aufbrechen, damit wir heute so viel der Strecke wie möglich schaffen.«

»Du hast recht«, stimmte die Hellgrau-Weiße zu und auch Telai und Cody nickten.

Tamani erhob die Stimme über das Trommeln des Regens: »Lasst uns gehen!« Er setzte sich an die Spitze seiner Gruppe und schlug den Weg ein, der den Berg hinab ans Meer führte, zu der Stelle, an der er und seine Gruppe vor einigen Mondwechseln gestanden und den Weg ins Wächtergebirge gesucht hatten. Ein merkwürdiges Gefühl der Befreiung erfüllte Tamanis Inneres, doch es verschwand sofort, als er hörte, wie jemand seinen Namen rief.

Tamani entdeckte Graupelz und Sturmnacht, die nebeneinander auf die Gruppe zusprangen, das nasse Fell an ihre schlanken, muskulösen Körper gepresst.

»Du wolltest doch nicht abhauen, ohne mir Lebwohl zusagen, oder?«, rief Sturmnacht und überholte den älteren Wächter mit ein paar weiten Sätzen, um sich vor Tamani zu stellen.

»Auf Wiedersehen«, murmelte der junge Wächter und berührte mit seiner Nase Tamanis. »Es war mir eine große Ehre, dich kennengelernt zu haben!«

Tamani flüsterte ebenfalls: »Leb wohl, Sturmnacht, ich werde dir durch die nächsten Welpen meines Rudels eine Nachricht übermitteln.«

Sturmnacht lächelte. »Ich werde sie mit Freuden erwarten!«

Damit neigte der neu ernannte Wächter den Kopf vor seinem Freund und trat zurück zu Graupelz, der darauf scheinbar gewartet hatte. »Jungwölfe, es war mir eine Ehre, an eurer Seite gekämpft zu haben, aber eure Wege werdet ihr fern des Wächtergebirges finden. Lebt wohl!« Graupelz nickte ihnen einen Abschiedsgruß zu, bevor er sich umdrehte und gefolgt von Sturmnacht den Weg bergauf zurücksprang, um dem Regen zu entkommen.

Tamani blickte seinem Ausbilder und seinem besten Freund nach und wurde plötzlich von einer Gewissheit durchströmt: Sie würden alle ihrer Wege gehen und obwohl weit entfernt voneinander, würden Toah und Tamani doch tief in Freundschaft verbunden bleiben.

Während Tamani sich abwandte, fühlte er die Freiheit der abgeschlossenen Ausbildung, und er beschleunigte unwillkürlich sein Tempo. Als sie das Meer erreichten, schlug der Graue sofort den Weg ein, der rechts um den großen Fjord herumführte, bevor ihn Askos scharfe Stimme stoppte.

»Halt, Tamani, ich glaube, es gibt vier Jungwölfe, die nicht in diese Richtung müssen.«

Der Graue blieb stehen und sah den Heiler verwirrt an, bis er wusste was er meinte: Die ehemaligen Schattenwelpen! Zögernd traten die vier Jungwölfe nach vorne und wechselten unsichere Blicke. Tamanis Augen trübten sich. Er hatte angenommen, dass sie mit ihm zum Eisrudel kommen würden, und er hatte nicht so bald mit einem neuen Abschied gerechnet.

Er spürte Shira neben sich und erhob die Stimme: »Dann müsst ihr nun wählen, wohin ihr geht!«

Noch immer wechselten die ehemaligen Schattenwelpen unsichere Blicke. Nach kurzer Zeit trat Mella ein paar Schritte in Richtung Schattenrudelrevier, drehte sich dann zu ihren Freunden um und sprach: »Ich werde zum Schattenrudel gehen. Sie haben mich zwar verstoßen, aber nun leben sie ein anderes Leben als damals, das eines Rudels. Und trotz allem, was sie getan haben, sind sie doch meine Familie.«

Mellas Entscheidung löste bei der Meeresgruppe eine Welle des Schocks aus und plötzlich fürchtete Tamani, dass jeder der vier zum Schattenrudel gehen würde. Entsetzt murmelte die Gruppe noch immer, als Neko auf sie zutrat und verkündete: »Ich verstehe Mellas Beweggründe, aber das Schattenrudel ist nicht mein Rudel. Mein Platz ist nicht dort, und außerdem haben sie bereits Todessturm, der sich als Heiler um sie kümmert. Wenn es mir erlaubt ist, würde ich mich gerne deinem Rudel anschließen, Tamani, dem Eisrudel, um bei euch weiter zum Heiler ausgebildet werden zu können.«

Erleichtert nickte Tamani. »Natürlich darfst du mit uns kommen, auch wenn die letzte Entscheidung bei Rex liegt.«

Neko nickte dankbar, während er zurück zu seinen Freunden tappte, und Tamani richtete seinen Blick auf Laka und Aris.

Nun trat Laka zu Mella und erklärte: »Das Schattenrudel ist mein Rudel und in keinem anderen würde ich mich heimisch fühlen.«

Diesmal ertönte kein Gemurmel, und Tamani richtete angespannt seinen Blick auf den letzten rabenschwarzen Jungwolf, der noch nicht gewählt hatte.

Aris blickte unsicher zwischen Mella und Laka und den anderen Jungwölfen hin und her. Es dauerte gefühlt eine halbe Ewigkeit, bis er verkündete: »So schwer mir meine Entscheidung auch fällt, aber ich werde mich dem Eisrudel anschließen.«

Tamani sah, wie Laka zusammenzuckte, doch ihr Bruder fuhr unbeirrt fort: »Ich muss meinen eigenen Weg gehen und der liegt fern vom Schattenrudel. Außerdem, was wäre ich für ein Freund, wenn ich Ravi jetzt nicht beistehen würde?«

Tamani folgte Aris' Blick und sah, dass sein Bruder den Kopf gehoben hatte und seinen Freund durch einen Schleier von Trauer anblickte.

»Es tut mir leid, Schwester.« Aris wandte sich von seiner Gruppe ab und sprang zu Laka, um sich Nase an Nase von ihr zu verabschieden.

»Schon in Ordnung«, erwiderte Laka ruhig, aber ihre Augen waren trüb vor Kummer.

Aris nickte und wandte sich dann Tamani zu: »Ich kann nur mitkommen, wenn du es erlaubst.« Seine Stimme klang respektvoll, und dem Grauen wurde heiß vor Verlegenheit.

Bevor er jedoch etwas erwidern konnte, trat Kora vor ihn und sagte: »Rex wird dich und Neko mit Freuden aufnehmen. Auf dieser Reise hat er zwei Söhne verloren und zwei neue bekommen.«

Aris legte die Ohren an, als wäre es ihm peinlich, den Platz von Rex'

Sohn einzunehmen. Kora trat vor und berührte Mella und Laka mit der Schnauze an der Schulter und wie auf ein Zeichen hin trat nun auch der Rest der Gruppe vor, um sich von seinen Freunden zu verabschieden.

Nachdem sie sich wieder hinter Tamani eingereiht hatten, verkündete dieser feierlich: »Das Rudel der ewigen Jagd wird euch beschützen, lebt wohl!«

Mella nahm die Worte mit einem dankbaren Nicken entgegen, bevor sie sich umdrehte und gemeinsam mit Laka zu ihrem Rudel davontrabte.

Traurig sah Tamani ihnen ein paar Herzschläge lang nach, bis sie von einem Ginsterbusch verschluckt wurden, bevor er sich umdrehte. Er versuchte, sich Freude einzureden. Bald würde er bei seinem Rudel sein! Und tatsächlich flammte ein glückliches Gefühl in seinem Bauch auf. Er setzte sich an die Spitze seiner Gruppe und gemeinsam trat er mit ihnen den Rest ihrer Reise an.

Sie waren bereits zwei Tage unterwegs, liefen geradezu unermüdlich, als der Wind Tamani einen leicht säuerlichen Geruch zutrug, der den Grauen die Nackenhaare aufstellen ließ. Doch nach einem kurzen Moment wurde ihm klar: Dies war der Geruch, den die beiden Küstenrudelwelpen, Cody und Taila, zu Beginn der Ausbildung getragen hatten. Tamani hatte ihn nur vergessen, da sie wie die anderen Jungwölfe der Meeresgruppe mit der Zeit einen eigenen Geruch entwickelt hatten.

Er hörte, wie Pfotenschritte hinter ihm immer lauter wurden und wusste, dass nun auch der Rest der Gruppe zu ihm getreten war.

Das Fell des Grauen kribbelte, als Cody vortrat, die Anspannung seiner Muskeln verriet seine Angst. Mit bebender Nase sog der Dunkelbraune prüfend die Luft ein, bevor er ein überraschtes Keuchen ausstieß. Die Stimme des früheren Leitwelpen klang merkwürdig verzerrt, als er zwischen zusammengebissenen Zähnen hervorstieß: »Das ist eine Markierung des Küstenrudels!« Er machte eine Pause, in der er sich zu den andern Jungwölfen umwandte: »Das ist eine Markierung meines Rudels!«

Tamanis Herz hämmerte, als Cody mit angespannten Muskeln vortrat und die Duftmarkierung überquerte. Einen Moment später spürte er Sorge in sich aufwallen, da sein Freund die Grenze eines Rudels überschritten hatte, bis ihm schlagartig klar wurde, dass Cody von dem Küstenrudel nichts befürchten musste. Trotzdem sträubte sich das Fell auf Tamanis Schultern, als ein paar Augenblicke später auch Taila die Duftmarke überquerte und wie ihr Bruder das Revier ihres Rudels musterte.

Es dauerte eine Weile, bis sich Cody wieder umdrehte und verkündete: »Das ist das Revier unseres Rudels, hier ist unsere Heimat!« Obwohl seine Stimme laut genug war, damit ihn jeder hören konnte, blickte er beim Sprechen nur Solo an. Seine Augen verrieten den Schmerz über ihre Trennung, und als er erneut zu sprechen anhob, wusste Tamani was er sagen würde: »Wir werden euch nun verlassen!« Die Stimme des Dunkelbraunen klang erstickt vor Kummer.

Nun löste sich auch Taila vom Anblick ihres Reviers und blickte mit unerwartet wehmütigen Augen zu ihrer Gruppe zurück.

Tamani spürte einen Stich in seinem Inneren, als ihm klar wurde, dass er nun Abschied von den beiden Küstenrudelwölfen nehmen musste. Ohne darüber nachzudenken, trat er nach vorne und berührte Cody Nase an Nase in einem freundschaftlichen Abschiedsgruß.

Der Dunkelbraune blinzelte ihn überrascht und dankbar zugleich an, als sich Kora an ihrem Bruder vorbei zu ihm schob, um sich ebenfalls von dem früheren Leitwelpen zu verabschieden. Er überließ es seinen Freunden, sich von Cody zu verabschieden, und trabte zu Taila, die ihn mit unschlüssiger Miene beobachtete. Er wiederholte die Abschiedsgeste und als er von der Hellbraunen zurücktrat, hörte er sie leise murmeln: »Leb wohl, du dämlicher Fellball! Ich befürchte, ich werde dich vermissen!« Ihre Augen leuchteten in einem traurigen Spott und Tamani blinzelte verlegen.

Nachdem sich auch der Rest der Meeresgruppe von den beiden Welpen verabschiedet hatte, stieß Taila Cody an, und mit einem letzten Abschiedsgruß trotteten sie Seite an Seite davon.

Tamani spürte eine tiefe Leere in seinem Inneren, als er den Jungwölfen nachsah, die, ohne zurückzublicken, so dicht nebeneinander davonliefen, dass sich ihre Pelze bei jedem Schritt berührten. So lange hatte er sich auf die beiden verlassen können und sie als Teil seines Rudels angesehen, und es schmerzte ihn der Gedanken, sie vielleicht nie wiederzusehen. Denn trotz ihrer schwierigen Charaktere waren sie doch seine Freunde geworden, und er hatte ihnen immer vertrauen können.

»Wir müssen weiter, bevor die Sonne untergeht!« Askos mahnende Stimme bestätigte Tamanis Furcht um die fortgeschrittene Zeit. Der Alphawelpe zuckte mit der Rute und lief, gefolgt von seinen noch übrig gebliebenen Gefährten, weiter in die Richtung ihrer eigenen Rudel.

Tamani trottete an der Spitze seiner Gruppe. Sein Fell berührte Shiras, die dicht neben ihm ging und seinem unterkühlten Körper Wärme spendete. Ein Tag war vergangen, seit Cody und Taila zu ihrem Rudel gegangen waren. Dem Grauen wurde mit jedem Pfotenschritt schmerzlich bewusst, dass sie sich nun der Grenze des Wüstenrudels näherten, der nächste Abschied nahte also unaufhaltbar.

Mit einem wehmütigen Blick beobachtete Tamani die tief stehende Sonne. Am liebsten wäre er umgedreht und zum Wächtergebirge zurückgelaufen, um sein Leben als Alphawelpe der Meeresgruppe wiederaufzunehmen. Doch gleichzeitig spürte er auch Vorfreude in seinen Pfoten pulsieren, wenn er an sein eigenes Rudel dachte.

Seit dem Abschied von Cody und Taila war die Gruppe der Jungwölfe ruhiger geworden und zog meist schweigend über den felsigen Untergrund, nur manchmal unterbrach leises Gemurmel die Stille. Ravi trauerte zwar noch immer um Maja, es ging ihm aber schon etwas besser. Besonders, seit sein Freund Aris sich entschieden hatte, sich dem Eisrudel anzuschließen.

Tamani folgte dem Küstenverlauf weiter. Plötzlich trug ihm der Wind einen Geruch zu, auf den er noch lange hätte verzichten können. Es war unverkennbar der Geruch des Wüstenrudels!

Ohne darüber nachzudenken, beschleunigte der Graue seinen Schritt, bis er in einem schnellen Trab auf die Grenze zulief. Unmittelbar vor der Duftmarkierung stoppte Tamani und betrachtete das Revier, das vor ihm lag. Ausladender Sandstein, Felsbrocken und dazwischen einige kahle Sträucher säumten die Gegend. Als Pfotenschritte neben ihm ertönten und Telai vortrat, sah er dessen Augen glücklich leuchten. Hinter ihm standen Pegas und Mila mit aufrecht gestellten Ruten und glänzenden Augen, nur Solo wirkte nervös und ihre Pfoten scharrten über den Sandstein.

Tamani spürte Mitleid in sich aufwallen. Sie war als Junges von den Schattenwölfen entführt worden und hatte nun sicher Angst vor der Wiederaufnahme. Der Alphawelpe wandte den Blick von der dunklen Jungwölfin ab und beugte sich zu Telai vor.

»Ihr seid zu Hause«, flüsterte er dem Braunen zu, der sich mit einem zufriedenen Lächeln an die übrigen Jungwölfe wandte: »Die Jungwölfe des Wüstenrudels sind nun angekommen. Wir werden euch hier verlassen.«

Die braunen Augen des ehemaligen Leitwelpen strahlten glücklich und Tamani freute sich mit ihm. Er trat vor und verabschiedete sich Nase an Nase von allen vier Jungwölfen, bevor er wieder seinen vorherigen Platz einnahm. Auch der Rest der Jungwölfe hatte sich verabschiedet.

Telai drehte sich ein letztes Mal zu seiner ehemaligen Gruppe um und sagte: »Lebt wohl, Freunde!« Er schien jeden seiner Gefährten mit einem

Blick zu bedenken, bevor er sich in Bewegung setzte. Gefolgt von seinen Geschwistern trabte er den leichten Abhang hinauf und schnell waren die Jungwölfe nur noch Schemen in der Ferne.

Die verbliebenen Jungwölfe blickten ihren Freunden noch kurz nach, bevor eine Stimme ertönte: »Wenn wir noch lange herumstehen und ihnen nachstarren, schlagen wir hier noch Wurzeln!«

Tamani musste schmunzeln, als er Asko an der Stimme erkannte.

Tamani drehte sich zu seinen Freunden um und bestätigte: »Asko hat recht, wir haben kaum noch Tageslicht.« Er warf einen letzten Blick auf die untergehende Sonne im Revier des Wüstenrudels, bevor er lossprang in die Richtung, in der er sein eigenes Revier wusste.

Zwei Tage waren seit dem Abschied von den Welpen des Wüstenrudels vergangen und Tamani betrachtete ungeduldig die helle Färbung des Himmels, die den baldigen Aufgang der Sonne verkündete.

Als Tamani Shira neben sich treten sah und ihren liebevollen Blick bemerkte, wurde ihm warm, doch er spürte auch Trauer. Er war sich sicher, dass dies der letzte Tag ihrer Reise war, und das bedeutete, dass es der letzte Tag war, an dem er Shira seine Gefährtin nennen konnte. Ab morgen waren sie Wölfe verschiedener Rudel. Würde ihre Liebe trotz einer Grenze weiterhin bestehen können?

Er schmiegte sich dicht an ihr warmes Fell und suchte Trost in ihrer Nähe. Egal was passieren würde, er wünschte sich nichts sehnlicher, als bei ihr bleiben zu können, aber er musste einsehen, dass die Treue zu seinem Rudel zunächst vorging.

»Vergiss deine Sorgen, Tamani«, wisperte Shira plötzlich, als hätte sie seine Gedanken gelesen, und schenkte ihm einen sanften Blick aus ihren grünen Augen. »Wir werden es schaffen!«

Ihre Stimme war leise, sodass nur Tamani sie hören konnte, und darin lag so viel Vertrauen und Zuversicht, dass er einfach daran glauben musste. Er streckte seinen Kopf nach vorne und leckte seiner Gefährtin im Weitergehen übers Ohr. Gestärkt von ihrer Liebe sprang der Graue los und setzte sich wieder an die Spitze der Gruppe.

Schweigend zogen die Jungwölfe weiter über Kies, der mit der Zeit immer gröber und größer wurde, bis sie schließlich von Felsplatte zu Felsplatte springen mussten, um voranzukommen.

Tamani spürte, dass seine Pfoten den außergewöhnlichen Boden unter sich mit Leichtigkeit nahmen und ihn, ohne dass er darauf achten musste, führten. Als sie durch einen schmalen Bach wateten, fiel der Blick des Grauen auf einen hohen Hügel, und plötzlich zuckte wie ein Blitz ein Bild durch seine Erinnerung: Er selbst, wie er als winziger Welpe zusammengepfercht mit den anderen Welpen zum Meer getrieben wurde, umringt von den Wölfen zweier Rudel. Damals hatten Schnee und Eis die Felsenlandschaft am Meer bedeckt, doch nun blühten hier und da Blumen, und das laute Vogelgezwitscher im naheliegenden Wald verriet ein besonders hohes Beutevorkommen.

»Wir sind zu Hause!«, flüsterte Kora, die neben ihn getreten war. Dann stieß die Jungwölfin ein freudiges Jaulen aus und stürmte los. Mit fliegenden Pfoten und pochendem Herz folgte Tamani ihr und genoss den Wind, der sein Fell an seinen muskulösen Körper presste. Ein paar Herzschläge später wehte ihm der Wind einen neuen Geruch zu, und der Graue sog gierig die Luft mit der Nase ein. Es war der Geruch seines Geburtsrudels, zusammengesetzt aus den Gerüchen vieler Wölfe, die sich ein Zuhause teilten, und roch so unverkennbar und warm, dass sich Tamani sofort wohlfühlte.

Er stürmte voran, überholte Kora und überquerte mit einem weiten Sprung die Duftmarkierung, die zum Revier des Eisrudels führte. Als würden seine Pfoten den Weg bereits kennen, zogen sie Tamani weiter bis zum Fuß eines Hügels, an dem er schließlich anhielt. Seine Lungen stachen und sein Herz raste, doch er achtete nicht darauf, sondern starrte erstaunt zum Fuß eines hohen, steinigen Hügels. Dort standen Wölfe mit weißen und grauen Pelzen, gut getarnt zwischen dem kalten Stein. Ganz vorne an der Spitze seines Rudels erspähte Tamani einen großen grauen Wolf, dessen Körperbau ihn stark an den seines Ausbilders erinnerte, doch es war unverkennbar sein Vater Rex! Neben ihm, mit erhobener Rute und glänzendem schneeweißen Fell, erblickte der Jungwolf die Alphawölfin des Eisrudels, seine Mutter Tara.

Tamani spürte, wie ihn eine Welle der Freude beim Anblick seines Geburtsrudels überkam, und nun konnte er auch noch weitere Wölfe entdecken. In einiger Entfernung, strikt getrennt von den Wölfen des Eisrudels, wartete das Blutrudel auf die Heimkehr seiner Jungwölfe, an seiner Spitze die große Gestalt eines schwarzen Wolfes, sicher Shiras Vater.

Shira war mittlerweile neben Tamani getreten, neben ihr stand der Rest der Jungwölfe, die mit leuchtenden Augen zu ihren Rudeln blickten, wenn auch Tamani in Aris' und Nekos Blicken Nervosität zu erkennen glaubte.

Tamani drehte sich zu Shira und blinzelte sie an, nicht sicher, was er fühlen sollte. Er würde sich nun von ihr und von seinen Freunden verabschieden müssen. Shira sah ihm mit einem warmen Leuchten in den grünen Augen entgegen, dann überwand sie den kleinen Abstand zwischen ihnen und drückte ihre Nase an die seine. Fast wäre Tamani vor Überraschung zurückgezuckt, aber das schöne Gefühl ihrer Zusammengehörigkeit ließ ihn dort verweilen, wo er war, und Shiras Blick erwidern.

»Wir werden uns wiedersehen«, flüsterte er und übertönte so das Abschiedsgemurmel der anderen Jungwölfe.

»Etwas anderes würde ich nicht zulassen!«, entgegnete die helle Wölfin und Tamani spürte, wie sich ein Lächeln auf sein Gesicht stahl. Ein paar Herzschläge verweilten die beiden noch so, dann löste sich Shira mit einem Blinzeln von ihm und auch Tamani trat ein wenig zurück.

Seine Gefährten hatten sich bereits voneinander verabschiedet und warteten nun nur noch auf das Zeichen ihres bisherigen Alphawelpen.

Der Graue hob die Rute und sprang, gefolgt von seinen Freunden, los. Auf einmal spürte er eine Bewegung neben sich und obwohl er wusste, dass dort keiner seiner Freunde war, hörte er ein Flüstern, leise und doch voller Freude. »Wir sind zu Hause!«

Tamani durchströmte ein tiefes Glücksgefühl, als er Palas Stimme erkannte und ihm klar wurde, dass sein Bruder gemeinsam mit ihm und seinen Gefährten die Reise beenden würde.

Unwillkürlich beschleunigte Tamani seinen Schritt. Nun war er zu Hause! Zurück bei seinen Eltern, seinen Geschwistern, seinem Rudel! Fast hätte er das Maul zu einem freudigen Jaulen geöffnet. Ohne den Blick von seinen Eltern zu wenden, sprang Tamani mit seinen Gefährten voran, die letzten Pfotenschritte ihrer Reise.

Epilog

Tamani rappelte sich lächelnd auf und sah Kora nach, die mit einem neckendem Blick von ihm abließ und sich auf ihren Bruder Ravi warf, der überrascht von dem Angriff zur Seite rollte und im nächsten Moment zu Boden gedrückt wurde.

Der Graue machte einige Schritte von den spielenden Jungwölfen weg und zog sich auf einen kleinen Felsvorsprung hinauf, von dem er die Umgebung bis zum Horizont hin überblicken konnte. Das goldene Licht der sinkenden Sonne beleuchtete sein Fell mit hellen Sprenkeln, und die langen Schatten der Bäume erinnerten den Jungwolf an letzte Nacht, in der er sich fortgestohlen und heimlich mit Shira getroffen hatte. Wie die Nächte davor.

Er konnte sich noch an jede Einzelheit ihres Treffens erinnern: Die Kälte der Dunkelheit, den warmen Glanz in Shiras Augen, den angenehmen Geruch der Vertrautheit und den silbernen Schimmer auf ihrem Pelz, der sich im Wind sachte gekräuselt hatte. Fast konnte Tamani nun spüren, wie sich die Jungwölfin neben ihn schob, obwohl er wusste, wie weit er gerade von ihr entfernt war.

Seit ihrer Rückkehr aus dem Wächtergebirge war einige Zeit vergangen und so oft es möglich war, stahlen sich er und Shira von ihren Geburtsrudeln fort, um sich heimlich zu treffen. Für den Moment war das ausreichend, er wusste jedoch nicht, wie ihre Zukunft aussehen würde. Er wusste nur, dass er sie niemals verlieren wollte.

Der Graue blickte über die Wiesen und Wälder, die weit unter ihm lagen, hinaus bis hin zum Meer, in dem die untergehende Sonne gerade im Begriff war, ihr Licht für eine weitere Nacht erlöschen zu lassen. Tamanis Pelz plusterte sich bei der abendlichen Brise auf, aber in seinem Inneren war der junge Wolf von Wärme und Glück erfüllt, die keine Kälte je bezwingen konnte.

Aus dem Augenwinkel nahm der Jungwolf die Bewegungen seiner Freunde wahr und er hörte, wie sich auch der Rest des Rudels langsam aufmachte, in die Höhle zurückzukehren, um sich von einem anstrengenden Tag zu erholen. Der Graue blinzelte verträumt und sofort spürte er Vorfreude in sich aufwallen. Vielleicht würde er Shira schon heute Nacht wiedertreffen.

ENDE

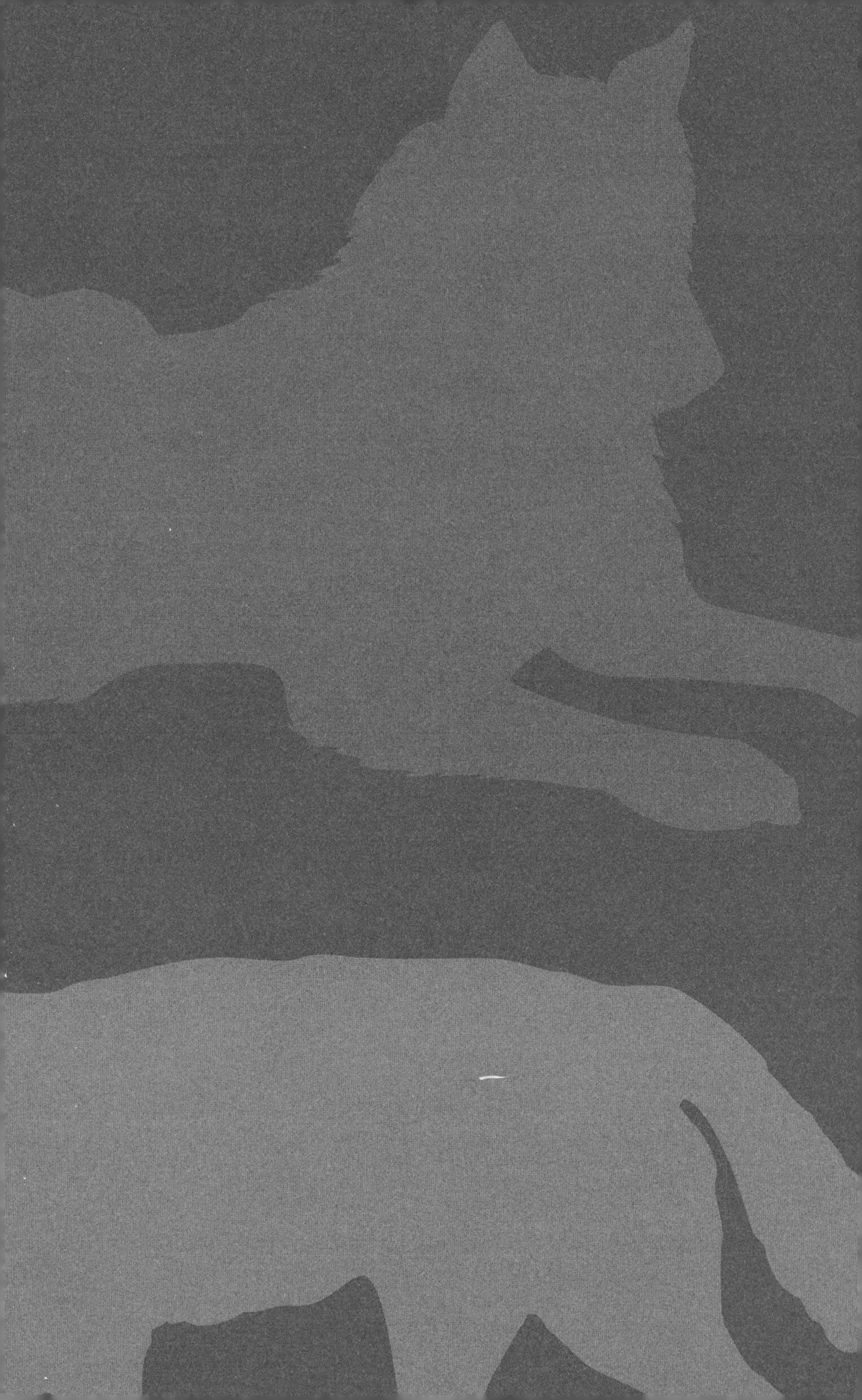